I0595247

Constantin-François Volney

Die Ruinen

Constantin-François Volney

Die Ruinen

ISBN/EAN: 9783744721288

Hergestellt in Europa, USA, Kanada, Australien, Japan

Cover: Foto ©Andreas Hilbeck / pixelio.de

Weitere Bücher finden Sie auf **www.hansebooks.com**

DIE RUINEN

aus dem Französischen

des

Herrn von Volney.

Berlin 1792.

bei Friedrich Vieweg dem Aeltern.

Vorrede

zur deutschen Uebersetzung.

Das Gesez der Vernunft kann nur Eines seyn: ihre Anwendung auf alles was ist, auf alles was durch die Sinne unmittelbar wahrgenommen oder mit Hülfe der Reflection als existirend gedacht werden kann. Das Gegentheil, die Behauptung, dafs wir diese Anlage empfangen hätten, um sie nicht zu benutzen, ist so widersprechend in sich selbst, dafs man sie keiner ernsthaften Widerlegung würdigen

)(kann.

kann. Je künſtlicher jemand dieſen Saz vertheidigte, deſto mehr Ausbildung ſeiner eigenen Vernunft würde ſelbſt dieſer Misbrauch
derſelben verrathen; die Vernunft aber gegen
ſich ſelbſt ſprechen laſſen, heiſſt wohl mehr
nicht, als einen metaphyſiſchen Selbſtmord begehen, der, wenn man auch die Befugnis dazu ſehr glimpflich beurtheilen wollte, doch
immer nur als Ausnahme von der Regel gelten
kann. Dagegen iſt der Durſt nach Erkenntnis
und Wahrheit ſo tief in unſern unwillkührlich-
ſten Trieben gegründet, ſo innig verwebt mit
den weſentlichſten Bedürfniſſen unſerer Exiſtenz, daſs ſogar die Völker Aſiens, denen wir
an Kultur und Energie des Geiſtes ſo weit über-
legen ſind, die Erweiterung des Wiſſens zu
einer Vorſchrift ihres Sittengeſetzes erheben,
daſs es in Indien die unerlaſsliche Pflicht des
gelehrten Brahmen iſt, Lehre und Unterricht
zu verbreiten, und daſs der ſchwärmeriſche Prophet Arabiens allen ſeinen Gläubigen im Ko-

ran

ran gebietet, „nach Erkenntnis zu forfchen „bis an die entferntesten Enden der Erde." Wäre es hier erlaubt, auf Koften des Menfchengefchlechts zu fcherzen, fo könnte man fagen, dafs das pofitive Gebot vermuthlich an der fchlechten Befolgung Schuld gewefen fey. Wir haben keine ausdrükliche Vorfchrift diefer Art; allein unfere Moralität ift überhaupt keinem Gefez unterworfen; unfere höhere Empfänglichkeit wurde vorausgefezt, als man uns, ftatt aller Pflichten, das fanfte Geheis der freien Humanität auferlegte: uns zu lieben untereinander *). Diefe Emancipation vom blinden Gehorfam, die alle Zwangmittel und alle Befehle überflüffig macht, fezt zugleich voraus, dafs wir die Richtfchnur unferes Verhaltens in unferm Innern befitzen und ruht mit Zuverficht in der Ueberzeugung, dafs wir mit dem Pfunde, welches uns anvertraut ift, nach

)(2

der

*) Evang. Joh. XIII. 34, 35. XV. 12, 17.

der Freiſprechung von jedem dogmatiſchen Zwange wuchern, jedesmal nach beſter Einſicht handeln und unaufhörlich ſtreben werden, dieſe zu berichtigen und zu erweitern.

Demungeachtet giebt es ſchwerlich eine Gefahr, welche die Europäer noch zur Zeit weniger zu befürchten hätten, als die Erſchöpfung aller Quellen ihres mannichfaltigen Wiſſens. Auf die Erhaltung der Unwiſſenheit ſcheint ſogar von jeher eine gröſsere Anzahl Menſchen abſichtlich bedacht geweſen zuſeyn, als auf die Erweiterung der Gränzen menſchlicher Erfahrung; wenigſtens giebt die Geſchichte, von den älteſten bis auf unſere Zeiten, das merkwürdige Zeugnis, daſs wo man von der Verbindung des Eigennutzes mit der Macht die eifrigſte Betriebſamkeit um Berichtigung und Vermehrung der gemeinſchaftlichen Maſſe von Kenntniſſen hätte erwarten ſollen, gerade dort der gänzlich fehlende Wille mehrentheils dieſe

Er-

Erwartungen kläglichst getäufcht habe. Diefes langfame Fortfchreiten, diefe immer wieder in den Weg tretenden Hinderniffe denken wir uns in der weitelten Zufammenfügung aller Glieder der grofsen Schikfalskette fchon vorherverordnet; nicht, als ob wir eine Regel hätten, nach welcher fich die Moralität (dafs ich, fo fage) diefer Anordnung a priori darthun liefse, fondern weil wir gezwungen find, zu unferer Beruhigung jene Moralität in das Gefchehene hineinzutragen. Die Werkzeuge aber, deren Gleichgültigkeit, Schwäche oder Unart bei diefer Verzögerung im Spiele war, können uns, wie viel wir auch von ihren Werken auf des Schikfals Rechnung fetzen, doch darum keinen Augenblik ehrwürdiger fcheinen; vielmehr, da der Auffchub uns höchftens nur als Bedingung des endlich zu erreichenden Guten erträglich werden kann, fo bleibt uns dasjenige, was ihn verurfacht, ein Gegenftand des Misfallens und dafern es ein

 freies

freies denkendes Wefen ift, der Verachtung. Wenn indeſſen hienieden unverſöhnliche Feind-ſchaft zwiſchen den Reichen der Wahrheit und der Unwiſſenheit beſteht; wenn die Einſamm-lung aller vereinzelten Stralen der Erkenntnis in Einen Brennpunkt der Erleuchtung — die-ſes herrliche Ziel menſchlicher Wisbegierde — nur im erhabenen Kampfe der Geduld und des Ausharrens errungen werden kann und jeder Schritt zu dieſem Ziele mit neuen Opfern der Selbſtverläugnung erkauft werden muſs: ſo be-greift man wohl, daſs eine Begeiſterung, die ſich ſelbſt belohnt, aber weiter keinen Lohn zu hoffen hat, ziemlich ſelten ſeyn müſſe; al-lein man ahndet zugleich das ſchöne Bewuſst-ſeyn eines Geiſtes, der ſo viele Triumphe als Anſtrengungen zählt.

In der That gebricht es unſerm Zeitalter nicht gänzlich an dieſer unbefangenen Wahr-heitsliebe; faſt möchte ich auch behaupten, daſs

dafs die neueften Verfuche geiftlicher und weltlicher Unterdrücker, dem freien Unterfu-
chungsgeifte Feffeln anzulegen, fo verabfcheu-
ungswürdig fie an und für fich feyn mögen,
an dem unvollkommenen Zuftande unferes
Wiffens weniger Schuld haben, als jene andere, weit allgemeinere Aeufferung der ange-
borenen Herrfchluft, welche die Refultate ihres Forfchens zu Machtfprüchen und Gefetzen
erhebt, von denen keine Appellation ftatt finden foll. Ich rede daher auch nicht an diefem
Orte von der Beeinträchtigung der Prefsfrei-
heit und noch viel weniger von dem zweklo-
fen Beftreben, dasjenige, was feiner Natur
nach das freiefte auf Erden ift, den Glauben,
an ein gewiffes Symbol zu binden. Diefe Künfte der Regierung, wenn es ja Künfte feyn follen, kommen jezt um ein ganzes Jahrhundert
zu fpät und find der wahren Aufklärung fo wenig gefährlich, dafs fie ihr vielmehr, obgleich
wider des Erfinders Abficht, dienen müffen.

)(4   Wie

Wie der finftere Körper eines Planeten, der im Lichtmeere fchwimmt, ohne fein Verdienft die Sonnenftralen, die fich an ihm brechen, zurükwirft und die Dunkelheit der Nacht zerftreuen hilft; fo mufs in einem erleuchteten Zeitalter der Fanatismus der Unvernunft, wenn er fich hinein verirrt, den Abftich des Guten vom Schlimmen, des Wahren vom Falfchen, des Brauchbaren vom Unnützen nur noch unverkennbarer machen.

Die Tyrannei der Meinungen war aber von jeher dem Menfchengefchlechte um fo viel gefährlicher, je künftlicher fie fich hinter der Larve der Vernunft felbft zu verbergen wufste. Ein Phantom, welches unter dem Namen allgemeine Vernunft, die unbedingtefte Huldigung verlangt, fcheint noch jezt die Freiheit jeder wirklich exiftirenden fubjektiven Vernunft beeinträchtigen zu wollen. Nicht genung, dafs alle Zweige unferer Erkenntnis zu

den

den allgemeinen Gefetzen des Denkens zurük-
gerufen und wie es recht ift, mit der fyftema-
tifchen Form einer Wiffenfohaft neu ausgeprägt
werden; foll diefes Gepräge nun auch jeden
anderweitigen Gebrauch der Verftandskräfte
theils entbehrlich machen, theils die Rfultate
deffelben auffer Curs fetzen und zur vernfenen
Münze herabwürdigen; gerade, als ob ich für
die tranfcendente Verfchiedenheit der Menfchen, in Abficht auf die Intenfität und Pro-
portion ihrer Kräfte und für die Wirkung der
coexiftirenden Dinge auf jedes Indiiduum,
von einem Geifte, der nicht alle mögliche
Combinationen umfafst, eben fo gut ene Regel a priori entwerfen liefse, wie für das bedingte Subjektive unferer Vorftellungen welches fich aus den allgemeinen Einfchräkun-
gen der menfchlichen Natur entwickeln läfst.
Auf diefe Weife wirkt die fcharffinnigfte Anwendung der Vernunft, wodurch fie, zum un-
fchäzbaren Gewinn der Wiffenfchaften, eine

)(5

Gränz-

Gränzbeſtimmung ihres eigenen Vermögens zu
Stande brachte, ſehr nachtheilig auf den Verſtand zurük und hemmt den freien Gebrauch
ſeiner Kräfte, wenn die Bedingniſſe zur Gül-
tigkeit der angemaaſsten Urtheile auſſer der
Sphäre des Richters liegen. Die Trägheit und
die Eitelkeit finden ſich beide geſchmeichelt
durch jene Theorien, die als Fäden, woran
wir unſere Erfahrungen reihen können, ſo
brauchbar ſind, aber ihrer Natur nach, weil ſie
auf unvollſtändigen oder gar auf falſchen Prä-
miſſen ruhen, mit jeder neuen Entdeckung
ſchwanken oder einſtürzen müſſen. Mit Recht
warnt daher die Philoſophie, die auf die Erhaltung der Freiheit und der Eigenthümlichkeit im
Menſchen bedacht iſt und kein deſpotiſches Intereſſe hat, ihre inviduellen Ueberzeugungen
allgemein geltend zu machen, vor jenem in allen Wiſſenſchaften noch ſo wirkſamen zünfti-
gen Deſpotismus, der genau wie der politiſche
und hierarchiſche, darauf ausgeht, die Men-

ſchen

fchen in den Zauberkreis eines Syſtems zu bannen, auſſer welchem die Wahrheit nicht anzutreffen ſeyn ſoll, und innerhalb deſſen Bezirk gleichwohl die Beſchränktheit des Raums und die Armuth der Ideen die Hälfte unſerer Anlagen zur Unthätigkeit verdammen, indeſs die andere ein mechaniſches opus operatum treibt.

Es ſcheint beſonders nöthig, dieſe Warnung vor einem Buche her zu ſchicken, deſſen Verfaſſer dem gelehrten Zunftzwange ſo wenig Achtung ſchuldig zu ſeyn glaubt, als den verſchiedenen politiſchen Geſammtheiten und bürgerlichen Innungen ſeines Vaterlands, die er als Mitglied der conſtituirenden Nationalverſammlung zur Gleichheit hat zurükführen helfen. Allerdings iſt es Zeit, der Spiegelfechterei der Authoritäten ein Ende zu machen und der Wahrheit die Ehre zu geben, die ihr gebührt, die Ehre nämlich, daſs ſie blos ihrer eigenen Kraft bedarf, um ſich gegen allen Irrthum

thum und alles Blendwerk zu behaupten. Ver-
zweifelt ftünde es in der That um die Sache
der Wahrheit, wenn fie irgend eines Zwang-
mittels vonnöthen hätte, um fich geltend zu
machen, wenn fie nur da den Sieg davon trü-
ge, wo ihre Widerfacher nicht reden dürften.
Ift aber vollends ausgemacht, dafs es für end-
liche, finnliche Gefchöpfe, wie wir, nur immer eine bedingte, zufällige, keine felbftftän-
dige, abfolute Wahrheit giebt — die ausgenommen, die fich nicht denken, fondern nur
höchftens im geheimften Innern des Empfin-
dungsvermögens ahnden läfst, die folglich unbegreiflich und unausfprechlich ift und weder
mitgetheilt noch geprüft und von der Schwär-
merei und dem Wahnfinne nicht unterfchie-
den werden kann — fo finden wir kein beffe-
res Mittel, unfere Vervollkommnung zu befördern, als die lehrbegierige Auffaffung jeder
verfchiedenen Modification, nach welcher fich
das All des Denkbaren in verfchiednen Köpfen

geftalgeſtaltet. Diejenige Vorſtellungsart aber, die keine andere neben ſich dulden mag, die allein gelten will, wo alle gleiche Anſprüche und gleiche Mängel haben, verdient allein in die Schranken der Gleichheit zurükgewieſen zu werden.

Weit entfernt alſo, dem Ideengange des Verfaſſers das Recht einzuräumen, irgend eine andere Meinung gewaltthätig zu verdrängen, fordert man billigerweiſe nur für ihn das Recht, neben ſo vielen anderen frei aufzutreten und die Prüfung mit ihnen zugleich auszuhalten. Die Hypotheſe, womit er ſeine Landsleute bekannt macht, iſt unter uns zwar nicht ganz unerhört; allein ſeine Gabe ſie vorzutragen und auszuſchmücken, macht ſie zu einer unterhaltenden Lektüre. Wem es nicht um Namen und Worte zu thun iſt, der wird vielleicht in manchen Stellen dem weſentlichen Inhalt des Buchs und der richtigen Anwendung des Ver-

ſtan-

ſtandes Beifall geben und mit der lauteren Humanität und Philanthropie des Verfaſſers auch
alsdenn noch ſympathiſiren können, wenn das
Ganze ihn ein Hirngeſpinnſt dünkt, oder ſeine
Ueberzeugung an einer andern Vorſtellungsart haftet.   Wer hingegen am Schluſſe des
achtzehnten Jahrhunderts noch Phariſäer genug
iſt, ſich ſelbſt oder der Welt zu heucheln: er
habe die Wahrheit; den rufen wir auf, den erſten Stein auf unſern Träumer zu werfen!

F.

Verzeichnis der Kapitel.

Zwei

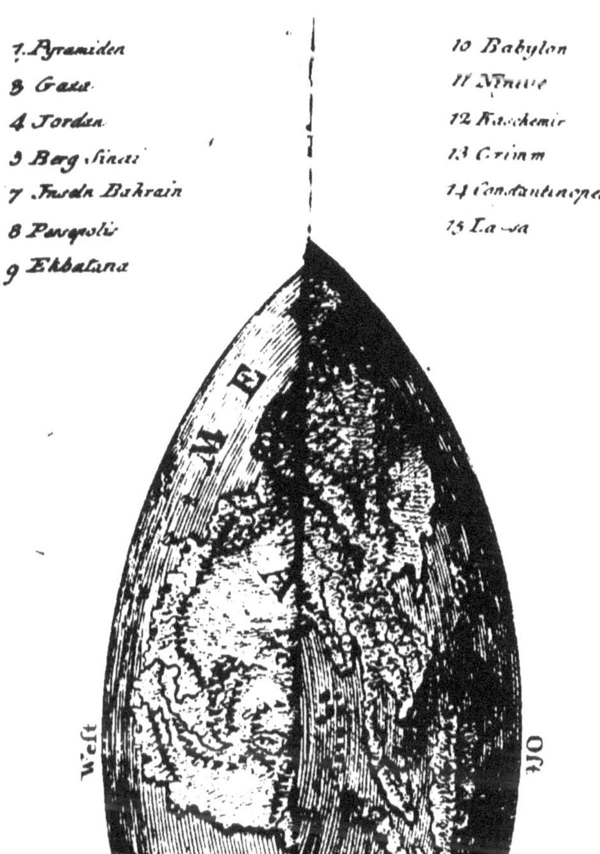
1. Pyramiden
2 Gaza
4 Jordan
5 Berg Sinai
6 Inseln Bahrain
8 Persepolis
9 Ekbatana
10 Babylon
11 Ninive
12 Kaschemir
13 Crimm
14 Constantinopel
15 Lassa
West
Ost

CARTE DER AI
ons Mysterien
A Christen.

Nachricht.

Der Plan zu diesem Werke wurde schon vor geraumer Zeit, das heißt, vor zehn Jahren bereits, entworfen. In der Vorrede und dem Schlusse der im Jahr 1787 herausgekommenen Reise in Syrien sind deutliche Spuren davon enthalten. Man war eben mit der lezten Durchsicht beschäftigt, als die Begebenheiten von 1788 eintraten. Der Verfasser, der nicht glaubte, daß ein Bürger seine Pflichten gegen die Gesellschaft durch eine bloße Theorie politischer Wahrheiten erfüllen könnte, wollte thätige Ausübung damit verbinden und zu einer Zeit, wo man alles zur Vertheidigung der Freiheit aufboth, seine Schuld abzutragen suchen. Um nüzlich zu seyn unterbrach er seine Arbeit; aus demselben Grunde nimmt er sie jezt wieder vor, und wenn sie auch nicht mehr den Werth hätte, als unter den Umständen, die sie veranlaßten, so glaubt er doch, daß es in dieser Zeit, wo neue Leidenschaften in Menge hervorbrachen, und sogar den

 schwär-

ſchwärmeriſchen Eifer für Religion wieder ent-
flammen, immer wichtiger wird, moraliſche
Wahrheiten bekannt zu machen, die dieſen
Leidenſchaften zum Zügel und zur allgemeinen
Richtſchnur dienen können. Aus dieſer Abſicht hat er ſich befliſſen, ſeine Meinungen
in den anſchaullchſten Formen vorzutragen.
Es war unvermeidlich, mächtige Vorurtheile
anzutaſten; allein trotz alles Geſchreies, das
man darüber erheben mag, verſichert er, daſs
dieſe Arbeit nicht die Frucht eines unruhigen
Geiſtes, ſondern einer durch Nachdenken geleiteten Menſchenliebe und Liebe der Ordnung iſt.

Der Leſer dürfte vielleicht fragen, wie im
Jahr 1784 der Gedanke an eine Begebenheit
entſtehn konnte, die erſt im Jahr 1790 eintraf?
Das Räthſel iſt ſehr einfach zu löſen. Nach
dem erſten Plane war der Geſezgeber ein
erdichtetes Weſen; jezt aber iſt ein würk-
licher Geſezgeber an ſeine Stelle getreten, und das Werk hat das Intereſſe der Wahrheit gewonnen.

Anruf.

A n r u f.

————

Seyd mir gegrüfst, einfame Ruinen, heilige Gräber, fchweigende Mauern! euch
rufe ich an; zu euch richte ich mein Gebeth. Ja, während der grofse Haufen mit
geheimen Schrecken vor eurem Anblik zurük
bebt, wekt ihr meinem Herzen taufend an-
ziehende Empfindungen und Gedanken. Wie
viele nüzliche Lehren, rührende, oder er-
fchütternde Betrachtungen bietet ihr dem Geifte dar, der in euch zu lefen weis! Als die
ganze unterjochte Erde vor den Tyrannen
fchwieg, riefet ihr fchon die Wahrheiten aus,
die

die fie verabfcheuen; ihr vermifchtet den
Leichnam der Könige mit den Ueberreften der
unterften Sklaven und behauptetet dadurch den
heiligen Lehrfatz der Gleichheit. In euerm
Umkreife eingefchloffen, fah ich, der einfame
Verehrer der Freiheit, ihren Schatten aus Gräbern hervorgehn, und glüklicher, als ich zu
hoffen gewagt hatte, fah ich ihn feinen Flug
nach meinem neubelebten Vaterlande richten,
wohin er auch meine Schritte zurük rief.

O Gräber! welche Kraft wohnt in euch!
Ihr fchrekt die Tyrannen, ihr vergiftet mit geheimen Beben ihren ftrafbaren Genufs. Sie fliehen euern unbeftechlichen Anblik, und fern
von euch tragen die Feigen den Stolz ihrer
Palläfte. Ihr ftraft den mächtigen Unterdrük-
ker; ihr raubt dem habfüchtigen Erpreffer das
Gold, und rächt den Schwachen, den er ge-
plündert hat. Ihr vergütet die Beraubungen
des Armen, indem ihr die Pracht des Reichen
in Verachtung fenkt; ihr tröftet den Unglüklichen, dem ihr eine lezte Zuflucht darbietet;
ihr gebt endlich der Seele das richtige Gleichgewicht von Stärke und Fühlbarkeit wieder,
worin Weisheit und Lebensklugheit befteht.
Der

Der Nachdenkende zieht in Erwägung, dafs
er alles in euern Schoos zurükgeben mufs und
verschmäht es, sich mit leerer Gröfse, mit
unnützen Reichthümern zu beladen; er hält
sein Herz in den Schranken der Billigkeit, und
vollbringt seinen Lauf, indem er die Augen-
blicke seines Daseyns benuzt und die Güter
gebraucht, die ihm bewilligt sind. Auf solche Art legt er der ungestümen Begierde einen
wohlthätigen Zaum an! ihr stillt den fieberhaf-
ten Durst nach einem Genusse, der die Sinne
berauscht; ihr lafst die Seele von dem ermü-
denden Kampfe der Leidenschaften ausruhn;
ihr erhebt sie über die niedrigen Vortheile, die
den grofsen Haufen quälen, und der Geist, der
von euern Höhen den Schauplatz der Völker
und Zeiten übersieht, entwickelt sich nur zu
grofsen Gefühlen und empfängt nur gründliche
Begriffe von Tugend und Ruhm. O! wenn
der Traum des Lebens ausgeträumt seyn wird,
wozu hätten dann seine Erschütterungen ge-
nüzt, wenn sie keine Spur des Nutzens zurük-
laffen!

O Ruinen! ich kehre zu euch zurük, um
eure Lehren aufzufaffen! ich begebe mich aufs

 neue

neue in den Frieden eurer Einfamkeit, und da,
von dem niederfchlagenden Schaufpiel der Leidenfchaften entfernt, werde ich die Menfchen
in ihren Denkmählern lieben; ich werde mich
mit ihrem Glücke befchäftigen, und der Gedanke, es befchleunigt zu haben, wird das
meinige ausmachen.

Die

Die

R u i n e n,

oder

Betrachtung über die Revolutionen
der Reiche.

Erftes Kapitel.
Die Reife.

Im eilften Regierungsjahre Abd-ul-Hamids, Sohn
Achmeds, Kaifers der Türken, zur Zeit als die
Nogaifchen Tartarn aus der Krimm vertrieben wurden, und ein mufelmännifcher Prinz, aus dem Ge-
fchlechte des Ghengiz-Khan, fich zum Vafallen
und Diener einer chriftlichen Frau und Königin
machte *).

Ich gieng in das Ottomannifche Reich, und
durchreifte die Provinzen, woraus vormals die Königreiche Egypten und Syrien beftanden.

A 4　　　　Meine

---

*) Das heifst, im Jahr 1784. Der Lefer wird gebethen die-
fen Zeitpunkt nicht aus dem Geficht zu verlieren. Man
fehe die Noten am Ende des Buchs.

Meine Aufmerkſamkeit war auf alles gerichtet, was das Glük der Menſchen im geſelligen Leben befördern kann; ich beſuchte die Städte, um die Sitten ihrer Einwohner zu ſtudieren; ich drang in die Palläſte, und beobachtete das Betragen der Regenten; ich entfernte mich aufs Land und unterſuchte den Zuſtand der Einwohner, die es bebauen; Schmerz und Unwillen bemächtigten ſich meines Herzens, da ich allenthalben nur Raub und Verheerung, Tyrannei und Elend ſah.

Mit jedem Tage fand ich auf meinem Wege verlaſsne Felder, verödete Dörfer, verfallne Städte. Ich ſties auf alte Monumente, Ueberreſte von Tempeln, Palläſten und Feſtungen; von Säulen, Waſferleitungen und Gräbern. Dieſes Schauſpiel lenkte meinen Geiſt auf das Andenken vergangner Zeiten und erwekte in meinem Herzen ernſthafte und tiefe Betrachtungen.

Ich erreichte die Stadt Hems an den Ufern des Orontes, und beſchloſs die nahe Stadt Palmyra, welche in der Wüſte liegt, zu beſuchen, um mit eignen Augen ihre ſo geprieſnen Monumente zu ſehn. Nach einem dreitägigen Marſch durch dürre Wüſten entdekte ich plözlich, nachdem ich durch ein Thal voll Grotten und Grabmähler gekommen war, beim Ausgange in der Ebne den erſtaunenswürdigſten Anblik von Ruinen. Sie beſtanden aus einer unzähligen Menge prächtiger aufrecht ſtehender Säulen, die ſich gleich den Alleen vor unſern Thiergär-

gärten, fo weit das Auge reichen kann, in fymmetri-
fchen Reihen hinzogen. Unter diefen Säulen ftanden
grofse Gebäude, zum Theil ganz, zum Theil halb
verfallen. Von allen Seiten war die Erde mit
Ueberreften von Gefimfen, Pfeilern, Balken und
viereckigten Säulen, alle von weiffem Marmor, und
von auserlesner Arbeit, bedckt. Nachdem wir drei
Viertelftunden lang zwifchen diefen Ruinen gegangen waren, kamen wir an ein grofses Gebäude, das
vormals ein der Sonne gewidmeter Tempel war.
Ich fuchte Gaftfreiheit bei armen arabifchen Bauern,
die ihre Strohhütten am Eingange des Tempels auf-
gefchlagen hatten, und befchlofs, einige Tage zu
bleiben, um die Schönheit fo vieler Werke näher
zu betrachten.

Ich gieng alle Tage aus, um einige von den
Monumenten, welche die Ebne bedecken, zu be-
fehn. Eines Abends war ich in Nachdenken ver-
tieft, bis zum Thal der Grabmähler gekommen, ich erftieg die umgränzenden Anhöhen, von
welchen das Auge alle Ruinen und die unermesliche
Wüfte überfieht. Die Sonne war eben untergegan-
gen. Ein röthlicher Streif bezeichnete noch ihre
Spur auf dem fernen Horizont der Syrifchen Berge:
im Orient ftieg der Vollmond aus einem bläulichten
Hintergrunde über den flachen Ufern des Euphrats
empor: der Himmel war rein; die Luft ftill und
heiter. Der erlöfchende Glanz des Tags milderte
das Graufen der Finfternis: der hervorbrechende

                    Thau

Thau der Nacht kühlte das Feuer der entzündeten Erde; die Schäfer hatten sich in ihre Hütten zurük-gezogen; das Auge unterschied keine Bewegung mehr auf der einförmigen, grauen Fläche; eine tiefe Stille bedekte die Wüste; nur in langen Zwi-schenräumen hörte man das traurige Geschrei einiger Nachtvögel und Chacals *). Die Dunkelheit nahm zu, und schon unterschieden meine Blicke durch die Dämmerung nichts weiter als bleiche Schatten von Säulen und Mauern. Diese einsamen Oerter, dieser friedliche Abend, diese prächtige Scene stimm-ten meine Seele zu frommer Andacht. Der Anblik einer grofsen, verödeten Stadt, das Andenken an vergangne Zeiten, die Vergleichung mit dem gegen-wärtigen Zustande, alles erhob mein Herz zu ho-hen Gedanken. Ich sezte mich auf eine umgerisne Säule; und den Ellbogen aufs Knie geflüzt, den Kopf in die Hand gelegt, richtete ich bald meine Blicke auf die Wüste, bald heftete ich sie auf die Ruinen und verfank in tiefe Träumerei.

Zwei-

*) Ein Thier, das dem Fuchs gleicht, aber scheuslich von Gestalt ist. Es lebt von todten Körpern und bewohnt Fel-sen und Ruinen.

Zweites Kapitel.

Betrachtung.

Hier, sagte ich zu mir selbst, hier blühte ehemals eine begüterte Stadt: hier war der Sitz eines mächtigen Reichs. Eine lebendige Menge beseelte vormals diese jezt so verödeten Plätze, und belebte ihren Umkreis. In diesen Mauern, wo jezt todtes Schweigen herrscht, ertönte unaufhörlich das Geräusch der Künste, das Geschrei der Festlichkeit und Freude. Dieser zusammengehäufte Marmor bildete regelmäßige Palläste: diese umgestürzten Säulen schmükten die Majestät der Tempel; diese eingesunknen Gallerien bezeichneten die öffentlichen Plätze. Hier versammlete sich ein zahlreiches Volk, um die ehrwürdigen Pflichten seines Glaubens zu verrichten, um der rührenden Sorge für seinen Unterhalt obzuliegen; hier rief eine an Genüssen schöpferische Erfindungskraft die Reichthümer aller Himmelsgegenden herbei. Der Purpur von Tyrus wurde gegen die kostbare Seide von Serica, die reichen Gürtel von Kachemire gegen die prächtigen Teppiche von Lydien, der Ambra des baltischen Meeres gegen die Perlen und Wohlgerüche aus Arabien, das Gold von Ophir gegen das Zinn von Thule vertauscht (*a*).

Und

Und was bleibt jezt von diefer mächtigen Stadt?
— ein trauriges Skelett! was bleibt von einem grof-
fen Gebieth? — ein dunkles, leeres Andenken!
Auf das lärmende Gewühl, das fich in diefen Hal-
len drängte, ift Todesftille gefolgt. Schweigen
des Grabes ift an die Stelle des Gemurmels auf den
öffentlichen Plätzen getreten. Der blühende Wohlftand einer Handelsftadt hat fich in fchrekliche Armuth
verwandelt. Die Palläfte der Könige find der Wohn-
platz wilder Thiere geworden; Heerden weiden
auf der Schwelle des Tempels, und unreine Thiere
bewohnen das Heiligthum der Götter. Ach, welcher Glanz ift verdunkelt! — welche Arbeiten find
vernichtet! — Gehn fo die Werke der Menfchen
zu Grunde? Verfchwinden fo Reiche und Nationen?

Die Gefchichte der Vergangenheit erneuerte fich
lebhaft in meinem Gedächtnis; ich erinnerte mich
an vormalige Zeiten, wo zwanzig berühmte Völkerfchaften in diefen Ländern lebten; ich mahlte mir
die Affyrier an den Ufern des Tigris; die Chaldäer
am Euphrat, die Perfer, deren Reich fich vom Indus bis zum Mittelländifchen Meere erftrekte. Ich
zählte die Königreiche Damaskus und Idumea, Jerufalem und Samarien, nebft den kriegerifchen
Staaten der Philifter, und den Handelsrepubliken der
Phönicier. Diefes jezt entvölkerte Syrien, fagte ich
zu mir felbft, zählte damals hundert mächtige Städte.
Seine Felder waren mit Dörfern, Flecken und Ort-
fchaf-

ſchaften bedekt (*b*). Von allen Seiten ſah man nur angebaute Felder, beſuchte Wege, gedrängte Wohnungen — Wo ſind dieſe Zeiten des Ueberfluſſes und Lebens? Was iſt aus ſo vielen glänzenden Schöpfungen von der Hand des Menſchen geworden? Wo ſind dieſe Wälle von Ninive, dieſe Mauern von Babylon, dieſe Palläſte von Perſepolis, dieſe Tempel von Balbek und Jeruſalem? Wo ſind dieſe Flotten von Tyrus, dieſe Wagen von Arad, dieſe Roſſe von Sidon, und dieſe Menge von Matroſen, Piloten, Kaufleuten und Soldaten? dieſe Arbeiter, dieſe Schnitter, dieſe Heerden und dieſe ganze Schöpfung lebendiger Weſen, worauf die Erde ſtolz war? Ach? ich habe ſie durchlaufen, dieſe verwüſtete Erde! Ich habe die Orte beſucht, die der Schauplatz ſo vieler Pracht waren, und ſah nur Verödung und Einſamkeit. Ich habe die alten Völker und ihre Werke geſucht, und nur eine Spur von ihnen geſehen, gleich der, die der Fus des Vorübergehenden auf dem Staub zurükläſſt. Die Tempel ſind eingefallen, die Palläſte umgeſtürzt, die Häfen ausgetroknet, und die von Einwohnern entblöſte Erde gleicht einem öde Kirchhofe. Groſſer Gott, woher dieſe unglüklichen Revolutionen? Warum hat das Glük dieſer Länder einen ſolchen Wechſel erlitten? Warum ſind ſo viele Städte zerſtört worden? Warum hat dieſe alte Volksmenge ſich nicht wieder regenerirt? warum dauerte ſie nicht fort?

In

In folche Träumereien verfenkt, bothén fich mir unaufhörlich neue Betrachtungen dar. Alles, fuhr ich fort, führt mein Urtheil irre, und flürzt mich in Unruhe und Ungewisheit. Damals, als diefe Länder das genoffen, worin die Menfchen Glük und Ehre fetzen, wurden fie von Ungläubigen bewohnt: der Phönizier, der feinem Moloch Menfchenopfer fchlachtete, verfammlete in feinen Mauern die Reichthümer aller Klima's: der Chaldäer, der fich vor einer Schlange *) niederwarf, unterjochte mächtige Städte, und plünderte die Palläfte der Könige und die Tempel der Götter: der Perfer, der das Feuer anbetete, fammlete den Tribut von hundert Nationen; ja waren es nicht die Einwohner diefer Stadt, die Verehrer der Sonne und der Geftirne, die fo viele Monumente des Wohlflandes und Luxus errichteten? Zahlreiche Heerden, — fruchtbare Felder, reiche Erndten, alles, was der Preis der Frömmigkeit feyn follte, war in den Händen diefer Gözzendiener, und jezt, da gläubige und heilige Völker diefe Länder bewohnen, herrfcht nun Verödung und Unfruchtbarkeit. Die Erde trägt unter diefen geweihten Händen nur Dornen und Wermuth. Der Menfch fäet im Schweiffe feines Angefichts und ärndtet nur Thränen und Kummer: Krieg, Hungersnoth, Peft fallen wechfelsweife über ihn her. Und dennoch, find diefes nicht die Kinder der Propheten?

*) Der Drache Bel.

pheten? «Sind nicht diefe Mufelmänner, diefe Chriften, diefe Juden die erwählten Völker des Himmels mit Gnade und Wunderzeichen überhäuft? Warum geniefsen dann diefe privilegirten Gefchlech- ter nicht mehr diefelben Vorzüge? Warum find diefe durch das Blut der Märtyrer eingeweihten Länder, ihrer alten Wohlthaten beraubt, und müffen feit fo vielen Jahrhunderten den Segen, wovon fie ausge- fchloffen find, andern Nationen ertheilt, auf andre Länder übertragen fehn? —

Bei diefen Worten folgte mein Geift dem Wech- fel der Dinge, wodurch der Scepter der Welt ab- wechfelnd auf Völker kam, die fo verfchieden an Glauben und Sitten waren; von den Bewohnern des alten Afiens an bis zu den jüngften Bewohnern von Europa. Diefer Name eines vaterländifchen Erd- reichs erwekte in mir das Gefühl des Vaterlands: meine Blicke wurden darauf hingezogen, und ich richtete alle meine Gedanken auf die Lage, worin ich es verlaffen hatte *).

Ich erinnerte mich feiner fo reich bebauten Fel- der; feiner fo prachtvoll gebahnten Wege; feiner von einem unüberzählbaren Volke bewohnten Städ- te; feiner über alle Meere verbreiteten Flotten; fei- ner mit dem Tribut beider Indien bedekten Häven.

Ich

---

*) Im Jahr 1782, beim Ende des amerikanifchen Kriegs.

Ich verglich die Thätigkeit feines Handels mit der
Ausbreitung feiner Schiffarth, mit dem Reichthum
feiner Monumente, mit den Künften und der Be-
triebfamkeit feiner Einwohner, mit allem was nur
vormals Egypten und Syrien befitzen konnten, und
freute mich, den erlofchnen Glanz von Afien in dem
neuen Europa wieder zu finden. Bald aber zerftör-
te ein lezter Punkt des Vergleichs den Reiz meiner
Träume. Bei meinen Betrachtungen, wie belebt
vormals die Orte gewefen waren, die ich vor mir
fah, drängte fich mir der Gedanke auf — wer
weis, ob nicht einft unfre Länder eben fo verlaffen feyn werden? wer weis, ob nicht einft an den
Ufern der Seine, der Themfe oder des Sü-
derfees, da, wo jezt im Wirbel fo vieles Genuffes Herz und Augen für die Menge und Mannigfal-
tigkeit der Eindrücke kaum gros genug find; wer
weis, ob nicht einft ein Reifender wie ich, fich
dort auf ftummen Ruinen niederlaffen, und einfam
über der Afche der Völker und dem Andenken ihrer
Gröffe weinen wird.

Bei diefen Worten füllten meine Augen fich mit
Thränen; ich verhüllte mein Haupt in meinen Mantel und überlies mich finftern Betrachtungen über die
menfchlichen Dinge. Unglükliches Wefen, rief ich
in meinem Schmerz! ein blindes Verhängnis fpielt
mit feinem Gefchik. Eine unheilige Nothwendigkeit regiert nach den Gefetzen des Zufalls das Schik-

fal

fal der Sterblichen.   Aber nein, nur die Rathfchlüffe
einer himmlifchen Gerechtigkeit gehn in Erfüllung!
Ein unerforfchlicher Gott führt feine unbegreiflichen
Befchliefsungen aus! Ohne Zweifel hat er über diefe
Erde einen geheimen Fluch ausgefprochen; er hat
feine Rache an den vergangnen Gefchlechtern über
die jezt lebenden ausgefchüttet.   Wer darf es wagen,
die Tiefen der Gottheit zu ergründen (c)?

Und ich blieb unbeweglich, verflekt in tiefe
Melancholie.

Drittes Kapitel.

Der Schatten.

Bei diefen Worten vernahm ich ein Geräufch,
gleich der Bewegung eines fliegenden Gewandes
und eines leifen Fustritts, der über dürres, zittern-
des Gras hinfchwebte.   Unruhig fchlug ich meinen
Mantel auf, fah mich von allen Seiten flüchtig um,
und plözlich fchien mir's, als fähe ich zu meiner Linken in dem Helldunkel des Mondes zwifchen den
Säulen und Ruinen eines benachbarten Tempels
einen bleichen Schatten, in ein grofses Tuch gehüllt, fo wie man die Geifter mahlt, die aus den
Gräbern hervorgehn.   Ich fchauderte, und während
ich in meiner Beftürzung unfchlüfsig war, ob ich
fliehn, oder mich des Gegenftandes vergewiffern

follte, hörte ich von einer hohlen Stimme mit dum-
pfen, feierlichem Tone folgende Worte:

„Wie lange wird der Menfch den Himmel mit
„ungerechten Klagen beläftigen? Wie lange wird
„er mit eitelm Gefchrei das Schikfal wegen feiner
„Uebel anklagen? Werden feine Augen ftets dem
„Lichte, und fein Herz ftets den Eingebungen der
„Vernunft und Wahrheit verfchloffen feyn? Allent-
„halben bietet fie fich ihm dar, diefe leuchtende
„Wahrheit, und er fieht fie nicht. Das Gefchrei
„der Vernunft dringt in fein Ohr und er hört es
„nicht! Ungerechter Menfch! wenn du einen Au-
„genblik die Verblendung wegnehmen kannft, die
„deine Sinne umnebelt; wenn dein Herz fähig ift,
„die Sprache der Vernunft zu faffen, fo befrage die-
„fe Ruinen! Lies die Lehren, welche fie dir vorhal-
„ten! — Und ihr, Zeugen von zwanzig verfchied-
„nen Jahrhunderten — heilige Tempel! ehrwür-
„dige Gräber! einft glorreiche Mauern, erfcheint in
„der Sache der Natur felbft. Kommt und zeugt vor
„dem Tribunale eines gefunden Verftandes gegen
„eine ungerechte Anklage! Schlagt das Gefchrei ei-
„ner falfchen Weisheit oder heuchlerifchen Fröm-
„migkeit zu Boden, und rächt Erde und Himmel an
„den Menfchen, der fie verläumdet!"

Was ift denn diefes blinde Verhängnis, das ohne Regel und ohne Gefetze, mit dem Schikfale der
Sterb-

Sterblichen spielt? Was ist diese ungerechte Nothwendigkeit, die den Ausgang der Handlungen bestimmt, ohne Rücksicht zu nehmen, ob Klugheit
oder Thorheit sie eingab? Worinn besteht dieser Fluch
des Himmels über diese Länder? Wo ist diese göttliche Rache, welche diese Länder mit fortdauernder
Verödung straft? Sprecht, ihr Denkmähler vergangner Zeiten, haben die Himmel ihre Gesetze und
die Erde ihren Lauf verändert? Ist das Feuer der
Sonne binnen dieser Zeit erlöschen? Steigen keine
Wolken mehr aus dem Meere empor? Bleiben Regen und Thau in der Luft verschlossen? Behalten die
Berge ihre Schätze zurük? Sind die Flüsse vertrok-
net? Sind die Pflanzen ihrer Saat und Früchte beraubt? Antworte, lügenhaftes, gottloses Geschlecht.
Hat Gott die ursprüngliche feste Ordnung, die er selbst
der Natur anwies, unterbrochen? Hat der Himmel
der Erde und die Erde ihren Bewohnern die Güter
verringert, die sie ihnen vormals verstatteten? Wenn
nichts in der Schöpfung sich verändert hat, wenn
dieselben Hülfsquellen, die vormals vorhanden waren, es noch sind, warum sind denn die gegenwärtigen Geschlechter nicht mehr, was die vergangnen waren? Ach fälschlich klagt ihr die Gottheit und
das Schikfal an! mit Unrecht schreibt ihr Gott die
Ursache eurer Uebel zu! Sprich, du verkehrtes,
heuchlerisches Geschlecht, wenn diese Oerter verödet, mächtige Städte entvölkert sind, hat dann Gott
ihren Untergang verursacht? Hat seine Hand diese

  Mauern

Mauern umgeſtürzt, dieſe Tempel untergraben, dieſe Säulen verſtümmelt? Oder that es die Hand des Menſchen? Hat der Arm Gottes das Schwerdt in die Stadt, und das Feuer auf's Feld getragen? das Volk getödtet, die Erndten verſengt, die Bäume ausgeriſſen und die Saat verwüſtet? oder that es der Arm des Menſchen? Und wenn nach dem Verderben der Erndte Hungersnoth eintrat, hat die Rache Gottes, oder die unſinnige Wuth des Menſchen ſie hervorgebracht? Wenn in der Hungersnoth das Volk ſich mit unreinen Speiſen ſättigte, wenn die Peſt darauf erfolgte, hat dann der Zorn Gottes, oder die Unbeſonnenheit des Menſchen ſie geſchikt? Wenn Krieg, Hunger und Peſt die Menſchen wegrafften, wenn die Erde verödet blieb, hat dann Gott ſie entvölkert? Hat ſeine Habſucht, oder die Habſucht derer, die regieren, den Arbeiter beraubt, die vollen Felder verwüſtet, und das Land verheert? Hat ſein Stolz, oder der Stolz der Könige und ihrer Miniſter mörderiſche Kriege angeſtiftet? Hat die Feilheit ſeiner Beſchließungen, oder die Feilheit der Organe des Geſetzes das Glük der Familien zu Grunde gerichtet? Mit einem Worte, ſind es ſeine Leidenſchaften, die unter tauſenderlei Geſtalten die Menſchen quälen, oder die Leidenſchaften der Menſchen? Und wenn ſie in der Quaal ihrer Leiden die Hülfsmittel dagegen nicht ſehn, muß man der Unwiſſenheit Gottes, oder ihrer Unwiſſenheit dieſes zuſchreiben? Hört alſo auf, ihr Sterblichen, das Verhängnis

hängnis des Schikfals, oder die Urtheile der Gottheit anzuklagen! Wenn Gott gut ift, kann er dann der Urheber eurer Quaalen feyn? Wenn er gerecht ift, kann er der Mitfchuldige enrer Miffethaten feyn? Nein, nein, die feltfamen Fügungen, worüber der Menfch fich beklagt, find nicht die Fügungen des Schikfals; das Dunkel, worin feine Vernunft fich verirrt, ift nicht das Dunkel Gottes; die Quelle feiner Widerwärtigkeiten läuft nicht bis in die Himmel zurük; fie entfpringt nahe bei ihm auf der Erde; fie ift nicht im Schoofse der Gottheit verborgen; fie wohnt in dem Menfchen felbft; er trägt fie in feinem Herzen.

Du murreft und fagft: wie? ungläubige Völker haben die Wohlthaten des Himmels und der Erde genoffen, und geweihte Gefchlechter follten minder beglükt feyn, als gottlofe Völker? Verblendeter Menfch! wo ift denn der Widerfpruch, der dich ärgert? Wo ift das Räthfel, das du in der Gerechtigkeit des Himmels zu finden vermeinft? Ziehe felbft das Gleichgewicht zwifchen Gnade und Strafe, zwifchen Urfache und Wirkung. Sprich: wenn diefe Ungläubigen die Gefetze des Himmels und der Erde beobachteten, wenn fie ihre forgfältigen Arbeiten nach der Ordnung der Jahrszeiten und nach dem Laufe der Sterne einrichteten, follte dann Gott das Gleichgewicht der Welt ftören, um ihre Klugheit zu betrügen? Wenn fie mit Mühe und Schweis das Feld bebauten,

B 3

follte

ſollte er dann Regen und fruchtbaren Thau abwen-
den, und Dornen auffprieſsen laſſen? Wann, um
dieſen dürren Boden fruchtbar zu machen, ihr Fleis
Waſſerleitungen baute, Kanäle grub, ferne Gewäſſer
quer durch die Wüſten leitete, ſollte er dann die
Quellen der Berge verſtopfen? Sollte er die Saat aus-
reiſſen, der die Kunſt Wachsthum gab, die Felder
verwüſten, welche der Frieden bevölkerte, die Städte umſtürzen, welche Arbeit blühen machte, mit einem Worte, die durch die Weisheit des Menſchen
eingeführte Ordnung ſtören? Und was iſt dieſer Un-
glaube, der durch Klugheit Reiche gründete, ſie
durch Muth vertheidigte, durch Gerechtigkeit befe-
ſtigte; mächtige Städte errichtete, tiefe Häven grub,
peſtilenzialiſche Sümpfe troknete, das Meer mit Schiffen, die Erde mit Einwohnern bedekte, und gleich
dem ſchöpferiſchen Geiſte Bewegnng und Leben über
die Welt verbreitete? Wenn dies Gottloſigkeit iſt,
was iſt denn wahrer Glaube? Beſteht die Heiligkeit
darinn, zu zerſtören? Iſt der Gott, der die Luft mit
Vögeln, die Erde mit Thieren, die Gewäſſer mit
Gewürm bevölkert, der Gott, der die ganze Natur
beſeelt, ein Gott der Trümmern und Gräber? Fordert er Verheerung zum Opfer, und Feuer und Flamme zur Huldigung? Will er Seufzer zu Lobgeſän-
gen, Menſchenmörder zu Anbethern, eine verödete
und verwüſtete Welt zum Tempel haben? Und ſind
nicht dies eure Werke, heilige und gläubige Geſchlechter? Sind nicht dies die Früchte eurer Fröm-

migkeit?

migkeit? Ihr habt Völker getödtet, Städte verbrannt, Saaten zerstört, die Erde einsam gemacht; und ihr verlangt Belohnung für eure Werke? Es müsten Wunder für euch gethan werden! Die Arbeiter, die ihr ermordet, müsten wieder aufgewekt, die Mauern, die ihr umreifst, wieder aufgerichtet, die Saat, die ihr zerstört, wieder hervorgebracht, die Gewäsfer, die ihr verrinnen liefst, wieder gesammlet, mit einem Worte, allen Gesetzen des Himmels und der Erde müfste entgegen gehandelt werden; diesen von Gott selbst, zum Zeichen seiner Gröfse und Macht, eingeführten Gesetzen; diesen ewigen, allen Gesetzbüchern, allen Propheten vorhergehenden Gesetzen; diesen unbeweglichen Gesetzen, welche weder die Leidenschaften, noch die Unwissenheit des Menschen verändern können. Allein die Leidenschaft, welche sie verkennt, die Unwissenheit, welche die Ursachen nicht beobachtet, die Würkungen nicht vorher sieht, haben in der Thorheit ihres Herzens gesagt: „Alles „kommt vom Ohngefähr; ein blindes Verhängnis „schüttet Gutes und Böses über die Erde aus, ohne „dafs Klugheit oder Vorsicht ihm vorbeugen kön„nen." — Oder sie haben die Sprache der Heuchelei angenommen und gesagt: „Alles kömmt von „Gott, er findet Gefallen daran, die Weisheit zu „betrügen und die Vernunft zu verwirren" — und die Unwissenheit hat sich ihrer Bosheit gefreut. „Auf solche Art, hat sie gesagt, setze ich mich der „Weisheit gleich, die mich beleidigt: ich mache die

„Klug-

„Klugheit unnüz, die mich ermüdet und beläfligt" —
und die Habfucht hat hinzu gefetzt: „Auf diefe Art
„werde ich den Schwachen unterdrücken und die
„Früchte feiner Arbeit verzehren, und werde fagen:
„Gott hat es verhängt, das Schikfal hat es gewollt." —
Ich aber, ich fchwöre bei den Gefetzen des Himmels und der Erde, und bei den Gefetzen des menfchlichen Herzens! der Heuchler wird in feiner Betrügerei, der Ungerechte in feiner Raubfucht betrogen werden. Die Sonne wird ihren Lauf verändern,
ehe die Thorheit über Weisheit und Erkenntnis fiegt,
und ehe in der zarten Kunft, dem Menfchen feinen
wahren Genufs zu verfchaffen, und feine Glükfeligkeit auf dauerhafte Grundlagen zu bauen, Verblendung über Klugkeit den Sieg davon trägt.

Viertes Kapitel.

Erläuterung.

So fprach der Schatten. Beftürzt über diefe Rede,
und das Herz von verfchiednen Gedanken beunruhigt, blieb ich lange ftumm. Endlich erdreiftete
ich mich zu reden, und fagte ihm: „O Genius der
„Gräber und Ruinen! deine Gegenwart und deine
„Strenge haben meine Sinne in Unordnung gebracht;
„allein die treffende Wahrheit deiner Rede giebt mei-
„ner Seele Vertrauen wieder. Verzeihe meiner Un-
„wiffenheit. Ach! wenn der Menfch blind ift, mufs
„denn

„denn dasjenige, was seine Quaal ausmacht, auch
„noch sein Verbrechen machen? Ich konnte die
„Stimme der Vernunft verkennen, sobald ich sie aber
„erkannte, konnte ich sie nicht verwerfen. O! wenn
„du in meinem Herzen liefest, so weißt du, wie es
„nach Wahrheit verlangt; du weißt, daß es sie mit
„Leidenschaft sucht. — Um ihr nachzuspüren siehst
„du mich ja in diesen entlegnen Oertern! Ach, ich
„habe die Erde durchlaufen, Felder und Städte be-
„sucht und sah allenthalben Elend und Verwüstung;
„das Gefühl der Leiden, die meine Brüder quälen,
„hat meine Seele tief gebeugt. Ich habe seufzend
„zu mir gesagt: Ach! ist wohl der Mensch zu et-
„was andern, als zu Schmerz und Elend geschaf-
„fen? — und habe meinen Geist mit der Betrach-
„tung unsrer Uebel beschäftigt, um die Mittel dage-
„gen zu entdecken. Ich habe gesagt: ich werde
„mich von den verderbten Gesellschaften trennen;
„ich werde mich von den Palläßen entfernen, wo
„Ueberfättigung die Seele entadelt; aus den Hütten,
„wo das Elend sie erniedrigt. Ich werde in die Ein-
„samkeit gehn, um unter Ruinen zu leben; ich wer-
„de die alten Monumente über die Weisheit vergang-
„ner Zeiten befragen; ich werde aus dem Schoofse
„der Gräber den Geist hervorrufen, der vormals in
„Asien den Glanz der Staaten und den Ruhm der
„Völker ausmachte; ich werde die Asche der Gesez-
„geber fragen, nach welchen Grundursachen Reiche
„empor steigen und fallen; aus welchen Quellen

B 5

„das

„das Wohl und Unglük der Völker erwächſt; auf
„welche Grundſätze endlich der Frieden der Geſell-
„ſchaften und das Glük der Menſchen ſich gründen
„ſoll.“

Ich ſchwieg und erwartete mit geſenktem Blik
die Antwort des Genius. Frieden und Glük, ſagte
er, kommen auf den herab, der die Gerechtigkeit
übt! O junger Menſch, da dein Herz redlich die
Wahrheit ſucht, da deine Augen ſie noch durch die
Binde der Vorurtheile erkennen können, ſo ſoll deine Bitte nicht vergebens ſeyn. Ich werde deinen
Blicken dieſe Wahrheit darlegen, die du anrufſt;
ich werde deiner Vernunft dieſe Weisheit lehren, die
du aufforderſt; ich werde die Weisheit der Gräber
und die Wiſſenſchaft von Jahrhunderten dir enthüllen. — Er nahte ſich mir, und legte mir die Hand
auf den Kopf: Richte dich auf, Sterblicher, ſprach
er, und mache deine Sinnen von dem Staube los,
worinn du kriechſt. — Und plözlich, wie von einem himmliſchen Feuer durchdrungen, ſchienen
mir die Bande, die uns hier feſſeln, ſich aufzulöſen,
und gleich einem leichten Dunſte, durch den Flug
des Genius fortgeriſſen, fühlte ich mich in höhere
Regionen verſezt. Hier nahm ich aus dem höchſten
der Lufthimmel, indem ich meine Blicke auf die
Erde ſenkte, eine neue Scene wahr. Unter meinen
Füſſen, im Raume ſchwimmend, zeigte ein Himmelskörper gleich dem Monde, aber nicht ſo gros

und

und leuchtend, mir eine feiner Flächen *), und diefe Fläche hatte das Anfehn einer mit grofsen Flecken
befäeten Scheibe: die einen weifslicht und trübe, die
andern braun, grün oder grau. Ich fuchte herauszubringen, was diefes für Flecken wären, als der Genius mir fagte: Menfch, der du Wahrheit fuchft, er-
kennft du diefen Anblik? — „O Genius, antworte-
„te ich, wenn ich nicht auf jener Seite den Mond
„fähe, fo würde ich diefen Körper dafür halten: denn
„er gleicht jenem Planeten im Schatten einer Mond-
„finfternis durchs Telefcop betrachtet: man würde
„fagen, dafs diefe verfchiednen Flecken Seen und
„Länder wären.“

„Ja, fagte er mir, es fiud Seen und Länder —
„der Halbkugel, die du bewohnft.“

„Wie, rief ich, das da wäre diefe Erde, auf
„der die Sterblichen leben?“

„Ja, antwortete er, diefer trübe Raum, der un-
„regelmäfsig einen grofsen Theil der Scheibe ein-
„nimmt, und fie faft von allen Seiten umgränzt, ift
„was ihr das grofse Weltmeer nennt, das fich vom
„Südpol bis zum Aequator erftrekt, zuerft den grofsen
„Meerbufen von Indien und Afrika bildet, dann fich
„durch die Malayifchen Infeln hin öftlich bis an die
„Gränzen der Tartarei hinaufzieht, während es oft-
„wärts das fefte Land von Afrika und Europa bis zum
„nördlichen Afien einfchliefst.“

„Diefe-

*) Man fehe das Kupfer No. 2. welches die eine Hälfte der
Erde abbildet.

„Diese Halbinsel in Form eines Viereks zu un-
„fern Füßen, ist das dürre Land der Araber; dieses
„große Land zur Linken, im Innern beinahe eben
„so kahl und nur an den Ufern grün, ist der ver-
„brannte Erdstrich, den die schwarzen Menschen *)
„bewohnen, Nördlich jenseits eines unregelmäßigen,
„langen, schmalen Meeres **) liegen die Länder
„von Europa, reich an Wiesen und angebauten Fel-
„dern; Rechts, vom Caspischen Meere, erstrecken
„sich die mit Schnee bedekten kahlen Ebenen der
„Tartarei. Dieser weißlichte Raum hieherwärts ist
„die lange, traurige Wüste Cobi, welche China von
„der übrigen Welt trennt. Du siehst dieses Reich
„in dem gefurchten Erdboden, das unter einer schief
„gekrümmten Fläche sich unsern Blicken entzieht.
„Diese Erdzungen und zerstreut liegenden Punkte
„an diesen Küsten sind die Halbinseln und Inseln der
„Malayischen Völker, der traurigen Besitzer von
„Rauchwerk und Gewürzen. Dieses Dreiek, das
„sich weit ins Meer erstrekt, ist die zu berühmte
„Halbinsel Indien (d). Du siehst den gekrümmten
„Lauf des Ganges, die rauhen Gebürge von Tibet,
„das glükliche Thal von Kachemire (12), die Salz-
„steppen Persiens, die Flüsse Euphrat und Tigris,
„das eingeschlossene Bette des Jordans (4), und die
„Kanäle des einsamen Nils. (Man sehe Kupfer 2.)

„O Ge-

---

*) Afrika.

**) Das Mittelländische Meer.

„O Genius, sagte ich, ihn unterbrechend, der
„Blik eines Sterblichen reicht nicht bis zu diefen Ge-
„genfländen in folcher Ferne." Alfobald berührte
er mein Geficht; meine Augen wurden fchärfer als
die Augen des Adlers, und doch fchienen mir die
Flüffe nur krumme Streifen, die Berge nur Furchen
und die Städte nur kleine Figuren, gleich Feldern
auf einem Schachbrett zu feyn.

Der Genius zeigte mit dem Finger auf die Gegen-
flände und befchrieb fie mir näher: Diefe Klumpen,
fagte er, die du in jenem vom Nil durchwäfferten
Thale wahrnimmft, find die Ueberrefte blühender
Städte, worauf das alte Königreich Aethiopien ftolz
war (e). Siehe hier die Ueberrefte feiner Hauptftadt Theben mit hundert Palläften (f), die Ur-
mutter der Städte, das Denkmahl eines wunderbaren
Gefchiks. Hier entdekte ein jezt vergesnes Volk zu
einer Zeit, wo alle andere Völker Barbaren waren,
die Elemente der Wiffenfchaften und Künfle; und
ein Gefchlecht von Menfchen, jezt der Auswurf der
Menfchheit, weil fie kraufes Haar und eine fchwar-
ze Haut haben, gründete die bürgerlichen und Reli-
gions-Syfteme, die noch über die ganze Welt regieren, auf das Studium der Gefetze der Natur. Diefe grauen Punkte, tiefer unten, find die Pyramiden (1), deren Maffe dich in Erftaunen gefetzt hat.
Diefe Küfle (3), vom Meer und einer Kette enger
Gebürge eingefchloffen, war der Aufenthalt der

Phöni-

Phönizifchen Völker; hier ftanden die mächtigen
Städte Tyrus, Sidon, Afcalon, Gaza und Baruth.
Diefer Wafferftreif ohne Ausgang (4) ift der Jordan,
und diefe unfruchtbaren Felfen, waren vormals der
Schauplaz von Begebenheiten, welche die ganze
Welt erfüllten. Sieh hier die Wüfte Horeb, und
diefen Berg Sinai (5), wo ein tieffehender, kühner
Mann durch Mittel, welche der gemeine Verftand
nicht fafst, Satzungen gründete, die auf das ganze
Menfchengefchlecht Einflus gehabt haben. Hier auf
diefem dürren Geftade fiehft du keine Spuren von
Pracht mehr, und doch war hier ein Magazin von
Reichthümern. Hier waren diefe Idumäifchen Häfen (g), von wo aus die Phönizifchen und Jüdi-
fchen Flotten längs der Halbinfel Arabien hinfegelten
und fich in den Perfianifchen Meerbufen begaben,
um die Perlen von Hevila und das Gold von Saba
und Ophir einzuladen. Ja, hier, an diefer Küfte
von Oman und Baharain, die der Siz diefes Handels
des Luxus war, der das Schikfal der alten Völker
beftimmte, hier holte man die Gewürze und köftli-
chen Steine von Ceylan, die Gürtel von Kachemire,
die Diamanten von Golconde, das Ambra von den
Maldivifchen Infeln, den Bifam von Tibet, den
Aloe von Cochin, die Affen und Pfauen von Indien,
den Weihrauch von Hadramuth, die Mirrhe, das
Silber, Goldpulver und Elfenbein von Afrika. Von
hier aus wurden diefe Wohlgenüffe auf egyptifchen
und fyrifchen Schiffen bald durchs rothe Meer geführt,

führt, und brachten die Städte Theben, Sidon, Memphis und Jerufalem nach einander empor; bald giengen fie den Tigris und den Euphrat wieder hinauf, und feuerten die Thätigkeit der Affyrifchen, Medifchen, Chaldäifchen und Perfifchen Nationen an; diefe Reichthümer, je nachdem fie weife gebraucht oder gemisbraucht wurden, erweiterten die Herrfchaft der Völker oder ftürzten fie um. Siehe hier die Stätte des prächtigen Perfepolis, deffen Säulen du wahrnimmft (8); von Ectabana, deffen fiebenfache Maller (9) zerftört ift; von Babylon (10), das nur noch Schutthaufen aufzuweifen hat (b); von Ninive (11), deffen Namen kaum noch gekannt wird; von Thapfacum, Anathot, Gerra und von diefem verheerten Palmyra. O unvergängliche Namen! berühmte Felder, ewig merkwürdige Länder! welche erhabne Lehren biethet euer Anblik dar! wie viele tiefe Wahrheiten find auf der Oberfläche diefer Erde eingefchrieben! Angedenken vergangner Zeiten, kehre in meine Erinnerung zurük! Oerter, die ihr von dem Leben des Menfchen in fo vielen verfchiednen Zeitaltern zeugtet, ruft mir die Veränderungen feines Schikfals wiederum vor! Lehrt mich die Triebfedern und Grundurfachen davon kennen! Sagt, aus welchen Quellen er Glük und Unglük fchöpfte! Enthüllet ihm felbft die Urfachen feiner Uebel! Verbeffert fie durch den Anblik feiner Verirrungen! Lehrt ihn feine eigne Weisheit, und möge die Erfahrung vergangner Zeiten für gegenwärtige und

künf-

künftige Geschlechter, ein unterrichtendes Gemählde, und ein Keim des Glüks werden.

Fünftes Kapitel.

Stand des Menschen in der Welt.

Nach einigen Augenblicken Stillschweigen fuhr der
Genius in so genden Ausdrücken fort:

Ich habe es dir gesagt, Freund der Wahrheit!
vergebens schreibt der Mensch verborgnen und eingebildeten Wirkungen seine Unfälle zu; vergebens
sucht er geheimnisvolle und fremde Ursachen zu seinen Uebeln. Ohne Zweifel ist in der allgemeinen
Ordnung des Weltalls sein Stand Unbequemlichkei-
ten unterworfen; ohne Zweifel wird seine Existenz
durch höhere Kräfte regiert: allein diese Kräfte sind
weder Beschlüsse eines blinden Schikfals, noch Lau-
nen phantastischer, eigensinniger Wesen. Gleich
der Welt, von der er einen Theil ausmacht, wird
der Mensch durch natürliche, in ihrem Lanfe re-
gelmäfsige, in ihren Würkungen zusammenhängende, und in ihrem Wesen unbewegliche Gesetze regiert. Diese Gesetze, die gemeinschaftliche Quelle
vom Guten und Bösen, sind nicht fern in den Gestirnen geschrieben, oder in mysterieusen Gesezbüchern verhüllt; mit der Natur irrdischer Wesen verbunden, ihrer Existenz einverleibet, sind sie zu allen

Zeiten

Zeiten, an allen Orten dem Menſchen gegenwärtig;
ſie würken auf ſeine Sinne, warnen ſeinen Verſtand,
und führen Strafe und Belohnung für jede Handlung
mit ſich. Möchte der Menſch mit dieſem Geſetze
bekannt ſeyn! Möchte er die Natur der ihn umge-
benden Weſen, und ſeine eigne begreifen, ſo würde er die Urheber ſeines Geſchiks kennen, er würde wiſſen, was die Urſachen ſeiner Uebel ſind, und
was für Mittel er dagegen anwenden kann!

Als die geheime Macht, die das Univerſum beſeelt, den Erdball bildete, den der Menſch bewohnt,
verleibte ſie den Dingen, woraus er beſteht, weſentliche Eigenſchaften ein, welche die Regel ihrer indi-
viduellen Bewegungen, das Band ihrer gegenſeitigen
Beziehungen, die Urſache der Harmonie des Ganzen wurden. Sie gründete dadurch eine regelmäſsige Ordnung von Urſachen und Würkungen, von
Grundurſachen und Folgen, die unter dem Anſchein
des Zufalls, das Univerſum regiert, und das Gleichgewicht in der Welt erhält. Sie eignete dem Feuer
Bewegung und Thätigkeit; der Luft Elaſticität; der
Materie Schwere und Conſiſtenz zu; ſie machte die
Luft leichter als das Waſſer; das Metall ſchwerer als
die Erde; das Holz weniger dicht als den Stahl; ſie
befahl der Flamme empor zu ſteigen, dem Steine
herab zu ſtürzen, der Pflanze zu wachſen; dem Menſchen, den ſie der Einwürkung ſo vieler verſchiednen Dinge ausſetzen, und dennoch ſein gebrechliches

Leben erhalten wollte, die Fähigkeit zu empfinden.
Vermöge dieſer Fähigkeit erregt ihm jede, ſeiner
Exiſtenz ſchädliche Handlung eine Empfindung von
Uebel und Schmerz, und jede ihr zuträgliche Handlung ein Gefühl von Vergnügen und Wohlbehagen.
Durch dieſe Empfindungen wird der Menſch, von
einer Seite von dem, was ſeinen Sinnen unangenehm
iſt, zurükgeſtoſſen, und von der andern zu dem,
was ihnen ſchmeichelt, hingezogen, in die Nothwendigkeit geſezt, ſein Leben zu lieben und zu erhalten. Selbſtliebe, Verlangen nach Wohlbefinden,
Abneigung vor Schmerzen, das ſind die weſentlichen,
von der Natur ſelbſt dem Menſchen auferlegten, urſprünglichen Geſetze; die Geſetze, welche die anordnende Macht, wer ſie auch ſey, gegründet hat, um
ihn zu regieren; dieſe Geſetze ſind es, die, gleich den
Geſetzen der Bewegung in der phyſiſchen Welt, das
einfache und fruchtbare Prinzip von allem was in der
moraliſchen Welt vorgeht, geworden ſind.

So iſt alſo der Stand des Menſchen beſchaffen!
Von einer Seite der Einwürkung der ihn umgeben-
den Elemente ausgeſezt, iſt er vielen unvermeidlichen Uebeln unterworfen, und wenn in dieſem
Rathſchluſſe die Natur ſich ſtrenge bewieſen hat, ſo
hat ſie, von der andern Seite gerecht, und ſogar
nachſichtig nicht nur dieſe Uebel durch ähnliche
Wohlthaten gemildert, ſondern auch dem Menſchen
die Macht verliehn, dieſe zu vermehren und jene zu

ver-

verfüſsen. Sie ſcheint ihm geſagt zu haben: „Schwa-
„ches Werkzeug meiner Hände, ich bin dir nichts
„ſchuldig, und gebe dir das Leben. Die Welt,
„worein ich dich ſetze, war nicht für dich gemacht,
„und doch bewillige ich dir den Gebrauch davon;
„du wirſt ſie mit Gutem und Böſem vermiſcht fin.
„den; es liegt dir ob, beides zu unterſcheiden, und
„deine Schritte auf blumigte, oder dornigte Pfade
„zu lenken. Sey der Werkmeiſter deines Schikſals;
„ich gebe es in deine Hände.“ — Ja, der Menſch
iſt der Werkmeiſter ſeines Schikſals geworden, er
ſelbſt hat den Umſturz oder das Emporkommen ſeines Glüks geſchaffen, und wenn er, beim Anblik ſo
vieler Schmerzen, womit ſein Leben gefoltert ward,
Urſache hat, über ſeine Schwachheit oder Unbeſonnenheit zu ſeufzen, indem er erwägt, aus welchen
Quellen ſie entſprang, und bis zu welcher Höhe er
ſich empor heben konnte, ſo hat er vielleicht noch
mehr Recht, auf ſeine Stärke ſich etwas zu Gute zu
thun, und ſtolz auf ſeine Geiſteskräfte zu ſeyn.

 Sechs-

Sechstes Kapitel.

Urfprünglicher Zuſtand des Menſchen.

Iu ſeinem Urſprunge fand ſich der geſchaffne Menſch, nakt an Körper und Geiſt, dem Zufall Preis gegeben, auf die wüſte und wilde Erde geworfen. Ein hülfloſer Fremdling, verlaſſen von der unbekannten Macht, die ihn hervorgebracht hatte, ſah er keine Weſen neben ſich, die vom Himmel herabgeſtiegen waren, um ihn von den Bedürfniſſen zu benachrichtigen, die nur durch ſeine Sinne erzeugt werden, um die Pflichten kennen zu lehren, die einzig aus ſeinen Bedürfniſſen entſpringen. Gleich andern Thieren, ohne Erfahrung des Vergangnen, ohne Vorherſehung des Zukünftigen, irrte er in dicken Wäldern umher, einzig durch den Inſtinkt der Natur gelenkt und regiert. Der Schmerz des Hungers vermochte ihn, Nahrungsmittel aufzuſuchen, und er ſorgte für ſeine Erhaltung: die Strenge der Jahrszeit lies ihn Bedeckung ſeines Körpers wünſchen, und er verfertigte ſich Kleider: durch den noch mächtigern Reiz des Vergnügens näherte er ſich einem ihm gleichen Weſen, und pflanzte ſeine Gattung fort.

Auf ſolche Art entwickelten die ſeine Kräfte erweckenden Eindrücke, die er von den Gegenſtänden um ſich her erhielt, ſtufenweiſe ſeinen Verſtand, und fiengen an, ihn aus ſeiner tiefen Unwiſſenheit zu reiſſen. Seine Bedürfniſſe ſpornten ſeinen Fleis

an,

an, feine Gefahren entwickelten feinen Muth; er lernte nüzliche Pflanzen von fchädlichen unterfcheiden, die Elemente bekämpfen, eine Beute ergreifen, fein Leben vertheidigen und erleichterte fein Ungemach.

Auf folche Art waren Selbftliebe, Abneigung vor Schmerz, Verlangen nach Wohlgenufs die einfachen und mächtigen Triebfedern, die den Menfchen aus dem wilden, barbarifchen Zuftande, worein die Natur ihn gefezt hatte, herausriffen; und wenn jezt fein Leben mit Wohlgenufs beftreut ift, wenn er jeden feiner Tage durch Annehmlichkeiten bezeichnen kann, fo hat er das Recht, fich felbft Beifall zuzurufen und zu fich zu fagen: Ich felbft habe das Gute, was mich umgiebt, hervorgebracht: ich bin der Werkmeifter meines Glüks; eine fichre Wohnung, bequeme Kleider, reichliche und gefunde Nahrung, lachende Felder, fruchtbare Weinberge, bevölkerte Länder, alles ift mein Werk: ohne mich würde diefe der Unordnung Preis gegebne Erde nur ein fchmutziger Moraft, ein wilder Wald, eine fcheusliche Wüfte feyn. „Ja, fchöpferifcher Menfch! empfange meine Huldigung! du haft den Umfang der Himmel gemeffen, die Gröfse der Sterne berechnet, den Bliz in den Wolken ergriffen, Meer und Stürme bekämpft, alle Elemente unterjocht! Ach! warum mufsten fo viele erhabne Eigenfchaften mit fo vielen Verirrungen vermifcht werden!

C 3   Sie-

Siebentes Kapitel.

Entstehung der Gesellschaften.

Indessen fühlten die ersten Menschen, die in Gehölzen und an Flüssen umher irrten, um Wild und Fische zu fangen, diese Jäger und Fischer, von Gefahren umgeben, von Feinden angefallen, vom Hunger, von Ungeziefer und wilden Thieren gequält, ihre einzelne Schwäche; durch gemeinschaftliches Bedürfnis der Sicherheit und gegenseitiges Gefühl gleicher Uebel getrieben, vereinigten sie ihre Hülfsmittel und Kräfte. Begab einer sich in Gefahr, so kamen mehrere ihm zu Hülfe und unterstüzten ihn; gebrach es dem einen an Unterhalt, so theilte ein andrer seine Beute mit ihm. Auf solche Art gesellten sich die Menschen zusammen, um ihre Existenz zu sichern, um ihre Kräfte zu vermehren, ihren Genuß zu schützen, und Selbstliebe wurde die erste Ursache der Gesellschaften.

Durch die wiederholte Erfahrung verschiedner Zufälle, durch die Ermüdung eines umherschweifenden Lebens, durch die Unannehmlichkeit öftern Mangels nachdenkender gemacht, giengen die Menschen mit sich selbst zu Rathe und sagten: „Warum sollen wir unsre Tage damit hinbringen, Früchte, auf einem kargen Boden verstreut, aufzusuchen? Warum uns erschöpfen, um Beute zu verfolgen, die

im

im Meere und in den Wäldern uns entwischt?
Warum verfammlen wir nicht die Thiere, die uns
ernähren, um uns her? Warum laffen wir es uns
nicht angelegen feyn, fie zu vervielfachen und zu
vertheidigen? Wir werden uns von ihren Erzeugnif-
fen nähren, uns mit dem, was wir ihnen abnehmen,
kleiden, und keine Ermüdung des heutigen, keine Sorge für den morgenden Tag mehr kennen."
Und die Menfchen kamen einer dem andern zu Hülfe, bemächtigten fich der leichtfüfsigen Ziege, des
furchtfamen Lamms; fie nahmen das geduldige Ka-
meel gefangen, bändigten den wilden Stier, das un-
geftüme Rofs, und über ihre Erfindung frolockend,
fezten fie fich in der Freude ihrer Seele und fiengen
an, Ruhe und Gemächlichkeit zu koften; Selbftliebe, der Grundtrieb alles Nachdenkens, wurde die
Mutter aller Künfte und alles Genuffes.

Nunmehr, da die Menfchen ganze Tage in Mu-
fe' und in der Mittheilung ihrer Gedanken hinbringen
konnten, betrachteten fie mit Neugierde und Nachdenken die Erde, den Himmel und fich felbft. Sie
bemerkten den Lauf der Jahrszeiten, den Einflus der
Elemente, die Eigenfchaften der Früchte und Pflanzen und fannen darauf, ihren Genufs zu vervielfachen. Nachdem man in einigen Ländern beobachtet hatte, dafs gewiffer Saamen unter einer kleinen
Hülle eine gefunde Subftanz enthielt, die fich fort-
fchaffen und aufbewahren lies, alunten die Bewoh-

ner

ner der Erde das Verfahren der Natur nach; sie vertrauten der Erde Reiſs, Gerſte und Korn, das über die Erwartung Früchte trug, und nachdem ſie das Mittel ausfündig gemacht hatten, in einem kleinen Raume, und ohne Verſetzung, eine Menge Nahrung und Vorrath auf lange Zeit zu erhalten, ſchlugen ſie bleibende Wohnungen auf; ſie bauten Häuſer, Ortſchaften, Städte; bildeten Völker und Nationen; und Selbſtliebe entwickelte alle Geiſtesfähigkeiten und körperlichen Kräfte.

Auf ſolche Art hat der Menſch, einzig vermöge ſeiner Fähigkeiten, ſich zu der bewundrungswürdigen Höhe ſeines gegenwärtigen Glüks aufzuſchwingen gewuſst. Möchte er doch die ſeinem Daſeyn einverleibten Geſetze ſorgfältig beobachten, und den einzigen und wahren Zwek deſſelben treu erfüllt haben! Aber leider hat er die ihm vorgeſchriebnen Gränzen bald miskannt, bald überſchritten, ſich in ein Labyrinth von Irthümern und Unglük geſtürzt, und die bald unordentliche, bald blinde Selbſtliebe, iſt zum fruchtbaren Keim von Widerwärtigkeiten geworden.

———

Achtes

Achtes Kapitel.

Quelle der Uebel der Gesellschaften.

Kaum konnten die Menschen ihre Fähigkeiten entwickeln, als sie, von dem Reiz der Gegenstände, welche den Sinnen schmeicheln, ergriffen, sich zügellosen Begierden überliefsen. Das Maas der sanften Empfindungen, welche die Natur mit ihren wahren Bedürfnissen verbunden hat, um sie an das Daseyn zu knüpfen, genügte ihnen nicht mehr; nicht zufrieden mit den Gütern, welche die Erde ihnen darbot, oder die ihr Fleis hervorbrachte, wollten sie Genüsse häufen, und gelüsteten nach dem, was ihre Brüder besafsen. Ein starker Mensch erhub sich gegen einen schwachen, um ihm die Frucht seiner Arbeit zu rauben; der Schwache rief einen andern Schwachen zu Hülfe, um der Gewalt zu widerstehn, und zwei Starke sagten zu einander: Warum sollen wir uns anstrengen, um Genüsse hervorzubringen, die in den Händen der Schwachen sind? Lafst uns zusammentreten, und sie plündern; sie können für uns arbeiten und wir ohne Mühe geniefsen. Und so wie die Starken sich verbanden, um zu unterdrücken, die Schwachen um zu widerstehn, quälten die Menschen gegenseitig einander. Allgemeine und verderbliche Zwietracht entstand auf der Erde; die Leidenschaften des Menschen zeigten sich unter tausend neuen Gestalten, und haben nicht aufgehört,

C 5

eine

eine auf einander folgende Kette von Unglük hervorzubringen.

Also hat eben diese Selbſtliebe, welche gemäſsigt,
und weiſe, Quelle von Glük und Vollkommenheit
war, ſo bald ſie blind und regellos wurde, ſich in
ein verderbliches Gift verwandelt; und Gierigkeit,
die Tochter und Gefährtin der Unwiſſenheit, iſt die
Quelle aller Uebel geworden, welche die Erde verheert haben.

Ja, Unwiſſenheit und Gierigkeit! ſeht da die
doppelte Quelle aller Leiden im Leben des Menſchen! Durch ſie hat er falſche Begriffe von ſeinem
Glük bekommen; er hat die Geſetze der Natur miskannt, oder ſie in den Verhältniſſen zwiſchen ſich
und den äuſſern Gegenſtänden überſchritten, und ſo
zugleich ſeiner eignen Exiſtenz geſchadet, und die
Moral, welche dem Weſen eines Jeden eingeprägt
iſt, verlezt. Durch dieſe Leidenſchaften iſt ſein Herz
dem Mitleid, ſein Verſtand der Billigkeit verſchloſſen worden; er hat ſeines Gleichen gequält und be-
trübt, und die geſellſchaftliche Moral verlezt. Unwiſſenheit und Gierigkeit bewaffneten den Menſchen
gegen den Menſchen, Familie gegen Familie, Stamm
gegen Stamm, und die Erde wurde ein blutiger
Schauplaz der Zwietracht und Räuberei. Durch
Unwiſſenheit und Gierigkeit hat heimlicher Krieg,
der im Schooſſe jedes Staates gohr, den Bürger vom

Bürger

Bürger getrennt, und einerlei Gesellschaft hat sich in
Unterdrücker und Unterdrükte, in Herren und Sklaven getheilt; durch sie haben die Oberhäupter einer
Nation, bald kühn und frech ihre Waffen aus dem
Schoofse der Nation selbst gezogen, und lohnsüchti-
ge Habsucht hat den politischen Despotismus gegründet; bald haben sie, voll Heuchelei und List, lügnerische Mächte, ein gotteslästerliches Joch vom Himmel herabsteigen lassen, und leichtgläubige Gierigkeit hat den Religionsdespotismus gegründet: durch
sie sind endlich die Begriffe von Gutem und Bösem,
von Recht und Unrecht, von Laster und Tugend
ausgeartet, und die Nationen haben in einem Laby-
rinthe von Irthümern und Widerwärtigkeiten sich
verirrt. Die Gierigkeit des Menschen und seine Unwissenheit! — das sind die bösen Geisler, welche
die Erde zu Grunde gerichtet haben! das sind die
Rathschlüsse des Schiksals, welche Reiche umstürz-
ten! Das sind die Flüche des Himmels, welche diese
einst glorreichen Mauern trafen, und den Glanz einer volkreichen Stadt in Trümmern und in eine traurige Einöde verwandelten! — Allein weil alle diese
Uebel, die den Menschen zerrissen haben, aus seinem Schoofse hervorgingen, so mufste er auch in
sich selbst die Hülfsmittel dafür finden können, und
da müssen wir sie suchen.

Neuntes

Neuntes Kapitel.

Urſprung der Regierungen und Geſetze.

Bald geſchah es, daſs die Menſchen, der Uebel müde, die ſie gegenſeitig einander zufügten, nach Frieden ſeufzten; ſie dachten über ihr Unglük und über die Urſachen deſſelben nach, und ſagten: wir ſchaden uns gegenſeitig durch unſre Leidenſchaften; und weil jeder alles verſchlingen will, ſo beſizt keiner etwas: was der eine heute raubt, wird ihm morgen wieder entriſſen, und unſre Gierigkeit fällt auf uns ſelbſt zurük. Laſst uns Schiedsrichter ernennen, die über unſre Anſprüche urtheilen und unſre Zwiſtigkeiten beilegen. Wenn der Starke ſich gegen den Schwachen auflehnen will, ſo ſoll der Schiedsrichter ihn zurükweiſen, und er ſoll uns anführen, um die Gewalt niederzuhalten. Das Leben und Eigenthum eines jeden ſoll unter gemeinſchaftlichem Schutze und Gewährleiſtung ſtehn, und wir werden alle Güter der Natur genieſsen.

Und es wurden im Schopſe der Geſellſchaften Verträge errichtet: bald ausdrükliche und bald ſchweigende, welche die Richtſchnur der Handlungen der Einzelnen, das Maas ihrer Rechte, das Geſez ihrer gegenſeitigen Verhältniſſe wurden; man ernannte einige Männer zu Vorgeſezten, um ſie beobachten zu laſſen, und das Volk vertraute ihnen die Waagſchaale

an,

en, um die Rechte zu wägen, und das Schwerdt, um die Uebertretungen zu ſtrafen.

Nunmehr wurde unter den Einzelnen ein glük-liches Gleichgewicht von Kräften und Thätigkeit hergeſtellt, welches die allgemeine Sicherheit aus-machte. Der Name der Billigkeit und Gerechtig-keit wurde auf der Erde erkannt und verehrt; jeder konnte in Frieden die Früchte ſeiner Arbeit genieſsen, und überlies ſich ganz ſeinen Antrieben; und Thä-tigkeit, durch Würklichkeit oder Hofnung des Ge-nuſſes angereizt und unterhalten, brachte alle Reichthümer der Kunſt und Natur hervor: Saat be-dekte die Felder; Heerden weideten in den Thälern; Früchte ſchmükten die Hügel; Schiffe ſeegelten auf den Meeren, und der Menſch wurde glüklich und mächtig auf der Erde.

Auf ſolche Art wurde die Unordnung, die ſeine Thorheit hervorgebracht hatte, durch ſeine eigne Weisheit wieder verbeſſert: und dieſe Weisheit war wiederum die Würkung der Geſetze der Natur in der Organiſation ſeines Weſens. Um ſich ſeinen eignen Genuſs zu ſichern, ehrte er den Genuſs andrer; und die Gierigkeit fand ihre Verbeſrung in der aufge-klärten Selbſtliebe.

Alſo wurde Selbſtliebe, das ewige Triebrad je-des Einzelnen, die nothwendige Baſis aller Verbin-dung, und von der Beobachtung dieſes natürlichen

Ge-

Gefetzes, hieng das Schikfal aller Nationen ab. Sind die gemachten und conventionellen Gefetze diefem Zwecke treu geblieben, und haben fie feine Eingebungen befolgt? Jeder Menfch, durch mächtigen Inftinkt getrieben, entwickelte Fähigkeiten feines Dafeyns; und aus der Maffe des Glüks der Einzelnen entftand die öffentliche Glükfeligkeit. Haben diefe Gefetze im Gegentheil der Wirkfamkeit des Menfchen zu feinem Glücke Feffeln angelegt? — Sein Herz, feiner wahren Triebfedern beraubt, fchmachtete in Unthätigkeit, und die Entkräftung der Einzelnen brachte die öffentliche Schwäche hervor.

Weil aber die Selbftliebe, ungeftüm und unbedachtfam, unaufhörlich den Menfchen gegen feines Gleichen reizt, und folglich darauf abzwekt, die Gefellfchaft aufzulöfen, fo lag es den Gefetzen und der Tugend ihrer Vollzieher ob, den Streit der habfüchtigen Begierden zu mäfsigen, das Gleichgewicht unter den Kräften zu erhalten, jedem fein Wohlbefinden zuzufichern, damit beim Anftos der Gefellfchaft gegen Gefellfchaft alle Glieder an der Erhaltung und Vertheidigung der öffentlichen Sache gleiches Intereffe nehmen möchten.

Von Innen war alfo die Billigkeit der Regierungen und der Gefetze die würkfame Urfache des Glanzes und Wohlftandes der Reiche, und ihre Macht

von

von auſſen wurde durch die Anzahl derer, die Intereſſe an dem öffentlichen Beſten nahmen; und durch
den Grad ihres Eifers beſtimmt.

Von der andern Seite muſste die Vermehrung der
Menſchen ihre Verhältniſſe verwickelter, und die
Bezeichnung ihrer Rechte ſchwerer machen: das im-
merwährende Spiel der Leidenſchaften erzeugte un-
vorhergeſehene Fälle; die Verträge wurden mangelhaft, unzulänglich oder nichtig; mit einem Worte,
die Urheber der Geſetze, die bald den Zwek derſelben verkannten, bald ihn verdrehten, und ihre Vollzieher, die, ſtatt die Gierigkeit andrer im Zaume
zu halten, ſich ihrer eignen überlieſsen — haben
die Geſellſchaften in Unordnung und Verwirrung gebracht; und das Verderbniſs der Geſetze, die Ungerechtigkeit der Regierungen, die aus Gierigkeit
und Unwiſſenheit entſtanden, wurden die Grundurſachen vom Unglük der Völker und der Unterjochung der Staatem.

Zehntes Kapitel.

Allgemeine Urſachen vom Wohlſtande der alten Staaten.

Dieſes, o Menſch, der du Weisheit forderſt, ſind
die Urſachen des Umſturzes der alten Staaten
geweſen, deren Ruinen du betrachteſt! An welchem

Ort

Ort mein Blik verweilt, in welche Zeiten meine Gedanken zurükgehn, allenthalben biethen sich meinem Geiste dieselben Grundsätze des Wachsthums oder der Zerstörung, des Steigens und Fallens dar. Allenthalben, wo ein Volk mächtig, ein Reich blühend ist, sind die Gesetze des Vertrags den Gesetzen der Natur gemäs; verschafft die Regierung den Menschen den freien Gebrauch ihrer Fähigkeiten, gleiche Sicherheit ihrer Personen und ihres Eigenthums. Wo im Gegentheil ein Reich in Trümmern zerfällt, oder auseinander geht, sind die Gesetze mangelhaft oder unvollkommen, oder werden von einer verderbten Regierung überschritten. Und wenn die Gesetze und Regierungen, anfangs gerecht und weise, in der Folge ausarten; so liegt die Ursache darin, dafs die Alternative zwischen Gutem und Bösem, von der Natur des menschlichen Herzens, von der Reihe seiner Neigungen, vom Fortschritt seiner Kenntnisse, von der Verbindung der Umstände und Begebenheiten abhängt, wie die Geschichte des Menschengeschlechtes beweist.

Als in der Kindheit der Nationen, die Menschen noch in den Wäldern lebten, alle gleichen Bedürfnissen unterworfen, mit gleichen Fähigkeiten begabt waren, waren sie sich alle an Kräften gleich, und diese Gleichheit brachte bei der Errichtung der Gesellschaften grofse Vortheile zu Wege: sie machte jeden Einzelnen unabhängig von dem andern; keiner war

der

der Sklave des andern; keiner dachte daran, Herr
zu feyn. Der neue Menfch kannte keine Knecht-
fchaft, keine Tyrannei; mit hinlänglichen Mitteln
für feinen Lebensunterhalt verfehn; fiel es ihm nicht
ein, fremde zu borgen. Da er nichts fchuldig war,
nichts foderte, beurtheilte er die Rechte andrer nach
den feinigen und machte fich deutliche Begriffe von
Gerechtigkeit: da er aufferdem die Kunft zu genief-
fen nicht kannte; fuchte er nur das nothwendige
hervorzubringen; bei dem Mangel an Ueberflus
fchlummerte feine Gierigkeit; und wenn fie fich zu
regen wagte, fo widerfezte fich der an feinen wahren Bedürfniffen angegriffne Menfch ihr mit Nachdruk; und der blofse Glaube an diefen Widerftand erhielt ein glükliches Gleichgewicht.

Die urfprüngliche Gleichheit erhielt; ohngeachtet
kein Vertrag vorhanden war, die Freiheit der Perfonen; die Sicherheit des Eigenthums; und brachte
Ordnung und gute Sitten hervor. Jeder arbeitete
felbft und für fich, und das Herz des befchäftigten
Menfchen verirrte fich nicht in ftrafbaren Begierden:
der Menfch hatte wenig Genufs; allein feine Bedürfniffe waren befriedigt; und da die nachfichtige Natur
fie nicht fo fehr ausgedehnt hatte; als feine Kräfte,
brachte die Arbeit feiner Hände bald Ueberflus hervor: der Ueberflus erzeugte Bevölkrung; die Künfte entwickelten fich; die Erndten mehrten fich; und
die von zahlreichen Einwohnern bedekte Erde theilte
fich in verfchiedne Gebiethe.

Die Ruinen.   D   Nun

Nunmehr, da die Verhältniſſe der Menſchen verwickelter wurden, war die innre Ordnung der Geſellſchaften ſchwerer zu beobachten. Zeit und Fleis
hatten Reichthümer erzeugt, und die Habſucht bekam ein weiteres Feld. Die unter Einzelnen leicht
zu erhaltende Gleichheit konnte unter den Familien
nicht mehr ſtattfinden. Das natürliche Gleichgewicht wurde gebrochen; man muſste ein künſtliches
an ſeine Stelle ſetzen: man muſste Vorſteher ernennen, Geſetze errichten, und bei der anfänglichen
Unerfahrenheit muſsten ſie das Gepräge der Habſucht
tragen, die ſie erzeugt hatte; verſchiedne Umſtände
aber trafen zuſammen, dieſe Unordnung zu verbeſ-
ſern, und machten es den Regierungen zur Nothwendigkeit, gerecht zu ſeyn.

Da die anfangs ſchwachen Staaten, Feinde von
auſſen zu fürchten hatten, muſste es den Oberhäu-
ptern wichtig ſeyn, die Unterthanen nicht zu unterdrücken. Hätten ſie den Eifer der Bürger für ihre
Regierung vermindert, ſo würden ſie zugleich ihre
Kraft zum Widerſtande vermindert, und um eines
entbehrlichen Genuſſes willen, ihre eigene Exiſtenz
in Gefahr geſezt haben.

Im Innern der Staaten hielt der Charakter der
Völker die Tyrannei zurük. Die Menſchen hatten
ſich ſeit zu langer Zeit an Unabhängigkeit gewöhnt;
ſie fühlten zu wenig Bedürfniſſe und hatten ein zu
inniges Bewuſstſeyn ihrer eignen Kräfte.

Da

Da die Staaten sehr zusammen gedrängt waren, so hielt es schwer, die Bürger zu trennen, um die einen durch die andern zu unterdrücken. Sie theilten sich zu leicht mit, und ihre Vortheile waren zu klar und einfach. Zudem hatten die Einwohner, die sämmtlich Eigenthümer und Feldarbeiter waren, nicht nöthig, sich zu verkaufen, und der Despot würde keine Miethlinge gefunden haben.

Wenn also Mishelligkeiten entstanden, so entstanden sie zwischen Familien, zwischen Partheyen, und die Vortheile waren immer einer grofsen Anzahl gemein. Allerdings wurden die Unruhen dadurch weit lebhafter, allein die Furcht vor fremden Angriffen hielt alle Zwietracht nieder; glaubte eine Parthey sich unterdrükt, so stand die Erde offen, und da die noch einfachen Menschen allenthalben dieselben Vortheile antrafen, so wanderte die unterdrükte Parthey aus und nahm ihre Unabhängigkeit an einen andern Ort mit.

Die alten Staaten befafsen auf solche Art viele Mittel zu Wohlstand und Macht: Da jeder sein Wohl in der Conflitution seines Landes fand, nahm er lebhaften Antheil an seiner Erhaltung. Wenn ein Fremder es angrif, so begleitete ein naher, persönlicher Antheil ihn in den Streit: er hatte sein Land, sein Haus zu vertheidigen, und Eifer für seine eigne Sache erzeugte Eifer für sein Vaterland.

D 2

Weil

Weil jede dem gemeinen Wesen nüzliche Handlung die öffentliche Achtung und Dankbarkeit erregte, so bestrebte sich jeder nüzlich zu seyn, und Selbstliebe vervielfachte die Talente und bürgerlichen Tugenden.

Weil jeder Bürger auf gleiche Weise persönlich und von seinen Gütern beitrug, so waren die Armeen und öffentlichen Fonds unerschöpflich; und die Nationen konnten eine furchtbare Macht aufstellen.

Weil die Erde frei, und ihr Besiz sicher und leicht war, so war jeder Eigenthümer; und die Theilung des Eigenthums erhielt die Sitten rein, da sie den Luxus unmöglich machte.

Weil jeder für sich selbst baute, so wurde der Ackerbau mit mehr Eifer betrieben; die Erndten waren reichlicher, und der Reichthum der Einzelnen machte den öffentlichen Wohlstand aus.

Weil die reichlichen Erndten den Lebensunterhalt leicht machten, so nahm die Bevölkerung schnell zu, und die Staaten erreichten in kurzer Zeit den höchsten Gipfel ihrer Volksmenge:

Weil sie mehr Erzeugnisse des Bodens hatten, als sie verbrauchten, so entstand das Bedürfnis des Handels, und durch Umtausch unter den Völkern wurde ihre Thätigkeit und ihr gegenseitiger Genuß vermehrt.

Und

Und weil endlich gewiſſe Orte in gewiſſen Zeitpunkten den Vortheil einer guten Regierung mit
dem Vortheile einer zum Umlauf vorzüglich günſti-
gen Lage vereinigten, wurden ſie blühende Maga-
zine des Handels und mächtige Sitze der Herrſchaft.
An den Ufern des Nils und des Mittelländiſchen Meeres; am Tigris und Euphrat brachten die zuſam-
mengehäuften Reichthümer von Indien und Europa,
nach einander hundert glänzende Hauptſtädte empor.

Die reich gewordnen Völker verwandten ihren
Ueberflus auf Arbeiten von gemeinen und öffentlichen
Nutzen, und dies war, in allen Staaten, der Zeitpunkt der Werke, über deren Pracht der Geiſt er-
ſtaunt; dieſer Brunnen von Tyrus (*i*), dieſer Dämme des Euphrats, dieſer unterirdiſchen mediſchen
Kanäle (*k*), dieſer Feſtungen in der Wüſte, dieſer
Waſſerleitungen von Palmyra; dieſer Tempel, dieſer Portikos. Und dieſe unermeslichen Arbeiten
drükten die Nationen nicht; weil ſie Erzeugniſſe eines gleichen und gemeinſchaftlichen Zuſammenfluſ-
ſes von freien und feurigen Bürgern waren.

Alſo kamen die alten Staaten empor, weil die
geſellſchaftlichen Einrichtungen in denſelben den
wahren Geſetzen der Natur gemäs waren, und weil
die Menſchen, welche Freiheit und Sicherheit für
ihre Perſonen und ihr Eigenthum daſelbſt genoſſen,
den ganzen Umfang ihrer Fähigkeiten, alle Energie
der Selbſtliebe entwickeln konnten.

 Eilftes

Eilftes Kapitel.

Allgemeine Urfachen der Revolutionen und des Untergangs der alten Staaten.

Indeffen hatte die Habfucht unter den Menfchen einen beständigen und allgemeinen Kampf verurfacht, wodurch unaufhörlich die Einzelnen und die Gefellfchaften zu gegenfeitigen Angriffen gereizt, auf einander folgende Revolutionen und neu auflebende Unruhen veranlafst wurden.

In dem wilden und barbarifchen Zuftande der erften Menfchen lehrte diefe kühne und wilde Habfucht ihm zuerft Raub, Gewaltthätigkeit und Mord; und hielt lange den Fortfchritt der Aufklärung zurük.

Als endlich die Gefellfchaften anfiengen fich zu bilden, gieng die Würkung der böfen Gewohnheiten in die Gefetze und Regierungen über, und verdarb die Einrichtungen und ihren Zwek. Es entftanden willkührliche und gemachte Rechte, welche die Begriffe von Gerechtigkeit und die Moralität der Völker zu Grunde richteten.

So wurde, weil der eine Menfch ftärker war, als der andere, diefe Ungleichheit, ein Zufall der Natur, für ihr Gefez gehalten (l); und weil der Starke dem Schwachen das Leben rauben konnte und es ihm liefs,

ließ, ſo maaſste er ſich über ſeine Perſon ein mis-
brauchendes Eigenthumsrecht an, und die Sklaverei
der Einzelnen bereitete die Sklaverei der Nationen vor.

Weil das Oberhaupt einer Familie in ſeinem
Hauſe eine unumſchränkte Obermacht ausüben konnte, ſo erkannte er keine Regel ſeines Betragens, als
ſeinen Geſchmak und ſeine Neigungen; er ver-
ſchenkte und nahm ſeine Güter ohne Billigkeit, ohne Gerechtigkeit, und der häusliche Despotismus legte den Grund zum politiſchen Despotismus (m).

So wie in den auf dieſe Grundlagen errichteten
Geſellſchaften, Zeit und Mühe Reichthümer ans
Licht gebracht hatten, wurde die Habſucht, durch
die Geſetze im Zaume gehalten, ſinnreicher, ohne
minder thätig zu ſeyn. Unter dem Schein der Eintracht und des bürgerlichen Friedens erzeugte ſie im
Schooſse jedes Staats, einen innerlichen Krieg, worinn die Bürger, in verſchiedne Geſammtheiten von
Orden, von Ständen, von Familien getheilt, unaufhörlich dahin arbeiteten, unter dem Namen der höch-
ſten Macht, die Gewalt an ſich zu reiſſen, nach
Willkühr ihrer Leidenſchaften alles zu berauben und
alles zu unterjochen; und dieſer Geiſt des Eingriffs
hat unter tauſend Formen, aber ſtets derſelbe in ſeinem Zwek und in ſeinen Triebfedern, nie aufgehört,
die Nationen zu quälen.

D 4.　　　　Bald

Bald widerfezte er fich dem gefelligen Vertrage,
oder brach den, der fchon vorhanden war; er über-
lieferte die Einwohner eines Landes dem Getümmel
aller ihrer Zwilligkeiten, und die aufgelöften Staaten
wurden unter dem Namen der Anarchie durch die -
Leidenfchaften aller ihrer Glieder gequält.

Bald, als ein auf feine Freiheit! eiferfüchtiges
Volk öffentliche Betraute zur Staatsverwaltung ernannt hatte, eigneten diefe Betrauten fich die Macht
zu, die fie nur aufbewahren follten.   Sie verwandten die öffentlichen Gelder, um die Wahlen zu be-
ftechen, um fich Anhänger zu verfchaffen, um das
Volk unter fich felbft zu trennen.   Durch diefe Mittel verlängerten fie ihre Dauer, ohngeachtet fie nur
auf beftimmte Zeit gewählt waren; in der Folge
wurden aus Erwählten Erbliche und der durch das
Streben der Ehrgeitzigen, durch die Reichthümer
der aufrührifchen Reichen, durch die Feilheit der
müffigen Armen, durch die Erfahrungskunde der
Redner, durch die Kühnheit verkehrter, durch die
Schwäche tugendhafter Menfchen beunruhigte Staat,
wurde von allen Uebeln der Demokratie befallen.

In dem einen Lande ftifteten die Vornehmften,
die fich an Kräften gleich waren, und fich gegenfeitig fürchteten, ruchlofe Verträge, fchändliche Verbindungen: fie theilten Macht, Rang und Ehrenftel-
len unter fich und eigneten fich Vorrechte und Freiheiten

heiten zu. Sie errichteten sich in abgesonderte Ge-
sammtheiten, in besondere Stände; unterjochten gemeinschaftlich das Volk, und unter dem Namen der
Aristokratie wurde der Staat durch die Leidenschaften der Grossen und Reichen gequält.

In einem andern Lande misbrauchten heilige Betrüger, die durch andre Mittel nach gleichem Zwecke
strebten, die Leichtgläubigkeit unwissender Menschen. Im Dunkel der Tempel und hinter den Flügeln der Altäre, liefsen sie Götter reden und handeln, ertheilten Orakelsprüche, zeigten Wunder,
ordneten Opfer an, legten Gaben auf, schrieben
Stiftungen vor, und unter dem Namen Theokratie
und Religion wurden die Staaten durch die Leidenschaften der Priester gequält.

Zuweilen gab eine Nation, ihrer Unordnungen
oder ihrer Tyrannen müde, um die Quellen ihrer
Uebel zu vermindern, sich einen einzigen Herrn.
Wenn sie die Macht des Fürsten beschränkte, so hatte er keinen andern Wunsch, als sie zu erweitern;
liefs sie diese Macht unbestimmt, so misbrauchte er
den ihm anvertrauten Schaz, und unter dem Namen
der Monarchie wurden die Staaten durch die Leidenschaften der Könige und Fürsten gequält.

Nunmehr machten Aufrührer sich das Misvergnü-
gen des Volks zu Nutze, schmeichelten ihm mit der
Hofnung auf einen bessern Herrn; theilten Geschen-

D 5

ke-

ke und Verſprechungen aus; ſtürzten den Deſpoten,
um ſich an ſeine Stelle zu ſetzen, und ihre Zwiſtigkeiten wegen der Erbfolge oder der Theilung quälten den Staat mit den Unordnungen und Verheerungen bürgerlicher Kriege.

Endlich erlangte der Schlauſte oder Glüklichſte
unter dieſen Nebenbuhlern das Uebergewicht, und
brachte alle Macht an ſich. Durch ein ſeltſames Phänomen, beherrſchte ein einziger Menſch Millionen
ſeines Gleichen gegen ihren Willen, oder ohne ihre
Einwilligung, und Gierigkeit erzeugte auch noch
die Kunſt der Tyrannei. Der Ehrgeitzige wuſte
den Geiſt der Selbſtliebe, der unaufhörlich alle Menſchen trennt, ſchlau zu nutzen: er ſchmeichelte der
Eitelkeit des einen; erbitterte die Eiferſucht des andern; ſchmeichelte dem Geitze von dieſem, entflammte die Rache von jenem, reizte die Leidenſchaften aller; ſtellte Eigennuz oder Vorurtheile gegen einander; ſäete Zwietracht und Haſs; verſprach
dem Armen die Beute des Reichen; dem Reichen
die Unterjochung des Armen; drohte einem Menſchen durch den andern; einem Stande durch einen
andern Stand; vereinzelte alle Bürger durch Mis-
trauen, ſchuf ſeine Stärke aus ihrer Schwäche, und
legte ihnen ein Joch von Meinungen auf, deſſen
Knoten ſie wechſelſeitig enger ſchürzten. Durch
eine Kriegsmacht brachte er Steuern an ſich; durch
Steuern verfügte er über die Armee; durch das in
ein-

einander wirkende Spiel von Reichthümern und Aemtern legte er ein ganzes Volk in unauflösliche Fesseln, und die Staaten fielen in die langsame Verzehrung des Despotismus.

Auf solche Art griff dasselbe Triebrad, das unter allen Formen seine Bewegung verändert, unaufhörlich die Bestandtheile der Staaten an, und ein ewiger Zirkel von Abwechslungen entstand aus einem ewigen Zirkel von Leidenschaften.

Und dieser stete Geist der Selbstliebe und Usurpation erzeugte zweierlei Hauptwirkungen, die gleich verderblich waren: erstlich, indem er die Gesellschaften in allen ihren Eintheilungen trennte, schwächte er sie und erleichterte ihre Auflösung; zweitens, indem er unaufhörlich darauf hinarbeitete, die Macht in eine einzige Hand zu bringen, verursachte er ein auf einander folgendes Verschlingen von Gesellschaften und Staaten, das ihrem Frieden und ihrer gemeinschaftlichen Existenz nachtheilig war (*n*).

Eben so wie in einem Staate eine Parthei die Nation, nachher eine Familie die Parthei und ein Einzelner die Familie verschlungen hatte, eben so verschlang ein Staat den andern, und es entstanden dadurch in der politischen Verfassung eben die Uebel im Grossen, welche in der bürgerlichen Verfassung im Kleinen entstanden. Wenn eine Stadt die andre unterjocht hatte, brachte sie sie unter ihre Herrschaft,

und

und machte eine Provinz daraus; wenn zwei Provinzen einander verschlungen hatten, so entstand ein Königreich; aus zwei in eins geschmolznen Königreichen sah man Reiche von ungeheuerm Umfange erwachsen; und weit entfernt, dafs bei dieser Verknüpfung die innre Stärke der Staaten sich nach Verhältnis ihrer Mafse vermehrt hätte, verminderte sie sich im Gegentheil, und der Zustand der Völker, statt glüklicher zu werden, wurde, aus Ursachen, die stets aus der Natur der Dinge entsprangen, von Tage zu Tage verhafster und elender. —

Weil nach dem Maafse, wie die Staaten mehr Umfang bekamen, ihre Verwaltung mühsamer und verwickelter wurde, mufste man, um diese Mafsen in Bewegung zu bringen, der Macht mehr Thätigkeit geben, und es blieb kein Verhältnis mehr zwischen den Pflichten der Monarchen und dem Umfang ihrer Macht,

Weil die Despoten, die ihre Schwäche fühlten, alles fürchteten, was die Stärke der Nationen entwickelte, so liefsen sie fichs angelegen seyn, sie zu schwächen.

Weil die Nationen, durch Vorurtheile der Unwissenheit und wilden Hafs getrennt, das Verderben der Regierungen unterstüzten, und gegenseitig Gehülfen aufbothen, erschwerten sie ihre Sklaverei.

Weil

Weil das Gleichgewicht unter den Staaten gebrochen war, unterdrükten die Stärkern um so leichter die Schwachen.

Weil endlich, so wie die Staaten sich zusammenzogen, die Völker ihrer Gesetze, ihrer Gebräuche, und der ihnen angemesnen Regierungsformen beraubt wurden; verloren sie den Geist der Persönlichkeit, der ihre Stärke ausmachte.

Und die Despoten, welche die Reiche als herrschaftliche Güter, und die Völker als Eigenthum betrachteten, erlaubten sich Plünderungen und den unordentlichen Gebrauch der willkührlichsten Macht.

Alle Kräfte und Reichthümer der Nationen würden auf Privatausgaben, auf persönliche Phantasien verwandt; und in der Langenweile ihrer Uebersättigung überliefsen sich die Könige allen ausgearteten Neigungen: sie mufsten schwebende Gärten, auf Berge geleitete Flüsse haben; sie veränderten fruchtbare Felder in Parke für wilde Thiere; leiteten Seen durch troknes Erdreich; thürmten Felsen in den Seen auf (o), liefsen Palläste von Marmor und Porphyr erbauen; verlangten Geräth von Gold und Diamanten, und Millionen Arme wurden zu unnützen Arbeiten gebraucht. Die Speichellecker der Fürsten ahmten ihren Luxus nach; er verbreitete sich von Klasse zu Klasse bis auf den niedrigsten Rang und wurde de eine allgemeine Quelle des Verderbens und der Armuth.

Bei dem unersättlichen Durst nach Genuß reichten die gewöhnlichen Beiträge nicht mehr hin; man vermehrte sie, und der Arbeiter, der seine Mühe wachsen sah, ohne Schadloshaltung zu finden, verlor den Muth: der Kaufmann, der sich beraubt sah, ward seiner Betriebsamkeit müde; und die zu beständiger Armuth verdammte Menge, schränkte ihre Arbeit blos auf das Nothwendige ein und aller Erfindungsgeist, alle schaffende Thätigkeit wurde vernichtet.

Da die gehäuften Abgaben den Besitz der Länder lästig machten, so verlies der niedrige Eigenthümer sein Feld, oder verkaufte es an den Reichen; und das Vermögen zog sich in eine kleinere Anzahl von Händen zusammen. Und da alle Gesetze und Einrichtungen diese Zusammenhäufung begünstigten, so theilten sich die Nationen in eine Gruppe reicher Müßiggänger und eine Menge armer Tagelöhner. Das arme Volk erniedrigte sich; die gesättigten Großen geriethen auf Abwege, und da die Anzahl der bei der Erhaltung des Staats interessirten Glieder abnahm, so wurde seine Stärke und seine Existenz um so viel unsichrer.

Da von der andern Seite kein Gegenstand zum Nacheifer; keine Ermunterung zum Unterricht vor-

vorhanden war, so verfielen die Menschen in tiefe Unwissenheit.

Da die Staatsverwaltung geheim und im Verborgnen geführt wurde, hatte man kein Mittel zur Reform oder zur Verbesserung: da die Oberhäupter nur durch Gewalt und Betrug regierten, sahen die Völker in ihnen nichts mehr, als eine Parthei öffentlicher Feinde, und es fand keine Harmonie unter den Regierern und den Regierten mehr statt.

Nachdem alle diese Laster die Staaten des blühenden Asiens entnervt hatten, fiel es den herumschweifenden und armen Völkern der Wüsten und der angränzenden Berge ein, den Genuss der Bewohner der fruchtbaren Ebnen zu beneiden; und nachdem sie mit gemeinschaftlicher Gierigkeit die polizirten Staaten angegriffen hatten, stürzten sie die Despoten vom Throne. Diese Revolutionen geschahen leicht und schnell, weil die Politik der Tyrannen die Unterthanen entnervt, die Festungen geschleift, die Krieger ausgetilgt hatte, und weil es den gedrükten Unterthanen an persönlichem Interesse, den gemietheten Soldaten an Muth gebrach.

Nachdem die barbarischen Horden ganze Nationen in Sklaverei gestürzt hatten, vereinigten die von einem erobernden und eroberten Volke gebildeten Reiche zwei einander durchaus entgegengesezte und feindselige Klassen in ihrem Schoofse. Alle Grund-

sätze

fätze der Gefellfchaft waren aufgelöſt; es gab kein gemeinfchaftliches Intereſſe, keinen Gemeingeiſt mehr; und es entſtand der Unterfchied der Caſten und Gefchlechter, der die Aufrechthaltung der Unordnung in ein regelmäſsiges Syſtem brachte: Je nachdem man aus einem gewiſſen Blute gebohren war, war man als Knecht oder Tyrann, als Gut oder als Befitzer gebohren.

Da der Unterdrücker weniger waren als der Unterdrükten, muſste man, um dies falfche Gleichgewicht zu erhalten, die Kunſt der Unterdrückung vervollkommnen. Man fezte die Regierungskunſt nur noch darinn, die gröſste Anzahl der kleinſten zu unterwerfen. Um einen der natürlichen Ordnung fo zuwider laufenden Gehorfam zu erhalten, muſste man harte Strafen einführen, und die Graufamkeit der Gefetze machte die Sitten barbarifch. Da der Unterfchied der Perfonen zweierlei Gefezbücher, zweierlei Gerechtigkeit, zweierlei Rechte im Staat errichtete, fo hatte das Volk, zwifchen dem Hange feines Herzens und dem Schwur feines Mundes getheilt, zwei im Widerfpruch ftehende Gewiſſen, und die Begriffe von Recht und Unrecht fanden keine Bafis mehr in feinem Verſtande.

Unter einer folchen Regierung fielen die Völker in Verzweiflung und Muthlofigkeit: Natürliche Zufälle trafen mit den Uebeln, die fie beftürmten, zufamzusammen, und unter so vielem Ungemach erliegend, schrieben sie höhern und verborgnen Mächten die Ursachen zu. Weil sie auf der Erde Tyrannen hatten, vermutheten sie auch welche im Himmel, und Aberglaube erschwerte das Unglük der Nationen.

Es entstanden verderbliche Lehren, milzsüchtige und feindselige Religionssysteme, welche boshafte und neidische, Despoten gleiche, Götter mahlten. Um sie zu befriedigen bot ihnen der Mensch von alle seinem Genuß eine Opfergabe dar: er umgab sich mit Beraubungen und verkehrte die Gesetze der Natur. Er hielt seine Vergnügungen für Verbrechen, seine Leiden für Abbüßung; er wollte den Schmerz lieben, die Selbstliebe abschwören; er folterte seine Sinne, verabscheute sein Leben, und eine entsagende und ungesellige Moral stürzte die Nationen in den Schlummer des Todes.

Allein die vorhersehende Natur hatte das Herz des Menschen mit einer unerschöpflichen Hofnung begabt: als er sah, daß das Glük seine Wünsche auf dieser Welt betrog, verfolgte er sie bis in eine andre. Durch süße Täuschung schuf er sich ein andres Vaterland, eine Zuflucht, wo er fern von Tyrannen, wieder in die Rechte seines Daseyns trat. Neue Unordnung entstand hieraus: von einer eingebildeten Welt erfüllt, verachtete der Mensch die natürliche; für chimärische Hofnungen gab er Wirklichkeit hin. Sein Leben war in seinen Augen nur noch eine mühselige Reise, ein schmerzhafter Traum; sein Körper nur ein Kerker, ein Hindernis seiner Glükfeligkeit; und die Erde ein Ort der Verweisung und Pilgrimschaft, den er des Anbaues nicht mehr werth hielt. Ein heiliger Müßiggang nahm nun in der politischen Welt Besiz. Die Felder wurden verlassen, die Aecker lagen brach; Reiche wurden entvölkert, Monumente vernachläßigt, und von allen Seiten vermehrten Unwissenheit, Aberglaube, Fanatismus, die ihre Wirkungen vereinigten, Verwüstung und Trümmern.

Auf solche Art durch ihre eignen Leidenschaften zerrissen, sind die Menschen selbst, in Menge oder einzeln betrachtet, stets habsüchtig und unvorhersehend, von Sklaverei zu Tyrannei, von Noth zu Niederträchtigkeit, von Tollkühnheit zu Muthlosigkeit übergehend, die ewigen Werkzeuge ihres Unglüks gewesen.

Durch solche einfache und natürliche Triebfedern wurde das Schikfal der alten Staaten regiert; durch eine solche Folge verbundner und zusammenhängender Ursachen und Wirkungen stiegen sie oder fielen, je nachdem die physischen Gesetze des menschlichen Herzens darinnen beobachtet oder überschritten wurden. Durch die auf einander folgenden Veränderungen ihres Glüks haben hundert verschiedne Völker,

Völker, hundert wechſelsweiſe geſunkne, mächtige, eroberte, umgeſtürzte Reiche dieſe für die Erde
unterrichtenden Lehren wiederholt. — Und dieſe
Lehren bleiben jezt für die Geſchlechter, welche auf
ſie gefolgt ſind, verlohren! Die Unordnungen vergangner Zeiten ſind bei den jeztlebenden Völkern
wieder erſchienen! Die Erſten der Nationen ſind auf
den Wegen des Betrugs und der Tyrannei fortge-
wandelt! Die Völker ſind in den Finſterniſſen des
Aberglaubens und der Unwiſſenheit fortgeirrt!

Und weil alſo, ſezte der Genius hinzu, indem
er ſich ſammelte, weil die Erfahrung vergangner
Geſchlechter für die jezt lebenden tod iſt; weil die
Fehler der Vorfahren ihre Abkommen noch nicht
belehrt haben, ſo werden die alten Beiſpiele wieder
erſcheinen; die Ehrfurcht einflöſsenden Scenen ver-
geſsner Zeiten werden ſich wieder auf der Erde er-
neuern; neue Revolutionen werden Völker und Reiche zerreiſſen; mächtige Throne werden von neuem
umgeſtürzt werden, und ſchrekliche Kataſtrophen
die Menſchen erinnern, daſs ſie nicht ungeſtraft die
Geſetze der Natur und die Vorſchriften der Weisheit
und Wahrheit verletzen können.

———————

 Zwölf-

Zwölftes Kapitel.

Lehren vergangner Zeiten, aus den gegenwärtigen wiederholt.

So sprach der Genius. Von der Richtigkeit und dem Zusammenhang seiner ganzen Rede betroffen; von einem Schwarme neuer Ideen bestürmt, die zwar gegen meine bisher gewohnten anstiefsen, aber doch meine Vernunft gefangen nahmen, blieb ich verstekt in tiefes Schweigen. — Während ich in schmerzhafter Träumerei meine Blicke auf Afien heftete, zogen plözlich vom Norden her, an den Ufern des schwarzen Meers und in den Feldern der Krimm, Wirbel von Dampf und Flammen meine Aufmerksamkeit auf sich: fie schienen mit eins aus allen Gegenden der Halbinfel aufzusteigen, und nachdem fie durch die Erdenge in das feste Land gedrungen waren, liefen fie als von einem Oftwinde getrieben längs dem fumpfichten See Azof hinab, und verloren fich in den kräuterreichen Ebnen von Kuban. Indem ich den Gang diefer Wirbel näher betrachtete, nahm ich wahr, dafs Haufen lebendiger Wefen vor ihnen her giengen und ihnen folgten. Gleich Ameifen oder Heufchrecken, von dem Fufse eines Vorübergehenden beunruhigt, bewegten fie fich mit Lebhaftigkeit. Zuweilen fchienen diefe Haufen auf einander los zu gehn, und viele blieben nach dem Angriff ohne Bewegung. Neugierig, was diefer An-

blik

blik bedeuten möchte, fuchte ich die Gegenftände
zu unterfcheiden: — Siehft du, fagte der Genius zu
mir, diefes Feuer, das über die Erde läuft, und be-
greifft du feine Wirkungen und ihre Urfachen?

O Genius, antwortete ich, ich fehe Säulen von
Flammen und Rauch, und Schwärme, gleich Infekten, fie begleiten; allein da ich kaum die Maffen
von Städten und Monumenten wahrnehme, wie follt-
te ich fo kleine Gefchöpfe unterfcheiden können?
Man follte beinahe fagen, dafs diefe Infekten Gefechte vorftellen wollen: denn fie gehn, kommen, fallen einander an und verfolgen fich. — Sie wollen
fie nicht blos vorftellen, fagte der Genius, fie haben
fie wirklich. Und was find denn dies für unfinnige
Thierchen, antwortete ich, die einander zerftören?
Werden diefe Gefchöpfe, die nur einen Tag leben,
nicht ohnehin bald genug umkommen? — Der Genius berührte mir nochmal Augen und Ohren: Sieh,
fagte er, und vernimm!

Ich richtete meine Augen auf diefelben Gegenftände, und rief alfobald, von Schmerz ergriffen:
Unglüklicher! diefe Feuerfäulen! diefe Infekten!
o Genius! es find Menfchen, es find die Verwüftun-
gen des Kriegs! Diefe Flammenftröme kommen aus
Städten und Dörfern! Ich fehe die Reuter, die fie
anzünden, und die, mit dem Säbel in der Hand, fich
auf den Feldern verbreiten. Zerftreute Gruppen von

Kur-

Kindern, Weibern und Alten fliehen vor ihnen: ich
sehe noch andre Reuter, die mit der Lanze auf der
Schulter, sie begleiten und führen. Ich erkenne sogar an ihren gekoppelten Pferden, an ihren Kalpaks,
an ihren Haarbüscheln (*p*), dafs es Tartarn sind; und
ihre Verfolger mit dreieckigten Hüten und grüner
Uniform, sind Moscowiten. Ach, ich verstehe,
zwischen dem Reiche der Czaaren und der Sultane ist
wieder Krieg entstanden. Nein, noch nicht, antwortete der Genius: bis jezt ist es nur noch ein Vor-
spiel. Diese Tartarn sind unangenehme Nachbarn
gewesen, und würden es noch seyn: man entledigt
sich ihrer: ihr Land liegt sehr bequem, man erwei-
tert sein Gebieth damit, und als Einleitung zu einer
andern Revolution hat man ihren Thron zerstört.

Ich sah wirklich die russischen Fahnen auf der
Krimm wehen, und bald wird man ihre Flagge auf
dem schwarzen Meere flattern sehn.

Indessen gerieth bei dem Geschrei der flüchtigen
Tartarn das Reich der Muselmänner in Aufruhr.
Man verjagt unsre Brüder, riefen Mahomets Kinder,
man schmähet das Volk des Propheten! Ungläubige
nehmen eine geweihte Erde ein (*q*) und entweihen
die Tempel des türkischen Gottesdienstes. Lafst uns
zu den Waffen greifen! Lafst uns in die Schlacht eilen, um die Ehre Gottes und unsre eigne Sache zu
retten.

Und

Und ein allgemeiner Kriegsaufruhr entstand in beiden Reichen. Von allen Seiten versammlete man bewaffnete Truppen, Proviant und Munition, kurz den ganzen kriegerischen Apparat der Schlacht. Bei beiden Nationen boten mir die belagerten Tempel eines unermeslichen Volks einen Anblik dar, der meine Aufmerksamkeit fesselte: Von der einen Seite wuschen sich die vor ihren Moscheen versammelten Muselmänner die Hände und Füsse, beschnitten sich die Nägel und bemahlten sich den Bart: dann breiteten sie Teppiche auf die Erde, wandten sich gegen Mittag, öfneten bald die Arme und schlugen bald sie kreuzweis über einander, beugten die Knie, warfen sich auf die Erde nieder und riefen in der Erinnrung an die Unfälle, die sie seit ihrem lezten Kriege ausgestanden hatten: Gott der Gnade! Gott der Barmherzigkeit! Hast du denn dein treues Volk verlassen? Du, der dem Propheten die Herrschaft über die Nationen versprochen und durch so viele Siege deine Religion verherrlicht hast, wie kannst du die wahren Gläubigen den Waffen der Ungläubigen Preis geben.

Die Imaus und Santons (türkische Mönche) sagten zum Volk: „Dies ist die Züchtigung für eure Sünden. Ihr eßt Schweinefleisch, ihr trinkt Wein, ihr rührt unreine Sachen an: Gott hat euch gestraft. Thut Buße; reinigt euch; legt das Glaubensbekenntnis ab *);

E 4

fastet

*) „Es giebt nur einen Gott, und Mahomet ist sein Prophet.“

faſtet von Sonnenaufgang bis zu Sonnenuntergang; tragt den Zehnten von euren Gütern in die Moſcheen; geht nach Mekka, und Gott wird euch den Sieg ver-leihen." — Das Volk faſste wiederum Muth, und ſties ein groſses Geſchrei aus: „es giebt nur einen Gott, ſagte es von Eifer entbrannt, und Mahomet iſt ſein Prophet: Fluch über den, der nicht glaubt!"—

„Gott der Gnade, hilf uns dieſe Chriſten austil-gen. Für deinen Ruhm fechten wir, und unſer Tod iſt Märtyrthum für deinen Namen." — Sie boten darauf Opfer dar, und rüſteten ſich zum Kampf.

Von der andern Seite riefen die Ruſſen auf den Knien: „Laſſet uns Gott danken und ſeine Macht preiſen: er hat unſre Arme geſtärkt, um ſeine Fein-de zu demüthigen. Wohlthätiger Gott! erhöre unſer Gebet. Um dir zu gefallen, wollen wir uns drei Tage lang alles Fleiſches und aller Eyer enthalten. Hilf uns dieſe gottloſen Mahometaner vertilgen und ihr Reich umſtürzen. Wir wollen dir den Zehnten des Raubs geben und dir neue Tempel errichten."— Und die Prieſter erfüllten die Kirchen mit Dampf von Weihrauch und ſagten zum Volk: „Wir bethen für euch: und Gott nimmt unſer Dankopfer an, und ſegnet eure Waffen. Fahret fort zu faſten und zu ſtreiten: beichtet uns eure geheimen Fehler; gebt eure Güter der Kirche; wir wollen euch von euren Sünden losſprechen und ihr werdet im Stande der Gnaden

Gnaden fterben." — Und fie befprengten das Volk mit Waffer; theilten kleine Todtenbeine unter fie aus, die ihm ftatt Amulet und Talisman dienen follten, und das Volk athmete nur Krieg und Schlacht.

Von diefem contraftirenden Gemälde gleicher Leidenfchaften betroffen, und über ihre traurigen Folgen niedergefchlagen, dachte ich nach, wie fchwer es dem allgemeinen Richter werden möchte, fo entgegengefezte Foderungen zu bewilligen, als der Genius, von einer Regung des Zorns ergriffen, mit Heftigkeit ausrief:

„Welche Töne des Aberwitzes treffen mein Ohr? was für ein blinder und verkehrter Wahnfinn zerrüttet den Geift der Völker? Gottesläfterliche Gebete, fallet auf die Erde zurük! und du, Himmel! verwirf mörderifche Gelübde, Handlungen verruchter Frömmigkeit! Unfinnige Sterbliche! Verehrt ihr alfo die Gottheit? Sprecht! wie foll derjenige, den ihr euern gemeinfchaftlichen Vater nennt, die Huldigung feiner einander ermordenden Kinder empfangen? Sieger! mit welchem Auge foll er eure von dem Blute, das er gefchaffen hat, rauchenden Hände anfehn? Und ihr Befiegte! was hofft ihr von diefen unnützen Seufzern? Hat denn Gott das Herz eines Sterblichen? und kann er veränderliche Leidenfchaften haben? Wird er, wie ihr, durch Rache oder Mitleid, durch Wuth oder Reue bewegt? O was für niedrige Be-

E 5   griffe

griffe haben sie von dem erhabensten Wesen sich gemacht? Aus ihren Aeusserungen sollte man schliesen,
daß Gott, wunderlich und eigensinnig, wie ein
Mensch beleidigt und besänftigt würde; abwechselnd
liebte oder haßte; schlüge oder liebkose; schwach
oder boshaft, seinen Haß verheelte, widersprechend
und treulos Fallstricke legte, um hinein zu locken;
das Böse strafte, welches er zuläfst; das Verbrechen
vorher sähe, ohne es zu verhindern; gleich einem
partheyischen Richter durch Geschenke sich bestechen
liefse; als ein unweiser Despot, Gesetze gäbe, die er
nachher widerriefe; als ein roher Tyrann, ohne
Gründe Gnade austheilte oder raubte, und nur durch
Niederträchtigkeiten sich erweichen liefse. — Ha!
jezt habe ich eingesehn, wie lügenhaft der Mensch
ist! Bei dem Gemälde, das er von der Gottheit entworfen hat, sagte ich zu mir selbst: Nein! nein!
nicht Gott hat den Menschen nach seinem Bilde geschaffen; der Mensch hat Gott nach dem seinigen
entstellt! er hat der Gottheit seinen Geist gegeben,
sie mit seinen Neigungen bekleidet, ihr seine Urtheile gelichn! Und weil er bei dieser Mischung sich auf
Widersprüchen mit seinen eignen Grundsätzen ertapp-
te, so erkünstelte er eine heuchlerische Demuth,
beschuldigte seine Vernunft der Ohnmacht, und
nannte die Ungereimtheiten seines Verstands Mysterien Gottes."

Gott ist unbeweglich, sagt er, und doch richtet er Gebete an ihn, um seinen Willen zu verändern.

dern. Er nennt ihn unbegreiflich, und doch deutet er ihn unaufhörlich.

Betrüger sind auf der Erde aufgeflanden, die sich Vertraute Gottes genannt, sich zu Volkslehrern aufgeworfen, und die Wege des Betrugs und der Gottlofigkeit geöfnet haben. Sie haben gleichgültige oder lächerliche Gebräuche zu verdienstlichen Werken, und es zur Tugend gemacht, gewiffe Stellungen anzunehmen, gewiffe Worte auszufprechen, gewiffe Namen zu nennen; fie haben es zum Verbrechen gemacht, an gewiffen Tagen gewiffe Fleifchfpeifen zu effen, gewiffe Getränke zu trinken: Der Jude würde lieber fterben, als an einem Sabbath arbeiten; der Perfer würde lieber erfticken, ehe er das Feuer mit feinem Athem ausbliefe; der Indianer fezt die höchfte Vollkommenheit darinn, fich mit Kuhmift zu reiben, und myftifch Aum auszufprechen (r); der Mufelmann glaubt alles gut gemacht zu haben, wenn er fich Kopf und Hände wäfcht, und ftreitet mit dem Degen in der Fauft, ob man bei dem Ellbogen oder bei den Fingerfpitzen anfangen mus (s). Der Chrift würde fich für verdammt halten, wenn er ftatt Milch oder Butter Fett äfse. O erhabne und wahrlich himmlifche Lehren: o Moral des Märtyrthums und des Apoftolates würdig! Ich werde über die Meere gehn, um diefe bewundrungswürdigen Gefetze wilden Völkern, fernen Nationen zu lehren! ich werde ihnen fagen: „Kinder der Natur, wie

lange

lange werdet ihr auf den Pfaden der Unwiſſenheit wan-
deln? wie lange werdet ihr die ächten Grundſätze der
Moral und der Religion verkennen? Kommt, und
ſucht ihre Lehren bei frommen und weiſen Völkern
in civiliſirten Ländern auf; ſie werden euch lehren,
wie man, um Gott zu gefallen, einen ganzen Tag an
Durſt und Hunger ſchmachten mus; wie man das
Blut ſeines Nächſten vergieſsen, und ſich durch Ab-
legung eines Glaubensbekenntniſſes, und durch me-
thodiſches Abwaſchen davon reinigen kann; wie man
ihm ſein Vermögen rauben, und ſich von der Sünde
frei ſprechen kann, indem man es mit gewiſſen Menſchen theilt, die ſich dazu widmen, es zu verſchlingen.“

„Höchſte und verborgne Macht des Univerſums!
geheimnisvoller Urheber der Natur! allgemeine Seele der Dinge! du, den unter verſchiednen Namen
die Sterblichen verehren, ohne ihn zu kennen!
unbegreifliches, unendliches Weſen! Gott, der du
in den unermeslichen Himmeln den Lauf der Wolken regierſt, und die Abgründe des Raums mit Millionen Sonnen bevölkerſt! ſage, was ſind dieſe menſchlichen Inſekten, die mein Blik auf der Erde ſchon
verliert, in deinen Augen? Was ſind für dich, der
du die Geſtirne in ihren Kreiſen lenkeſt; dieſe Ge-
würme, die im Staube kriechen? Wie kahn deine
Unermeslichkeit ſich um ihre Unterſcheidungen von
Partheyen, von Sekten bekümmern? Und was ſind

dir

dir die Spizfindigkeiten, womit ihre Thorheit sich quält?"

„Und ihr, leichtgläubigen Menfchen! zeigt mir was eure Gebräuche euch geholfen haben? Was haben feit den vielen Jahrhunderten, wo ihr fie befolgt oder verfälfcht, eure Vorfchriften an den Gefetzen der Natur verändert? Hat die Sonne deswegen ftärker geleuchtet? Haben die Jahrszeiten einen andern Lauf genommen? Ift die Erde fruchtbarer, find die Menfchen glüklicher geworden? Wenn Gott gut ift, wie können denn eure Pönitenzen ihm gefallen? Wenn er unendlich ift, was können eure Huldigungen feinem Ruhme zufetzen? Wenn er in feinen Rathfchlüffen alles vorher gefehn hat, werden dann eure Gebete fie verändern? Antwortet, ungereimte Menfchen. "

„Ihr Sieger, die ihr Gott zu dienen vorgebt, bedarf er denn eurer Hülfe? Hat er nicht, wenn er ftrafen will, Erdbeben, feuerfpeiende Berge, und Donner in feiner Hand? und weis der Gott der Huld nur durch Vertilgung zu beffern?"

Ihr Mufelmänner, wenn Gott euch wegen Verletzung der fünf Vorfchriften ftraft, wie kann er denn die Franzofen begünftigen, die darüber fpotten? Wenn er nach dem Koran die Welt regiert, nach welchen Grundfätzen richtete er dann die Völker vor dem Propheten? So vielen Völkern, die Wein tranken,

ken, Schweinefleifch afsen, nicht nach Mekka giengen, wurde dennoch verliehn, mächtige Reiche zu
gründen? Wie wird er die Sabbäer von Ninive und
Babylon, wie den Perfer, der das Feuer anbethet, die
abgöttifchen Griechen und Römer; die alten Königreiche des Nils und eure eignen arabifchen und tartarifchen Vorfahren richten? Wie wird er fo viele Nationen richten, die euern Glauben misverftanden oder
nicht kannten? die zahlreichen Caften der Indianer?
die fchwarzen Stämme der Afrikaner? die Infelbe-
wohner des Ozeans? die Völkerfchaften von Amerika?

Eingebildete und unwiffende Menfchen! die ihr
euch allein die Erde anmaafset! Wenn Gott mit eins
alle vergangnen und gegenwärtigen Gefchlechter verfammlete, was würden dann in ihrer unermeslichen
Menge diefe fogenannten allgemeinen Secten der
Chriften und Mufelmänner feyn? Welche Urtheile
würde feine für alle gleiche Gerechtigkeit über die
wirkliche allgemeine Maffe der Menfchen fällen?
Hier verirrt fich euer Geift in unzufammenhängen-
den Syftemen; hier glänzt die Wahrheit mit voller
Ueberzeugung; hier offenbaren fich die einfachen
und mächtigen Grundfätze der Natur und Vernunft:
Gefetze eines gemeinfchaftlichen, allgemeinen Urhebers; eines unpartheyifchen, gerechten Gottes,
der, um über ein Land regnen zu laffen, nicht fragt,
was für einen Propheten es hat? der feine Sonne
gleich

gleich über alle Menschen scheinen läfst; über den Weiffen wie über den Schwarzen, über den Juden, über den Mufelmann, über den Chriflen und Heyden; der die Saat da gedeihen läfst, wo forgfame Hände fie fäen; der jede Nation vermehrt, bei der Fleis und Ordnung herrfchen; der jedes Reich emporkommen läfst, wo die Gerechtigkeit ausgeübt wird, wo der Mächtige durch Gefetze gebunden, der Arme durch fie befchüzt wird; wo der Schwache in Sicherheit lebt; kurz, wo jeder die Rechte geniefst, die er von der Natur und von einem mit Billigkeit entworfnen Vertrage hat.

Seht da die Grundfätze, wornach die Völker gerichtet werden! Seht da die wahre Religion, welche das Schikfal der Reiche regiert, und die felbft euer Gefchik, ihr Ottomannen! ftets beftimmt hat. Befragt eure Vorfahren! fragt fie, durch welche Mittel fie fich empor brachten, als fie, als Götzendiener, in kleiner Anzahl und arm aus den tartarifchen Wüften in diefe reichen Länder kamen. Fragt fie, ob fie durch die türkifche Religion, die bis dahin ihnen unbekannt war, oder durch Muth, Klugkeit und Mäfsigung die wahren Mächte des gefelligen Zuftandes, die Griechen und Araber überwanden? Damals verwaltete der Sultan felbft die Gerechtigkeit und hielt auf Difciplin: damals wurde der untreue Richter, der gelderpreffende Statthalter geftraft, und die Menge lebte im Wohlftand; der Landmann wurde vor dem

Raube

Raube des Janitscharen geschüzt, und die Felder ge-
diehen; die öffentlichen Wege waren sicher und der
Handel verbreitete Ueberflus. Ihr waret verbundne
Räuber, allein unter einander waret ihr gerecht; ihr
unterjochtet das Volk, allein ihr unterdrüktet es
nicht. Von seinen Fürsten gequält, begab es sich lieber unter eure Dienstbarkeit. Was kümmert es mich,
sagte der Christ, ob mein Herr Bilder verehrt oder
zerbricht; wenn er nur mir Gerechtigkeit leistet.
Gott im Himmel wird seinen Glauben richten! Ihr
waret mäsig und abgehärtet; eure Feinde waren
entnervt und feig. Ihr waret der Kunst des Fechtens
kundig, eure Feinde hatten ihre Anfangsgründe ver-
lernt; eure Anführer waren erfahren, eure Soldaten
an Krieg gewöhnt und gelehrig; die Beute feuerte
den Muth an; Tapferkeit wurde belohnt; Feigheit
und Unordnung gestraft, und alle Triebfedern des
menschlichen Herzens wurden in Bewegung gesezt.
Auf solche Art überwandet ihr hundert Nationen und
aus einer Menge überwundner Königreiche schufet
ihr ein unermesliches Reich.

Andre Sitten aber folgten auf diese, und bei den
Unglüksfällen, die sie begleiteten, wirkten wiederum die Gesetze der Natur. Nachdem ihr eure Feinde verschlungen hattet, fiel eure stets rege Habsucht
auf euch selbst zurük, und in euern eignen Schoos
eingeschlossen, verzehrte sie euch selbst. Als ihr
reich wurdet, entzweitet ihr euch über Theilung

und

und Genuſs, und Unordnung ſchlich ſich in alle Klaſſen eurer Geſellſchaft ein.   Der Sultan, von ſeiner
Gröſse berauſcht, miskannte den Zwek ſeiner Funk-
tionen, und alle Laſter der willkührlichen Macht entwickelten ſich.   Weil er nie auf Hinderniſſe ſeiner
Neigungen traf, arteten ſie aus; ſchwach und ſtolz
ſlies er das Volk von ſich, und lieſs ſich durch die
Stimme deſſelben nicht mehr unterrichten und lenken.   Unwiſſend und dennoch mit Schmeicheleien
überſchüttet, vernachläſſigte er allen Unterricht, alles
Studium und verſank in Unfähigkeit.   Untauglich
zu Geſchäften, warf er ihre Bürde auf Miethlinge,
und die Miethlinge betrogen ihn.   Um ihre eignen
Leidenſchaften zu befriedigen, reizten ſie die ſeini-
gen auf und erweiterten ſie; ſie vermehrten ſeine Bedürfniſſe und ſein ungeheurer Luxus verſchlang alles.
Der mäſsige Tiſch, die beſcheidnen Kleider, die
einfache Wohnung ſeiner Vorfahren genügte ihm
nicht mehr: um ſeine Pracht zu befriedigen, mnſte
man Erde und Meer erſchöpfen; die ſeltenſten
Rauchwerke vom Nordpol, die köſtlichſten Stoffe
vom Aequator herbeiſchaffen; er verſchlang in einer
Mahlzeit die Schatzung einer Stadt, in der Bewir-
thung eines Tags die Einkünfte einer Provinz.   Er
umgab ſich mit einer Armee von Weibern, von
Verſchnittnen, von Speichelleckern.   Man ſagte
ihm, daſs Freigebigkeit die Tugend der Könige wäre, und er ſchenkte Schmeichlern die Pracht und
Schätze der Völker.   Ihren Herrn nachahmend ver-

langten die Sklavinnen ebenfalls prächtige Häuser, Geräthschaften von feinster Arbeit, mit grofsen Koften gestikte Teppiche, Vasen von Gold und Silber zum schlechteften Gebrauch; und das Serail verschlang alle Reichthümer des Reichs.

Um diefen zügellofen Luxus zu befriedigen, verkauften die Sklavinnen und Weiber ihren Credit: und Beftechung führte allgemeines Verderbnis herbei; sie verkauften dem Vezir die höchfte Gunft, und der Vezir verkaufte das Reich. Sie verkauften dem Cadi das Gefez, und der Cadi verkaufte die Gerechtigkeit; sie verkauften dem Priefter den Altar, und der Priefter verkaufte den Himmel; Gold führte zu allem, und man wandte alles an, um fich Gold zu verschaffen; für Gold verrieth der Freund feinen Freund, das Kind feinen Vater, der Diener feinen Herrn, die Frau ihre Ehre, der Kaufmann fein Gewiffen; und man kannte im Staate weder Treue, noch Sitten, weder Eintracht, noch Stärke mehr.

Der Baffa, der die Regierung feiner Provinz bezahlte, betrachtete fie als eine Pachtung, und hielt fich alle Erpreffungen erlaubt. Er verkaufte feiner Seits wiederum die Einnahme der Impoften, das Commando über die Truppen, die Verwaltung der Dörfer; und da alle Aemter nur auf beftimmte Zeit galten, verbreitete Raubfucht fich schnell durch alle Stände. Der Zolleinnehmer drükte den Kaufmann

und

und der Handel litt. Der Aga plünderte den Landmann und der Landbau nahm ab; des Vorfchuffes
beraubt, konnte der Landmann nicht fäen; die fälli-
gen Steuern nicht zu rechter Zeit bezahlen; man
drohte ihm mit Prügeln; er borgte; weil er keine
gehörige Sicherheit geben konnte, liefs er fich alle
Bedingungen gefallen; der Verleiher nahm ungeheuren Zins und der Wucher des Reichen machte das
Elend des Arbeiters voll.

Wenn böfe Jahre, anhaltende Dürre die Erndte
verdarben, fo liefs die Regierung darum an den Abgaben nichts nach, und wenn Mangel ein Dorf drükte, fo floh ein Theil feiner Einwohner in die Städte,
ihre Auflagen fielen auf die Uebriggebliebnen zurük
und vollendeten ihren Untergang, bis das Land entvölkert wurde.

Durch Schmach und Tyrannei aufs äufferfte getrieben, empörten fich ganze Völker; und der Baffa
freute fich deffen: er bekriegte fie; er nahm ihre
Häufer mit Sturm ein, raubte ihre Geräthfchaften,
führte ihr Vieh fort; und wenn die Erde wüfte blieb,
fagte er, was kümmert's mich, ich gehe morgen ab!

Weil es der Erde an Arbeitern fehlte, um die
Gewäffer des Himmels, oder die übergetretnen Ströme in Dämme abzuleiten, fo blieben fie ftehn und
wurden zu Sümpfen; ihre faulen Ausdünftungen

 verur-

verursachten in diesem heißen Klima Seuchen, Pest, Krankheiten aller Art; und Entvölkrung, Geldmangel und Verderben waren die Folgen.

O wer vermag alle Uebel dieser tyrannischen Regierung aufzuzählen!

Bald bekriegen die Baßen einander; und um ihrer persönlichen Streitigkeiten willen, werden die Provinzen eines Staates verwüstet. Bald streben sie aus Furcht vor ihren Herren, nach Unabhängigkeit, und bringen die Strafe ihrer Empörungen über ihre Unterthanen. Bald fürchten sie diese Unterthanen, rufen und besolden Fremde, und um sie an sich zu ziehn, gestatten sie ihnen alle Plünderung. An einem Orte suchen sie einem Reichen den Prozes zu machen und berauben ihn unter falschem Vorwande; an einem andern erkaufen sie falsche Zeugen und legen für ein erdichtetes Vergehn Geldstrafe auf; allenthalben erregen sie Haß zwischen Secten, reitzen sie zu Angaben, um Strafgelder von ihnen zu ziehn; erpreßen Güter, ergreifen die Personen und wenn ihr unsinniger Geiz alle Reichthümer eines Landes auf einen Haufen gesammlet hat, so zieht die Regierung mit schändlicher Treulosigkeit, unter dem Vorwande, das unterdrükte Volk zu rächen, seinen Raub mit zum Raube des Schuldigen und vergießt unnützer Weise Blut für ein Verbrechen, deßen Mitschuldige sie ist.

O Rö-

O Böfewichter! Monarchen oder Minifter, die ihr mit dem Gute und Leben der Völker fpielt! Habt ihr dem Menfchen den Othem gegeben, den ihr euch erfrecht ihm zu rauben? Bringt ihr die Erzeugniffe der Erde hervor, die ihr mit kühner Hand zernichtet? Ermüdet ihr euch mit dem Pflügen des Ackers? erduldet ihr den Brand der Sonne und die Qualen des Durftes beim Schneiden der Frucht, beim Binden der Garben? Wacht ihr bei nächtlichem Thau wie der Hirte? Durchkreuzt ihr die Wüften wie der Kaufmann? Wenn ich die Graufamkeit und den Stolz der Mächtigen fah, fo entbrannte ich vor Unwillen und fagte in meinem Zorne; Ha, und es ftehen keine Menfchen auf Erden auf, um die Völker zu rächen und die Tyrannen zu ftrafen! Eine kleine Anzahl Räuber verfchlingt die Menge! und die Menge läfst fich verfchlingen! O erniedrigte Völker, erkennt eure Rechte! Alle Gewalt kömmt von euch! alle Macht ift euer. Vergebens befehlen euch die Könige durch Gottes Gnade und durch ihr Schwerdt. Soldaten rührt euch nicht! Weil Gott den Sultan unterftüzt, fo ift eure Hülfe unnöthig, Weil fein Schwerdt ihm genügt, fo bedarf er des eurigen nicht! Lafst uns fehn, was er durch fich felbft vermag. — Die Soldaten haben die Waffen niedergelegt, und feht da! die Herren der Welt find fchwach, wie die niedrigften ihrer Unterthanen! Völker! wifst dann, dafs die, welche euch regieren, eure Anführer und nicht eure Herren find; eure Vorgefezten,

und

und nicht eure Eigenthümer; daſs ſie keine Gewalt über euch haben, auſſer durch euch und zu
euerm Beſten; daſs eure Schätze euch gehören, und
daſs ſie euch Rechenſchaft davon ſchuldig ſind: daſs
Gott alle Menſchen, Könige oder Unterthanen,
gleich erſchaffen hat, und daſs kein Sterblicher das
Recht hat, ſeines Gleichen zu unterdrücken.

Allein dieſe Nation und ihre Oberhäupter haben
dieſe heiligen Wahrheiten verkannt! — Wohl dann!
ſie werden die Folgen ihrer Verblendung fühlen, —
Das Urtheil iſt gefällt, der Tag naht heran, wo dieſer mächtige Koloſs zerbrechen, unter ſeiner eignen
Schwere in Trümmern ſtürzen wird! Ja, ich ſchwö-
re es bei den Ruinen ſo vieler zerſtörten Reiche!
das Reich der Gläubigen wird das Schikſal der Staaten erleiden, deren Regierung es nachgeahmt hat!
Ein fremdes Volk wird die Sultane aus ihrer Hauptſtadt treiben; der Thron von Orkhan wird umgeſtürzt werden! der lezte Zweig ſeines Geſchlechts
wird ausgeſloſsen werden, und die Horde der Oguzians (†) ihres Oberhaupts beraubt, wird ſich zer-
ſtreuen wie die der Nogais. Bei dieſer Auflöſung
werden die Völker des Reichs, des Jochs, das ſie
zuſammenhielt, entbunden, ihre alten Unterſcheidungen wieder aufſuchen, und eine allgemeine
Anarchie, wie in dem Reiche der Sophis (×), wird
entſtehen, bis ſich aus den Arabern, Armeniern,
oder Griechen Geſezgeber erheben, die neue Staaten

bilden.

bilden. — O! wenn kühne und scharffinnige Männer auf Erden sich fänden! welche Elemente der Gröfse und des Ruhms! Aber schon schlägt die Stunde des Schikfals. Das Geschrei des Kriegs dringt in mein Ohr, und die Kataftrophe nimmt ihren Anfang! — Vergebens ftellt der Sultan feine Armeen entgegen; feine unwiffenden Krieger werden geschlagen, zerftreut! vergebens ruft er feine Unterthanen herbei. Die Herzen find mit Eis umgeben; die Unterthanen antworten: dies ift verhängt; was kümmert es uns, wer unfer Herr ift? Wir können bei dem Taufche nicht verlieren. Vergebens rufen die wahren Gläubigen den Himmel und den Propheten an; der Prophet ift geftorben, und der Himmel antwortet ohne Mitleid: Lafst ab, uns anzurufen! Ihr habt eure Uebel begangen, heilet euch felbft! Die Natur hat Gefetze gegeben, euch liegt es ob, fie auszuüben; beobachtet, denkt nach, benüzt die Erfahrung. Die Thorheit des Menfchen ftürzt ihn ins Verderben, feine Weisheit mufs ihn daraus erretten. Die Völker find unwiffend, mögen fie Unterricht fuchen; ihre Anführer find verdorben; mögen fie büfsen und fich beffern: denn dies ift der Ausspruch der Natur: weil die Uebel der Gefellfchaft aus Habfucht und Unwiffenheit entftehn, fo werden die Menfchen fo lange gequält werden, bis fie aufgeklärt und weife find, bis fie die Kunft der Gerechtigkeit üben, welche auf die Kenntnis ihrer Ver-

hält-

hältnisse, und der Gesetze ihrer Organisation gegründet seyn mus *).

———

Drey-

*) Im Jahr 1788 erlebten wir in Europa ein sehr sonderbares
moralisches Phänomen. Ein grofses, auf seine Freiheit ei-
fersüchtiges Volk wurde leidenschaftlich eingenommen für
ein Volk, das der Freiheit feind ist; ein Volk, das die
Künste liebt, für ein Volk das sie verabscheut; ein duldsa-
mes, sanftes Volk für ein verfolgungssüchtiges, fanatisches
Volk; ein geselliges und muntres Volk für ein finstres und
gehässiges: mit einem Worte, die Franzosen waren mit
leidenschaftlicher Wuth für die Türken eingenommen; sie
wollten sich für sie in einen Krieg einlassen, und zwar kurz
vor dem Ausbruche einer schon eingeleiteten Revolution.
Ein Mann, der sie herankommen sah *), schrieb, um die
Nation von dem Kriege abzuhalten; man schrie, dafs er
von der Regierung bestochen sey, die doch den Krieg wollte, und auf dem Punkt stand, ihn in Verhaft zu ziehen.
Ein andrer schrieb, um den Krieg anzurathen, und man
glaubte auf sein Wort an die Wissenschaften, Politesse und
Macht der Türken. Allerdings glaubte er selbst daran,
weil er bei ihnen Nativitätensteller und Alchymisten gefun-
den hatte, die ihn ins Verderben geführt haben. Auch in
Paris fand er Martinisten, die ihn mit Sesostris speisen
liefsen, und Magnetiseurs, die ihn getödtet haben. —
Die Türken wurden von den Russen geschlagen, und der
Mann,

*) Anmerk. Herr von Volney schrieb im Jahr 1788
eine kleine Schrift über den Türkenkrieg, welche Herr
von Peyssonell beantwortete.

Dreyzehntes Kapitel.

Wird sich das Menschengeschlecht verbessern?

Ueberwältigt von Schmerz bei diesen Worten, rief ich mit Thränen aus! „Unglükliche Nationen! „Unglüklicher selbst! Ach jezt verzweifle ich an dem „Glüke des Menschen. Da seine Uebel aus seinem „Herzen entspringen, da er allein ihnen abzuhelfen „vermag, so ist sein Unglük auf immer gewis! Wer „wird der Habsucht des Starken und Mächtigen „Schranken setzen? wer die Unwissenheit des Schwa- „chen aufklären? wer die Menge von ihren Rechten „unterrichten, und die Oberhäupter zur Erfüllung „ihrer Pflichten zwingen können? Also ist das Men- „schengeschlecht auf immer zum Leiden bestimmt! „Also wird der Einzelne nie aufhören, den Einzelnen „zu unterdrücken; eine Nation nie aufhören, die „andre anzugreifen; und nie werden diesen Ländern „Tage des Glüks und Ruhmes wieder scheinen. Sie- „ger werden kommen; sie werden die Unterdrücker

F 5

„ver-

Mann, der den Fall ihres Reichs vorher gesagt hat, beharrt noch auf seiner Prophezeiung. Eine gänzliche Veränderung des politischen Systems am Mittelländischen Meere muss daraus entstehn. Wenn aber die Franzosen, indem sie frei werden, auch planmäsig handeln lernen, so wird diese Veränderung ganz zu ihrem Vortheil ausschlagen: denn ein glükliches Verhängnis will, dass der wahre Vortheil stets mit der gesunden Moral verbunden ist.

„vertreiben und fich felbft an ihre Stelle fetzen; al-
„lein mit ihrer Macht werden fie auch ihre Raubgier
„erben, und nur die Tyrannen der Erde, nicht aber
„ihre Tyrannei wird fich verändert haben.“

Ich wandte mich zu dem Genius: „O Genius,
fagte ich, Verzweiflung hat fich meiner Seele bemächtigt. Nun ich die Natur des Menfchen kennen
lernte, hat die Verderbtheit derer, die regieren, die
Niederträchtigkeit derer, die fich regieren laffen,
mich des Lebens überdrüffig gemacht. Wenn man
nur die Wahl hat, Mitfchuldiger oder Schlachtopfer
der Unterdrückung zu feyn, was anders bleibt dann
dem Tugendhaften übrig, als feine Afche mit den
Gräbern zu vermifchen!“

Der Genius fchwieg, und fah mich mit einem
ftrengen, durch Mitleid gemildertem Blicke an.
Nach einigen Augenblicken erwiederte er: „Zu fter-
„ben alfo, darinn befteht die Tugend? Der verdorb-
„ne Menfch ermüdet nie, feine Verbrechen voll zu
„machen; und der gerechte Menfch läfst fich durch
„das erfte Hindernis abfchrecken, das Gute zu
„thun! — Aber fo ift das Herz des Menfchen
„befchaffen! ein glüklicher Erfolg beraufcht es mit
„Zuverficht; ein unglüklicher fchlägt es nieder und
„macht es beftürzt: Stets der Empfindung des Au-
„genbliks hingegeben, beurtheilt es die Dinge nicht
„nach ihrer Befchaffenheit, fondern nach dem An-
„triebe

„triebe der Leidenfchaft. Menfch, der du an dem
„Menfchengefchlechte verzweifelfl, nach was für
„Thatfachen und Gründen haft du diefen Ausfpruch
„gefällt? Haft du die Organifation des fühlbaren We-
„fens unterfucht, um mit Gewisheit beftimmen zu
„können, ob die Triebfedern, die es zum Glücke
„führen, wefentlich fchwächer find, als die, welche
„es davon zurük ftofsen? Oder noch mehr, wenn du
„mit einem Ueberblik die Gefchichte des Menfchen-
„gefchlechts umfaffeft, und nach dem Vergangnen
„die Zukunft beurtheilft, haft du denn dargethan,
„dafs alle Fortfchritte zum Glük ihm unmöglich
„find? Antworte! haben feit ihrem Entftehn, die
„Gefellfchaften keinen Schritt zur Aufklärung und zu
„einem beffern Schikfal gethan? Leben die Menfchen
„noch in Wäldern, unwiffend, barbarifch, dumm,
„an allem Mangel leidend? Leben noch alle Natio-
„nen in den Zeiten, wo das Auge auf Erden nichts
„als wilde Räuber, oder wilde Sklaven fah? Wenn
„zu gewiffen Zeiten, an gewiffen Orten einzelne
„Menfchen beffer geworden find, warum follte
„denn das ganze Gefchlecht fich nicht verbeffern?
„Wenn die Gefellfchaften theilweife fich vervoll-
„kommnet haben, warum follte denn die Gefellfchaft
„im Ganzen fich nicht vervollkommnen? und wenn
„die erften Hinderniffe geebnet find, warum follten
„dann die andern unüberfteiglich feyn?“

„Denkft du, dafs das Menfchengefchlecht fich
„verfchlimmerte? Hüte dich vor den Irthümern und
„Para-

„Paradoxen des Menschenfeindes: Der mit dem
„Gegenwärtigen unzufriedne Mensch schreibt dem
„Vergangnen eine lügnerische Vollkommenheit zu,
„die nur Maske seines Verdrusses ist. Er lobt die
„Todten aus Haß gegen die Lebendigen und schlägt
„die Kinder mit den Gebeinen ihrer Väter."

„Um eine vorgebliche rükgehende Vollkommen-
„heit zu erweisen, müste man das Zeugnis der That-
„sachen und der Vernunft Lügen strafen: und wenn
„vergangne Thatsachen Zweideutigkeit zuließen, so
„müste man die wirklich vorhandne Organisation
„des Menschen abläugnen: man müste beweisen,
„daß er mit dem vollen Gebrauch seiner Sinne ge-
„bohren wird; daß er, ohne Erfahrung, Nahrung
„vom Gifte zu unterscheiden weis; daß das Kind
„weiser ist als der Alte; der Blinde zuversichtlicher
„in seinem Gange als der Hellsehende; daß der ver-
„feinerte Mensch unglüklicher ist, als der rohe Wil-
„de; mit einem Worte, daß es keine fortschreiten-
„de Stufenleiter der Erfahrung und des Unterrichts
„giebt."

„Junger Mensch, glaube der Stimme der Grä-
„ber, und dem Zeugnis der Monumente: Allerdings
„giebt es Länder, die nicht mehr sind, was sie in
„gewissen Epochen waren; wenn aber der Geist un-
„tersuchte, worin selbst damals die Weisheit und
„Glükseligkeit ihrer Einwohner bestand, so würde

„er

„er finden, dafs ihr Glanz mehr Schimmer als Wirk-
„lichkeit war. Er würde fehn, dafs in den alten
„Staaten, felbft in den gepriefenften, ungeheure La-
„fter, abfcheuliche Misbräuche herrfchten, woraus
„gerade ihre Schwäche entftand; dafs im Ganzen
„die Grundfätze der Regierungen barbarifch waren;
„dafs freche Räuberei, barbarifche Kriege, unver-
„föhnlicher Hafs unter den Völkern herrfchten (x);
„dafs man kein Naturrecht kannte; dafs die Morali-
„tät durch unfinnigen Fanatismus, durch beklagens-
„würdigen Aberglauben verderbt wurde; dafs ein
„Traum, eine Erfcheinung, ein Orakel jeden Au-
„genblik grofse Erfchütterungen verurfachten; Viel-
„leicht find die Nationen noch bis jezt nicht ganz
„von fo vielen Uebeln geheilt; wenigftens aber hat
„ihre Wirkung fich vermindert, und die Erfahrung
„des Vergangnen ift nicht gänzlich verloren gegan-
„gen. Vorzüglich haben feit drei Jahrhunderten die
„Kenntniffe fich vermehrt und verbreitet; die Ver-
„feinerung, von glüklichen Umftänden begünftigt,
„hat merkliche Fortfchritte gemacht; felbft Uebel
„und Misbräuche haben ihr Vortheil gebracht: denn
„wenn Eroberungen die Staaten zu fehr ausgedehnt
„hatten, fo verloren die Völker, indem fie fich un-
„ter ein Joch vereinigten, diefen Geift der Vereinze-
„lung und Zwietracht, der fie alle zu Feinden mach-
„te. Wenn die Kräfte fich concentrirten, fo ent-
„ftand in ihrer Bewegung mehr Ganzes, mehr Har-
„monie: wenn die Kriege einen weitern Umfang

„nah-

„nahmen, wurden sie zugleich weniger mörderisch:
„wenn die Völker mit weniger Persönlichkeit, mit
„weniger Energie dabei verfuhren, so war ihr Kampf
„weniger blutdürstig, weniger wild; sie waren min-
„der frei, aber minder ungestüm; weichlicher, aber
„friedlicher. Selbst der Despotismus hat ihnen ge-
„nützt; wenn die Regierungen unumschränkter wa-
„ren, so waren sie minder unruhig (und, stürmisch;
„wenn der Thron, als Erbschaft, Eigenthum war,
„so erregte er weniger Zwietracht, und die Völker
„erlitten weniger Erschütterungen. Wenn endlich
„die Despoten, eifersüchtig und geheimnisvoll alle
„Einsicht in ihre Staatsverwaltung, alle Concurrenz
„bei der Führung der Staatsgeschäfte untersagten, so
„richteten sich die Leidenschaften, von der politi-
„schen Laufbahn verwiesen, auf Künste und Wissen-
„schaften. Die Sphäre der Ideen in allen Fächern
„erweiterte sich; der Mensch, mit abstracten Stu-
„dien beschäftigt, lernte seinen Plaz in der Welt,
„seine Verhältnisse in der Gesellschaft besser einsehn:
„die Grundursachen wurden besser untersucht, die
„Zwecke besser erkannt; die Kenntnisse ausgebreite-
„ter, die Einzelnen aufgeklärter, die Sitten geselli-
„ger, das Leben sanfter; mit einem Worte, das
„ganze Geschlecht, vorzüglich in gewissen Ländern,
„gewann merklich; und diese Verbeßrung muß
„nothwendig immer mehr und mehr zunehmen,
„weil ihre beiden vornehmsten Hindernisse; eben
„diejenigen, welche sie bisher so sehr verzögert und

„zu-

„zuweilen rükwärts gebracht hatten, die Schwierig-
„keit, Ideen schnell zu übertragen, und mitzuthei-
„len, endlich gehoben sind.“

„Bei den alten Völkern war jeder Bezirk, jede
„Stadt, durch die Verschiedenheit der Sprache von
„allen andern abgeschnitten. Es entstand daraus ein
„der Unwissenheit und Anarchie günstiges Chaos.
„Da war keine Mittheilung der Ideen, keine Theil-
„nahme an Erfindungen, keine Uebereinstimmung
„der Vortheile und des Willens; keine Einheit des
„Handelns, des Betragens; höchstens beschränkten
„sich alle Mittel, Ideen zu verbreiten und zu über-
„tragen, auf die flüchtige und begränzte Sprache, auf
„mühsame, kostbare und seltene Schreiberei. Ver-
„hindrung alles Unterrichts für das Gegenwärtige;
„Verlust der Erfahrung von Generation zu Genera-
„tion; Unbeständigkeit, Rükgang der Kenntnisse
„und Verlängerung des Chaos und der Kindheit wa-
„ren die Folgen davon.“

„Da hingegen in den neuern Verfassungen, und
„vorzüglich in der europäischen, grosse Nationen die
„Uebereinkunft einer Sprache getroffen hatten, theil-
„te man einander Ideen und Meinungen mit; die
„Geister näherten sich; die Herzen erweiterten
„sich; es entstand Uebereinstimmung im Den-
„ken und Handeln. Und als vollends eine gehei-
„ligte Kunst, eine göttliche Gabe des Genies, die

„Buchdruckerei das Mittel darboth, in einem Au-
„genblik dieselbe Idee Millionen Menschen mitzu-
„theilen und sie auf dauerhafte Art zu heften, ohne
„daſs die Macht der Tyrannen sie aufhalten oder
„vernichten konnte, bildete sich eine fortschreitende
„Masse des Unterrichts, eine wachsende Athmo-
„sphäre von Kenntnissen, welche auf immer die Ver-
„besrung dauerhauft zusicherten.   Diese Verbess-
„rung wird nothwendige Wirkung der Gesetze der
„Natur: denn vermöge des Gesetzes der Fühlbarkeit
„strebt der Mensch eben so unaufhaltsam sich glük-
„lich zu machen, als das Feuer empor zu steigen,
„als der Stein zu sinken, als das Wasser sich zu
„ebnen.   Was ihn hindert, ist seine Unwissenheit,
„die ihn in den Mitteln irre führt, die ihn bei Wir-
„kung und Ursache hintergeht.   Durch Irthümer
„wird er klüger werden; er wird weise und gut wer-
„den, weil es sein Vortheil ist, es zu seyn; und
„wenn bei einer Nation, die Ideen sich mittheilen,
„so werden ganze Klassen aufgeklärt, und die Kennt-
„nisse allgemein werden.   Alle Menschen werden
„einsehn, welches die Grundursachen des Glüks der
„Einzelnen und der öffentlichen Glükseligkeit sind:
„sie werden ihre Verhältnisse, ihre Rechte, ihre
„Pflichten in der Gesellschaft einsehn lernen: sie wer-
„den sich vor den Täuschungen der Habsucht ver-
„wahren lernen; sie werden erkennen, daſs die Mo-
„ral eine physische Wissenschaft ist, zusammengesezt
„aus Bestandtheilen, die freilich verwickelt in ihrem

„Spiel,

„Spiel, aber einfach und unveränderlich in ihrer
„Natur sind, da sie die Elemente der Organisation
„des Menschen selbst ausmachen. Sie werden füh-
„len, daſs sie mäſsig und gerecht seyn müſſen, weil
„der Vortheil und die Sicherheit eines Jeden darin
„besteht; sie werden einsehn, daſs es ein Rechnungs-
„fehler der Unwiſſenheit ist, auf Koſten eines andern
„genieſsen zu wollen, weil Wiedervergeltung, Haſs
„und Rache daraus entspringt, und daſs Unredlich-
„keit gegen sich selbst die unzertrennliche Begleite-
„rin der Thorheit ist.“

„Die einzelnen Glieder werden fühlen, daſs ihr
„Glük an das Glük der Gesellschaft geknüpft ist:“

„Die Schwachen werden fühlen, daſs weit entfernt,
„ihre Vortheile zu trennen, sie sich vereinigen muſs-
„ten, weil Gleichheit ihre Stärke ausmacht:“

„Die Reichen werden lernen, daſs die Einrich-
„tung der Organe das Maas seines Genuſſes ein-
„schränkt, und daſs Ueberdrus auf Sättigung folgt:“

„Der Arme wird einsehn, daſs der höchste Grad
„des menschlichen Glüks in der Ausfüllung der Zeit
„und im Frieden des Herzens besteht:“

„Und die öffentliche Meinung, welche die Köni-
„ge bis auf ihren Thron verfolgt, wird sie zwingen,
„in den Schranken einer rechtmäſsigen Gewalt zu
„bleiben.“

Die Ruinen.　　　　　　　　　G　　　　　　　　　„Selbst

„Selbſt der Zufall wird den Nationen vortheil-
„haft ſeyn, indem er bald ihnen unfähige Ober-
„häupter geben wird, die ſich ihrem Freiwerden nicht
„widerſetzen können, bald aufgeklärte Oberhäupter,
„die ſie aus Tugend freilaſſen werden.“

„Alsdann werden groſse Menſchen, aufgeklärte
„und freie Geſammtheiten von Nationen auf Erden
„erſcheinen; es wird dem Menſchengeſchlechte er-
„gehen, wie es den Elementen ergeht. Das Licht
„wird ſich immer weiter verbreiten, und das Ganze
„erhellen. Vermöge des Geſetzes der Nachahmung
„wird das Beiſpiel eines erſten Volks von den andern
„befolgt werden; ſie werden ſeinen Geiſt, ſeine Ge-
„ſetze annehmen. Selbſt die Deſpoten, wenn ſie
„ſehen, daſs ſie ihre Macht ohne Gerechtigkeit und
„Wohlthätigkeit nicht erhalten können, werden ge-
„zwungen ſeyn, ihre Regierung zu mildern, und
„Aufklärung wird ſich allgemein verbreiten.“

„Von Volk zu Volk wird ein Gleichgewicht der
„Kräfte entſtehn, wodurch alle in Achtung ihrer ge-
„genſeitigen Kräfte erhalten, ihre barbariſchen Kriegs-
„gebräuche aufhören, und die Entſcheidungen ihrer
„Streitigkeiten den Civilgerichten anheim fallen wer-
„den (y). Das ganze Menſchengeſchlecht wird eine
„groſse Geſellſchaft ausmachen, eine Familie; durch
„einerlei Geiſt, durch einerlei Geſetze regiert, wird
„ſie alle Glükſeligkeit genieſsen, deren die menſch-
„liche Natur fähig iſt.“

„Ohne

„Ohne Zweifel wird es lange dauern, bis dieses
„grofse Werk zu Stande kommt, weil dazu erfodert
„wird, dafs eine gleiche Bewegung sich durch einen
„ungeheuren Körper verbreitet; dafs ein Gährungs-
„saft eine ungeheure Masse von heterogenen Thei-
„len zu einem Körper verbindet; endlich aber wird
„diese Bewegung geschehn, und schon zeigen sich
„die Vorbothen dieser Zukunft. Schon erklärt die
„grofse Gesellschaft, die in ihrem Gange eben den
„Kreislauf beobachtet, als die einzelnen Gesellschaf-
„ten, dafs sie nach gleichen Zwecken strebt. Zuerst
„in allen ihren Theilen aufgelöst, sah sie ihre Glie-
„der lange ohne Zusammenhang; und die allgemei-
„ne Vereinzelung der Völker erzeugte ihr erstes Alter
„der Anarchie und Kindheit; in der Folge, wie der
„Zufall es mit sich brachte, in unregelmäfsige Be-
„zirke von Staaten und Königreichen getheilt, hat
„sie die verhafsten Wirkungen der äussersten Un-
„gleichheit der Reichthümer und Stände erlitten;
„die Aristokratie grofser Reiche hat ihr zweites Alter
„erzeugt; nachher, da diese grofsen Bevorrechteten
„sich den Vorrang streitig machten, hat sie die Pe-
„riode der Erschütterungen der Partheyen durchlau-
„fen; und jezt, da diese Partheyen ihrer Zwietracht
„müde, das Bedürfnis der Gesetze fühlen, seufzen
„sie nach dem Zeitpunkte der Ordnung und des Frie-
„dens. Möge nur ein tugendhafter Anführer sich
„zeigen! möge ein gerechtes, mächtiges Volk er-
„scheinen: Die Erde wird es zur höchsten Macht er-

           „heben:

„heben: denn fie erwartet ein gefezgebendes Volk.
„Sie wünfcht es herbei, fie ruft es, und mein Herz
„vernimmt“ — Er drehte fich mit dem Kopf nach
der Seite des Occidents: „Ha, fuhr er fort, fchon
„dringt ein dumpfes Geräufch in mein Ohr; ein Ge-
„fchrei der Freiheit, an fernen Ufern ausgefprochen,
„tönt im alten feften Lande wieder. Auf dies Gefchrei
„erhebt fich bei einer grofsen Nation ein geheimes
„Murren gegen Unterdrückung: eine wohlthätige
„Unruhe macht fie über ihre Lage beforgt. Sie
„forfcht über das was fie ift, über das, was fie feyn
„follte; und über ihre Schwäche erfchrocken, un-
„terfucht fie ihre Rechte, ihre Hülfsmittel; das Be-
„tragen ihrer Anführer. — Noch einen Tag, noch
„eine Betrachtung, und eine ungeheure Bewegung
„wird entftehn. Ein neues Sekulum wird hervor-
„gehn; ein Sekulum der Verwundrung für gemeine
„Seelen, des Erftaunens und Schreckens für die Ty-
„rannen, der Freiwerdung für ein grofses Volk,
„und der Hofnung für die ganze Erde!“

Vierzehntes Kapitel.

Das grofse Hindernis der Vervollkommnung.

Der Genius schwieg. — Mein Geist aber, von schwarzen Gedanken eingenommen, lehnte sich gegen die Ueberzeugung auf; doch fürchtete ich, ihn durch Widerspruch zu beleidigen und schwieg. Nach einem kleinen Zwischenraum wandte er sich zu mir und heftete einen durchdringenden Blik auf mich. Du schweigst, fuhr er fort, und dein Innres wird von Gedanken zerrissen, die es nicht laut zu denken wagt! — Bestürzt und betroffen rief ich: o Genius! verzeihe meiner Schwäche. Gewis kann dein Mund nur Wahrheit reden, allein deine himmlische Einsicht ergreift ihre Züge da, wo meine groben Sinne nur Nebel wahrnehmen. Ich bekenne es dir — noch ist die Ueberzeugung nicht in meine Seele gedrungen, und ich habe gefürchtet, dich durch mein Zweifeln zu beleidigen.

„Und wie kann Zweifeln Verbrechen seyn? antwortete er. Steht es in der Macht des Menschen, anders zu empfinden, als auf ihn gewirket wird? Wenn eine Wahrheit einleuchtend und wichtig in der Ausübung ist, so müssen wir den beklagen, der sie verkennt. Seine Verblendung wird seine Strafe seyn. Ist aber die Wahrheit ungewis, zweideutig, wie soll er dann das Gepräge an ihr finden, was sie

nicht

nicht hat? Nur Unwiſſenheit und Thorheit glauben
ohne Ueberzeugung, ohne Beweis. Der Leichtgläubige verliert ſich in einem Labyrinth von Widerſprüchen; der Vernünftige unterſucht und prüft, um Zu-
ſammenhang in ſeine Meinungen zu bringen, und
der redlich Glaubende unterſtüzt Widerſprüche, weil
nur darin Ueberzeugung liegt. Heftigkeit iſt das
Argument der Lüge, und einen Glauben mit Gewalt
aufdringen wollen, iſt die Handlung und das Zeichen
eines Tyrannen."

Durch dieſe Worte kühn gemacht, antwortete
ich, o Genius! ſo lange meine Vernunft noch frei
iſt, bemühe ich mich umſonſt, die ſchmeichelhafte
Hofnung, womit du ſie aufrichteſt, zu faſſen. Gern
überläſt ſich der Geiſt des Tugendhaften und Verſtändigen den Träumen des Glüks, unaufhörlich
aber ruft eine grauſame Wirklichkeit ihn zum Leiden und Elend zurük. Je mehr ich über die Natur
des Menſchen nachdenke, je mehr ich den gegenwärtigen Zuſtand der Geſellſchaften unterſuche, je
weniger ſcheint die Verwirklichung einer Welt der
Weisheit und Glükſeligkeit mir möglich zu ſeyn. Ich
durchlaufe mit meinen Blicken die ganze Fläche
unſrer Halbkugel; nirgends nehme ich den Keim einer glüklichen Revolution wahr, oder ahnde ihre
Triebfedern. Das ganze Aſien liegt in dicker Finſternis begraben. Die Chineſen, durch übermüthi-
gen Deſpotismus (z), durch Bambusſchläge regiert;

durch

durch ein unveränderliches Gefezbuch von Geftikula-
tionen; durch den Grundfehler einer fchlecht einge-
richteten Sprache in Feffeln gelegt, biethen mir in ihrer verunglükten Verfeinerung nur ein mafchinenmäf-
figes Volk dar. Der Indianer, mit Vorurtheilen überhäuft, durch die geheiligten Bande feiner Caften ein-
gefchränkt, führt in unheilbarer, dumpfer Betäubung
fein Pflanzenleben fort. Der Tartar, umherfchwei-
fend, oder auf einen Ort geheftet, ftets unwiffend
und roh, lebt in der Barbarey feiner Voreltern. Der
Araber, mit einem glüklichen Genie begabt, verliert feine Stärke und die Frucht feiner Tugend in
der Anarchie feiner Stämme, und in der Eiferfucht
feiner Familien. Der Afrikaner, von der Menfchheit herabgewürdigt, fcheint ohne Hilfe der Knecht-
fchaft geweiht. — Im Norden fehe ich nur niedrige
Leibeigne, Völker-Heerden, mit denen die grofsen
Eigenthümer (1) ihr Spiel treiben. Ueberall haben
Unwiffenheit, Tyrannei und Elend die Nationen
mit Stumpfheit gefchlagen, und fehlerhafte Gewohnheiten, welche ihre natürlichen Sinne herabwürdig-
ten, haben felbft den Inftikt des Glüks und der Wahrheit in ihnen vertilgt. Zwar fcheint in einigen Ländern von Europa die Vernunft ihre erfte Schwung-
kraft wieder erhalten zu wollen, allein haben fich an
diefen Orten die Einfichten Einzelner bis auf das
Volk verbreitet? Hat die Gefchiklichkeit der Regierungen den Vortheil des Volkes befördert? und haben nicht diefe Völker, die fich polizirte nennen,

feit

seit drei Jahrhunderten die Erde mit ihren Ungerech-
tigkeiten erfüllt? Haben sie nicht, unter dem Vorwande des Handels, Indien verheert, ein neues
Land entvölkert, und unterwerfen sie nicht noch bis
auf diesen Tag Afrika der allergrausamsten Sklaverei? Wird die Freiheit aus dem Schoofse der Tyrannen hervorgehn? und werden räuberische und geitzi-
ge Hände Gerechtigkeit leisten? — O Genius, ich
habe civilisirte Länder gesehn, und der Traum ihrer Weisheit ist vor meinen Blicken zerflossen. Ich
habe Reichthümer in den Händen einiger wenigen
zusammengehäuft und die Menge arm und nackend
gesehn. Ich habe alle Rechte, alle Macht in gewisse Stände zusammengedrängt und die Masse des
Volks leidend und abhängig gesehn. Ich habe fürst-
liche Häuser aber kein Ganzes einer Nation gesehn;
Absichten der Regierung, aber keine Absichten fürs
Ganze, keinen Gemeingeist. Ich habe gesehn, dass
die ganze Weisheit der Herrscher darinn bestand,
mit Klugheit zu unterdrücken und die ausgesonnene
Knechtschaft polizirter Völker schien mir um so un-
abhellbarer zu seyn.

Ein Hindernis, o Genius, hat vor allen mich
tief betroffen. Ich sah, als ich meine Blicke auf den
Erdball richtete, ihn in zwanzig verschiedne Glau-
bens-Systeme getheilt. Jede Nation hat Religions-
meinungen angenommen, oder sich entworfen, die
den Meinungen der andern entgegen gesezt sind; jede
schreibt

schreibt sich ausschließend die Wahrheit zu, und
möchte gern alle andern in Irrthum glauben. Wenn
nun, wie es würklich der Fall ist, der grofse Haufen der Menschen sich irrt, und sich redlich irrt, so
folgt daraus, dafs unser Geist sich so gut von der Lüge, wie von der Wahrheit überzeugen kann — und
was für Mittel haben wir dann, ihn aufzuklären?
Wie sollen wir das Vorurtheil wegräumen, das sich
zuerst seines Geistes bemächtigt hat? Wie sollen wir,
vor allem, ihm die Binde abnehmen, wenn der erste Artikel jedes Glaubens in der gänzlichen Verban-
nung des Zweifels, dem Verboth aller Unterfuchung,
und der Verleugnung seines eignen Urtheils besteht?
Was soll die Wahrheit thun, um erkannt zu werden? Wenn sie sich mit den Beweisen der Vernunft
darstellt, so verwirft sie das Gewissen des kleinmü-
tigen Menschen; ruft sie die Autorität himmlischer
Mächte zu Hülfe, so stellt der von Vorurtheil ein-
genommene Mensch ihr eine andre Autorität von
eben der Art entgegen und behandelt alle Neuerung
als Blasphemie. Auf solche Weise hat der Mensch
in seiner Verblendung, seine Feffeln an sich selbst
vernietend, sich auf immer, ohne Vertheidigung,
zum Spiel seiner Unwissenheit und seiner Leidenschaften gemacht. Um so verhafste Feffeln aufzulöfen, wurde ein unerhörter Zusammenflus glüklicher
Umstände erfodert. Eine ganze Nation, von dem
Wahnsinn des Aberglaubens geheilt, müfste den Eingebungen des Fanatismus unzugänglich seyn. Von

G 5   dem

dem Joch einer falſchen Lehre befreit, müſste ein
Volk ſich ſelbſt die Lehren der wahren Moral und
der Vernunft auflegen; es müſste zugleich kühn und
vorſichtig, unterrichtet und gelehrig ſeyn; jeder
Einzelne müſste ſeine Rechte kennen, und ihre Gränze nicht überſchreiten; der Arme müſste der Beſte-
chung, der Reiche dem Geiz widerſtehn können;
es müſsten ſich uneigennützige und gerechte Richter
finden, die Tyrannen von einem Geiſte des Schwin-
dels und Aberwitzes ergriffen werden; das Volk,
ſeine Macht wieder erlangend, müſste einſehn, daſs
es ſie nicht ausüben kann, ohne ſelbſt die Organe derſelben zu errichten. Schöpfer ſeiner Regenten, müſste es zu gleicher Zeit ſie richten und ehren; bei der
plözlichen Reform einer in Misbräuchen lebenden
Nation, müſste jeder aus ſeiner Reihe verſezte Einzelne Entbehrungen und Verändrung ſeiner Gewohnheiten geduldig ertragen; mit einem Worte, dieſe
Nation müſste muthig genug ſeyn, ihre Freiheit zu
erobern, einſichtsvoll genug, um ſie zu befeſtigen,
mächtig genug, um ſie zu vertheidigen, und gros-
mütig genug, um ſie zu theilen. Werden aber ſo
viele Bedingungen jemals eintreten? Und wenn unter
ſeinen unendlichen Verbindungen, das Schikſal jemals dieſe hervorbrachte, werde ich dieſe glüklichen
Tage ſehn? wird nicht längſt meine Aſche erkaltet
ſeyn?"

Bei dieſen Worten verſagte meiner gepreſsten
Bruſt die Stimme. Der Genius antwortete mir nicht,
allein

allein ich hörte ihn mit leiser Stimme sagen —
„Die Hofnung diefes Menfchen darf nicht finken —
denn wenn der Menfchenfreund den Muth fallen
läfst, was wird dann aus den Nationen werden? Und
vielleicht kann das Vergangne nur zu leicht den
Muth niederfchlagen? Wohl dann! Iafst uns die
künftige Zeit verfrühen; der Tugend das erftau-
nenswürdige Jahrhundert, welches herannaht, aufdecken; damit fie beim Anblik des gewünfchten
Zweks, von neuem Fener belebt, die Anftrengung
verdopple, welche dahin führen kann."

Funfzehntes Kapitel.

Das neue Jahrhundert.

Kaum hatte er diefe Worte gefprochen, als fich
ein entfezliches Geräufch an der Seite des Occidents erhub. Ich richtete meine Blicke dahin und
wurde an der äufferften Gränze des mittelländifchen
Meeres, im Gebieth einer der europäifchen Nationen
eine erftaunliche Bewegung gewahr, fo wie man im
Schoos einer grofsen Stadt, wenn ein plözlicher Aufruhr von allen Seiten ausbricht, ein unzählbares
Volk durch einander wühlen und fich ftromweife in
den Strafsen und öffentlichen Oertern ausbreiten
fieht. Mein Ohr, von einem bis zum Himmel auf-
fteigenden Gefchrei betroffen, unterfchied in Zwi-
fchenräumen folgende Ausdrücke:

„Woher

„Woher denn dieses neue Wunder? Woher diese grausame, geheimnisvolle Züchtigung? Wir machen eine zahlreiche Nation aus? und es fehlt uns an
Händen! wir besitzen einen vortreflichen Erdboden
und es mangelt uns an Lebensmitteln! Wir sind thätig, arbeitsam und leben in Dürftigkeit! Wir bezahlen unermeslichen Tribut und man sagt uns, daſs er
nicht hinreicht! Wir haben von auſſen Frieden und
unsre Personen und Güter sind von innen nicht in Sicherheit! Wer ist denn der verborgne Feind, der
uns verschlingt?“

Und Stimmen, die aus dem Schooſse der Menge
hervorgiengen, antworteten: „Pflanzt eine hohe
Fahne auf, rings um welche sich alle diejenigen ver-
sammeln sollen, die durch nüzliche Arbeiten die Gesellschaft unterhalten und ernähren; — dann werdet ihr den Feind, der euch verzehrt, kennen
lernen.“

Die Fahne wurde aufgepflanzt, und plözlich
fand sich die Nation in zwei ungleiche und von einander abstechende Haufen getheilt. Der eine, der
unübersehbar beinahe das Ganze ausmachte, verrieth
durch die armselige Kleidung und durch die magern,
abgezehrten Gesichter, die man allgemein sah, die
Zeichen des Elends und der Arbeit; bei dem andern,
einer kleinen Gruppe, einer unmerklichen Zahl, verrieth der Reichthum der mit Gold und Silber besez-

ten

ten Kleider und die Ründe und Fülle der Gesichter, die Merkmale der Muse und des Ueberflusses. Indem ich diese Menschen aufmerksamer betrachtete, erkannte ich, daß der große Haufen aus Bauern, Handwerkern, Kaufleuten, aus allen der Gesellschaft nüzlichen Ständen bestand; und daß in der kleinen Gruppe sich nur Priester, Diener der Kirche von allen Klassen, Finanziers, Ritter, Leute in Hoflivrée, Commandanten der Truppen, mit einem Worte, nichts als bürgerliche, Kriegs- oder Religionsbeamte der Regierung befanden.

Beide Haufen, gegen einander gestellt, betrachteten sich mit Erstaunen; bei dem einen sah ich Zorn und Unwillen, bei dem andern, eine Art von Schrecken aufsteigen und der große Haufen sagte zu dem kleinen:

„Warum habt ihr euch von uns getrennt? Gehört ihr nicht zu unsrer Zahl?“

„Nein, antwortete die Gruppe, ihr seyd das Volk. Wir andern, wir sind nur eine vornehmere Klasse, die ihre Gesetze, ihre Gebräuche, ihre besondern Rechte hat.“

Das Volk.
„Und was für Arbeit verrichtet ihr in unsrer Gesellschaft?“

Die vornehme Klasse.
„Keine, wir sind nicht gemacht um zu arbeiten.“

Das

Das Volk.

„Wie habt ihr euch denn diese Reichthümer erworben?“

Die vornehme Klasse.

„Indem wir uns die Mühe nehmen, euch zu regieren.“

Das Volk.

„Wie, das nennt ihr regieren? Wir arbeiten und ihr geniefst; wir bringen hervor, und ihr verschwendet. Die Reichthümer kommen von uns, und ihr verschlingt sie. Vornehme Menschen! Klasse, die nicht das Volk ist: bildet eine Nation für euch besonders und regiert euch selbst (2).“

Die kleine Gruppe gieng nunmehr über diesen neuen Fall zu Rathe; einige sagten: „wir müssen uns wieder mit dem Volke vereinigen und seine Lasten und Beschäftigungen theilen: denn sie sind Menschen wie wir. Andre sagten: es wäre Schande und Niederträchtigkeit, uns mit dem Pöbel zu vermischen: er ist da, um uns zu dienen; wir sind Menschen von andrer Art.“

Die bürgerlichen Regierungen sagten: „Dies Volk ist sanft und von Natur knechtisch: man muſs vom Könige und vom Gesez mit ihm reden und es wird zu seiner Pflicht zurükkehren. Volk, der König will, der Monarch gebeut!“

Das

Das Volk.

„Der König kann nur das Beste des Volks wollen; der Monarch kann nur nach dem Gesez befehlen."

Die Civilbeamten.

„Das Gesez will, daß ihr unterworfen seyd."

Das Volk.

„Das Gesez ist der allgemeine Wille, und wir wollen eine neue Ordnung."

Die Civilbeamten.

„So wäret ihr ein rebellisches Volk."

Das Volk.

„Die Nationen empören sich nicht; es giebt nur rebellische Tyrannen."

Die Civilbeamten.

„Der König ist auf unsrer Seite und er befiehlt euch Unterwerfung."

Das Volk.

„Die Könige sind unzertrennlich von ihren Nationen. Der König der unsrigen kann nicht bei euch seyn. Ihr besizt nur seinen Schatten."

Die Obersten vom Militair traten hervor und sagten: „Das Volk ist furchtsam; man muß ihm drohen; es gehorcht nur der Gewalt. Soldaten, züchtigt diesen frechen Haufen!"

Das

Das Volk.

„Soldaten, ihr seyd unser Blut! Könntet ihr eure Brüder schlagen? Wenn das Volk umkommt, wer soll dann die Armee ernähren?“

Und die Soldaten legten die Waffen nieder und sagten zu ihren Anführern: „Wir gehören auch zum Volk; wir der Feind!“

Nunmehr sprachen die Obersten der Geistlichkeit: Es giebt nur ein Mittel. Das Volk ist abergläubisch; man muß es mit den Namen Gottes und der Religion schrecken.

„Lieben Brüder! lieben Kinder! Gott hat uns eingesezt, um euch zu regieren.“

Das Volk.

„Zeigt uns eure himmlische Vollmacht.“

Die Priester.

„Hier wird Glauben erfordert; die Vernunft führt irre.“

Das Volk.

„Regiert ihr, ohne die Vernunft zu gebrauchen?“

Die Priester.

„Gott gebeut Frieden. Die Religion schreibt Gehorsam vor.“

Das Volk.

„Frieden sezt Gerechtigkeit voraus; der Gehorsam will das Gesez kennen.“

Die

Die Priester.

„Die Menschen sind hienieden nur um zu leiden."

Das Volk.

„Geht uns mit Beyspiel vor."

Die Priester.

„Könnt ihr ohne Götter und ohne Könige leben."

Das Volk.

„Wir wollen ohne Tyrannen leben."

Die Priester.

„Ihr bedürft Mittler, Mittelspersonen."

Das Volk.

„Mittler bei Gott und den Königen! Höflinge und Priester, eure Dienste sind mit zu vieler Weitläufigkeit verknüpft; wir werden in Zukunft unsre Sachen gerades Wegs betreiben."

Bei diesen Worten rief die kleine Gruppe: „Wir sind verlohren; der grosse Haufen ist aufgeklärt!"

Und das Volk antwortete: „Ihr seyd gerettet; denn weil wir aufgeklärt sind, werden wir unsre Stärke nicht misbrauchen. Wir verlangen nur unsre Rechte. Wird sind gereizt worden — wir wollen es vergessen; wir waren Sklaven — wir könnten befehlen; wir wollen nur frei seyn: wir sind es!"

Sechzehntes Kapitel.

Ein freyes und gesezgebendes Volk.

Alle öffentliche Gewalt war nunmehr aufgehoben; die gewöhnliche Regierung dieses Volks hörte plözlich auf, und der Gedanke erfüllte mich mit Schrecken, dass es jezt in die Zerrüttung einer Anarchie fallen würde. Allein es gieng ohne Verzug über seine Lage zu Rathe und sagte:

„Es ist nicht genug, uns von Hofschranzen und Tyrannen befreit zu haben; wir müssen verhindern, dass nicht neue wieder entstehen. Wir sind Menschen, und die Erfahrung hat uns nur zu sehr gelehrt, dass wir alle unaufhörlich danach streben, auf Kosten andrer zu herrschen und zu geniessen. Wir müssen uns gegen einen Hang verwahren, der Zwietracht erzeugt; wir müssen gewisse Regeln unsrer Handlungen und Rechte festsetzen. Allein die Kenntnis dieser Rechte, die Beurtheilung dieser Handlungen sind so abstract und schwer, dass alle Zeit und alle Fähigkeiten eines Menschen dazu erfodert werden. Mit unsern Arbeiten beschäftigt, bleibt uns zu diesem Nachforschen keine Musse übrig, und eben so wenig können wir in eigner Person diesen Geschäften vorstehn. Lasst uns also einige aus unserm Mittel erwählen, deren eigentliches Geschäft hierin bestehn soll. Lasst uns ihnen unsre gemein-

schaft-

schaftliche Macht übertragen, um eine Regierung und Gesetze für uns zu errichten; laſst uns sie zu fortdauernden Repräſentanten unsers Willens und unſret Vortheile machen. Und damit ſie wirklich unſre Stelle ſo genau als möglich vertreten, ſo laſst uns ſie in groſser Anzahl und uns gleich erwählen, damit die Verſchiedenheit unſers Willens und unſret Vortheile in ihnen verſammlet ſey."

Hierauf wählte das Volk aus ſeiner Mitte einen zahlreichen Haufen von Männern, die es zu ſeinen Abſichten geſchikt glaubte und ſagte ihnen: „bis jezt haben wir in einer Geſellſchaft gelebt, die der Zufall ohne feſte Bedingungen, ohne freie Uebereinkünfte, ohne Beſtimmung der Rechte, ohne gegenſeitige Verpflichtungen bildete; und eine Menge Unordnungen und Uebel ſind aus dieſem unſichern Zuſtande erwachſen. Jezt haben wir, nach reiflicher Ueberlegung beſchloſſen, einen regelmäſsigen Vertrag zu errichten und haben euch erwählt, um die Punkte deſſelben aufzuſetzen: erwägt alſo ſorgfältig, worinn ſeine Grundlagen und Bedingungen beſtehn ſollen. Denket über den Zwek, über die Grundſätze jeder Verbindung nach; lernt die Rechte kennen, welche jedes Glied dahin mitnimmt, die Kräfte, die es der Geſellſchaft widmet und diejenigen, die es dann behalten muſs. Entwerft Regeln des Betragens, billige Geſetze für uns. Errichtet ein neues Syſtem der Regierung, denn wir ſehen ein,

daſs

daß die Grundſätze, die uns bisher leiteten, fehlerhaft ſind. Unſre Väter giengen auf dem Pfade der
Unwiſſenheit, und aus Gewohnheit ſind wir auf ihre
Fustapfen geirrt. Alles iſt durch Gewalt, durch
Betrug, durch Verführung geſchehn, und die wahren Grundſätze der Moral und der Vernunft liegen
noch im Dunkeln. Entwickelt ſie aus dem Chaos;
enthüllt ihre Verkettung, macht ihren Codex bekannt, und wir werden uns danach fügen."

Und das Volk errichtete einen unermeslichen
Thron in Form einer Pyramide, ließ ſeine Erwählten darauf niederſitzen und ſagte ihnen: „Heute
erheben wir euch über uns, damit ihr freier unſre
ganzen Verhältniſſe aufdecken, und von unſern Leidenſchaften nicht erreicht werden könnt."

„Allein erinnert euch, daß ihr unſers Gleichen
ſeyd, daß die Macht, die wir euch übertragen, uns
gehört; daß wir ſie euch nur zur Aufbewahrung,
nicht aber zum Beſiz oder zur Erbſchaft geben; daß
ihr den Geſetzen, welche ihr entwerfen werdet, vor
allen unterworfen ſeyd; daß ihr morgen wieder zu
uns herabſteigen und kein andres Recht erworben
haben werdet, als das der Achtung und Dankbarkeit. Bedenkt, welche Huldigung die Welt, die
ſo viele Apoſtel des Irrthums verehrt, der erſten
Verſammlung vernünftiger Menſchen zollen wird,
die feierlich die unveränderlichen Grundſätze der

Ge-

Gerechtigkeit erklärt, und die Rechte der Nationen
vor dem Angesicht der Tyrannen geheiligt haben
wird.

Siebzehntes Kapitel.

Allgemeine Basis alles Rechts und aller Gesetze.

Nunmehr schritten die Männer, welche das Volk
erwählt hatte, um die wahren Grundsätze der
Moral und der Vernunft aufzusuchen, zu dem geheiligten Zwek ihrer Vollmacht, und nachdem sie, nach
langer Unterfuchung, eine allgemeine und allem
zum Grunde liegende Urfache entdekt hatten, fagten
fie zum Volk: „Wohlan, wir haben die urfprüng-
„liche Bafis, den phyfifchen Urfprung aller Gerech-
„tigkeit und alles Rechts gefunden."

„Die thätige Macht, die bewegende Urfache,
„welche das Weltall regiert, fey fie auch, welche
„fie wolle, hat, indem fie allen Menfchen diefelben
„Organe, diefelben Bedürfniffe ertheilte, durch die-
„fe Handlung felbft erklärt, dafs fie allen gleiche
„Rechte auf den Gebrauch ihrer Güter giebt, und
„dafs alle Menfchen in der Ordnung der Natur
„gleich find."

„Zweitens, weil fie jedem hinlängliche Mittel
ertheilt hat, für fich felbft zu forgen, fo erfolgt dar-

aus

aus klar, daſs ſie alle unabhängig von einander einge-
richtet; alle frei geſchaffen hat; daſs keiner dem andern unterworfen, daſs jeder unumſchränkter Herr
über ſich ſelbſt iſt. "

„Alſo ſind Gleichheit und Freiheit zwei dem
Menſchen weſentliche Eigenſchaften; zwei Geſetze
der Gottheit, unvertilgbar und ſeinem Weſen einverleibt, wie die phyſiſchen Eigenſchaften der Elemente. "

„Weil aber jeder Einzelne unumſchränkter Herr
ſeiner Perſon iſt, ſo folgt daraus, daſs ſeine volle,
freie Einwilligung eine unzertrennliche Bedingung
jedes Vertrags und jeder Verpflichtung iſt. "

„Und weil jeder Einzelne dem andern gleich iſt,
ſo folgt, daſs dasjenige, was er giebt, mit dem, was
er erhält, in ſtrengem Gleichgewicht ſtehn muſs; ſo
daſs der Begrif der Gerechtigkeit und Billigkeit den
Begrif der Gleichheit weſentlich in ſich ſchlieſst *). "

„Gleichheit und Freiheit ſind alſo die phyſiſchen
und unveränderlichen Grundlagen aller Vereinigung
der Menſchen in Geſellſchaft, und folglich das noth-

wen-

*) Die Worte ſelbſt zeugen von dieſer Verbindung: denn
aequi-librium, aequitas, aequa-litas ſtammen alle aus einer Familie, und der Begrif der phyſiſchen Gleichheit der
Balanz iſt das Sinnbild aller andern.

wendige und erzeugende Prinzip aller Gefetze und
aller regelmäfsigen Regierungsfyfteme (3). "

„Weil ihr diefem Grundgefetze zuwider handel-
tet, haben fich bei euch, fo wie bei jedem Volke,
Unordnungen eingefchlichen, die euch endlich zur
Empörung brachten. Nur durch Zurükgehn auf die-
fe Regel, könnt ihr fie verbeffern und eine glükliche
Gefellfchaft wieder herftellen."

„Allein wir müffen euch fagen, dafs in euren
Gewohnheiten, in euren Gluksumftänden eine grofse
Veründrung vorgehn wird; Fehlerhafte Vergleiche,
misbrauchende Rechte müffen abgefchafft, ungerechten Auszeichnungen, falfchem Eigenthum mufs ent-
fagt werden; mit einem Worte, ihr müfst wieder
in den Stand der Natur zurükkehren. Prüft euch,
ob ihr euch fähig fühlt, fo viele Opfer zu bringen."

Ich dachte an die dem Herzen des Menfchen ein-
gehmpfte Gierigkeit, und glaubte, dafs dies Volk alle
Gedanken auf Verbefsrung würde fahren laffen.

Allein augenbliklich nahte eine Menge Menfchen
fich dem Throne, fchwur alle ihre Auszeichnungen,
alle ihre Reichthümer ab, und rief: „Sagt uns die
Gefetze der Gleichheit und Freiheit, wir wollen in
Zukunft nichts befitzen, als unter dem geheiligteften
Namen der Gerechtigkeit."

H 4   „Gleich-

„Gleichheit, Freiheit, Gerechtigkeit, sollen für immer unſer Geſezbuch und unſre Fahne ſeyn.“

Und das Volk errichtete auf der Stelle eine unermesliche Fahne mit dieſen drei Worten beſchrieben, wofür es drei Farben beſtimmte. Es pflanzte ſie auf dem Throne der Geſezgeber auf, und zum erſtenmal wehte die Fahne der allgemeinen Gerechtigkeit auf der Erde. Das Volk errichtete vor dem Throne einen neuen Altar und ſtellte eine goldne Waagſchaale, ein Schwerdt und ein Buch mit folgender Inſchrift drauf:

Dem gleichen Geſetze, welches richtet und beſchüzt.

Und nachdem ſie den Thron und den Altar mit einem unermeslichen Amphitheater umgeben hatten, ließ dieſe ganze Nation ſich nieder, um die Bekanntmachung des Geſetzes zu vernehmen. Millionen Menſchen erhuben zugleich die Hände gen Himmel und legten den feierlichen Schwur ab, gleich, frei und gerecht zu leben; ihre gegenſeitigen Rechte, ihr Eigenthum in Ehren zu halten; dem Geſez und ſeinen rechtmäſsig ernannten Vollziehern zu gehorchen.

Dieſer überwältigende Anblik der Stärke und Gröſse, der rührenden Grofsmuth, bewegte mich bis zu Thränen. Ich wandte mich zu dem Genius:

„von

„von nun an wünfche ich zu leben, fagte ich, denn jezt habe ich alles gehofft.“

Achtzehntes Kapitel.

Schrecken und Verfchwörung der Tyrannen.

Kaum aber war der feierliche Ruf der Gleichheit und Freiheit auf der Erde ertönt, als eine Bewegung der Unruhe und des Erftaunens bei den Nationen ausbrach. Von einer Seite gerieth die Menge, welche halb wünfchte, halb zwifchen Hofnung und Furcht, zwifchen dem Gefühl ihrer Rechte und der Gewohnheit ihrer Ketten hin und her fchwankte, in Bewegung; von der andern fürchteten die Könige, plözlich aus dem Schlummer der Trägheit und des Defpotismus erweckt, ihre Throne umgeftürzt zu fehn; und allenthalben wurden diefe Klaffen bürgerlicher und heiliger Tyrannen, welche die Könige betrügen und das Volk unterdrücken, von Wuth und Schrecken ergriffen und fannen verrätherifche Entwürfe aus. „Unglük für uns, fagten fie, wenn das verderbliche Gefchrei der Freiheit in die Ohren der Menge dringt! Unglük für uns, wenn diefer unfelige Geift der Gerechtigkeit fich verbreitet.“ — Und als fie die Fahne flattern fahen, fagten fie: „Begreift ihr nun, welcher Schwarm von Uebeln in diefen einzigen Worten eingefchloffen ift? Wenn alle

H 5

Men.

Menſchen gleich ſind, wo ſind denn unſre ausſchlieſ-
ſenden Rechte auf Ehre und Macht? Wenn alle frei
ſind oder ſeyn ſollen, was wird denn aus unſern
Sklaven, aus unſern Leibeignen, aus unſerm Eigenthum? Wenn in der bürgerlichen Verfaſſung alle
gleich ſind, was wird dann aus unſern Geburts- und
Erbrechten, was wird aus dem Adel? Wenn alle
vor Gott gleich ſind, bedürfen wir denn noch Mittler? noch Prieſter? Ach! laſst uns eilen, einen ſo
furchtbaren, ſo anſteckenden Keim zu vertilgen!
Laſst uns alle Kunſt gegen dieſes Ungemach auf-
biethen; laſst uns die Könige in Schrecken ſetzen,
damit ſie gemeinſchaftliche Sache mit uns machen,
Laſst uns die Völker trennen, und Unruhen und Kriege bei ihnen erregen! Laſst uns ſie mit Kriegen, mit
Eroberungen, mit Eiferſucht beſchäftigen; ihnen
Unruhe über die Macht dieſer freien Nation einflöſ-
ſen. Laſst uns ein groſses Bündnis gegen den gemeinſchaftlichen Feind errichten. Laſst uns dieſe
gottesläſterliche Fahne niederreiſsen, dieſen rebelli-
ſchen Thron umſtürzen und dieſen Feuerbrand der
Revolution auf ſeinem Heerde erſticken."

Und die bürgerlichen und geiſtlichen Tyrannen
des Volks errichteten wirklich ein allgemeines Bündnis. Sie zogen eine gezwungene oder verführte
Menge mit ſich fort, richteten eine feindliche Bewegung gegen die freie Nation und drangen mit
groſsem Geſchrei auf den Altar und Thron des na-
türli-

türlichen Gesetzes ein: „Was ist dies für eine ketzerische und neue Lehre? sagten sie. Was für ein gottloser Altar, was für ein gotteslästerliches Glaube? — Rechtgläubige Völker! Sollte man nicht meinen, daſs die Wahrheit erst seit heute entdekt sey? Daſs ihr bisher in Irrthum gewandelt hättet; daſs diese Menschen, beglükter als ihr, allein das Vorrecht besäſsen, weise zu seyn? Und du, verirrte, rebellische Nation, siehst du nicht, daſs deine Anführer dich betrügen? daſs sie die Grundsätze deines Glaubens verändern, die Religion deiner Väter umstoſsen? Ach zittre, daſs der Zorn des Himmels sich entflamme und eile durch schnelle Reue deinen Fehler gut zu machen."

Allein die freie Nation, der Verführung eben so unzugänglich als dem Schrecken, schwieg, zeigte sich ganz in Waffen und blieb in einer furchtbaren Stellung.

Und die Gesetzgeber sagten zu den Anführern der Völker: Wenn das Licht unsre Schritte erleuchtete, als wir noch mit einer Binde vor den Augen wandelten, warum sollte es jezt, da sie gefallen ist, sich unsern suchenden Blicken entziehn? Wenn die Anführer, welche den Menschen vorschreiben, sich des hellern Lichts zu bedienen, sie irre führen und hintergehn, was werden dann diejenigen thun, die nur Blinde führen wollen?

Anführer der Völker! Wenn ihr die Wahrheit besitzt, so lafst sie uns sehn: mit Dank werden wir sie empfangen; denn wir suchen sie mit Begierde und es ist unser Vortheil sie zu finden. Wir sind Menschen und können uns irren, allein ihr seyd auch Menschen und des Irrthums eben so fähig. Leitet uns in diesem Labyrinth, wo seit so vielen Jahrhunderten die Menschheit irrt, helft uns den Nebel so vieler Vorurtheile und fehlerhafter Gewohnheiten zertheilen, arbeitet gemeinschaftlich mit uns, um unter so vielen Meinungen, die unsern Glauben bestürmen, das eigenthümliche und unterscheidende Gepräge der Wahrheit zu erkennen. Lafst uns in einem Tage diesen langen Kampf des Irrthums zu Ende bringen, zwischen ihm und der Wahrheit einen feierlichen Wettkampf stiften, und die Meinungen der Menschen aus allen Nationen auffodern. Lafst uns eine allgemeine Versammlung der Völker berufen, lafst sie selbst in ihrer eignen Sache urtheilen! Keine Vertheidigung, kein Argument weder der Vernunft noch der Vorurtheile, fehle bei diesem Wettkampf aller Systeme, damit das Gefühl einer einmüthigen und allgemeinen Ueberzeugung endlich die allgemeine Eintracht der Geister und Herzen erzeuge.

Neun-

Neunzehntes Kapitel.

Allgemeine Verſammlung der Völker.

Alſo ſprachen die Geſezgeber; die Menge, von
dem erſten Eindruk, den ein vernünftiger Vor-
ſchlag ſtets machen muſs, ergriffen, bezeugte ihren
Beifall und die Tyrannen, die ſich ohne Unterſtützung
gelaſſen ſahn, blieben beſtürzt und verwirrt.

Eine erſtaunenswürdige und neue Scene ſtellte
ſich jezt meinen Augen dar; alles was die Erde von
Völkern und Nationen zählt, alles was die Himmelsſtriche von verſchiednen Menſchengattungen hervorbringen, lief von allen Seiten herbei und ſchien ſich
in einem Bezirk zu vereinigen. Hier ſtellte ihre unzählige Menge, die einen unermeslichen, durch
den verſchiedenartigen Anblik der Trachten, der
Geſichtszüge, der Farbe der Haut, in Gruppen ab-
getheilten Congreſs bildete, den auſerordentlichſten
und anziehendſten Anblik dar.

Von einer Seite ſah ich den Europäer, in kur-
zem, knapp anſchlieſsendem Kleide, mit zugeſpiztem,
dreieckigtem Hut, mit glatt geſchornem Kinn, mit
gepuderten Haaren; von der andern den Aſier, in
ſchleppendem Gewand, mit langem Bart, mit kahl-
geſchornem Haupte und rundem Turban. Hier ſah
ich die afrikaniſchen Völker, mit ſchwarzer Haut,

mit

mit wolligtem Haar, den Leib mit Streifen von weiß-
fem und blauem Tuch ungürtet, mit Arm- und Hals-
bändern von Korallen, von Mufchelfchaalen und
Glas gefchmükt; dort die nordifchen Völker, in
Thierhäute gewickelt; den Lappländer, mit fpitzer
Mütze, mit Schneefchuhen; den Samojeden, mit
brennendem Körper und riechendem Athem; den
Tungufen, mit feiner Hörnermütze, feine Götzenbilder am Halfe tragend; den Zakuten, mit punktir-
tem Geficht; den Kalmukken, mit platter Nafe und
kleinen verdrehten Augen. Weiter hinten ftanden
die Chinefer, mit feidnen Kleidern und herabhän-
genden Flechten; die Japanefer mit vermifchtem Blut;
die Einwohner der Malayifchen Infeln mit groſſen
Ohren, mit einem Ring in den durchbohrten Naslö-
chern; mit einem groſſen Hut von Palmblättern (4);
und die befprenkelten Einwohner der Infeln im Ozean
und des Landes Papus.

Der Anblik fo vieler Varietäten derfelben Gattung, fo vieler feltfamen Erfindungen deffelben Verftandes, fo vieler verfchiednen Modifikationen derfelben Organifation, regte taufend Empfindungen,
taufend Gedanken zugleich in mir auf (5). Ich betrachtete diefe Stufenfolge von Farben mit Erftaunen,
die vom lebhafteften Incarnat zum Hellbraun, dann
wieder zum Gelb, zum Olivenfarbigen, Bleifarbigen,
Kupferfarbigen und endlich bis zum Pechfchwarzen
fich verändert: und da ich den rofenfarbigen Kafche-
miren

mirten an der Seite des verbrannten Einwohners von
Hindostan, den Georgier an der Seite des Tartarn
sah, dachte ich über die Wirkungen des heifsen und
kalten Klima's, des hohen oder tiefen, sumpfigten oder
troknen, offen oder bedekt liegenden Erdbodens
nach. Ich verglich die zwergmäfsigen Menschen
des Pols mit den Riesen der gemäfsigten Zonen, den
schmächtigen Araber mit dem dicken Holländer; den
kurzen, stämmigen Wuchs des Samojeden mit dem
schlanken Wuchs des Griechen und Slavoniers; die
fette schwarze Wolle des Negers mit dem goldnen
Seidenhaar des Dänen; das platte Gesicht des Kalmük-
ken, seine kleinen, winkelförmigen Augen, seine
eingedrükte Nase, mit dem länglichten und erhob-
nen Gesicht, den grofsen blauen Augen und der ge-
bognen Nase des Circassiers und Abasciers *). Ich
stellte den gemahlten Zeugen der Indier, den bunten Stoffen des Europäers, dem reichen Pelzwerk des
Siberiers, die Zeuge von Baumrinden, die Gewebe
von Binsen, von Blättern, von Federn der wilden
Nationen, und die bläulichten Figuren von Schlangen, Blumen und Sternen, womit Ihre Haut bezeichnet war, entgegen. Bald rief das seltsame Gemälde
dieser Menge mir die bunten Ufer des Nils und Euphrats zurük, wo nach Regen oder Ueberschwemmung Millionen Blumen von allen Seiten auffprie-
fen. Bald erinnerte mich das Murmeln und die Bewegung

*) Abascien, ein kleines asiatisches Land in Georgien.

gung an die unzähligen Schwärme von Heuſchrecken, die im Frühling die Ebnen von Hauran bedecken.

Bei dem Anblik ſo vieler lebendigen und verſtändigen Weſen umfaſste ich mit eins die unermeſliche Maſſe von Gedanken und Empfindungen, die in dieſem Raume zuſammengedrängt waren; von der andern Seite dachte ich über den Widerſpruch' ſo vieler Vorurtheile, ſo vieler Meinungen, über das Zuſammentreffen ſo vieler Leidenſchaften ſo veränderlicher Menſchen nach, und ſchwankte zwiſchen Erſtaunen, Bewundrung und geheimer Furcht — als die Geſezgeber Stillſchweigen foderten, und meine ganze Aufmerkſamkeit auf ſich zogen.

„Bewohner der Erde, ſagten ſie, eine freie und mächtige Nation richtet Worte der Gerechtigkeit und des Friedens an euch: ſie bietet euch ſichre Pfänder ihrer Abſichten in ihrer Ueberzeugung und ihrer Erfahrung dar. Lange Zeit von gleichen Uebeln niedergedrükt als ihr, hat ſie ihrer Quelle nachgeſpürt und gefunden, daſs ſie alle aus Gewalt und Ungerechtigkeit entſprangen, durch die Unerfahrenheit vergangner Geſchlechter zu Geſetzen errichtet, und durch die Vorurtheile der jetzigen erhalten wurden: dieſe Nation hat jezt ihre gemachten und willkührlichen Stiftungen errichtet, iſt zum Urſprunge alles Rechtes und aller Vernunft hinaufgeſtiegen, und hat geſehn, daſs in der Ordnung des Univerſums ſelbſt,

und

und in dem phyſiſchen Bau des Menſchen ewige und unbewegliche Geſetze vorhanden ſind, die er nur zu erkennen braucht, um glüklich durch ſie zu werden. O Menſchen! hebt die Augen zum Himmel, der euch erleuchtet, empor! Werft ſie auf dieſe Erde, die euch ernährt! Wenn ſie euch allen dieſelben Gaben anbiethen; wenn ihr von der Macht, die ſie in Bewegung ſezt, dieſelben Organe erhalten habt, habt ihr denn nicht auch dieſelben Rechte zum Gebrauch ihrer Wohlthaten empfangen? Hat ſie nicht eben dadurch euch alle für gleich und frei erklärt? Welcher Sterbliche darf es dann wagen, ſeines Gleichen zu verweigern, was die Natur ihnen bewilligt? O Nationen! laſst uns alle Tyrannei und alle Zwietracht verbannen; laſst uns nur eine Geſellſchaft ausmachen, eine groſse Familie, und ſo wie das menſchliche Geſchlecht dieſelbe Einrichtung hat, ſo laſst es auch nur ein Geſez, das Geſez der Natur, nur ein Geſezbuch, das der Vernunft, nur einen Thron, den Thron der Gerechtigkeit, nur einen Altar, den der Eintracht haben."

Sie ſprachen: und ein unermeſsliches Freudengeſchrei ſtieg bis zum Himmel auf. Tauſend Ausrufungen des Seegens ſtiegen aus dem Schooſe der Menge empor, und die Völker lieſsen in ihrem Entzücken die Erde von den Worten Gleichheit, Gerechtigkeit, Eintracht ertönen. Bald aber folgte auf dieſe erſte Bewegung eine zweite. Bald reizten die Gottesgelehrten, die Anführer der Völker ſie zum Streit, und es entstand erst ein Murmeln, dann ein Geräusch, das sich von Nachbar zu Nachbar verbreitete, und endlich zu einem allgemeinen Aufruhr ward. Jede Nation äusserte ausschliessende Ansprüche und verlangte den Vorzug für ihr Gesezbuch und ihre Meinung.

„Ihr seyd in Irrthum, sagte eine Parthei zu der andern, und zeigte mit dem Finger auf sie; wir allein besitzen die Wahrheit und die Vernunft. Wir allein haben das wahre Gesez, die wahre Richtschnur alles Rechts, aller Gerechtigkeit, das einzige Mittel zum Glük, zur Vollkommenheit: alle andere Menschen sind Blinde oder Rebellen.“

Es entstand ein ausserordentlicher Aufruhr: Die Gesezgeber aber gebothen Stillschweigen: „Völker, sagten sie, welche Leidenschaft treibt euch? Wohin wird dieser Streit führen? Was erwartet ihr von diesem Zwiespalt? Seit Jahrhunderten ist die Erde ein Feld der Streitigkeiten und ihr habt Ströme Bluts für die eurigen vergossen. Was für Wirkung haben so viele Kämpfe, so viele Thränen hervorgebracht? Wenn der Starke den Schwachen seiner Meinung unterworfen hatte, was hatte er denn für die Wahrheit und Ueberzeugung gethan? O Nationen! lasst eure eigne Weisheit euch rathen! Wenn unter euch ein Streit die einzelnen Glieder der Familien trennt, was thut ihr denn, um sie auszusöhnen? Gebt ihr

ihnen

ihnen nicht Schiedsrichter? Ja! rief einmüthig die
Menge. Nun wohl dann! Gebt sie den Urhebern
euer Streitigkeiten ebenfalls. Gebiethet denjenigen,
die sich eure Lehrer nennen, und die euch ihren
Glauben auflegen, die Gründe desselben vor eurem
Angesicht zu vertheidigen. Weil sie sich auf euren
Vortheil berufen, so lasst sehn, wie sie ihn behandeln. Und ihr, Oberhäupter und Lehrer der Völker, ehe ihr sie in den Kampf eurer Meinungen verwickelt, untersucht die gegen einander streitenden
Sätze! Lasst uns eine feierliche Controverse, eine
öffentliche Untersuchung der Wahrheit anstellen,
nicht vor dem Richterstuhl eines bestechlichen Richters, oder einer eingenommnen Parthei; nein vor
dem Tribunal aller Erkenntnisse, aller Vortheile
der Menschheit; und lasst den natürlichen Verstand
jeder Gattung unsern Schiedsrichter und Richter
seyn."

                    Zwan-

Zwanzigftes Kapitel.

Auffuchung der Wahrheit.

Die Völker bezeugten ihren Beifall und die Gefezgeber fagten: „auf dafs wir mit Ordnung und
ohne Verwirrung zu Werke gehn, fo lafst in dem
Platze vor dem Altare der Eintracht und des Friedens
einen geräumigen Halbzirkel offen; lafst jedes Reli-
gionsfyftem, jede Secte eine eigne und auszeichnende Fahne am Rande des Kreifes aufpflanzen; lafst
ihre Oberhäupter und Gottesgelehrten fich rings her-
um ftellen, und ihre Anhänger in einer Reihe fich
hinter ihnen ordnen.“

Der Halbzirkel wurde gezeichnet, der Befehl
bekannt gemacht, und augenblicklich erhub fich eine
unzählige Menge Fahnen von allen Farben und Formen; gleich wie man in einem von hundert han-
delnden Nationen befuchten Hafen an Fefttagen Millionen Flaggen und Wimpel auf einem Walde von
Maften flattern fieht. Bei dem Anblik diefer er-
ftaunlichen Verfchiedenheit wandte ich mich zu dem
Genius: „ich habe geglaubt, fagte ich ihm, dafs die
Erde nur in acht oder zehn Glaubensfyfteme getheilt
wäre, und verzweifelte an aller Vereinigung; jezt
aber, da ich Millionen verfchiedner Partheien fehe,
wie kann ich da Eintracht hoffen?“ — „Sie find
bei weitem noch nicht alle hier, fagte er, und doch
wollen fie unduldfam feyn! . . .“

So

So wie die Gruppen sich ordneten, liefs er mich
die Sinnbilder und Attribute einer jeden bemerken,
er fieng in folgenden Worten an, mir ihre Charak-
tere zu erläutern:

„Diese erste Gruppe, sagte er, von grünen Fahnen, mit einem halben Mond, einer Binde und einem Säbel, sind die Anhänger des arabischen Propheten: Sagen, dafs es einen Gott giebt (ohne zu
wissen, was er ist), an die Worte eines Menschen
glauben (ohne seine Sprache zu verstehen), in eine
Wüste gehn, um zu Gott zu bethen (der allenthalben ist), seine Hände mit Wasser waschen (und des
Bluts sich nicht enthalten), am Tage fasten (und
des Nachts essen), Almosen von seinem Gut geben
(und das Gut andrer stehlen), das sind die von Ma-
bomet vorgeschriebnen Mittel zur Vollkommenheit,
das sind die Vereinigungsworte seiner wahren Gläubigen. Wer sie nicht beantwortet, ist ein Verdamm-
ter, vom Fluche getroffen und dem Schwerdte Preis
gegeben. Ein gütiger Gott, der Urheber des Lebens, hat diese Gesetze der Unterdrückung und des
Mordes gegeben! Er hat sie für die ganze Welt gemacht, wiewohl er nur einem Menschen sie offen-
barte. Er hat sie von Ewigkeit her gestiftet, wiewohl er sie erst seit gestern bekannt gemacht hat.
Sie genügen für alle Fälle, und doch hat er ein di-
ckes Buch dazu gefügt; dies Buch sollte Licht verbreiten, Ueberzeugung darlegen, zur Vollkommen-

heit

heit führen, und doch mußte man schon bei Leb-
zeiten des Propheten, weil man bei jedem Ausdruk
auf Dunkelheiten, Zweideutigkeiten und Widersprüche sties, es erklären und erläutern; und seine in ihren Meinungen uneinigen Ausleger haben sich in entgegengesezte und feindliche Partheien getheilt.   Die
eine behauptet, daß Ali der wahre Nachfolger sey;
die andre vertheidigt Omar und Abubeker.   Diese
hier läugnet die Ewigkeit des Korans, jene die Nothwendigkeit der Reinigungen, der Gebethe.   Der
Carmathe schreibt die Pilgrimschaft vor und erlaubt
den Wein.   Der Hakemite predigt die Seelenwande-
rung; und so geht es fort bis zu zwei und siebenzig
Partheien, deren Fahnen du zählen kannst (6).   Jede
hat bei diesen Widersprüchen sich ausschliefsend die
Ueberzeugung angemaafst, hat die andern der Ketzerei und Rebellion beschuldigt, und gegen alles ihr
blutdürstiges Apostolat gerichtet.   Und diese Religion, welche einen gütigen und barmherzigen Gott
verehrt, einen gemeinschaftlichen Vater und Urheber aller Menschen, zur Fackel der Zwietracht, zur
Ursach des Mordens und Krieges geworden, hat seit
zwölf Jahrhunderten nicht aufgehört, die Erde mit
Blut zu überschwemmen und Verheerung und Verwüstung von einem Ende der alten Welt bis zum andern zu verbreiten (7)."

„Diese Menschen, durch ihre ungeheuren weifsen Turbans, durch ihre weiten Ermel, durch ihre
langen

langen Rofenkränze ausgezeichnet, find die Imans,
die Mullas, die Muftis, und nicht weit von ihnen
ftehn die Derwifche mit fpitzer Mütze und die Santons mit zerftreuten Haaren. Siehe fie hier, wie fie
mit Heftigkeit das Glaubensbekenntnis ablegen und
ihren Streit über die fchweren oder leichten Beflek-
kungen, über die Materie und Form der Reinigungen, über die Eigenfchaften Gottes und feine Vollkommenheiten, über die böfen und guten Engel,
über Tod, Auferftehung, Verhör im Grabe, über
das Gericht, über den Weg auf der Brücke, die fo
fchmal ift als ein Haar, über den Werth der Werke,
über die Strafen der Hölle und die Freuden des Para-
diefes beginnen. "

„Die zweite, noch zahlreichere Gruppe hier zur
Seite, die aus weiffen, mit Kreutzen durchwirkten
Fahnen befteht, find die Anhänger Jefus. Sie erkennen denfelben Gott, als die Mufelmänner, gründen ihren Glauben auf diefelben Bücher, nehmen fo,
wie fie, einen erften Menfchen an, der das ganze
Menfchengefchlecht durch Effen eines Apfels zu
Grunde richtet; und doch geloben fie ihnen heiligen
Abfcheu, und aus Frömmigkeit behandeln fie fich
gegenfeitig als Gottesläftrer und Ruchlofe. Ihr grof-
fer Streitpunkt befteht hauptfächlich darin, dafs die
Chriften, nachdem fie einen Gott, der eins und unzertrennlich ift, angenommen haben, ihn nachher
in drei Perfonen theilen, die jeder ein ganzer und

I 4

voll-

vollſtändiger Gott ſeyn ſollen, ohne daſs ſie aufhören, ein eins ſeyendes Ganzes unter ſich zu bilden.
Sie fügen hinzu, daſs dieſes Weſen, welches die
Welt erfüllt, ſich in dem Körper eines Menſchen
eingeſchränkt und materielle, vergängliche, um-
gränzte Organe angenommen hat, ohne deswegen minder immateriel, minder ewig und unendlich
zu ſeyn. Die Muſelmänner, die dieſe Myſterien
nicht begreifen, ohngeachtet ſie an die Ewigkeit des
Korans und an die Sendung des Propheten glauben,
nennen ſie Thorheiten und verwerfen ſie als Träume eines kranken Gehirns: Daher dieſer unverſöhnliche Haſs."

„Von der andern Seite machen die Chriſten, unter ſich ſelbſt über verſchiedne Punkte ihres eignen
Glaubens uneins, nicht minder verſchiedne Partheien
aus; und die Zänkereien, welche ſie trennen, ſind
um ſo hartnäckiger und heftiger, weil die Gegenſtände, worauf ſie ſich gründen, den Sinnen unerreichbar und folglich unmöglich zu erweiſen ſind.
Die Meinungen eines Jeden haben nur Eigenſinn und
Willkühr zur Grundlage und Richtſchnur. Indem
ſie alſo übereinkommen, daſs Gott ein unbegreifliches, unbekanntes Weſen ſey, ſtreiten ſie nichts de-
ſtoweniger über ſeine Natur, über ſeine Art zu handeln, über ſeine Eigenſchaften. Sie kommen überein, daſs ſeine vorgebliche Verwandlung in einen
Menſchen ein Räthſel iſt, welches der Verſtand nicht
begreift,

begreift, und ſtreiten dennoch über die Vermiſchung oder Unterſcheidung beider Willen, beider Naturen, über die Verwandlung der Subſtanz, über die wahre oder vermeinte Gegenwart, über die Art der Fleiſchwerdung u. ſ. w."

„Daher dieſe unzähligen Secten, wovon zwei bis drei hundert ſchon umgekommen ſind, und drei bis vier hundert andre noch vorhandne, dieſe Menge von Fahnen darſtellen, worin dein Blik ſich verirrt. Die erſte hier vorne, von dieſer Gruppe ſeltſamer Trachten, dieſem verworrnen Gemiſch violetter, rother, weiſſer, ſchwarzer, buntſchäckigter Gewänder, Häupter mit Tonſuren, mit kurzen oder geſchornen Haaren, rothen Hüten, viereckigten Mützen, ſpitzen Biſchofsmützen, ja ſelbſt mit langen Bärten umgeben, iſt die Fahne des römiſchen Pabſtes, der den bürgerlichen Vorrang ſeiner Stadt auf das Prieſterthum angewandt, ſeine geiſtliche Obergewalt in der Religion gegründet, und ſeinen Stolz zum Glaubensartikel gemacht hat."

„Zu ſeiner Rechten ſiehſt du den griechiſchen Pabſt, der ſtolz auf die Rivalität, wozu ihn ſeine Hauptſtadt erhebt, gleiche Anſprüche entgegenſtellt, und ſie gegen die Kirche des Occidents, die der Kirche des Orients vorhergieng, behauptet. Zur Linken ſind die Fahnen zweier neuen Oberhäupter *),

I 3

die

*) Luther und Kalvin.

die ein tyrannisches Joch abschüttelten, in ihrer Reform Altäre gegen Altäre aufrichteten, und dem
Pabst die Hälfte von Europa entzogen. Hinter ihnen stehn die kleinern Secten, worin alle die grosen
Partheien sich wiederum theilen: die Nestorianer,
die Eutychäer, die Jacobiten, die Bilderstürmer, die
Wiedertäufer, die Presbyterianer, die Wiclefiten,
die Osiandristen, die Manichäer, die Pietisten, die
Adamiten, die Quietisten, die Quaker, die Weinen-
den und hundert andre (8). Lauter abgesonderte
Partheien, die einander verfolgen, wenn sie stark
sind; einander dulden, wenn sie schwach sind, sich
im Namen Gottes des Friedens hassen, sich jeder ein
ausschliessendes Paradies in einer Religion der allgemeinen Menschenliebe dichten, sich gegenseitig in
der andern Welt unendliche Qualen verheisen, und
in dieser die eingebildete Hölle von jener verwirk-
lichen."

Nach dieser Gruppe sah ich eine einzige hyazinth-
farbne Fahne, um welche Menschen von allen europäischen und asiatischen Trachten versammlet waren: „Hier, sagte ich zum Genius, hier finden wir
wenigstens Uebereinstimmung." „Ja, antwortete
er, auf den ersten Anblik, und von ungefähr und
für den Augenblik. Erkennst du dieses Glaubensfy-
stem nicht?"

Nunmehr nahm ich den verschlungnen Namen
Gottes in hebräischen Buchstaben, und die Palmen

wahr,

wahr, welche die Rabbiner in Händen hielten. „Es ist wahr, fagte ich, es find Mofes Kinder, die bis auf diefen Tag zerftreut find, die alle Nationen verabfcheuen, und allenthalben verfolgt und verabfcheut werden.“

„Ja, antwortete er, und eben deswegen, weil fie weder Zeit noch Freiheit hatten zu ftreiten, haben fie den Schein der Eintracht beibehalten. Aber kaum werden fie ihre Grundfätze gegen einander ftellen, über ihre Meinungen reden, fo werden fie, wie vormals, fich wenigftens in zwei Hauptfecten theilen *), wovon die eine fich auf das Schweigen des Gefezgebers beruft und fich an den buchftäblichen Sinn feiner Bücher hält, alles, was nicht klar darin ausgedrükt ift, leugnen, und unter diefem Namen, das Leben der Seele nach dem Körper, und ihre Wandrung in die Orte der Qual und der Freude, ihre Auferftehung und das jüngfte Gericht; die guten und böfen Engel, den Aufftand des böfen Geiftes und alle dichterifchen Syfteme einer lezten Welt, als Erfindungen der Befchnittenen verwerfen wird. Und diefes bevorrechtete Volk, deffen Vollkommenheit darin befteht, fich ein kleines Stück Fleifch abzufchneiden; diefes nichtsbedeutende Völkchen, das im Ozean der Völker nur eine kleine Welle ift, und welches behauptet, daß Gott alles nur für es allein gethan

*) Die Saducäer und Pharifäer.

gethan hat, wird noch durch feine Spaltung das ohnehin fo kleine Gewicht, das es auf der Waage der Welt einnimmt, um die Hälfte verringern. "

Hierauf zeigte er mir eine benachbarte Gruppe, die aus Menfchen in langen weifsen Kleidern beftand, die einen Schleier über dem Munde trugen und rings um eine rofenfarbne Fahne ftanden, auf welcher ein in zwei Halbkugeln, die eine fchwarz, die andre weifs, durchfchnittener Globus ftand. „Eben fo, fuhr er fort, wird es mit diefen Kindern Zoroafters (9), den verborgnen Ueberreften ehmals fo mächtiger Völker gehn. Verfolgt wie die Juden, zerftreut, wie die andern Völker, nehmen fie jezt ohne Widerrede, die Vorfchriften des Repräfentanten ihres Propheten an. Sobald aber ihr Mobed und die Destours (10) verfammlet feyn werden, wird der Streit über das gute und böfe Prinzip, über die Kämpfe des Ormuzd, des Gottes des Lichts, und Ahriman, des Gottes der Finfternis, über ihre unmittelbare oder allegorifche Bedeutung; über die guten und böfen Geifter, über die Verehrung des Feuers und der Elemente; über die Reinigungen und Befudelungen; über die Auferftehung mit dem Körper oder der Seele allein; über die Erneuerung der exiftirenden Welt, und über die neue Welt (11), die ihr folgen foll, wiederum anheben. Und die Gauren werden fich in um fo zahlreichere Secten theilen, weil bei ihrer Verftreuung die Familien die Sitten und

Mei-

Meinungen fremder Nationen angenommen haben
werden."

„Diese himmelblauen Fahnen neben ihnen, worauf die ungeheuren Figuren doppelter, dreifacher, vier-
facher, menschlicher Figuren mit Löwen-, Schweins-,
Elephantenköpfen, mit Fischschwänzen, Schildkrö-
ten u. s. w. gemalt stehn, sind die Fahnen der indischen Nationen, die ihre Götter in den Thieren, und
die Seelen ihrer Eltern in Ungeziefer und Insekten
finden. Diese Menschen stiften Freistätten für Vögel, Schlangen, Ratzen und verabscheuen ihres Gleichen! Sie reinigen sich mit dem Mist und Urin der
Kuh, und glauben sich durch die Berührung eines
Menschen befleckt! Sie tragen ein Nez vor dem Munde, aus Furcht in einer Fliege eine leidende Seele zu
verschlucken, und lassen einen Paria (12) Hungers
sterben. Sie nehmen einerlei Gottheiten an, und
theilen sich in feindliche und verschiedne Fahnen!"

„Diese erste, in einiger Entfernung vereinzelt ste-
hende Fahne, auf der du eine Figur mit vier Köpfen
siehst, ist Brama's Fahne, der, ohngeachtet er Gott
Schöpfer ist, weder Anhänger noch Tempel mehr
hat, und so weit herabgekommen ist, dafs er den
Lingam zum Fufsgestell dient (13), sich mit etwas
Wasser begnügt, das der Bramine ihm alle Morgen
über die Schulter zuwirft, indem er ein trokna
Loblied dazu anstimmt."

„Diese

„Diese zweite, worauf ein Geyer mit rothem Leibe und weißem Kopfe steht, ist Vichenou's Fahne, der, ohngeachtet er Gott Erhalter ist, einen Theil seines Lebens mit Uebelthaten zugebracht hat. Betrachte sie unter den scheuslichen Gestalten eines Ebers und Löwen, wie sie menschliche Eingeweide zerreissen, oder unter der Gestalt eines Pferdes (14), wie sie mit dem Säbel in der Hand einherziehn sollen; um das gegenwärtige Zeitalter zu zerstören, die Gestirne zu verdünkeln, die Sterne auszulöschen, die Erde zu erschüttern, und die grosse Schlange ein Feuer ausspeyen zu lassen, welches die Himmelskörper verzehren wird."

„Diese dritte gehört Chiven, dem Gotte der Verwüstung, der Verheerung, der deinohngeachtet das Zeichen der Erzeugung zum Sinnbild hat. Er ist der boshafteste von allen dreien und zählt die meisten Anhänger. Stolz auf seinen Charakter verachten seine Anhänger in ihrer Andacht (15) die andern Götter, seines Gleichen und Brüder; und indem sie seine Seltsamkeit nachahmen, bekennen sie Keuschheit und Schaamhaftigkeit, indem sie zugleich das unzüchtige Bild des Lingams öffentlich mit Blumen krönen und mit Milch und Honig besprengen."

„Hinter ihnen kommen die kleinern Fahnen einer Menge von Göttern, männlichen, weiblichen und Zwittergeschlechts, die Verwandte und Freunde der drei

drei Hauptvölker waren; und ihr Leben damit hin-
brachten; sich Gefechte zu liefern, worin ihre Anbether sie nachahmen. Diese Götter bedürfen nichts,
und empfangen unaufhörlich Gaben; sie sind all-
mächtig, erfüllen die Welt, und ein Bramine schließt
sie mit einigen Worten in einen Götzen, oder in
ein Gefäs, um nach Willkühr ihre Gunst zu verkaufen."

„Jene Menge andrer Fahnen, die auf gelben
Grunde verschiedne Sinnbilder führen, sind die Fahnen eines Gottes, der unter verschiednen Gestalten
bei den Völkern des Orients regiert. Der Chinese
bethet ihn im Fôt an (16); der Japanefer verehrt ihn
in Budso; der Einwohner von Ceylan in Boddhou;
der von Laos in Chekia; der Peguaner in Phta; der
Bewohner von Siam in Sommona-Kodom; der von
Tibet in Budd und La. Alle stimmen in einigen
Punkten seiner Geschichte überein, und feiern ein
büssendes Leben, seine Fleischeskreutzigungen, fein
Fasten; seine Verrichtungen als Mittler und Versöh-
ner; den Hass eines Gottes; seines Feindes; ihre
Kämpfe und seinen Sieg. Aber uneins unter einan-
der über die Mittel ihm zu gefallen, streiten sie über
Gebräuche, über Sätze der innern oder der öffentli-
chen Gotteslehre. Hier predigt der Japanesische
Bonze im gelben Kleide, mit blofsem Haupt die
Ewigkeit der Seelen, ihre auf einander folgende
Wandrung in verschiedne Körper; und nahe bei ihm

läug-

läugnet der Sintoist ihr von den Sinnen abgesonder-
tes Daseyn (17) und behauptet, daſs sie nur Wirkung
der Organe sind, von denen sie abhängen und mit
denen sie vergehn; wie der Ton mit dem Instru-
ment. Dort empfiehlt der Bewohner von Siam, mit
geschornen Augenbraunen, den Talipat-Schirm in
der Hand (18), Almosen, Buſse und Opfer, während er an ein blindes Geschik und ein unbewegliches
Verhängniis glaubt. Der Ho-Chang Chinese opfert
den Seelen der Vorfahren, und nahe bei ihm sucht
der Anhänger des Confucius seine Nativität in der
Bewegung der Himmelskörper (19). Dieses Kind,
mit einem Schwarm von Priestern in langen Röcken
und gelben Hüten umgeben, ist der groſse Lama; in
welchen der Gott übergegangen ist, den der Einwohner von Tibet anbethet (20). Ein Nebenbuhler hat sich erhoben, um diese Wohlthat mit ihm zu
theilen, und an den Ufern des Baikals hat der Kal-
mukke seinen Gott so gut wie der Einwohner von
La-sa. Einstimmig in dem wichtigen Punkte, daſs
Gott nur in einem Menschenkörper wohnen kann,
lachen beide über die Dummheit des Indianers, der
den Mist der Kuh verehrt, während sie die Excremente ihres Pabstes einweihen (21)."

Nach diesen Fahnen boten noch eine Menge
andrer, dem Auge unzählbar, sich unsern Blicken
dar. „Ich würde nicht fertig werden, sagte der
Genius, wenn ich dir alle die verschiednen Glau-

bens-

bensfyfteme, welche noch die Nationen trennen, darlegen wollte. Hier bethen die Tartarifchen Horden in den Bildern von Thieren, von Vögeln und Infekten die guten und böfen Geifter an, welche unter einem höchften aber fich um nichts bekümmernden Gotte, die Welt regieren, und in ihrer Abgötterei folgen fie dem Heidenthume des alten Occidents. Du fiehft die feltfame Kleidung ihrer Schamans, die unter einem Rocke von Leder, mit Glokken, Schellen, eifernen Bildern, Vögelklauen, Schlangenhäuten, Eulenköpfen verziert, fich in künftlichen Verzuckungen krümmen, und durch magifche Ausrufungen die Todten erwecken, um die Lebenden zu betrügen. Dort fehn wir bei den fchwarzen Völkern von Afrika in der Verehrung ihrer Götzenbilder diefelben Meinungen. Sieh da den Bewohner von Juida, der in einer grofsen Schlange, worauf unglüklicher Weife die Schweine fehr begierig find, Gott anbethet.(22). Sieh dort den Teleuten, der fich ihn in alle Farben gekleidet, einem ruffifchen Soldaten gleich, vorftellt; den Kamtfchadalen, welcher findet, dafs alles in diefer Welt und in feinem Himmelsftrich fchlecht geht, und fich ihn als einen eigenfinnigen und mürrifchen Alten denkt, der feine Pfeife raucht und zu Schlitten fährt und Marder jagt (23). Mit einem Wort, fieh hier hundert wilde Nationen, die keinen der Begriffe der polizirten Völker über Gott, über die Seele, über eine andre Welt und ein andres Leben haben, die folglich kein Glaubensſyſtem bilden und darum nicht minder der Gaben der Natur in dem Unglauben, worin ſie ſelbſt ſie geſchaffen hat; genieſsen.

Ein und zwanzigſtes Kapitel.

Problem der Religionswiderſprüche.

Indeſſen hatten die verſchiednen Gruppen Platz genommen, und ein tiefes Schweigen war auf das Geräuſch der Menge gefolgt, als die Geſezgeber ſagten: „Oberhäupter und Lehrer der Völker! ihr ſeht, wie bisher die vereinzelt lebenden Nationen verſchiednen Wegen gefolgt ſind: jede glaubt der Bahn der Wahrheit zu folgen, wenn aber die Wahrheit nur eine Bahn hat, und die Meinungen einander entgegen geſézt ſind, ſo iſt es ſehr natürlich, daſs jede irrt. Aber wenn ſo viele Menſchen ſich betrügen, wer kann dafür ſtehn, daſs er nicht ſelbſt hintergangen wird? Fangt alſo damit an, duldſam bei euern Spaltungen und Zwiſtigkeiten zu ſeyn. Laſst uns alle die Wahrheit ſuchen, als wenn keiner ſie beſäſse; bis auf dieſen Tag haben die Meinungen, welche die Erde regierten, durch Zufall entſtanden, im Schatten verbreitet, ohne Unterſuchung zugelaſſen, durch Liebe der Neuheit und Nachahmung empor gebracht, gewiſſermaaſsen heimlich ihr Reich behauptet. Sind ſie wirklich gegründet, ſo iſt es Zeit, ihnen einen feierlichen Stempel der Gewisheit aufzudrücken und

ihr

ihr Daſeyn zu rechtfertigen. Laſst ſie uns alſo heut
zu einer gemeinſchaftlichen und allgemeinen Prüfung
berufen; jeder lege ſeinen Glauben dar; alle werden
Richter eines jeden, und nur das werde für wahr
erkannt, was das ganze Menſchengeſchlecht dafür
hält. "

Der Ordnung nach kam das Wort zuerſt an die
erſte Fahne zur Linken: „Es iſt nicht erlaubt zu zweifeln, ſagten die Oberhäupter, daſs unſre Lehre die
einzige wahre, die einzige unfehlbare ſey; denn
erſtlich hat Gott ſelbſt ſie offenbart —

„So auch die unſrige — riefen alle Fahnen zugleich — niemand darf daran zweifeln."

„Wenigſtens muſs ſie dargelegt werden, riefen
die Geſezgeber: denn man kann nicht glauben, was
man nicht kennt."

„Unſre Lehre, fuhr die erſte Fahne fort, iſt
durch viele Thatſachen, durch unzähliche Wunder,
durch Auferſtehungen der Todten, durch ausgetrok-
nete Ströme, durch verſezte Berge u. ſ. w. erwieſen."

„Auch wir, riefen alle andern, haben viele
Wunder aufzuzeigen, und jedes fieng an, die un-
glaublichſten Dinge zu erzählen. —

„Ihre Wunder, ſagte die erſte Fahne, ſind vermeinte Wunder oder Blendwerke des böſen Geiſtes,
der ſie betrogen hat."

K 2

„Das

„Das sind die eurigen, erwiederten sie, und jeder redete von sich und sagte: nur die unsrigen sind wahre, alle andern sind falsch.“

Und die Gesezgeber sagten: „habt ihr lebende Zeugen?“

„Nein, antworteten alle; die Thatsachen sind alt, die Zeugen gestorben, allein sie haben geschrieben.“

„Wohl, erwiederten die Gesezgeber, allein wenn sie sich widersprechen, wer wird sie vereinigen?“

„Gerechte Schiedsrichter! rief eine Fahne. Der Beweis, dass unsre Zeugen die Wahrheit gesehn haben, ist, dass sie gestorben sind, um sie zu bezeugen; das Blut der Märtyrer hat unsern Glauben versiegelt.“

„Auch den unsrigen, riefen die andern Fahnen: wir haben Millionen Märtyrer, die unter den entsezlichsten Qualen gestorben sind, ohne ihn zu verläugnen.“

Und nunmehr führten die Christen von allen Sekten, die Muselmänner, Indianer, Japanesen Legenden ohne Ende von Beichtvätern, Märtyrern, Büssenden an.

Wenn eine dieser Partheien die Märtyrer der andern läugnete, so riefen alle: „Gut, wir wollen ster-

sterben, um die Wahrheit unsers Glaubens zu beweisen."

Und augenbliklich bot eine Menge Menschen von allen Religionen, allen Sekten sich dar, um Tod und Qualen zu leiden. Viele fiengen sogar an, sich die Arme aufzuritzen, sich Kopf und Brust zu zerschlagen, ohne Schmerz zu verrathen.

Allein die Gesezgeber hielten sie zurük. „O Menschen, sagten sie zu ihnen, hört mit kaltem Blut unsre Worte an! Wenn ihr stürbet, um zu beweisen, daß zweimal zwei viere sind, würden es darum mehr als vier seyn?"

„Nein — antworteten alle.

„Und wenn ihr stürbt, um zu beweisen, daß es fünfe wären, würde es dadurch zu fünf werden?"

„Nein — sagten alle wiederum —

„Wohl dann! was beweist also eure Ueberzeugung, wenn sie nichts im Wesen der Dinge verändert? die Wahrheit ist eins, eure Meinungen sind verschieden, folglich betrügen sich mehrere unter euch. Wann sie, wie der Augenschein lehrt, von ihrem Irrthum überzeugt sind, was beweist dann die Ueberzeugung des Menschen?"

„Wenn der Irrthum seine Märtyrer findet, wo ist dann das Siegel der Wahrheit?"

„Wenn der böse Geist Wunder wirkt, wo ist dann das auszeichnende Merkmal der Gottheit?"

K 3

„Und

„Und zudem, wozu immer unvollkommne und unzulängliche Wunder? Warum verändern wir statt dieser Umkehrungen der Natur nicht lieber die Meinungen? Warum die Menschen tödten oder schrekken, statt sie zu unterrichten und zu beſſern?“

„O Leichtgläubige und dennoch halsſtarrige Sterbliche! Keiner von uns iſt gewis von dem, was geſtern geſchah, was heute unter ſeinen Augen geſchieht; und wir ſchwören auf das, was vor zwei tauſend Jahren geſchehn ſeyn ſoll!“

„Schwache und dennoch ſtolze Menſchen! die Geſetze der Natur ſind tief und unveränderlich, unſer Geiſt iſt der Täuſchung, des Leichtſinns fähig; und wir wollen alles beſtimmen, alles faſſen! In Wahrheit, es iſt dem ganzen Menſchengeſchlecht leichter, ſich zu betrügen, als nur eines Sonnenſtäubchens Natur zu verändern.“

„Gut, rief ein Gottesgelehrter, wir wollen die Thatſachen bei Seite ſtellen, weil ſie zweideutig ſeyn können, wir wollen uns an die Beweiſe der Vernunft halten, an die, welche in der Lehre enthalten ſind.“

Und ein Iman, Mahomets Bekenner, trat voll Zuverſicht in den Kreis, wandte ſich gen Mekka und ſagte, nachdem er mit Emphaſe das Glaubensbekenntnis ausgeſprochen hatte, mit ernſthafter und wichtiger Stimme: „gelobt ſey Gott! das Licht ſcheint mit

Klar-

Klarheit, und die Wahrheit bedarf keiner Unterſuchung!“ er zeigte auf den Koran: „Seht hier Licht und
Wahrheit in ihrem eigenthümlichen Weſen. In
dieſem Buche ſind keine Zweifel enthalten: es führt
den gerade, der blindlings wandelt, der ohne Unterſuchung die göttlichen Worte des Propheten annimmt, welcher herabſtieg, um den Einfältigen zu
erlöſen, und den Gelehrten zu verwirren. Gott hat
Mahomet zu ſeinem Diener auf Erden ernannt; er
hat ihm die Welt überantwortet, um durch das
Schwerdt diejenigen zu unterwerfen, die ſich wei-
gern, an das Geſetz zu glauben; die Ungläubigen
ſtreiten und wollen nicht glauben; ihre Verſtockung
kommt von Gott; er hat ihr Herz verſchloſſen, um
ſie verhaſsten Züchtigungen zu überliefern *). “

Bei dieſen Worten unterbrach ein heftiges, von
allen Seiten aufſteigendes Murmeln den Redner.
„Wer iſt dieſer Menſch, riefen alle Gruppen, der
uns ſo vorſäzlich beleidigt? Vermöge welches Rechts
verlangt er als Sieger und Tyrann uns ſeinen Glauben aufzudringen? Hat uns Gott nicht ſo gut als ihm,
Augen, Geiſt und Verſtand gegeben? und haben wir

K 4   nicht

---

*) Dieſe Worte ſind der Sinn und beinahe der buchſtäbli-
che Text des Korans; überhaupt wird der Leſer gebethen,
zu bemerken, daſs man ſich bei den folgenden Schilderungen pünktlich befliſſen hat, den Geiſt und Buchſtaben jeder Parthei treu zu liefern.

nicht eben fo gut das Recht, uns ihrer zu bedienen, um zu wiffen, was wir verwerfen oder glauben follen? Wenn er das Recht hat, uns anzugreifen, haben wir dann nicht das Recht, uns zu vertheidigen? Wenn es ihm beliebt hat, ohne Unterfuchung zu glauben, ift uns darum zu prüfen verbothen?"

„Und worin befteht diefe helle Lehre, welche das Licht fcheut? Wer ift diefer Apoftel eines gütigen Gottes, der nur Mord und Blutvergiefsen predigt? Wer ift diefer Gott der Gerechtigkeit, der eine Blindheit ftraft, woran er felbft Schuld ift? Wenn Gewalt und Verfolgung die Gründe der Wahrheit find, follen dann Sanftmuth und Barmherzigkeit die Merkzeichen der Lüge feyn?"

Bei diefen Worten trat aus einer benachbarten Gruppe ein Menfch gegen den Iman auf, und fagte: „Zugegeben, dafs Mahomet der Apoftel der beften Lehre, der Prophet der wahren Religion fey! fagt uns dann wenigftens, wem wir folgen follen, um fie auszuüben: ob feinem Schwiegerfohne Ali, oder feinen Abgeordneten Omar und Abubekr (24)?"

Kaum hatte er diefe Namen ausgefprochen, als unter den Mufelmännern felbft ein fchreklicher Zwiefpalt entftand: Omars und Alis Anhänger fchalten fich gegenfeitig Ketzer, Betrüger, Gottesläfterer und beluden einander mit Verwünfchungen. Ja, der Streit

wur-

würde fo heftig, dafs die benachbarten Gruppen fich
ins Mittel fchlagen mufsten, um Handgemenge zu
verhindern.

Als endlich die Ruhe ein wenig wieder herge-
ftellt war, fagten die Gefezgeber zu den Imans:
„Seht da, welche Folgen aus euren Grundfätzen ent-
fpringen! Wenn die Menfchen fie in Ausübung
brächten, fo würdet ihr felbft durch eure Zwiftig-
keiten euch bis auf den lezten Mann aufreiben; und
befiehlt nicht das erfte Gefez Gottes, dafs der Menfch
lebe?"

Er wandte fich hierauf zu den andern Gruppen.
„Ohne Zweifel, fagten fie, beleidigt diefer Geift der
Unduldfamkeit und Ausfchliefsung alle Begriffe von
Gerechtigkeit, und ftürzt jede Bafis der Moral und
der Gefellfchaft um. Würde es nicht indeffen, ehe
wir das Gefezbuch diefer Lehre ganz verwerfen, zu-
träglich feyn, einige ihrer Sätze zu vernehmen, damit wir nicht Gefahr liefen, nach den Formen zu
urtheilen, ohne den Grund zu kennen?"

Die Gruppen waren es zufrieden und der Iman
fieng an, ihnen aus einander zu fetzen, wie Gott,
nachdem er den Völkern, die in der Abgötterei irrten, 24000 Propheten gefchikt hatte, endlich den
lezten fandte, das Siegel und die Vollendung aller,
Mahomet, auf dem der Seegen des Friedens ruht.
Wie, damit die Ungläubigen das Wort Gottes nicht

K 5

mehr

mehr veränderten, die höchste Güte selbst die Blät-
ter des Korans beschrieben hätte. — Hier sezte der
Iman die Lehren der türkischen Religion näher aus
einander und erläuterte: wie der Koran, als Wort
Gottes, ungeschaffen, ewig sey, so wie die Quelle,
von der er ausgienge: wie er Blatt für Blatt in vier und
zwanzig tausend nächtlichen Erscheinungen des Engel Gabriels übersandt worden sey; wie der Engel
sich durch ein kleines Geräusch angekündigt habe,
wobei dem Propheten ein kalter Schweis ausbrach;
wie er im Traumgesicht einer Nacht neunzig Himmel durchlief, und das Thier Borac, das halb Pferd,
halb Weib war, bestieg; wie er mit der Wunder-
gabe beschenkt, ohne Schatten in der Sonne gieng;
wie er durch ein Wort die Bäume grün werden lies,
die Brunnen und Kanäle mit Wasser erfüllte, und
den Mond in zwei Scheiben spaltete; wie, mit den
Befehlen des Himmels beladen, Mahomet mit dem
Schwerdt in der Hand, die Religion verbreitete,
welche durch ihre Erhabenheit die würdigste für die
Gottheit, und durch die Einfachheit ihrer Lehren,
weil sie nur aus acht oder zehn Punkten besteht, den
Menschen die angemessenste ist: die Einheit Gottes
bekennen; Mahomet für seinen einzigen Propheten
erkennen; fünfmal des Tags bethen; einen Monath
im Jahre fasten; einmal in seinem Leben nach Mekka gehn; den Zehnten von seinen Gütern geben;
keinen Wein trinken, kein Schweinefleisch essen,
und die Ungläubigen bekriegen (15). Durch dieses

Mit-

Mittel genöſse jeder Muſelmann, indem er ſelbſt
Apoſtel und Märtyrer würde, in dieſer Welt ſchon
viele Güter; und bei ſeinem Tode gienge ſeine Seele, in der Waagſchaale der Marter gewogen, und
von den beiden ſchwarzen Engeln losgeſprochen,
die Brücke über die Hölle hinüber, die ſo ſchmal iſt
als ein Haar, und ſo ſchneidend als ein Schwerdt,
bis ſie endlich in einen Ort der Freuden aufgenommen würde, mit Bächen von Milch und Honig
durchwäſſert, mit allen Wohlgerüchen aus Indien
und Arabien balſamirt, wo ewig keuſche Jungfrauen,
die himmliſchen Houris die ſtets neuverjüngten Auserwählten mit immer neuen Gunſtbezeugungen über-
häufen.

Bei dieſen Worten ſtieg ein unwillkührliches Lä-
cheln auf alle Geſichter; und die verſchiednen Gruppen redeten über dieſe Glaubensartikel und ſagten ein-
ſtimmig: „wie können doch vernünftige Menſchen
ſolche Träumereien gelten laſſen. Iſts nicht, als ob
man ein Kapitel aus tauſend und einer Nacht hörte?“

Und ein Samoyede trat in den Kreis. „Mahomets Paradies, ſagte er, ſcheint mir ſehr gut, nur
ſezt mich ein Mittel dahin zu gelangen, in einige
Verlegenheit: denn wenn man, wie darin befohlen
iſt, zwiſchen zweimal Aufgehn der Sonne nicht eſſen
und trinken ſoll, wie werden wir dann ein ſolches
Faſten in unſerm Lande halten können, wo die Sonne

ne ganze sechs Monath am Himmel bleibt, ohne
unterzugehn?"

Das ist unmöglich, sagten die Gottesgelehrten
der Muselmänner, um die Ehre des Prophen zu erhalten; allein hundert Völker bezeugten die Wahrheit und Mahomets Unfehlbarkeit erlitt einen kleinen Stos.

Es ist sonderbar, sagte ein Europäer, daß Gott
unaufhörlich alles offenbart hat, was im Himmel
vorgieng, ohne uns je von dem zu unterrichten, was
auf der Erde geschicht.

Was mich betrift, sagte ein Amerikaher, ich finde eine grosse Schwierigkeit bei der Pilgrimmschaft.
Laßt uns fünf und zwanzig Jahre für eine Generation
und hundert Millionen mänulichen Geschlechts auf
der Erde annehmen: wenn jeder verbunden ist, einmal in seinem Leben nach Mekka zu gehn, so wären jährlich vier Millionen Menschen auf dem Wege: man kann in demselben Jahre nicht zurükkom-
men; die Zahl verdoppelt sich bis auf acht Millionen; wo soll man Lebensmittel, Aufenthalt, Waf-
ser, Schiffe für die allgemeine Prozession finden?
Dazu würden wahrlich Wunder erfodert.

Daß Mahomets Religion nicht offenbart ist,
sagte ein katholischer Geistlicher, wird schon dadurch
bewiesen, daß die meisten Ideen, welche die Grundlage

lage derselben ausmachen, lange vorher exiſtirten,
und daſs ſie nur ein verwirrtes Gemiſch veränderter
Wahrheiten unſrer heiligen und der jüdiſchen Religion ſind, die ein ehrgeitziger Menſch ſeinen herrſch-
ſüchtigen Entwürfen und ſeinen weltlichen Abſichten
dienſtbar machte. Lauft ſein Buch durch; ihr werdet nur Geſchichten aus der Bibel und aus dem Evan-
gelium, in ungereimte Erzählungen verkehrt, und
ein Gewebe von widerſprechenden, unbeſtimmten
Deklamationen und lächerlichen oder gefährlichen
Vorſchriften finden. Sezt den Geiſt dieſer Vorſchriften und das Betragen des Apoſtels aus einander; ihr
werdet nur einen liſtigen, kühnen Charakter ſehn,
der, um ſeinen Zwek zu erreichen, die Leidenſchaften des Volks, das er regieren will, ſchlau genug
aufregt. Er redet mit einfältigen leichtgläubigen
Menſchen; er läſst ſie Wunder glauben; ſie ſind unwiſſend und neidiſch; er ſchmeichelt ihrer Eitelkeit,
indem er alles Wiſſen verachtet. Sie ſind arm und
habſüchtig; er reizt ihre Gierigkeit durch Hofnung
auf Raub: er hat anfangs nichts auf der Erde zu geben; er ſchafft ſich Schäcze im Himmel; er macht
den Tod wünſchenswerth wie das höchſte Gut: er
droht den Feigen mit der Hölle; verſpricht den Ta-
pfern das Paradies; ſtärkt den Schwachen durch den
Glauben an ein Verhängnis; mit einem Worte, er
verſchafft ſich die Hingabe, deren er bedarf, durch
allen Reiz der Sinne, durch die Triebfedern aller
Leidenſchaften:

„Wel-

„Welchen verſchiednen Charakter hat unſre Lehre! und wie ſehr beweiſt ihr auf die Bekämpfung aller Neigungen, auf die Vernichtung aller Leidenſchaften gegründetes Reich, ihren himmliſchen Urſprung? Wie ſehr bezeugt ihre ſanfte, mitleidige Moral, ihre ganz geiſtigen Neigungen, ihre Abſtammung von der Gottheit. Es iſt wahr, daſs viele ihrer Lehren über den Verſtand erhaben ſind und der Vernunft ein ehrerbiethiges Stillſchweigen auflegen: allein ſelbſt dies beweiſt ihre Offenbarung um ſo mehr, weil Menſchen niemals ſo groſse Myſterien hätten erfinden können. — Und in einer Hand die Bibel, in der andern die vier Evangeliſten, fieng der Doktor an zu erzählen, daſs im Anfange Gott, (nachdem er eine Ewigkeit mit Nichtsthun hingebracht hatte) endlich, ohne bekannten Bewegungsgrund, den Entſchlus faſste, die Welt aus Nichts zu ſchaffen; daſs er, nachdem er die ganze Welt in ſechs Tägen geſchaffen hatte, am ſiebenten müde war; daſs er das erſte Paar Menſchen ins Paradies ſezte, um ſie daſelbſt vollkommen glüklich zu machen, und ihnen verboth, von einer Frucht zu eſſen, die er ihnen in Händen lies; daſs dieſe erſten Eltern der Verſuchung unterlagen, und daſs ihr ganzes (noch nicht gebohrnes) Geſchlecht verdammt wurde, die Strafe eines Vergehens zu tragen, das es nicht begangen hatte; daſs, nachdem er das Menſchengeſchlecht vier bis fünf tauſend Jahre in der Verdammnis gelaſſen hatte, dieſer Gott der Barmherzigkeit ſei-

feinem vielgeliebten (ohne Mutter erzeugten) Söh-
ne; der eben fo alt war, als er, befahl, fich auf der
Erde tödten zu laffen, damit er die Menfchen erret-
tete, von welchen feit diefer Zeit die gröfste Anzahl
fortfuhr, fich ins Verderben zu ftürzen; dafs, um
diefem neuen Uebel abzuhelfen, diefer von einer
Jungfrau gebohrne Gott, nachdem er geftorben und
auferftanden ift, täglich wieder auflebt, und in der
Geftalt von ungefäuertem Brod fich auf den Anruf
des unterften Menfchen millionenfach vervielfacht. —
Hier gieng er zu der Lehre von den Sakramenten
über und bandelte die Kraft zu verbinden und zu lö-
fen, die Mittel, fich vermöge etwas Waffers und einiger Worte von allen Verbrechen zu reinigen, von
Grund aus, ab, als er aber die Worte, Ablafs, Macht
des Pabftes, hinlängliche oder wirkfame Gnade aus-
fprach, wurde er von taufend Stimmen unterbrochen.
Ein entfezlicher Misbrauch, fagten die Lutheraner,
vorzugeben, dafs man für Geld Sünden erlaffen kann;
eine wirkliche Gegenwart annehmen, fagten die
Kalviniften, läuft den Worten des Evangeliums
fchnurftraks entgegen. Der Pabft hat kein Recht,
felbft zu entfcheiden, fagten die Janfeniften, und
dreiffig Secten klagten zugleich einander gegenfeitig
der Ketzerei und des Irrthums an, fo dafs es nicht
mehr möglich war, einander zu verftehn.

Nach einiger Zeit, als die Ruhe wieder herge-
ftellt war, fagten die Mufelmänner zu den Gefezgebern:

bern: da ihr unfre Lehre verworfen habt, weil fie, wie ihr fagt, unglaubliche Dinge vorträgt, wie könnt ihr denn die chriftliche zulaffen? Läuft fie nicht der gefunden Vernunft und der Gerechtigkeit noch weit mehr zuwider? Gott, der unkörperlich, unendlich ift, follte zum Menfchen werden! follte einen Sohn haben, der eben fo alt ift als er! diefer Gott-Menfch follte zu Brod werden, das man ifst und verdauet! Haben wir wohl etwas dem gleiches? Haben die Chriften das ausfchliefsende Recht, blinden Glauben zu fodern? und wollt ihr zu unferm Nachtheil ihnen Glaubensvorrechte bewilligen?

Und wilde Menfchen traten hervor. Wie! fagten fie, weil ein Mann und eine Frau vor fechs taufend Jahren einen Apfel gegeffen haben, foll das ganze Menfchengefchlecht verdammt werden? und ihr fagt, Gott ift gerecht! Welcher Tyrann liefs jemals die Kinder die Fehler ihrer Eltern verantworten? Welcher Menfch kann für die Handlungen eines andern ftehn? Heifst das nicht alle Begriffe von Gerechtigkeit und Vernunft umftofsen?

Und wo find, fagten die andern, die Zeugen, die Beweife von allen diefen vorgeblichen, angeführten Thatfachen? Kann man fo ohne alle Unterfuchung der Beweife fie annehmen? Bei der geringften Sache vor Gerichte werden zwei Zeugen erfordert, find wir follen alles diefes auf blofse Gerüchte, auf Hörenfagen glauben?

Ein

Ein Rabine nahm nunmehr das Wort: „Für die Facta felbſt, fagte er, ſtehn wir ein, mit der Form und Anwendung aber, die man davon gemacht hat, iſt es ein andres, und die Chriſten ſprechen ſich hier durch ihre eignen Gründe das Urtheil. Sie können nicht läugnen, daſs wir die urſprüngliche Quelle ſind, von der ſie den erſten Stamm, worauf ſie ſich pfropften, erhielten, und deswegen können wir entſcheidend urtheilen: entweder unſer Geſez kömmt von Gott, und alsdann iſt das ihrige Ketzerei, weil es davon abweicht; oder unſer Geſez kömmt nicht von Gott, und das ihrige fällt zugleich.“

Man muſs unterſcheiden, antwortete der Chriſt: euer Geſez kömmt von Gott als figürlich und vorbereitend, nicht aber als vollendet und abſolut; ihr ſeyd nur das Bild, wovon wir die Wirklichkeit ſind.

Wir wiſſen, antwortete der Rabine, daſs ihr dergleichen Anſprüche macht: allein ſie ſind durchaus ungegründet und falſch. Euer Syſtem beruht gänzlich auf Grundlagen von myſtiſchem Sinn (26), auf träumeriſchen und allegoriſchen Auslegungen; und dies Syſtem, welches den Buchſtaben unſrer Bücher verlezt, ſchiebt unaufhörlich dem wahren Sinn die ungereimteſten Ideen unter und findet alles darin, was ihm gefällt, ſo wie eine umherſchweifende Einbildungskraft Bilder in den Wolken findet. Auf ſolche Art habt ihr aus dem, was nach dem Sinn unſrer

Propheten nur ein politiſcher König war, einen geiſtlichen Meſſias gemacht. Ihr habt aus dem, was nur
die Wiederherſtellung unſrer Nation war, eine Er-
löſung des Menſchengeſchlechts gemacht. Ihr habt
auf einen falſch verſtandnen Ausdruck eine vorgebliche jungfräuliche Empfängnis gebaut. Auf ſolche
Art nehmt ihr nach Willkühr an, was euch gefällt;
ihr findet ſogar in unſern Büchern eure Dreieinigkeit,
ohngeachtet nicht das mindeſte Wort davon geſagt,
ſondern es nur eine Meinung profaner Nationen iſt,
die unter vielen andern Meinungen von allen Religionen und allen Secten, woraus ihr in dem Chaos
und in der Anarchie der erſten drei Jahrhunderte euer
Syſtem gründetet, angenommen wurde.

Bei dieſen |Worten geriethen die chriſtlichen
Gottesgelehrten vor Wuth auſſer ſich, riefen Gottes-
läſterung und Blaspheinie, und wollten über den Juden herfallen. Und die Mönche, in ihren ſchwarzen und weiſen Kleidern, traten mit einer Fahne
hervor, worauf Zange, Roſt und Scheiterhaufen,
nebſt den Worten: Gerechtigkeit, Barmherzigkeit
und Mitleid gemalt waren *). Wir müſſen an dieſen Ungläubigen eine Handlung der Religion begehn,
ſagten ſie, und zur Ehre Gottes ſie verbrennen. —
Schon machten ſie Anſtalt zu einem Scheiterhaufen,

als

---

*) Die Fahne der Inquiſition der ſpaniſchen Jacobiten iſt wirk-
lich ſo bezeichnet.

als die Muselmänner in ironischem Tone zu ihnen
sagten: Das ist also diese Religion des Friedens, diese bescheidne und wohlthätige Moral, die ihr uns so
sehr gerühmt habt? Das ist diese evangelische Menschenliebe, welche den Unglauben nur durch Sanftmuth bestreitet, und Beleidigungen nur Geduld entgegen sezt? Heuchler! so beruhigt ihr die Nationen:
so habt ihr eure verderblichen Irrthümer verbreitet!
So lange ihr schwach waret; predigtet ihr Freiheit,
Duldung, Frieden; wenn ihr euch stark fühltet, üb-
tet ihr Verfolgung und Gewalt.

Sie wollten die Geschichte der Kriege und Mord-
thaten des Christenthums anfangen, als die Gesezgeber Stillschweigen gebothen, und diese Bewegung
der Zwietracht stillten.

„Nicht uns, antworteten die buntschäckigen
Mönche mit einer stets sanften, demüthigen Stimme;
nicht uns wollen wir rächen; nein, Gottes Sache,
seine Ehre vertheidigen wir.“

Und vermöge welches Rechts, erwiederten die
Imams, werft ihr euch, vorzugsweise vor uns zu
seinen Repräsentanten auf. Besizt ihr Vorrechte, die
wir nicht besitzen? Seyd ihr andre Menschen als
wir?

Gott vertheidigen, rief eine andre Gruppe, ihn
rächen wollen; heisst das nicht seine Weisheit, sei-

ne Macht beleidigen? Weiſs er nicht beſſer als die
Menſchen, was ſeiner Würde geziemt?

Ja, aber ſeine Wege ſind verborgen, erwiederten die Mönche.

„Und ihr werdet uns immer erſt beweiſen müſſen, erwiederten die Rabinen, daſs ihr das ausſchlieſſende Vorrecht beſizt, ſie zu begreifen.“

Stolz darauf, Unterſtützer ihrer Rache zu finden, glaubten die Juden nunmehr, daſs Moſes Bücher den Sieg davon tragen würden, als der Mobed *) der Parſen Gehör verlangte, und zu den Geſezgebern ſprach:

„Wir haben die Erzählung der Juden und Chriſten über den Urſprung der Welt vernommen, und ſo verändert ſie auch iſt, haben wir Thatſachen, welche wir zugeben, darin erkannt; allein wir reden gegen die Anwendung, die ſie auf den Geſezgeber der Hebräer davon machen. Nicht er hat die Menſchen dieſe erhabnen Lehren, dieſe himmliſchen Begebenheiten kennen gelehrt; nicht ihm hat Gott ſie offenbart, ſondern unſerm heiligen Propheten Zoroaſter, und die Beweiſe davon ſind in den Büchern ſelbſt, die man euch anführt, enthalten. Geht die von Moſes eingeführten Geſetze, Kirchengebräuche und

____

*) Grospriefter.

und Vorſchriften mit Aufmerkſamkeit durch; ihr
werdet in keinem Artikel nur einen entfernten Wink
von dem finden, was jezt die Grundlage der jüdiſchen und chriſtlichen Gotteslehre ausmacht.   An
keinem Orte findet ihr irgend eine Spur weder von
der Unſterblichkeit der Seele, noch von einem künftigen Leben, weder von Hölle noch Paradies, noch
von der Empörung des Erzengels, des Urhebers der
Uebel des menſchlichen Geſchlechts u. ſ. w.

Moſes hat von dieſen Dingen nichts gewuſst;
und aus ſehr natürlichen Gründen, weil erſt vier
Jahrhunderte nach ihm Zoroaſter ſie in Aſien predig-
te (27).   Auch, fügte der Mobed hinzu, indem er
ſich an den Rabinen wandte, findet man erſt ſeit dieſem Zeitpunkt, das heiſst, nach dem Jahrhundert
eurer erſten Könige, dieſe Ideen bei euern Schriftſtellern, allein man findet, daſs ſie nur nach und nach,
und anfangs flüchtig darin enthalten ſind, ſo wie die
politiſchen Verhältniſſe, worin eure Väter mit unſern
Vorfahren lebten, es mit ſich brachten.   Vorzüglich
als eure Väter von den Königen von Ninive und Babylon überwunden und verſtreut, an die Ufer des
Tigris und Euphrats verſezt, und drei Generationen
hindurch in unſerm Lande auferzogen wurden, nahmen ſie Sitten und Meinungen an, die bisher als ihrem Geſez entgegen, waren verworfen worden.   Als
unſer König Cyrus ſie von der Sklaverei befreit hatte,
näherte ſich uns ihr Herz aus Dankbärkeit; ſie wur-

L 3

den

den unfre Schüler, unfre Nachahmer, und führten
bei der Umfchmelzung, die fie mit ihren Büchern
vornahmen, unfre Lehrfätze ein (28): denn eure
Genefis befonders, war nie das Werk Mofes, fondern eine Compilation, die man bei der Zurükkunft
aus der babylonifchen Gefangenfchaft durchgefehn
und die chaldäifchen Meinungen über den Urfprung
hinein gerükt hatte.

Anfangs wollten die reinen Anhänger des Gefez-
zes, die den Auswandrern den Buchftaben des Tex-
tes, das gänzliche Schweigen des Propheten entgegen fezten, die Neuerungen zurükweifen; allein
unfre Lehre fiegte, und nach eurem Geift, und euren
eigenthümlichen Ideen gemodelt, verurfachte fie eine
neue Sekte. Ihr erwartetet einen König, der eure
Macht wieder herftellte; wir kündigten einen gut-
machenden und erlöfenden Gott an. Aus der Verbindung diefer Ideen machten eure Efläer die Grundlage des Chriftenthums, und was ihr auch für Anfprüche machen mögt, Juden, Chriften und Mufelmänner, ihr feyd in eurem Syftem der geiftigen Wefen nur die irre geleiteten Kinder des Zoroafter!"

Und der Mobed entwickelte nachher feine Religion, flüzte fich auf Sad-der und Zend-avefta und
erzählte in derfelben Ordnung, wie die Genefis, die
Schöpfung der Welt in fechs Gahans (29); die Entftehung eines erften Mannes und einer erften Frau in
einem

einem himmlischen Orte unter der Regierung des
Guten; die Einführung des Uebels in die Welt durch
die grofse Schlange, das Sinnbild von Ahriman;
die Empörung und den Kampf dieses Geistes des Bösen und der Finsternis mit Ormuzd, dem Gotte des
Guten und des Lichtes; die Eintheilung der Engel
in weifse und schwarze, in gute und böse; ihre Eintheilung in Cherubim, Seraphim, Throne und Herr-
schaften u. f. w. das Ende der Welt nach Verlauf
von sechs tausend Jahren; die Ankunft des Lamms,
des Wiederherstellers der Natur; die neue Welt;
das zukünftige Leben in den Orten der Freude oder
des Schmerzes; den Uebergang der Seelen über die
Brücke des Abgrundes; die Ceremonien der Mysterien des Mithras; das Brod, welches die Geweihten
essen, die Taufe der neugebohrnen Kinder; die Sal-
bung der Todten, und das Bekenntnis ihrer Sünden (30); mit einem Worte, er legte so viele den
drei vorhergehenden Religionen analoge Dinge dar,
dafs er einen Kommentar oder eine Fortsetzung des
Korans und der Apocalypse zu geben schien.

Allein die jüdischen, christlichen und muselmän-
nischen Gottesgelehrten schrien über diese Darlegung, und nannten die Parsen Götzendiener und
Feueranbether; beschuldigten sie der Lüge, der Er-
dichtung, der Veränedrung der Thatsachen, und es
erhub sich ein heftiger Streit über die Zeitpunkte der
Begebenheiten, über ihre Folge und Zusammenhang;

 über

über die erste Quelle der Meinungen, über ihre Verbreitung von Volke zu Volk; über die Aechtheit der
Bücher, worauf sie sich gründen; über den Zeitpunkt,
wo sie verfaßt wurden; über den Charakter ihrer
Herausgeber; und den Werth ihrer Zeugnisse. Die
verschiednen Partheien erwiesen einander gegenseitig
Widersprüche, Unwahrscheinlichkeiten, Unzuver-
läßigkeiten, und beschuldigten sich gegenseitig, daß
sie ihren Glauben auf Volksgerüchte, auf unbe-
stimmte Traditionen, auf ungereimte Fabeln, die
zu ungewissen, oder falsch angegebnen Zeiten, von
unbekannten, unwissenden oder partheiischen Schrift-
stellern ohne Scharfsinn erfunden, und ohne Prüfung
zugelassen worden, gegründet hätten.

Von der andern Seite entstand ein großes Murren unter den Fahnen der Indischen Sekten; die Braminen protestirten gegen die Ansprüche der Juden
und Parsen und sagten: wer sind denn diese neuen
und beinahe unbekannten Völker, die sich so eigen-
mächtig zu Urhebern der Nationen und Aufbewah-
rern ihrer Archive aufwerfen? Wenn man ihre Berechnungen von fünf bis sechs tausend Jahren anhört,
sollte man glauben, daß die Welt erst von gestern
her wäre. Und vermöge welches Rechts sollen ihre
Bücher den unsrigen vorgezogen werden? Stehn die
Vedams, die Chastres, die Pourans den Bibeln,
dem Zend-avesta, dem Sad-der (31) nach? Ist das
Zeugnis unsrer Väter und Götter nicht so viel werth,

als

als das Zeugniß der occidentalifchen Götter und Väter? Ach, wenn es uns erlaubt wäre, ungeweihten
Menfchen diefe Myfterien zu enthüllen, wenn nicht
ein geheiligter Schleier unfre Lehre vor allen Blicken
verbergen müfste!

Die Braminen fchwiegen bei diefen Worten.
Wie können wir eure Lehre zulaffen, fagten die Gefezgeber zu ihnen, wenn ihr fie nicht darthut? Und
wie konnten ihre erften Urheber fie verbreiten, als
fie noch allein fie befafsen, denn damals mufste ja
ihr eignes Volk ihnen ungeweiht feyn? Hat der
Himmel fie ihnen offenbart, um fie zu verfchweigen?

Allein die Braminen beftanden darauf, fich nicht
zu erklären; wir können ihnen die Ehre des Geheimniffes laffen, fagte ein Europäer. Ihre Lehre
ift längft aufgedekt; wir befitzen ihre Bücher, und
ich kann euch den Inhalt derfelben wiederholen.

Er fezte wirklich die vier Vedams, die achtzehn
Pouranams und die fünf oder fechs Chaftrans aus einander; er erläuterte, wie ein unkörperliches, unendliches, ewiges Wefen, nachdem es eine Zeit ohne
Gränzen mit Befchauung feiner felbft hingebracht
hatte, endlich, um fich zu offenbaren, die männlichen
und weiblichen Kräfte, die in ihm waren, trennte,
und eine Handlung der Zeugung vollbrachte, wovon
der Lingam das Sinnbild geblieben ift; wie aus diefer

L 5

erften

erften Handlung drei göttliche Mächte, Brama,
Bichen oder Vichenou, und Chib oder Chiven entftanden (32), wovon der erfte zu fchaffen, der zweite zu erhalten, der dritte zu zerftören, oder die Formen des Weltalls zu verändern beflimmt war. Er
erzälrte die Gefchichte ihrer Thaten und Abentheuer,
und erläuterte, wie Brama, flolz, die Welt, und die
acht Bobouns (oder Sphären) der Prüfungen gefchaffen zu haben, fich über feinen Bruder Chib erhob,
und wie diefe Regung des Stolzes einen Kampf unter
ihnen verurfachte, der die Globen, oder Himmels-
kreife wie einen Korb mit Eyern zerbrach; wie Brama, in diefem Kampf überwunden, fo weit fank,
dafs er dem in Lingam verwandelten Chib zum Fus-
geftell dienen mufste; wie Vichenou, der Gott Mittler, zu verfchiednen Zeiten, neun thierifche und
fterbliche Geflalten annahm, um die Welt zu erhalten, wie er zuerft unter der Geflalt eines Fifches eine Familie, welche die Erde wieder bevölkerte, aus
einer allgemeinen Sündfluth rettete; wie er nachher
in der Geflalt einer Schildkröte (33) den Berg Man-
dreguiri (den Pol), aus dem Meere von Milch zog;
und nachher unter der Geflalt eines Ebers, den
Bauch des Riefen Erenniacheffen aufris, der die Erde
in den Abgrund Djole verfenkte, wo er fie zu feiner
Vertheidigung herausrifs; wie er unter der Geflalt
des fchwarzen Schäfers, und unter dem Namen
Chris-en zu Fleifch geworden, die Welt von der
giftigen Schlange Calengam befreite und, nachdem

er

er von ihr in den Fus geftochen worden, ihr den Kopf zertrat.

Dann gieng er zu der Gefchichte der zweiten Geifter über, und erzählte, wie der Ewige, um feinen Ruhm kund zu thun, verfchiedne Klaffen Engel fchuf, denen er auftrug, fein Lob zu fingen, und die Welt zu regieren; wie ein Theil diefer Engel fich unter der Leitung eines ehrgeizigen Anführers empörte, der die Macht Gottes an fich reiffen und alles regieren wollte. Wie Gott fie in die Welt der Finfterniffe ftürzte, um dafelbft die Züchtigung ihrer Uebelthat zu erleiden; wie er nachher, von Mitleid gerührt, einwilligte, fie herauszuziehn und zu Gnaden anzunehmen, nachdem er fie langen Prüfungen unterworfen hatte; wie er zu diefem Zweck funfzehn Kreife oder Regionen der Planeten und Körper, um fie zu bewohnen, fchuf; und diefe rebellifchen Engel fieben und achtzig Wanderungen unterwarf; er erläuterte, wie die fo gereinigten Seelen zur erften Quelle in den Ozean des Lebens und der Befeelung, woraus fie hervorgegangen waren, zurükkehrten; wie alle lebenden Wefen einen Theil diefer allgemeinen Seele enthielten, und wie fehr fträflich es wäre, fie deffen zu berauben. Endlich wollte er die Kirchengebräuche und Ceremonien auseinander fetzen, als, da er von Opfergaben und Ausgiefsung von Milch und Butter vor kupfernen und hölzernen Göttern, und von Reinigun-

gen

gen mit Kuhmiſt und Kuhwaſſer anhub, von allen
Seiten ein mit Lachen gemiſchtes Gemurmel entſtand, das den Redner unterbrach.

Jede Gruppe redete über dieſe Religion: es ſind
Götzendiener, ſagten die Muſelmänner, man muſs
ſie vertilgen — Es ſind zerrüttete Köpfe, ſagten
Confucius Anhänger, man muſs ſie zu heilen ſuchen.
Die drolligen Götter, riefen andre, dieſe ſchmutzi-
gen, mit Miſt eingeräucherten Misgeſtalten, die
man als unreinliche Kinder wäſcht, von denen man
die nach Süſsigkeiten haſchenden Fliegen wegjagen
mus, die ſie mit Unrath beſudeln! — —

Und ein aufgebrachter Bramine nahm das Wort:
dies ſind tiefe Geheimniſſe, rief er, Sinnbilder der
Wahrheit, die ihr nicht würdig ſeyd zu vernehmen.

„Vermöge welches Rechts, antwortete ein Lama
von Tibet, ſeyd ihr deſſen würdiger als wir? Etwan, weil ihr aus Bramas Haupte entſprungen zu ſeyn
vorgebt? und die andern, weniger edeln Theile den
übrigen Sterblichen anweiſet? Allein um den Stolz
eurer Unterſcheidungen von Abkunft und Caſten zu
unterſtützen, beweiſet uns erſt, daſs ihr andre Menſchen ſeyd als wir. Beweiſet uns dann, daſs die Allegorie, welche ihr uns erzählt, hiſtoriſche Facta
ſind; beweiſet uns, daſs ihr ſelbſt einmal die Urheber aller dieſer Lehren ſeyd; denn wir, wenn es
ſeyn

seyn muß; wollen euch beweisen, daß ihr nur die Zusammenträger und Verfälscher derselben, nur die Nachahmer des alten Heydenthums der Bewohner des Occidents seyd, womit ihr, durch seltsame Vermischung die ganz geistige Lehre von unserm Gott verbunden habt (32), diese von den Sinnen losgemachte Lehre, die auf der Erde gänzlich unbekannt wär, ehe Beddou sie den Nationen bekannt machte. «

Viele Gruppen fragten, was das für eine Lehre wäre, und wer dieser Gott sey, dessen Namen die meisten noch nie nennen gehört hatten, und der Lama nahm wiederum das Wort und sagte:

„Daß im Anfange ein einziger, durch sich selbst bestehender Gott, nachdem er eine Ewigkeit in die Betrachtung seines Wesens versenkt, hingebracht hatte; seine Vollkommenheiten außer sich selbst darthun wollte, und die Materie der Welt schuf; daß er, als die vier Elemente geschaffen, aber noch verworren waren, in die Gewässer blies, daß sie wie eine unermeßliche Blase in Gestalt eines Eyes aufschwollen, welches in seiner Entwiklung das Gewölbe und der Kreis des Himmels ward, welcher die Welt umgränzt (35). Daß, nachdem er die Erde und die Körper der Wesen geschaffen hatte, dieser Gott der Inbegrif der Bewegung; ihnen, um sie zu beleben, einen Theil seines Wesens abtrat; daß folglich, da die Seele von allem, was athmet, nur ein Theil der

allge-

allgemeinen Seele ſey, keine umkommen kann, ſondern daſs ſie nur ihre Form und Geſtalt verändern,
indem ſie nach einander in verſchiedne Körper übergehn. Daſs unter allen Geſtalten die menſchliche
dem göttlichen Weſen am beſten gefällt, weil ſie ſeiner Vollkommenheit ſich am meiſten nähert; daſs,
wenn ein Menſch ſich gänzlich von den Sinnen los-
macht, und ſich in Beſchauung ſeiner Selbſt verſenkt,
er dahin gelangt, die Gottheit zu entdecken: daſs
von allen Fleiſchwerdungen dieſer Art, womit Gott
ſich bereits bekleidet hat, die gröſseſte und feierlich-
ſte diejenige war, worin er vor drei tauſend Jahren
in Kachemire unter dem Namen Fôt oder Beddou
erſchien, um die Lehre von der Vernichtung und
Ertödtung ſeiner ſelbſt zu verkündigen. Er gieng
weiter in Fôts Geſchichte, und ſagte, daſs er aus
der rechten Seite einer Jungfrau aus königlichem Ge-
blüt entſproſſen ſey, die, indem ſie Mutter ward,
nicht aufhörte, Jungfrau zu ſeyn, daſs der König
des Landes, über ſeine Geburth unruhig, ihn umbringen wollte, und alle zu gleicher Zeit mit ihm
gebohrnen Knäbchen umbringen liefs; daſs Beddou,
von Hirten errettet, bis ins dreiſsigſte Jahr in der
Wüſte ihre Lebensart führte; und alsdenn ſeine Sendung anfieng, die Menſchen aufzuklären, und ſie
von den böſen Geiſtern zu befreien, daſs er viele er-
ſtaunungswürdige Wunder verrichtete, im ſtreng-
ſten Faſten und in den härteſten Büſsungen lebte,
und ſterbend ſeinen Schülern ein Buch hinterlies,

worin

worin seine ganze Lehre enthalten war." — Und der Lama hub an zu lesen:

„Wer Vater und Mutter verläfst, um mir zu folgen, fagt Fôt, wird ein vollkommner Samanäer (ein himmlifcher Menfch)."

„Wer meine Vorfchriften bis zum vierten Grade der Vollkommenheit ausübt, erlangt die Fähigkeit, in der Luft zu fliegen, Erde und Himmel zu bewegen, das Leben zu verkürzen oder zu verlängern (auferwecken)."

„Der Samanäer verwirft die Reichthümer, gebraucht nur das Nothwendigfte; kreuzigt fein Fleifch; feine Leidenfchaften fchweigen; er begehrt nichts; hängt fich an nichts; denkt unaufhörlich über meine Lehre nach, leidet Unrecht mit Geduld; hegt keinen Hafs gegen feinen Nächflen."

„Himmel und Erde werden vergehn," fagt Fôt, „verachtet alfo euern aus vier vergänglichen Elementen zufammengefezten Leib, und denkt nur an eure unflerbliche Seele."

„Hört das Fleifch nicht! die Leidenfchaften erzeugen Furcht und Verdrus; erflikt fie: fo werdet ihr Furcht und Verdrus zerflören."

„Wer flirbt, ohne meine Religion angenommen zu haben, fagt Fôt, kommt zu den Menfchen zurük, bis er fie in Ausübung bringt."

Der

Der Lama wollte fortfahren, als die Chriſten ihn durch den Ausruf unterbrachen, daſs dies ihre eigne Religion wäre, die man nur veränderte; daſs Fôt niemand anders ſey, als der entſtellte Jeſus, und daſs die Lamas nur verſtellte und verſchlimmerte Neſtorianer und Manichäer wären (36).

Allein der Lama von allen Schamans, Bonzen, Gonnis, Prieſtern von Siam, von Ceylon, von Japan, von China unterſtüzt, bewies den Chriſten aus ihren eignen Schriftſtellern, daſs die Lehre der Samanäer mehr als tauſend Jahr vor dem Chriſtenthum im ganzen Orient verbreitet geweſen ſey; daſs man ihren Namen ſchon vor Alexander genannt hätte, und daſs Boutta oder Beddou früher als Jeſus bekannt geweſen ſey. Und indem er ihre eigenen Anſprüche gegen ſie kehrte, ſagte er, beweiſet uns jezt, daſs ihr ſelbſt nicht die ausgearteten Samanäer ſeyd, daſs der Mann, den ihr zum Stifter eurer Secte macht, nicht der veränderte Fôt ſelbſt iſt. Beweiſet uns ſeine Exiſtenz durch hiſtoriſche Denkmäler aus jener Zeit (37); denn ſo lange ſie, von allen authentiſchen Zeugniſſen entblöſst iſt, läugnen wir ſie euch förmlich, und behaupten, daſs eure Evangeliſten ſelbſt nur die Bücher der Perſiſchen Mithriaken und der Syriſchen Eſſäer ſind, die ſelbſt nur veränderte Samanäer waren (38).

Bei dieſen Worten erhuben die Chriſten ein groſſes Geſchrei; ein neuer, weit heftigerer Streit drohte aus-

auszubrechen, als eine Gruppe Chinefifcher Schamans und Priefter von Siam hervortrat und alle Welt
zu vereinigen verfprach. Der eine nahm das Wort:
es ift Zeit, fagte er, diefe nichtswürdigen Streitigkeiten zu endigen, und den Schleier der innern
Lehre für euch aufzuheben, welche Fôt felbft, auf
dem Todbette feinen Schülern offenbaret hat (39).

„Alle diefe theologifchen Meinungen, hat er gefagt, find nur Chimären: alle diefe Erzählungen von
der Natur der Götter, von ihren Handlungen, ihrem
Leben, find nur Allegorien, mythologifche Sinnbilder, worunter finnreiche Begriffe von der Moral
und die Kenntnis der Wirkungen der Natur im Spiel
der Elemente und im Lauf der Geftirne verborgen
find.

„Die Wahrheit ift, dafs fich alles auf nichts zn-
rükführt; dafs alles Täufchung, Schein, Traum ift;
dafs die moralifche Seelenwandrung nur der figürliche Sinn der phyfifchen Seelenwandrung ift, diefer fucceffiven Bewegung, vermöge welcher die Be-
ftandtheile deffelben Körpers, die nicht vergehn,
nach ihrer Auflöfung in andre Körper übergehn,
und andre Zufammenfetzungen bilden. Die Seele
ift nur der Lebenskeim, der auf den Eigenfchaften
der Materie und dem Spiel der Elemente in den
Körpern, wo fie eine natürliche Bewegung erregen,
entfteht. Annehmen, dafs diefes Werk des Spiels

der Organe, das mit ihnen gebohren wird, sich mit ihnen entwickelt, mit ihnen einschläft, noch statt findet, wenn sie nicht mehr sind, ist ein vielleicht angenehmer, aber in Wahrheit chimärischer Traum der misleiteten Einbildungskraft. Gott selbst ist nichts anders, als die bewegende Grundursache, die verborgne, in den Wesen verbreitete Kraft, der Inbegrif ihrer Gesetze und Eigenschaften; der belebende Keim, mit einem Worte, die Seele der Welt; die, wegen der unendlichen Verschiedenheit ihrer Beziehungen und Wirkungen, bald als einfach, bald als vielfach, bald als thätig, bald als leidend betrachtet, dem menschlichen Geiste stets unauflösliches Räthsel gewesen ist. Was er am deutlichsten davon begreifen kann, ist, dafs die Materie nicht vergeht, dafs sie wesentlich Eigenschaften besizt, wodurch die Welt als ein lebendes, und organisirtes Wesen regiert wird; dafs die Kenntnis dieser Gesetze in Beziehung auf den Menschen, die Weisheit ausmacht; dafs Tugend und Verdienst in ihrer Beobachtung, und Uebel, Sünde und Laster in ihrer Nichterkennung und Verletzung beruhe; dafs Glük und Unglük vermöge eben der Nothwendigkeit, durch die schweren Dinge fallen und leicht empor steigen, und durch ein Verhängnis von Wirkungen und Urfachen, deren Kette vom kleinsten Sonnenstäubchen bis zu den höchsten Gestirnen empor steigt, aus ihnen entspringen (40)."

Bei

Bei diesen Worten schrie ein Schwarm von Theologen aus allen Sekten, dafs diese Lehre reiner Materialismus sey; dafs ihre Bekenner Gottlose, Atheisten, Feinde Gottes und der Menschen wären, die man austilgen müfste. —

„Wohl, erwiederten die Schamans; wir wollen einmal annehmen, dafs wir im Irthum find; es ist möglich: denn der Täuschung ausgesezt zu seyn, ist die erste Eigenschaft des menschlichen Geistes; allein kraft welches Rechts wollt ihr Menschen gleich euch, das Leben rauben, welches der Himmel ihnen verliehn hat? Wenn der Himmel uns für strafbar hält, uns verabscheut, warum ertheilt er uns denn dieselben Geschenke als euch? Und wenn er uns mit Nachsicht behandelt, was berechtigt euch, minder nachsichtig zu seyn? Fromme Menschen, die ihr mit Gewisheit und Zuversicht von Gott redet, wollt ihr uns sagen, was er ist? Macht uns begreiflich, was diese abstrakten, metaphysischen Wesen sind, die ihr Gott und Seele nennt; Substanzen ohne Materie, Daseyn ohne Körper, Leben ohne Organe und Sensationen. Wenn ihr diese Wesen durch eure Sinne, oder ihre Zurükwirkung kennt, so macht sie uns eben so wahrscheinlich; kennt ihr sie aber nur aus Zeugnissen und Sagen, so zeigt uns eine gleichförmige Erzählung und gebt unserm Glauben identische, feste Grundlagen.

Nun-

Nunmehr entſtand unter den Theologen ein groſser Streit über Gott und über ſeine Natur; über ſeine Art zu handeln und ſich zu offenbaren; über die Natur der Seele und ihre Vereinigung mit dem Körper, über ihre Exiſtenz vor den Organen, oder erſt ſeit ihrer Bildung; über das zukünſtige Leben und die andre Welt. Jede Secte, jede Schule, jeder Einzelne wich in allen dieſen Punkten von den andern ab, und belegte ſeine Abweichung mit ſo ſcheinbaren Urſachen, ſo achtungswürdigen und doch einander entgegengeſezten Autoritäten, daſs ſie alle in ein unauflösbares Labyrinth von Widerſprüchen verfielen.

Die Geſezgeber gebothen nunmehr Stillſchweigen, und führten die Frage auf den erſten Punkt zurük: Oberhäupter und Lehrer der Völker, ſagten ſie, ihr ſeyd erſchienen, um die Wahrheit aufzuſuchen, und anfangs hat jeder von euch, der ſie zu beſitzen glaubte, unbedingten Glauben gefodert; als ihr aber den Widerſpruch eurer Meinungen wahrnahmt, habt ihr eingeſehn, daſs man ſie der allgemeinen Ueberzeugung unterwerfen, ſie unter einen allgemeinen Punkt des Vergleichs bringen müſſe, und ſeyd überein gekommen, jeder ſeine Glaubensbeweiſe beizulegen. Ihr habt Thatſachen angeführt; allein da jede Religion, jede Secte auf gleiche Weiſe ihre Wunder und ihre Märtyrer hatte, da jede gleiche Zeugniſſe aufſtellte und ſie durch ihre Hingabe

zum

zum Tode unterſtützen wollte, ſo iſt in dieſem erſten Punkte keine Entſcheidung möglich geweſen.

Ihr ſeyd nachher zu Beweisgründen übergegangen; allein weil dieſelben Argumente ſich auf gleiche
Weiſe auf widerſprechende Sätze anwenden lieſsen;
weil dieſelben Behauptungen, gleich willkührlich,
auf gleiche Weiſe vorgetragen und verworfen wurden, weil die Ueberzeugung einer jeden Parthei
durch gleiche Rechte abgeläugnet wurde, ſo hat ſich
nichts erweiſen laſſen. Noch mehr, die Zuſammen-
haltung eurer Sätze hat neue und gröſsere Schwierigkeiten erregt: denn mitten durch dieſe ſcheinbaren oder zufälligen Verſchiedenheiten, hat ihre Ent-
hüllung euch einen ähnlichen Grund, einen gemeinſchaftlichen Plan gezeigt, jeder hat ſich für den ächten Erfinder, für den erſten Aufbewahrer und die
andern für Verfälſcher und Entwender ausgegeben,
und eine ſchwierige Frage von Uebertragung der
Religionsideen von Volk zu Volk iſt dadurch entſtanden.

Endlich um die Verwirrung voll zu machen, da
ihr euch ſelbſt von dieſen Ideen Rechenſchaft geben
wolltet, hat ſich erwieſen, daſs ſie bei euch allen
verwirrt und euch ſogar fremd waren, daſs ſie auf
den Sinnen unerreichbaren Grundlagen beruhten;
daſs ihr folglich nicht davon urtheilen konntet, und
ſelbſt eingeſtehn muſstet, daſs ihr nur die Echos eu-

rer

rer Väter waret: daher entstand dann die andre Frage, zu wissen, wie eure Väter sie hatten erlangen können, da sie selbst keine andren Mittel dazu besasaen, als ihr. Auf solche Art, da von einer Seite die Folge dieser Ideen unbekannt und von der andern ihr Ursprung und ihre Existenz im Verstande ein Geheimnis ist, wird das ganze Gebände eurer theologischen Meinungen ein verwickeltes metaphysisches und historisches Problem.

Weil aber dennoch diese Meinungen, so seltsam sie auch sind, einen Ursprung haben müssen; so wie die Ideen, selbst die abstractesten, ein physisches Urbild in der Natur haben, so kommt es darauf an, zu dieser Quelle hinauf zu steigen, um dieses Urbild zu entdecken; mit einem Worte, zu wissen, woher im Verstande des Menschen diese jezt so verworrenen Ideen von der Gottheit, von der Seele, von allen unkörperlichen Wesen, welche die Grundlage so vieler Systeme ausmachen, entstanden sind, und die Kindschaft, welche sie durchgiengen, die Verändrungen, die sie in ihrer Folge und in ihren Verkettungen erlitten haben, zu entdecken. Wenn sich also Menschen finden, die über diese Gegenstände nachgedacht haben, so lasst sie hervortreten, und im Angesicht der Nationen die Dunkelheit der Meinungen, worin sie seit so langer Zeit irren, zu vertreiben suchen.

Zwei-

Zwei und zwanzigſtes Kapitel.

Urſprung und Kindheit der Religionsbegriffe.

B i dieſen Worten trat eine neue Gruppe, die augenbliklich aus Menſchen von verſchiednen Fahnen entſtand, ohne ſelbſt eine Fahne aufzupflanzen, im Kreiſe hervor; einer nahm das Wort und ſagte:

„Geſezgeber! Freunde der Ueberzeugung und Wahrheit!“

„Es iſt nicht zu verwundern, daſs der Gegenſtand, den wir behandeln, in ſo viele Wolken gehüllt iſt, weil auſſer den Schwierigkeiten, die ſeiner Natur nach, damit verbunden ſind, der Verſtand bis dieſen Augenblik unaufhörlich auf neue Hinderniſſe geſloſsen iſt, und weil alle freie Behandlung, alle Unterſuchung ihm durch die Unduldſamkeit jedes Syſtems unterſagt wurde. Weil es ihm aber endlich erlaubt iſt, ſich zu entwickeln, ſo wollen wir das Vernünftigſte, was lange Unterſuchungen den von Vorurtheilen entbundnen Geiſtern gelehrt haben, ans Tageslicht bringen und dem gemeinſchaftlichen Urtheil unterwerfen. Wir werden es darlegen, nicht mit der Forderung, den Glauben daran zu erzwingen, ſondern in der Abſicht, neues Licht und größere Aufklärung hervorzulocken.“

M 4　　　　　　„Ihr

„Ihr wifst es, Gottesgelehrte und Lehrer der Völker! dicke Finfternifle verhüllen die Natur, den Urfprung und die Gefchichte der Sätze, welche ihr lehrt: durch Macht und Gewalt aufgezwungen, durch Erziehung eingefogen, durch Beifpiel unterhalten, pflanzen fie von Zeitalter zu Zeitalter fich fort, und Gewohnheit und Nachläffigkeit befefligen ihr Reich. Wenn aber der Menfch, durch Betrachtung und Erfahrung aufgeklärt, die Vorurtheile feiner Kindheit zu reifer Unterfuchung hervorruft, fo entdekt er bald eine Menge von Ungereimtheiten und Widerfprüchen, die feinen Scharffinn erwecken und feine Vernunft aufreitzen."

„Zuerft, wenn er auf die Verfchiedenheit und den Widerfpruch des Glaubens merkt, wodurch die Nationen getrennt werden, fo erkühnt er fich an der Unfehlbarkeit, welche alle fich anmaafsen, zu zweifeln; er bewaffnet fich gegen ihre gegenfeitigen Anfprüche und begreift, dafs die unmittelbar von Gott ausgegangnen Sinne und Vernunft ein nicht minder heiliges Gefez, ein nicht minder fichrer Wegweifer find, als die mittelbaren und widerfprechenden Gefezbücher der Propheten."

„Wenn er nachher den Zufammenhang diefer Gefezbücher felbft unterfucht, fo wird er bemerken, dafs ihre vorgeblich göttlichen, das heifst, unbeweglichen und ewigen Gefetze, durch Umftände der Zeit,

Zeit, des Orts und der Perſonen erzeugt ſind; daſs
ſie in einer gleichſam genealogiſchen Ordnung von
einander abſtammen, weil ſie gegenſeitig einen gemeinſchaftlichen Grund und ähnliche Ideen, die jeder nach Willkühr modelt, von einander borgen.

„Wenn er zur Quelle dieſer Ideen zurükſteigt, ſo
findet er, daſs ſie ſich in der Nacht der Zeiten, in
der Kindheit der Völker, bis zum Urſprung der
Welt ſelbſt, womit ſie ſich verbunden ſagen, verliert: und hier in der Dunkelheit des Chaos und im
fabelhaften Reiche der Traditionen, zeigen ſie ſich
unter ſo wundernswürdigen Umſtänden, daſs allem
Urtheil der Zugang verſchloſſen zu ſeyn ſcheint: allein dieſe Umſtände ſelbſt erregen eine erſte Unterſuchung, welche die darin liegende Schwierigkeit auf-
löſt; denn wenn die wundernswürdigen Facta, welche die theologiſchen Syſteme uns darbiethen, wirklich ſtatt fanden; wenn zum Beiſpiel, die in den heiligen Büchern der Indier, der Hebräer, der Parſen
aufgezeichneten Verwandlungen, Erſcheinungen, Un-
terhaltungen eines einzigen, oder mehrerer Götter,
hiſtoriſche Thatſachen ſind, ſo muſs man geſtehn,
daſs die Natur damals gänzlich von der gegenwärtigen abwich; daſs die wirklich lebenden Menſchen
mit den Menſchen jener Jahrhunderte nichts gemein
haben, und daſs ſie ſich nicht mehr mit ihnen beſchäftigen dürfen.

M 5

„Wenn

„Wenn im Gegentheil diese bewundrungswürdigen Dinge, in der physischen Welt nicht wirklich existirt haben, so begreift man sogleich, daß sie ins Geschlecht der Schöpfungen des Verstandes gehören; und diese Ungeheuer in der Geschichte lassen sich ohne Schwierigkeit aus der Natur des menschlichen Verstandes erklären, der noch bis auf diesen Tag die seltsamsten Zusammensetzungen hervorbringen kann. Es kommt nur darauf an zu wissen, wie und wodurch sie in der Einbildungskraft entstanden sind; allein wenn man mit Aufmerksamkeit die Gegenstände ihrer Gemälde untersucht, indem man die Ideen auseinander sezt, welche sie verbinden und zusammen gesellen; indem man sorgfältig alle Umstände abwiegt, die sie anführen, so entdekt man in diesem ersten unglaublichen Zustande, eine den Gesetzen der Natur gemäße Auflösung. Man wird inne, daß diese fabelhaften Erzählungen einen bildlichen Sinn haben, der von dem anscheinenden verschieden ist; daß diese vorgeblich wunderbaren Facta einfache und physische Facta sind, die aber, unrichtig gefaßt, oder unrichtig dargestellt, durch zufällige, vom menschlichen Geiste abhängige Ursachen, durch die verworrenen Zeichen, deren er sich bedient hat, um die Gegenstände zu malen; durch das Zweideutige der Worte, durch das Mangelhafte der Sprache, durch das Unvollkommne der Schrift entstellt worden sind; man findet zum Beispiel, daß diese Götter, die so sonderbare Rollen in allen Systemen spielen, nichts

an-

anders find, als die phyſiſchen Kräfte der Natur, die Elemente, die Winde, die Geſtirne und Lufterſcheinungen, die nur der nothwendige Mechanismus der Sprache und des Verſtandes perſonificirt hat: daſs ihr Leben, ihre Sitten, ihre Handlungen nichts weiter ſind, als das Spiel ihrer Wirkungen, ihrer Beziehungen; und daſs ihre ganze vorgebliche Geſchichte nur die Beſchreibung ihrer Erſcheinungen iſt, von den erſten Phyſikern, die ſie bemerkten, aufgezeichnet, und von dem gemeinen Haufen, der ſie nicht verſtand, oder von den folgenden Generationen, die ſie vergaſsen, in falſchem Sinn genommen. Mit einem Worte, man würde erkennen, daſs alle theologiſchen Lehrſätze über den Urſprung der Welt, über die Natur Gottes, die Offenbarung ſeiner Geſetze, die Erſcheinung ſeiner Perſon, nur Wiederholungen aſtronomiſcher Erſcheinungen, figürliche und ſinnbildliche Erzählungen vom Spiel der Himmelskörper ſind. Man wird ſich überzeugen, daſs der Begriff der Gottheit ſelbſt, dieſer heut zu Tage ſo dunkle Begriff in ſeinem erſten Urſprung nur der Begriff der phyſiſchen Kräfte der Natur, die man wegen ihrer Wirkungen und Phänomene bald als vielfach, und dann wieder wegen des Ganzen und des Verhältniſſes aller ihrer Theile als ein einziges und einfaches Weſen betrachtete. Auf ſolche Art war das Weſen, welches man Gott nannte, bald der Wind, bald Feuer, Waſſer und alle Elemente; bald die Sonne, die Sterne, die Planeten und ihre Wir-

kun-

kungen; bald die Materie der fichtbaren Welt; das
Ganze des Univerfums; bald abftrakte und metaphy-
fifche Eigenfchaften, als Raum, Dauer, Bewegung
und Verftand und ftets mit dem Refultat, dafs der
Begriff der Gottheit aus keiner wunderbaren Offenbarung unfichtbarer Wefen entftanden, fondern eine
natürliche Wirkung des Verftandes gewefen ift; eine
Wirkung des menfchlichen Geiftes, deffen Fortfchritt
fie folgte, und fich mit feinen Kenntniffen der phyfifchen Welt und ihrer Wirkungen veränderte.

„Ja, vergebens fchreiben die Nationen ihren Glauben himmlifchen Einwirkungen zu: vergebens predigen ihre Lehrfätze einen erften, übernatürlichen Zuftand der Dinge: die urfprüngliche Barbarei des
menfchlichen Gefchlechts, welche feine eignen Monumente bezeugen (41), entkräftet auf den erften
Blik alle diefe Behauptungen; allein noch mehr, ein
wirklich vorhandnes und unverwerfliches Factum
zeugt fiegreich gegen die ungewiffen und zweifelhaf-
ten Facta des Vergangnen: Der Menfch erwirbt und
empfängt keine Ideen, als vermöge der Sinne (42),
und hieraus folgt mit Gewisheit, dafs alle Begriffe,
die fich einen andern Urfprung als den der Erfahrung
und der Senfationen zufchreiben, irrige Vermu-
thungen eines fpätern Raifonnements find; allein es
ift fchon genug, einen Blik des Nachdenkens auf die
geheiligten Syfteme vom Urfprung der Welt, von
dem Verfahren der Götter zu werfen, um bei jeder

Idee,

Idee, bei jedem Worte die Verfrühung einer Ordnung der Dinge wahrzunehmen, die erst lange Zeit nachher entstand. Die Vernunft, auf diese Widersprüche fussend, verwirft alles, was nicht aus der natürlichen Ordnung erhellt, und da sie kein historisches System für ächt gelten läfst, was sich nicht mit der Wahrscheinlichkeit verträgt, so gründet sie das ihrige und sagt mit Zuversicht:

„Bevor eine Nation von einer andern schon erfundne Lehrsätze erhielt; bevor eine Generation Ideen, welche eine vorhergehende sich erwarb, geerbt hatte, war noch keines von allen zusammengesezten Systemen in der Welt vorhanden. Die ersten Sterblichen, Kinder der Natur, jünger als alle Begebenheiten, Neulinge an aller Kenntnis, kamen auf die Welt, ohne irgend Begriffe von Lehrsätzen zu haben, die aus scholastischen Streitigkeiten entstanden, von Ceremonien, die auf Gebräuche und Künste, welche erst entstehn sollten, sich gründeten, oder von Vorschriften, die eine Entwiklung der Leidenschaften, von Gesezbüchern, die eine Sprache, einen noch nicht vorhandnen geselligen Zustand voraussetzen; von der Gottheit, deren Attribute sich alle auf physische Dinge, so wie alle ihre Handlungen auf eine despotische Regierungsverfaffung beziehn; noch endlich von der Seele, und von allen diesen metaphysischen Wesen, die nicht in die Sinne fallen, und doch durch keinen andern Weg Zugang zum
Ver-

Verftande finden können.   Um zu fo vielen Reful-
taten zu gelangen, mufste man nothwendig einen
Kreis von vorhergehenden Dingen durchlaufen; wiederholte und langfame Verfuche mufsten dem thierifchen Menfchen den Gebrauch feiner Organe lehren;
die zufammengehäufte Erfahrung mehrerer Gefchlechter mufste die Mittel des Lebens erfunden und ver-
vollkommnet haben, und der von den Feffeln der erften Bedürfniffe entbundne Geift mufste fich zu der
verwickelten Kunft empor fchwingen, Ideen zu vergleichen, Gründe feftzufetzen und abftrakte Verhältniffe zu faffen.

I.

Urfprung des Begriffs von Gott; Verehrung der Elemente, und der phyfifchen Kräf- te der Natur.

Erft, nachdem er diefe Hinderniffe überwunden,
und bereits eine lange Bahn in der Nacht der Gefchichte durchlaufen hatte, dachte der Menfch über
feinen Zuftand nach, und fieng an wahrzunehmen,
dafs er höhern und von feinem Willen unabhängi-
gen Mächten unterworfen war.   Die Sonne erleuchtete, erwärmte ihn; das Feuer brannte ihn, der Donner erfchrekte ihn; alle Wefen übten eine mächtige
und unwiderftehliche Wirkung auf ihn.   Lange
blieb er Mafchine und unterwarf fich diefer Wirkung, ohne der Urfache nachzufpüren; fobald er
                                              fich

fich aber Rechenfchaft davon geben wollte, fiel er
in Erftaunen; und da er von der Ueberrafchung des
erften Gedankens zur Träumerei der Neugierde über-
gieng, bildete er eine Folge von Vernunftfchlüffen.

Zuerft, wenn er die Wirkung der Elemente auf
fich betrachtete, fchlofs er auf Schwäche und Unterwerfung bei fich; fo wie bei ihnen auf Macht
und Herrfchaft; und diefer Begriff von Macht war
die erfte und allen andern zum Grunde liegende Vorftellung von der Gottheit.

Zweitens, erregten die Wirkungen der natürlichen Wefen Empfindungen des Vergnügens oder
Schmerzens, des Guten oder Böfen bei ihm, und
durch eine natürliche Folge feiner Organifation fafste
er Liebe oder Abneigung für fie: er wüufchte oder
fürchtete ihre Gegenwart; und Furcht oder Hofnung wurden die Grundlage aller Religionsbegriffe.

In der Folge, da er von allem durch Vergleichung urtheilte, und in diefen Wefen eine eigne Bewegung, gleich der feinigen, bemerkte, vermuthete er bei diefer Bewegung einen Willen, einen Verftand von der Art des feinigen, und zog daraus weitere Schlüffe. — Nachdem er erfahren hatte, dafs
es in feiner Gewalt war, durch gewiffe Handlungen
die Meinúngen feiner Nebenmenfchen und ihr Betragen zu lenken, bediente er fich eben diefer Hand-

lun-

lungen gegen die mächtigen Wesen der Welt: Er
sagte zu sich selbst: Wenn mein Nebenmensch, stär-
ker als ich, mir Uebel zufügen will, so erniedrige
ich mich vor ihm, und meine Bitte besänftigt ihn.
Ich werde zu den mächtigen Wesen bethen, die auf
mich wirken. Ich will den Verstand der Winde,
der Sterne, des Wassers anrufen, und sie werden
mich verstehn; ich will sie beschwören, die Uebel,
die sie mir zufügen können, von mir abzuwenden,
mir die Güter, die in ihrer Macht sind, zu verlei-
hen. Ich werde sie durch meine Thränen rühren,
sie durch meine Geschenke erweichen, und Wohl-
seyn geniessen.

Und der Mensch, einfältig in der Kindheit seiner Vernunft, sprach mit der Sonne, mit dem Monde; er beseelte die grossen Diener der Natur mit seinem Geist, mit seinen Leidenschaften; er glaubte,
durch leere Töne, durch leere Handlungen ihre unbeweglichen Gesetze zu verändern. Unglüklicher
Irrthum! Er bat den Stein zu steigen, das Wasser
sich zu erheben, die Berge sich zu versetzen, und
indem er der wirklichen Welt eine phantastische un-
terschob, schuf er sich Wesen der Einbildungskraft
zum Schrekbild seines Geistes und zur Quaal seines
Geschlechts.

Auf solche Art entstanden die Begriffe von Gott
und Religion, gleich allen andern, aus physischen
Gegen-

Gegenſtänden, und wurden im Verſtande des Menſchen durch ſeine Empfindungen, durch ſeine Bedürfniſſe, durch die Umſtände ſeines Lebens und den Fortſchritt ſeiner Kenntniſſe hervorgebracht.

Weil aber die Begriffe von der Gottheit ſich zuerſt nach phyſiſchen Weſen modelten, ſo entſtand daraus die Folge, daſs die Gottheit verändert und vervielfacht wurde, wie die Formen, unter welchen ſie zu handeln ſchien: jedes Weſen wurde eine Macht, ein Genius, und die Welt war für die erſten Menſchen mit unzähligen Göttern erfüllt.

Weil ferner die Begriffe von der Gottheit aus den Neigungen des menſchlichen Herzens entſprangen, ſo wurden ſie nach den Empfindungen von Schmerz und Vergnügen, von Liebe und Haſs, eingetheilt. Die Kräfte der Natur, die Götter, die Genien, wurden in wohlthätige oder übelthätige, in gute oder böſe abgeſondert, und daher das allgemeine dieſer zwei Gepräge in allen Religionsſyſtemen.

Im Anfange waren dieſe dem Zuſtande ihrer Erfinder angemeſnen Begriffe lange Zeit verworren und grob. In Gehölzen irrend, von Bedürfniſſen gequält, von Hülfsmitteln entblöſst, hatten die wilden Menſchen nicht Zeit, Verhältniſſe und Schlüſſe zu verbinden: von mehr Uebeln betroffen, als ſie Genüſſe hatten, war Furcht ihnen die geläufigſte

Empfindung; war Schrecken ihre Gotteslehre; ihre Gottesverehrung beschränkte sich auf einige Gebräuche der Begrüfsung, auf Opfergaben an Wesen, die sie sich wild und habfüchtig, wie fie felbft, malten. In ihrem Zuftande der Gleichheit und Unabhängigkeit warf sich keiner zum Mittler bei Göttern auf, die unabhängig und arm, wie er felbft, waren. Da keiner Ueberflus zu verfchenken hatte, gab es keine Schmarotzer unter dem Namen Priefter, keinen Tribut unter dem Namen eines Opfers, kein Reich unter dem Namen eines Altars. Die verworrne Dogmatik und Moral zwekten nur auf Selbfterhaltung ab, und die Religion, ein willkührlicher Begrif, ohne Einflus auf die Verhältniffe der Menfchen unter einander, war nur eine leere, den fichtbaren Kräften der Natur gezollte Huldigung.

Dies war der nothwendige und erfte Urfprung aller Begriffe von der Gottheit.

Und der Redner wandte fich an die wilden Nationen: Wir fragen euch, Menfchen, die ihr niemals fremde, gemachte Ideen erhieltet, fagt uns, ob ihr jemals andre gefafst habt? Und ihr, Gottesgelehrte, wir fodern euch auf: fagt, ob dies nicht das einftimmige Zeugnis aller alten Monumente ift? (43)

II.

II.

Zweites Syſtem. Verehrung der Geſtirne, oder Sabäismus.

Doch biethen eben dieſe Monumente uns in der Folge ein mehr geordnetes und zuſammengeſeztes Syſtem dar; nämlich die Verehrung aller Geſtirne, bald unter ihrer eignen Geſtalt, bald unter Sinnbildern und figürlichen Zeichen angebethet: und dieſe Verehrung war wiederum die Wirkung der Kenntniſſe des Menſchen in der Phyſik und entſprang unmittelbar aus den erſten Urſachen des geſelligen Zuſtandes, das heiſst, aus den Bedürfniſſen und Künſten des erſten Stufenalters, der erſten Elemente der Errichtung der Geſellſchaft.

In der That, als die Menſchen anfiengen, ſich in Geſellſchaften zu vereinigen, wurde es nothwendig, ihre Mittel zur Subſiſtenz zu erweitern, und folglich den Ackerbau zu betreiben: allein der Ackerbau erfoderte, um gehörig betrieben zu werden, Beobachtung und Kenntnis der Himmelskörper (44). Man muſste ſich auf die periodiſche Wiederkehr derſelben Wirkungen der Natur, derſelben Erſcheinungen im Gewölke des Himmels verſtehn: mit einem Worte, man muſste die Dauer, die Folge der Jahrszeiten, der Monathe, des Jahrswechſels ordnen. Es wurde alſo erfordert, zuerſt den Gang der Sonne zu merken, die in ihrem Umlauf durch den

gan-

ganzen Thierkreis die erſte und höchſte Kraft der ganzen Schöpfung zu ſeyn ſchien; dann den Mond, nach deſſen Wechſel und Wiederkehr man die Zeit ordnete und eintheilte; endlich die Sterne und ſelbſt die Planeten, die durch ihr Erſcheinen und Verſchwinden am nächtlichen Horizont die kleinern Abtheilungen bildeten; mit einem Worte, man mußte ein vollſtändiges Syſtem der Sternkunde, einen Kalender entwerfen; und aus dieſer Arbeit entſtand bald und gleichſam von ſelbſt eine neue Art die herrſchenden und regierenden Kräfte anzuſehn. Nachdem die Menſchen bemerkt hatten, daß die Erzeugniſſe der Erde in regelmäſsigen und ſteten Beziehungen mit den Himmelskörpern ſtanden; daß das Entſtehn, Wachſen und Vergehn jeder Pflanze mit der Erſcheinung, dem Steigen und Abnehmen deſſelben Sterns oder derſelben Gruppe von Sternen zuſammenhieng; daß, mit einem Worte, das Stokken, oder die Thätigkeit des Wachsthums der Pflanzen vom Einflus der Himmelskörper abhieng, ſchloſſen ſie auf Wirkung und Macht dieſer höhern himmliſchen Weſen über die irrdiſchen; und die Geſtirne, die Ueberflus oder Mangel austheilten, wurden Mächte, Genien (45), Götter, Urheber des Guten und Böſen.

Weil aber der geſellige Zuſtand ſchon eine methodiſche Ordnung von Rang, Beſchäftigungen, Ständen eingeführt hatte, ſo verpflanzten die Menſchen,

schen, indem sie fortfuhren, durch Vergleichung zu
schliessen, ihre neuen Begriffe in ihre Theologie,
und es entstand ein zusammengeseztes System von
stufenweisen Gottheiten, worin die Sonne, als erster
Gott, ein kriegerisches Oberhaupt, ein politischer
König war: der Mond war eine Königin, seine Gefährtin; die Planeten Diener, Ueberbringer seiner
Befehle, Botschafter; und die Menge von Sternen
ein Volk, ein Heer von Helden, von Genien, be-
fehligt die Welt unter den Anordnungen ihrer Offi-
ziere zu regieren.   Jeder Einzelne erhielt Benen-
nungen, Geschäfte, Attribute, die aus seinen Ver-
hältnissen und seinem Einflusse gezogen wurden, und
endlich sogar ein aus der Gattung seiner Benennung
gezognes Geschlecht (46).

Da nunmehr der gesellige Zustand zusammenge-
sezte Gebräuche und Gewohnheiten eingeführt hatte,
nahm der öffentliche Gottesdienst sie ebenfalls an.
Die anfangs einfachen und stillen Ceremonien wurden öffentlich und feierlich: die Opfergaben wurden
reicher und häufiger, die Kirchengebräuche metho-
discher; man errichtete Versammlungsorte und baute
Kapellen und Tempel.   Man ernannte Kirchendie-
ner zur Verwaltung; man hatte Päbste und Priester;
man bestimmte gewisse Formeln und Zeiten, und
die Religion wurde eine bürgerliche Handlung, ein
politisches Band.   Doch veränderte sie bei dieser
Entwiklung ihre ersten Grundsätze nicht, und der

                    Re-

Begrif von Gott war immer der Begrif phyſiſcher Weſen, die gut oder böſe handelten, das heiſst, Empfindungen von Schmerz oder Vergnügen erregten: die Dogmatik beſtand in der Kenntnis ihrer Geſetze und Handlungsweiſe; Tugend und Sünde in der Reobachtung oder Verletzung dieſer Geſetze; und die Moral in ihrer urſprünglichen Einfalt war die verſtändige Ausübung von allem, was zur Erhaltung des Daſeyns, zum Wohlſeyn unſrer Selbſt und unſres Gleichen beiträgt (47).

Wenn man uns frägt, in welchem Zeitpunkt dieſes Syſtem entſtand, ſo antworten wir nach dem Zeugnis der Denkmähler der Aſtronomie ſelbſt, daſs ſeine Grundſätze mit aller Gewisheit bis auf 17,000 Jahre herabſteigen (48). Und wenn man frägt, welchem Volke es zugeſchrieben werden mus, ſo antworten wir, daſs man nach eben dieſen auf einſtimmige Sagen geſtüzten Denkmählern es bei den erſten Völkerſchaften Egyptens ſuchen mus. Weil die Vernunft in dieſem Lande alle phyſiſchen Umſtände vereinigt findet, die zu Vernunftſchlüſſen reizen konnten; weil ſie zugleich eine dem Wendekreiſe nahe, von dem Regen unterm Aequator und dem Nebel unterm Nordpol gleich gereinigte Himmelszone findet (49), weil ſie den Centralpunkt der alten Sphäre, ein geſundes Clima, eine unermesliche und doch gelehrige Fluth, einen ohne Kunſt, ohne Arbeit fruchtbaren, ohne ſchädliche Dünſte gewäſwäſſerten Erdboden findet, der zwiſchen zwei Meere geſezt iſt, welche die reichſten Länder begränzen, ſo ſieht ſie ein, daſs der Bewohner des Nils, Feldarbeiter durch die Natur ſeines Erdbodens, Feldmeſſer durch das jährliche Bedürfnis, ſeine Beſitzungen auszumeſſen, Handelsmann durch die Leichtigkeit des Verkehrs, Sternkundiger endlich durch ſeinen ſtets der Beobachtung offnen Himmel, zuerſt aus dem wilden Zuſtande zum geſelligen übergehn, und folglich zu den moraliſchen nnd phyſiſchen Kenntniſſen gelangen muſste, die dem verfeinerten Menſchen eigen ſind.

An den höhern Ufern des Nils alſo, bei einem ſchwarzen Volke, entſtand das zuſammengeſezte Syſtem der Verehrung der Geſtirne, in ihren Beziehungen auf die Erzeugniſſe der Erde und auf die Arbeiten des Ackerbaues betrachtet: und dieſe erſte Verehrung, durch ihre Anbethung unter ihren natürlichen Geſtalten oder Attributen bezeichnet, war ein einfacher Gang des menſchlichen Geiſtes; bald aber, als die Vielfachheit der Gegenſtände ihre Beziehungen, ihre gegenſeitigen Wirkungen, die Ideen und Zeichen, welche ſie abbildeten, verwickelter gemacht hatte, entſtand eine in ihren Urſachen eben ſo ſeltſame, als in ihren Wirkungen verderbliche Verwirrung.

III.

III.

Drittes Syſtem. Verehrung der Symbole oder Abgötterei.

Von dem Augenblik an, wo das feldbauende Volk einen beobachtenden Blik auf die Geſtirne gerichtet hatte, fühlte es ein Bedürfnis, die einzelnen Sterne oder Gruppen zu unterſcheiden, und jede beſonders zu bezeichnen, damit es ſie nach ihren Namen erkennen konnte. Nur zeigte ſich hiebei eine groſse Schwierigkeit: von der einen Seite bothen die an Form einander gleichen Himmelskörper kein beſondres Merkmahl zur Benennung dar; von der andern hatte die erſt entſtehende und arme Sprache keine Ausdrücke für ſo viele neue und metaphyſiſche Ideen. Die gewöhnliche Triebfeder des Genies, das Bedürfnis, wuſste alles zu überſteigen. Es bemerkte, daſs bei der jährlichen Revolution die periodiſche Erneuerung und Erſcheinung der Erzeugniſſe der Erde ſtets mit dem Auf - und Untergange gewiſſer Sterne und mit ihrem Stand gegen die Sonne, den Grundpunkt aller Vergleichung, verbunden ſey; es vereinigte, vermöge eines natürlichen Mechanismus in ſeinen Gedanken, die irrdiſchen und himmliſchen Gegenſtände, die in der That zuſammenhiengen; und indem es ſich gleicher Zeichen bei ihnen bediente, gab es den Geſtirnen oder Gruppen, die es von ihnen bildete, die Namen der irrdiſchen Gegenſtände, die mit ihnen in Beziehung ſtanden (50).

Auf

Auf solche Art nannte der Aethiopier von Theben die Sterne, unter welchen das Uebertreten der
Fluth seinen Anfang nahm *), Sterne der Ueberschwemmung oder den Wassermann: die, unter welchen es Zeit war, den Pflug in die Erde zu bringen,
Ochs und Stier. Sterne des Löwen diejenigen, wo
dieses Thier durch den Durst aus den Wüsten getrieben, sich an den Ufern des Flusses zeigte; Sterne
der Aehren, oder die Jungfrau (Schnitterin) diejenigen, wo man die Erndte einbrachte; Gestirne des
Lamms oder der Ziege die, unter welchen diese
nüzlichen Thiere gebohren werden. Dieses erste
Hülfsmittel löste den ersten Theil der Schwierigkeiten auf.

Von der andern Seite hatte der Mensch in den
Wesen, die ihn umgaben, besondre und jeder Gattung eigenthümliche Eigenschaften bemerkt: sein
erster Schritt war, einen Namen davon abzuneh-
men, um sie zu bezeichnen; durch den zweiten
dienten sie ihm zu einem sinnreichen Mittel, seine
Ideen allgemein zu machen; er trug den schon er-
fundnen Namen auf alles über, was eine analoge
oder ähnliche Eigenschaft und Wirkung hatte, und
bereicherte seine Sprache mit einer fortdauernden
Metapher.

N 5

Da

*) Dies mufste im Junius seyn. Man sehe Note 48.

Da alfo diefer Aethiopier bemerkt hatte, daſs die Wiederkunft der Ueberfchwemmung ſtets bei der Erfcheinung eines fehr fchönen Geftirns erfolgte, das ſich um dieſe Zeit bei der Quelle des Nils zeigte, und den Landmann vor der Ueberrafchung des Waſſers zu warnen ſchien, ſo verglich er dieſe Handlung mit der des Thiers, das durch fein Kleffen von einer Gefahr benachrichtigt, und nannte diefen Stern den Hundsſtern (Syrius); ſo wie es diejenigen Krebs nannte, wo die Sonne, wenn ſie die Gränze des Wendekreiſes erreicht hat, zurükkehrt, und rük- wärts und feitwärts geht, wie der Krebs. Sterne des wilden Boks oder des Steinboks die, wo die Sonne, wenn ſie bis zur Mittagshöhe geſtiegen iſt, dieſes Thier nachmacht, das gern auf den Gipfeln der Felfen klimmt. Sterne der Waage die, wo Tag und Nacht gleich, im Gleichgewicht zu ſtehn fcheinen, wie dieſes Werkzeug. Skorpion diejenigen, wo ge- wiſſe regelmäſsige Winde einen ungefunden Nebel, gleich dem Gifte des Skorpions, mitbringen: noch nannte er Ringe und Schlangen die bezeichnete Bahn der Stern- und Planetenkreife (51). Auf folche Art fand er allgemeine Namen für alle Sterne, und felbſt für die Planeten, gruppenweife oder einzeln, nach ihren Beziehungen und Wirkungen auf Feld und Er- de, und nach der Verbindung genommen, die jede Nation mit ihren Feldarbeiten oder den Befchäftigun- gen, die ihr Klima und Boden mit ſich brachte, darin fand.

Dieſes

Dieses Verfahren hatte die Folge, daſs die abhängigen und irrdischen Wesen mit den höhern und mächtigen Wesen des Himmels in Verbindung traten: und die Einrichtung der Sprache selbst, der Mechanismus des Geistes knüpfte diese Verbindung mit jedem Tage enger. Man sagte in einer natürlichen Metapher: der Stier verbreitet die Keime der Fruchtbarkeit auf der Erde (im Frühling), er führt Ueberflus aus dem Wachsthum der nährenden Kräuter herbei. Das Schaaf (oder der Widder) befreiet die Himmel von den bösen Geistern des Winters; er befreiet die Welt von der Schlange (ein Bild der feuchten Jahrszeit) und führt das Reich des Guten (den Sommer, die Zeit alles Genusses) herbei: der Skorpion giefst sein Gift auf die Erde und verbreitet Krankheit und Tod — und so weiter mit allen ähnlichen Wirkungen.

Diese von aller Welt begriffne Sprache wurde anfangs ohne allen Nachtheil geführt: allein mit Verlauf der Zeit, als der Kalender in Ordnung war, verlor das Volk, das der Beobachtung des Himmels nicht mehr bedurfte, die Ursache dieser Ausdrücke aus dem Gesicht; und ihre Allegorie, die im gemeinen Gebrauch blieb, wurde eine unglükliche Klippe für den Verstand. Gewohnt, die Begriffe der Urbilder mit den Symbolen zu verbinden, vermischte der Geist sie endlich: nunmehr stiegen eben diese Thiere, welche der Verstand in die Himmel versezt hatte,

wie-

wieder auf die Erde herab; allein bei diefer Rükkehr in das Gewand der Sterne gekleidet, maaſsten ſie ſich auch ihre Attribute an, und täuſchten ihre eignen Urheber. Das Volk, das nunmehr ſeine Götter in ſeiner Nähe zu ſehn glaubte, richtete leichter ſein Gebeth an ſie; es foderte von dem Stier ſeiner Heerde den Einflus, den es von dem himmliſchen Stier erwartete: es bat den Skorpion, ſein Gift nicht über die Erde auszugieſsen; verehrte den Krebs des Meeres, den Käfer im Schlamm, den Fiſch im Fluſſe, und durch eine Kette fehlerhafter oder verwickelter Analogien, verlor er ſich in einem Labyrinth zuſammenhängender Ungereimtheiten.

Seht da den Urſprung dieſer alten und ſeltſamen Verehrung der Thiere; ſeht da, durch welchen Gang der Ideen der Charakter der Gottheit auf die niedrigſten Thiere kam, und wie ſich das ſo ſehr ausgebreitete, verwickelte, gelehrte theologiſche Syſtem bildete, das durch den Handel, durch Krieg und Eroberungen von den Ufern des Nils von Lande zu Lande gebracht, die ganze alte Welt verſchlang, und durch Zeiten, Umſtände und Vorurtheile gemodelt, ſich noch bei hundert Völkern offenbar zeigt und ſelbſt bei denjenigen, die es verachten und verwerfen, noch als geheime und innre Grundlage der Theologie vorhanden iſt.

Da bei dieſen Worten in verſchiednen Gruppen ein Murmeln gehört wurde, fuhr der Redner fort:

Ja,

Ja, feht da, ihr afrikanifchen Völker! woher zum Beifpiel bei euch die Anbethung eurer Götzenbilder, Pflanzen, Steine, Stücken Holz entftanden ift, vor welchen fich zu krümmen, eure Vorfahren nicht unfinnig genug gewefen feyn würden, wenn fie nicht Talismans ,darin gefehn hätten, denen die Kraft der Sterne einverleibt war (52). Seht da, ihr tartarifchen Völker! den Urfprung eurer Affenfiguren und diefes ganzen Schwarms von Thieren, womit eure Schamans ihre magifchen Gewänder ausftaffiren. Seht da den Urfprung diefer Figuren von Vögeln, von Schlangen, welche alle wilden Nationen mit myftifchen und geheiligten Ceremonien fich in die Haut eingraben. Ihr Indier! vergebens hüllt ihr euch in den Schleier des Geheimniffes: der Sperber eures Gottes Vichenou ift nichts weiter, als eins der taufend Sinnbilder der Sonne in Egypten; und eure Verwandlungen eines Gottes in Fifch, in Eber, in Löwen, in Schildkröte und alle diefe ungereimten Abentheuer, find nur die Verwandlungen des Geftirns, das nach einander in die Zeichen der zwölf Thiere *) trat, und deswegen ihre Bilder annehmen und ihre aftronomifchen Verrichtungen erfüllen follte (53). Ihr Japonefer! euer Stier, der das Ey der Welt zerbricht, ift nur der Stier des Himmels, der vormals die Zeit der Schöpfung, das Aequinoctium des Frühlings öffnete. Dies ift derfelbe Ochfe Apis,

den

*) des Thierkreifes.

den Egypten anbethete, und den eure Vorfahren,
jüdifche Rabbinen! ebenfalls in dem Bilde des goldnen Kalbes verehrten. Es ift auch euer Stier, Kinder Zoroafters, der in Mithra's fymbolifchen Myfterien geopfert, ein fruchtbares Blut für die Welt ver-
gos; auch euer Stier der Apokalypfe, ihr Chriften, mit
feinen Flügeln; das Sinnbild der Luft, hat keinen
andern Urfprung; und euer Lamm Gottes, das gleich
Mithra's Stier für das Heil der Welt geopfert ward,
ift wiederum diefe Sonne, im Zeichen des himmlifchen Widders, der in fpätern Zeiten, den Frühling
eröfnend, beftimmt wurde, die Welt von der Regierung des Uebels, das heifst, von dem Zeichen
der Schlange, diefer grofsen Schlange, der Mutter
des Winters, und Sinnbild von Ahriman, oder dem
Satan der Perfer, eurer Lehrer, zu befreien.   Ja,
vergebens widmet euer unbefonnener Eifer die Gözzendiener den Quaalen des Tartarus, den ihr erfunden habt: die ganze Bafis eures Syftems ift nur die
Verehrung der Sonne, deren Attribute ihr in eurer
Hauptperfon verfammelt habt. Es ift die Sonne, die
unter dem Namen Horus, wie euer Gott, am kürzeften
Tage in den Armen der himmlifchen Jungfrau gebohren ward, und eine verborgne, hülflofe, arme
Kindheit, gleich der Jahrszeit des Froftes durchgieng.
Sie ift es, die unter dem Namen Ofiris, von Typhon
und den Tyrannen der Luft verfolgt, zum Tode
geführt, in ein dunkles Grab, Sinnbild der Erdkugel im Winter, eingefchloffen ward, und in der

Folge

Folge aus der untern Zone zur Mittagshöhe des Himmels emporsteigend, als Ueberwinder der Riesen
und der Engel der Verwüstung wieder auferstand!

Ihr murrenden Priester! ihr tragt ihre Zeichen
an eurem ganzen Körper: eure Tonsur ist die Scheibe der Sonne; eure Stola ist ihr Thierkreis (54); eure Rosenkränze sind das Sinnbild der Sterne und Planeten. Ihr, Päbste und Prälaten! eure Bischofsmütze,
euer Kreuz, euer Mantel gehören dem Osiris; und
dieses Kreuz, dessen Geheimnis ihr preiset, ohne es
zu verstehen, ist Serapis Kreuz, von der Hand der
egyptischen Priester auf dem Plane einer figürlichen
Welt gezeichnet, welches, durch den Aequinoctial-
und Thierkreis gehend, das Sinnbild des künftigen
Lebens und der Auferstehung wurde, weil es die
Thore von Elfenbein und Horn berührte, durch
welche die Seelen in den Himmel eingehn."

Bei diesen Worten betrachteten die Gottesgelehrten aller Gruppen einander mit Erstaunen: weil aber
keiner das Stillschweigen brach, fuhr der Redner
fort:

Drei Haupturfachen trafen bei dieser Verwirrung
der Ideen zusammen. Erstlich, die figürlichen Ausdrücke, womit die noch unvollständige Sprache die
Verhältnisse der Gegenstände bezeichnen musste:
Ausdrücke, die in der Folge statt eines besondern
einen

einen allgemeinen, ſtatt eines phyſiſchen einen moraliſchen Sinn bekamen, und durch ihre Zweideutigkeiten und Synonyme, eine Menge von Irrthümern
veranlaſsten.

So wie man anfangs geſagt hatte, daſs die Sonne
die zwölf Thiere überſtiege und beſiegte, glaubte
man in der Folge, daſs ſie dieſelben tödtete, be-
kämpfte, bändigte, und ſezte das hiſtoriſche Leben
des Herkules daraus zuſammen *).

So wie man geſagt hatte, daſs ſie die Zeit der
Arbeiten, der Saaten, der Erndten beſtimmte, daſs
ſie die Jahrszeiten, die Beſchäftigungen austheilte,
die Himmelsſtriche durchliefe, auf der Erde regierte, hielt man ſie für einen geſezgebenden König,
für einen ſiegreichen Krieger, und ſezte die Geſchichte des Oſiris, des Bacchus und ihres Gleichen
zuſammen.

Weil man geſagt hatte, daſs ein Planet in ein
Zeichen träte, machte man aus ihrer Vereinigung
eine Heirath, einen Ehebruch, eine Blutſchande (55);
da man geſagt hatte, daſs er verborgen, begraben
wäre, weil er wieder ans Licht kam, und in die
Höhe empor ſtieg, lieſs man ihn ſterben, auferſtehn,
zum Himmel auffahren. —

Eine

*) Man ſehe das Memoire über den Urſprung der Himmels-
zeichen.

Eine zweite Urfache der Verwirrung waren die materiellen Bilder felbft, womit man anfangs die Gedanken bezeichnete, und die unter dem Namen von Hieroglyphen, oder heiligen Charakteren, die erfte Erfindung des Geiftes waren. So hatte man, um vor der Ueberfchwemmung zu warnen, einen Nachen, den Schiffer Argo; um den Wind zu bezeichnen; einen Vogelflügel gemahlt: um die Jahrszeit, den Monath zu bezeichnen, mahlte man den Zugvogel, das Infekt, das Thier, das um diefe Zeit erfcheint; um den Winter zu bezeichnen, mahlte man ein Schwein, eine Schlange, die fich gern an feuchten Orten aufhalten: und die Vereinigung diefer Bilder wurde durch Worte und Phrafen, über die man einverftanden war, bezeichnet *) (56). Weil aber diefer Sinn an fich felbft nicht feft und beftimmt war, weil die Zahl diefer Figuren und ihre Verbindungen übermäfsig anwuchs, und das Gedächtnis befchwerte, fo entftanden zuerft Verwirrungen, falfche Erklärungen. Nachher, als das Genie die einfachere Kunft erfunden hatte, den befchränkten Tönen Zeichen zu geben, und das Wort ftatt der Gedanken zu mahlen, verdrängte die Buchftabenfchrift die hieroglyphifchen Zeichnungen; und ihre Bedeutungen, die von Tage zu Tage mehr in Vergeffenheit geriethen, gaben zu unzähligen Täufchungen, Zweideutigkeiten und Irrthümern Anlafs.

Die

---

*) Man fehe die in Note (55) angeführten Beifpiele.

Die dritte Urſache der Verwirrung endlich war die bürgerliche Einrichtung der alten Staaten. Als die Völker ſich gänzlich mit dem Ackerbau beſchäftigten, und die Verfertigung des ländlichen Kalenders anhaltende ökonomiſche Beobachtungen erforderte, wurde es nothwendig, einige Perſonen zu ernennen, denen man auftrug, die Erſcheinung und den Untergang gewiſſer Sterne zu beobachten, vor der Wiederkehr der Ueberſchwemmung, vor gewiſſen Winden, vor der Regenzeit zu warnen, und die rechte Zeit zur Saat aller Arten von Korn anzuzeigen. Dieſe Menſchen wurden, in Betracht ihrer Dienſte, der gemeinen Arbeiten überhoben, und die Geſellſchaft ſorgte für ihren Unterhalt. In dieſer Lage, einzig mit Beobachtung beſchäftigt, ſäumten ſie nicht, die groſsen Erſcheinungen der Natur aufzufaſſen, ja in das Geheimnis vieler von ihren Operationen einzudringen: ſie lernten den Lauf der Geſtirne und Planeten; das Zuſammentreffen ihrer Wandlungen und Wiederkehr mit den Produkten der Erde, und den ſchnelleren Wachsthum, die medizinischen oder nährenden Eigenſchaften der Früchte und Kräuter, das Spiel der Elemente und ihre gegenſeitigen Verwandſchaften kennen. Weil ſie aber kein andres Mittel zur Mittheilung dieſer Kenntniſſe beſaſsen, als den mühſamen mündlichen Unterricht, ſo übertrugen ſie ſie nur ihren Verwandten und Freunden; und die Folge war, daſs alle Wiſſenſchaft und aller Unterricht ſich in einigen wenigen Fami-

Familien zufammendrängte, die fich den ausfchlief-
fenden Befitz derfelben anmafsten, und einen für
das öffentliche Wohl höchft nachtheiligen Geift der
Abfonderung annahmen. Durch diefe anhaltende
Folge derfelben Unterfuchungen und derfelben Arbeiten wurde der Fortfchritt der Kenntniffe zwar fehr
befchleunigt, allein bey dem Geheimnis, worin
fie gehüllt blieben, verfiel das Volk von Tage zu
Tage in dickere Finfternis, und wurde abergläubi-
fcher und knechtifcher. Es fah Sterbliche gewiffe
Erfcheinungen hervorbringen, Sonnenfinfterniffe und
Kometen, gleichfam wie auf ihr Geboth, ankündi-
gen; Krankheiten heilen, Schlangen betaften, und
glaubte fie im Einverftändnis mit den himmlifchen
Mächten. Um das Gute, was es wünfchte, von ihnen zu erhalten, das Böfe abzulenken, nahm es fie
zu Mittlern und Dollmetfchern an; und es entftanden im Schooffe der Staaten gottesläfterliche Gefellfchaften von heuchlerifchen und betrügerifchen Menfchen, die alle Macht an fich riffen. Die Priefter,
Sternkundigen, Gottesgelehrten, Phyfiker, Aerzte,
Magiker, Dollmetfcher der Götter, Orakel der Völker, Nebenbuhler der Könige oder ihre Mitfchuldi-
gen alles zugleich, ftifteten unter dem Namen der
Religion ein Reich der Myfterien, und ein Monopol
der Aufklärung, welche bis auf diefen Tag die Nationen ins Verderben geftürzt haben. —

Bei diefen Worten unterbrachen die Priefter aus
allen Gruppen den Redner, ftiefsen ein grofses Ge-

fchrei

fchrei aus, befchuldigten ihn der Gottlofigkeit, des Unglaubens, der Blasphemie, und wollten ihn verhindern fortzufahren: allein die Gefezgeber bemerkten, dafs er nur hiftorifche Thatfachen darlegte; dafs, wenn diefe Thatfachen falfch oder erdichtet wären, es ein leichtes feyn würde, ihn zu widerlegen; dafs bis dahin, die Darlegung aller Meinungen frei ftünde, ohne welche es unmöglich fey, die Wahrheit herauszubringen — und der Redner fuhr fort:

Allein alle diefe Urfachen und die ftete Vergefellfchaftung unpaffender Begriffe, erzeugten eine Menge von Unordnungen in der Theologie, in der Moral, in den Traditionen; und weil anfangs die Geftirne durch Thiere vorgeftellt wurden, fo giengen die Eigenfchaften, Neigungen, Sympathien und Abneigungen diefer lezten auf die Götter über, und wurden für ihre Handlungen gehalten: auf folche Art bekriegte der Gott Ichneumon den Gott Krokodill; der Gott Wolf wollte den Gott Schaaf freffen; der Gott Ibis verfchlang den Gott Schlange; und die Gottheit wurde ein feltfames, eigenfinniges, wildes Wefen, deffen Begrif das Urtheil des Menfchen in Unordnung brachte, und feine Moral mit feiner Vernunft verderbte.

Weil im Geift ihres Glaubens jede Familie, jede Nation ein Geftirn, ein Himmelszeichen zum befondern Schuzpatron erwählt hatte, fo giengen die Neigungen und Abneigungen des thierifchen Symbols auf feine Anhänger über: die Anhänger des Gottes Hund wur-

wurden Feinde des Gottes Wolf: die Anbether des Gottes Ochs verabfcheuten diejenigen, die ihn verzehrten, und die Religion wurde eine Triebfeder von Hafs und Streitigkeiten, eine Urfache von Unfinn und Aberglauben (57).

Da man von der andern Seite die Namen der Sternbilder, derfelben Patronfchaft wegen, Völkern, Ländern, Bergen, Flüffen beigelegt hatte, fo wurden diefe Dinge für Götter gehalten und es entftand ein Gemifch von geographifchen, hiftorifchen und mythologifchen Wefen, welches alle Traditionen verwirrte.

Da endlich durch die Analogie der Handlungen, die man ihnen beimas, die Stern-Götter zu Menfchen, Helden, Königen wurden, nahmen die Könige und Helden ihrer Seits die Götter zum Vorbild und wurden durch Nachahmung Krieger, Eroberer, blutdürftig, ftolz, unzüchtig, faul, und die Religion heiligte die Verbrechen der Defpoten und verderbte die Grundfätze der Regierungen.

IV.

Viertes Syftem. Verehrung der beiden Prinzipe oder Dualismus.

Indeffen machten die aftronomifchen Priefter, im Ueberflus und Frieden ihrer Tempel, täglich neue Fortfchritte in den Wiffenfchaften; und da das Weltfyftem fich nach und nach vor ihren Augen entwikkelte, brachten fie nach einander mehrere Hypothe

fen

fen von ihren Wirkungen und Kräften auf, woraus eben so viele theologifche Syfteme entftanden.

Und als erft die Schiffahrten der feefahrenden und die Karavanen der nomadifchen Völker aus Afien und Afrika ihnen die Erde von den glüklicken Infeln bis Serika, und vom baltifchen Meere bis zur Quelle des Nils kennen gelernt hatten, entdekte ihnen die Vergleichung der Phänomene der verfchiednen Zonen, die runde Form des Erdballs und erzeugte eine neue Theorie. Da fie bemerkt hatten, dafs alle Wirkungen der Natur in ihrem jährlichen Kreislauf, fich in zwei Hauptwirkungen theilten: fchaffen und zerftören; dafs auf der Oberfläche der Erdkugel alle Verrichtungen von einem Jahre bis zum andern auf gleiche Art gefchahen; das heifst, dafs während der fechs Sommermonathe alles fich erzeugte, fich vervielfachte, da hingegen in den fechs Monathen des Winters alles ftokte, und beinahe erftarb, vermutheten fie in der Natur zwei entgegengefezte Mächte, und einen unaufhörlichen Kampf und Streit. Sie betrachteten die Himmelsfphäre aus diefem Gefichtspunkt, und theilten die Gemälde, die fie fich davon entwarfen, in zwei Hälften oder Halbkugeln, wo die Geftirne, die fie im Sommer am Himmel fahn, ein gerades und höheres Reich, und die am Winterhimmel ein verkehrtes und unteres bildeten. Weil nun die Geftirne des Sommers die Jahrszeit der langen, hellen und warmen Tage, fo wie die der Früchte und Erndten begleiteten, wurden fie zu

Mäch-

Mächten des Lichts, der Fruchtbarkeit, der Zeugung und durch Uebertragung des phyſiſchen Sinns in den moraliſchen, zu Genien, Engeln der Weisheit, der Wohlthätigkeit, der Reinigkeit und Tugend; und die Geſtirne des Winters, die lange Nächte, kalte Nebel mit ſich führten, wurden zu Geiſtern der Finſternis, der Verwüſtung, des Todes, und durch Uebergang zu Engeln der Unwiſſenheit, der Bosheit, der Sünde und des Laſters. Durch dieſe Verfügung wurde der Himmel in zwei Herrſchaften, in zwei Partheien getheilt; und ſchon öfnete die Analogie der menſchlichen Ideen den Verirrungen der Einbildungskraft ein weites Feld, als ein beſondrer Umſtand Irrthum und Täuſchung beſtimmte, wo nicht veranlaſste. (Man ſehe Kupfer III.)

In der Vorſtellung der Himmelsſphäre, welche die aſtronomiſchen Prieſter entwarfen (58), zeigten der Thierkreis und die kreisförmig geordneten Sternbilder ihre Hälften in geradem Durchſchnitt gegen einander: die Winterhemiſphäre, gegen die des Sommers gekehrt, ſtand ihr entgegen, verkehrt. Durch den ſteten Gebrauch der Metaphern gewannen dieſe Worte einen moraliſchen Sinn; und die Engel, die verkehrten Geiſter, wurden Empörer, Feinde (59). Von dieſem Augenblik an verwandelte ſich die ganze aſtronomiſche Geſchichte der Geſtirne in politiſche Geſchichte; der Himmel wurde ein menſchlicher Staat, wo alles zugieng, wie auf der Erde. Weil aber die, meiſtens deſpotiſchen Staaten,

ihren

ihren Monarchen hatten, und weil die Sonne fchon
anfcheinender Monarch des Himmels war, fo bekam
die Sommerhemifphäre das Reich des Lichts und
feine Geftirne, das Volk der weifen Engel, einen
aufgeklärten, einfichtsvollen, fchöpferifchen und
guten Gott zum König. Weil aber auch jede re-
bellifche Parthei ihr Oberhaupt haben mus, fo bekam
der Winterhimmel das unterirrdifche Reich der
Finfternis und Traurigkeit; und feine Sterne, das
Volk der ſchwarzen Engel, der Riefen und Dämonen, einen böfen Geift zum Oberhaupt, deffen Rolle
dem bei jedem Volke wichtigften Geftirne übertragen wurde. In Egypten war es zuerft der Skorpion,
nach der Wage das erfte Zeichen im Thierkreis und
lange Zeit das vornehmfte der Winterzeichen: dann
wurde es der Bär, Typhon, das heifst, Sündfluth
genannt (60), weil, während diefes Geftirn regiert,
häufiger Regen die Erde überfchwemmt. In Perfien, in fpätern Zeiten (61), war es die Schlange,
die unter dem Namen Ahriman, die Grundlage von
Zoroafters Syftem ward; und fie, o Juden und Chriften! ift zu eurer Schlange Evens (die himmlifche
Jungfrau) und zu der des Kreutzes geworden, in
beiden Fällen ein Bild des Satans, des Feindes, des
grofsen Widerfachers des Aelteften der Tage, vom
Daniel befungen.

In Syrien war es das wilde Schwein, oder der
Eber, ein Feind Adonis, weil in diefem Lande die
Rolle des nördlichen Bären von dem Thiere gefpielt
wurde,

wurde, deſſen ſchmutzige Neigungen das Bild des
Winters ſind; und ſeht da, Kinder Mahomets und
Moſis, warum ihr vor dem Beiſpiel der Prieſter von
Memphis und Baalbek, die den Mörder ihres Sonnengottes in ihm verabſcheuten, einen Widerwillen
vor dieſem Thiere habt. Dies iſt ebenfalls das erſte
Bild eures Chib-en, ihr Indianer! vormals der Pluto
eurer Brüder, der Griechen und Römer; ſo wie euer
Brama, dieſer Gott Schöpfer, nichts weiter iſt, als
der perſiſche Ormuzd, und der egyptiſche Oſiris, deſſen Name ſchon eine ſchöpferiſche Macht, einen
Bildner der Formen ausdrükt. Und dieſe Götter
empfingen eine ihren wahren oder erdichteten Attributen angemeſne Verehrung, die wegen ihrer Verſchiedenheit ſich in zwei verſchiedne Zweige theilte.
Der gute Gott empfieng eine Verehrung der Liebe
und Freude, und daher ſchreiben ſich alle Religionshandlungen von fröhlicher Art (62), Feſte, Tänze,
Gaſtmäler, Opfer von Blumen, Milch, Honig,
Wohlgerüchen, mit einem Worte, alles was dem
Geiſt und den Sinnen ſchmeichelt. Der böſe Gott
aber wurde durch Furcht und Schmerzen verehrt,
woher alle Religionshandlungen von trauriger Art
entſtanden (63): Thränen, Trauern, Entſagungen,
blutige und grauſame Opfer.

Daher ebenfalls dieſe Theilung der irrdiſchen
Weſen in reine und unreine, in heilige oder verworfne, nachdem ihre Gattungen ſich in der Zahl
der Geſtirne von einem beider Götter befanden und

zu ihrer Herrſchaft gehörten: daher entſtand von einer Seite der Aberglauben der Befleckungen und Reinigungen, und von der andern die vermeintlich wirkſame Kraft der Amuletten und Talismanns.

Ihr begreift jezt, fuhr der Redner fort, indem er ſich an die Indier, an die Parſen, an die Juden, Chriſten und Muſelmänner wandte, ihr begreift nun den Urſprung dieſer Begriffe von Kämpfen und Rebellionen, wovon alle eure Mythologien voll ſind. Ihr ſeht, was die weiſſen und ſchwarzen Engel, die Cherubim und Seraphim, mit Adler, Löwen und Stierköpfen, die Deus, Teufel oder Dämonen mit Bokshörnern, mit Schlangenſchwänzen, die in ſieben Klaſſen oder Stufen gleich den ſieben Sphären der Planeten getheilten Throne und Herrſchaften bedeuten. Alle Weſen ſpielen dieſelben Rollen, haben dieſelben Attribute in den Vedams, Bibeln oder Zendaveſta, ihr Oberhaupt mag Ormuzd oder Brama, Typhon oder Chiven, Michael oder Satan ſeyn; ſie mögen unter der Geſtalt von Rieſen mit hundert Armen und Schlangenfüſsen, oder in Löwen, Störche, Stiere und Katzen verwandelter Götter, wie in den heiligen Mährchen der Griechen und Egyptier, erſcheinen; ihr ſeht die auf einander folgende Entwiklung dieſer Ideen, deren grobe Formen ſich nach dem Maaſse, wie ſie ſich von ihren Quellen entfernen, und wie die Geiſter ſich verfeinern, gemildert haben, um ſie einem minder anſtöſsigen Zuſtande zu nähern.

Allein

Allein fo wie das Syftem beider Urheber, oder entgegengefezter Götter aus dem der Symbole, die alle in feiner Zufammenfetzung aufgenommen find, entftand, fo follt ihr noch ebenfalls ein neues Syftem daraus entftehen fehn, dem es feiner Seits zur Bafis und Stufenleiter diente.

V.

Myftifche und moralifche Verehrung, oder Syftem jener Welt.

Sobald der grofse Haufen von einem neuen Himmel und einer andern Welt reden hörte, gab er bald diefen Dichtungen ein Wefen: er machte fie zu einem wirklichen Schauplaz, legte wirkliche Scenen hinein, und geographifche und aftronomifche Begriffe begünftigten wenigftens diefe Täufchung, wenn fie fie nicht erzeugten.

Von der einen Seite erzählten die phönizifchen Seefahrer, welche die Säulen des Herkules paffirten und das Zinn von Thule und den Ambra aus dem baltifchen Meere auffuchten, dafs an der äufferften Gränze der Welt, am Ende des Ozeans (das mittelländifche Meer), wo die Sonne nach den afrikanifchen Ländern übergienge, glükliche Infeln lägen, der Siz eines ewigen Frühlings; und weiter hin die nördlichen, unter der Erde liegenden Regionen (in Beziehung auf den Thierkreis), wo ewige Nacht regierte *). Aus diefen unrecht verftandnen

und

*) Die Nacht von fechs Monathen.

und ohne Zweifel verworren vorgetragnen Erzählungen schuf die Einbildungskraft der Völker Elisäische Felder (64), Orte der Wonne, in einer untern Welt gelegen, die ihren Himmel, ihre Sonne, ihre Sterne hatten: und einen Tartarus, den Ort der Finsternisse, der Feuchtigkeit, des Schmutzes und Frostes. Weil aber der Mensch, neugierig auf alles, was er nicht kennt, und auf ein langes Leben begierig, sich schon gefragt hatte, was nach seinem Tode aus ihm werden würde; weil er bey guter Zeit über den Keim des Lebens, der seinen Körper belebt, sich davon absondert, ohne dafs er seine Form verliert, nachgedacht, und abgelöste Substanzen, Fantome, Schatten sich ausgesonnen hatte, so war es ihm angenehm, zu glauben, dafs er in der unterirrdischen Welt dies Leben, was er so ungern verlor, fortsetzen würde, und die unterirrdischen Orte wurden ihm ein bequemer Aufenthalt, um die Gegenstände, auf die er nicht Verzicht thun konnte, aufzunehmen.

Von der andern Seite machten die astrologischen und naturforschenden Priester, aus ihren Himmeln Erzählungen, und entwarfen Schilderungen davon, die vollkommen zu diesen Dichtungen pafsten. Nachdem sie in ihrer metaphorischen Sprache die Aequinoctien und Sonnenwenden Himmelspforten, oder Eintritte der Jahrszeit genennt hatten, erklärten sie die irrdischen Erscheinungen, indem sie sagten, dafs durch das Thor von Horn, (anfangs der Stier, nachher

her der Widder) und durch das Thor des Krebſes, die Lebensfeuer herabſtiegen; welche im Frühling die Schöpfung beleben, ſo wie die Waſſergeiſter, die bei der Sonnenwende das Uebertreten des Nils verurſachen; daſs durch die Pforte von Elfenbein (die Waage, vorher der Bogen oder Schütze) und durch die des Steinbocks, oder der Urne, die Ausflüſſe oder Einflüſſe des Himmels zu ihrer Quelle zurükkehrten und zu ihrem Urſprunge wieder empor ſtiegen: die Himmelsſtraſse durch dieſe Thore der Sonnenwenden, ſchien ihnen blos dahin geſezt zu ſeyn, um jenen Himmelsmächten als Weg und Mittel zu dienen (65); noch mehr, in ihrem Atlas zeigte die Himmelsſcene einen Flus, (den Nil, durch die Krümmungen der Waſſerſchlange vorgeſtellt) eine Barke, (den Schiffer Argo) und den Hund Sirius, die ſich beide auf dieſen Flus bezogen, deſſen Uebertreten ſie verkündigten. Dieſe Umſtände, mit den erſten zuſammen genommen, vermehrten die Wahrſcheinlichkeit; indem ſie nähere Beſtimmung hinzufügten; um zum Tartarus oder in die elyſäiſchen Felder zu gelangen, muſsten die Seelen durch den Styx und Acheron in den Nachen des Schiffers Charon gehn, und die Thore von Horn oder Elfenbein paſſiren, welche der Hund Cerberus bewachte. Mit einem Worte, man verband einen bürgerlichen Gebrauch mit allen dieſen Dichtungen und gab ihnen vollends das Beſtehn.

Da

Da die Egyptier bemerkt hatten, daſs in ihrem
brennenden Klima, die Fäulnis der todten Körper
Peſt und Krankheiten erzeugte, führten ſie in verſchiednen Staaten den Gebrauch ein, die Todten auſſer-
halb des bewohnten Landes in der Wüſte, die gegen Sonnenuntergang liegt, zu begraben. Um dahin zu gelangen, muſste man über den Fluſs gehn,
und folglich in eine Barke ſteigen, und dem Schiffer
ein Fahrgeld bezahlen, weil ſonſt der Körper, des
Begräbniſſes beraubt, zur Beute wilder Thiere geworden ſeyn würde. Dieſer Gebrauch gab den bürgerlichen und geiſtlichen Geſetzgebern ein mächtiges
Mittel ein, auf die Sitten zu würken: ſie griffen die
groben und rohen Menſchen von der Seite der kind-
lichen Frömmigkeit und Ehrfurcht für die Todten
an, und machten es zur nothwendigen Bedingung,
durch ein vorhergehendes Gericht beſtimmen zu laſſen, ob der Todte in den Rang ſeiner Familie in
der ſchwarzen Stadt aufgenommen zu werden
verdiente. Eine ſolche Idee harmonirte zu gut mit
allen andern, um nicht ihnen einverleibt zu werden;
das Volk ſäumte nicht, ſie damit zu verbinden, und
die Hölle bekam ihren Minos und Rhadamant, nebſt
Stab, Thron, Thürſteher und Urne *), wie in
einem irrdiſchen und bürgerlichen Staat. Die Gottheit wurde nunmehr ein moraliſches und politiſches
We-

---

*) Krug, der bei den alten Gerichten zum Stimmenſammlen
diente.

Wefen, ein um fo furchtbarerer Gefezgeber, weil diefer höchfte Gefezgeber, diefer lezte Richter, den Blikken unerreichbar war: diefe fabelhafte und mythologifche, aus abgerifnen Gliedern fo feltfam zufammengefezte Welt, wurde jezt ein Ort der Strafe und Belohnung, wo die göttliche Gerechtigkeit verbefferte, was die menfchliche fehlerhaftes und irriges gehabt hatte; und diefes geiftliche und myftifche Syftem gewann um fo mehr Anfehn, da es den Menfchen von allen Seiten ergrif: die unterdrükte Schwäche fand Hofnung auf Entfchädigung, Troft künftiger Rache darinn; der Unterdrücker, der durch reiche Opfergaben ftets von der Strafe befreit zu werden hoffte, bediente fich des Irrthums des gemeinen Haufens als einer neuen Waffe, ihn zu unterjochen; und die Oberhäupter der Völker, die Könige und Priefter, fahen neue Mittel der Beherrfchung darin, weil fie fich das Vorrecht aufbehielten, die Gnade oder Züchtigungen des grofsen Richters nach den Verbrechen oder guten Handlungen, die fie nach Willkühr beftimmten, auszutheilen.

So wurde in der fichtlichen und wirklichen Welt eine unfichtbare und in der Einbildungskraft gefchaffene gegründet; dies war der Urfprung diefer Orte der Wonne und Schmerzen, womit ihr, Perfer! eure Erde verjüngt, eure Stadt der Auferftehung mit der befondern Eigenfchaft, dafs die Glücklichen dafelbft keinen Schatten werfen werden

den (66), unter den Aequator verſezt habt. Seht
da, Juden und Chriſten, Schüler der Parſen! woher
euer Jeruſalem der Apocalypſe, euer Paradies, euer
Himmel, mit allen nähern Umſtänden des aſtrologiſchen Himmels des Hermes bezeichnet, entſtanden
ſind; auch eure Hölle, ihr Muſelmänner, euer unterirrdiſcher, mit einer Brücke belegter Abgrund;
eure Waage der Seelen und ihrer Werke: euerm Gerichte durch die Engel Monkir und Nekir haben
gleichfalls die myſtiſchen Ceremonien in Mithras
Höhle (67) zum Vorbilde gedient, und euer Himmel weicht in nichts von dem Himmel des Oſiris,
des Ormuzd und Brama ab.

VI.

Sechſtes Syſtem. Die beſeelte Welt, oder
Verehrung des Weltalls unter verſchiednen Sinnbildern.

Während die Völker in dem finſtern Labyrinth
der Mythologie und Fabeln irrten, gelangten die
naturforſchenden Prieſter, die ihre Studien und Unterſuchungen über die Ordnung und Einrichtung der
Welt fortſezten, zu neuen Reſultaten und entwarfen
neue Syſteme von Mächten und bewegenden Urſachen.

Lange Zeit nach dem bloſsen Anſchein urtheilend,
ſahen ſie in den Bewegungen der Sterne nur ein un-
bekann-

bekanntes Spiel leuchtender Körper, die sich ihrer
Meinung nach um die Erde, den Centralpunkt aller
Sphären, drehten; allein sobald sie die Ründe unsers
Planeten entdekt hatten, führte diese erste Gewisheit
sie zu neuen Betrachtungen, und von Schlus zu Schlus
stiegen sie zu den höchsten Begriffen der Astronomie
und Physik.

In der That, sobald sie den hellen und einfachen
Begrif erlangt hatten, dafs die Erdkugel ein kleiner,
in den gröfsern Kreis der Himmel eingeschriebner
Kreis ist, both sich der Begrif von den concentri-
schen Zirkeln ihnen von selbst dar, um den unbekannten Zirkel der Erdkugel durch die bekannten
Punkte des Himmelszirkels zu erklären; und nach
dem Maas von einem oder mehrern Graden der Mit-
tagslinie liefs sich mit Genauigkeit der ganze Umfang
bestimmen. Nunmehr nahm ein glükliches Genie
den von der Erde erhaltnen Durchmesser zum Kom-
pas und schlos mit kühner Hand die unermeslichen
Kreise des Himmels auf. Ja, durch ein unerhörtes
Wunder stieg der Mensch von dem Sandkorn, das
er kaum wahrnehmen konnte, bis zu den unermeslichen Entfernungen der Sterne, und stürzte sich in
die Abgründe des Raums und der Zeit: hier stellte
sich seinen Blicken eine neue Ordnung der Welt dar;
die Erdkugel, die er bewohnte, einem Stäubchen
gleich, schien ihm nicht mehr der Mittelpunkt zu
seyn; diese wichtige Rolle wurde der ungeheuern
Masse der Sonne übertragen, und dies Gestirn wur-

de die entflammte Achfe acht umgebender Sphären, deren Bewegungen von nun an durch Berechnung genau beftimmt wurden (68).

Schon war es viel, dafs der menfchliche Geift es unternommen hatte, die Einrichtung und Ordnung der grofsen Wefen der Natur zu erforfchen; allein nicht zufrieden mit diefem erften Verfuch wollte er auch noch ihren Mechanismus erklären, ihren Urfprung und ihre bewegende Triebfeder errathen: in die abftrakten und metaphyfifchen Tiefen der Bewegung und ihrer erften Urfache, der wefentlichen oder angenommnen Eigenfchaften der Materie, ihrer fucceffiven Formen, ihres Umfangs, das heifst, des Raums und der Zeit ohne Gränzen verwickelt, verloren fich die theologifchen Naturkündiger in einem Chaos fpizfindiger Schlusfolgen und fcholaftifcher Streitigkeiten.

Sobald fie die Subftanz der Sonne wegen ihrer Wirkung auf die irrdifchen Körper als ein reines und elementarifches Feuer betrachteten, wurde fie zum Mittelpunkt und Aufbehältnis eines Ozeans von feuriger, leuchtender Flüffigkeit gemacht, die unter dem Namen Aether die Welt erfüllte und die Wefen nährte. In der Folge, als fie in der Naturkunde es weiter brachten, und daffelbe Feuer, oder ein ihm vollkommen ähnliches, in der Mifchung aller Körper entdekten, als fie wahrgenommen hatten, dafs es die wefentliche Kraft diefer natürlichen Bewegung fei, die man bei den Thieren Leben, bei

den

den Pflanzen Wachsthum nennt, hielten fie das Spiel
und den Mechanismus des Weltalls für den Mechanismus eines homogenen Ganzen, eines identifchen
Körpers, deſſen Theile, ſo entfernt fie auch wären,
in inniger Verwandtſchaft ſtänden (69), und die
Welt wurde ein lebendiges Weſen, durch den orga-
niſchen Umlauf einer feurigen oder ſogar elektri-
ſchen Flüſſigkeit bewegt (70), der man, nach dem
erſten vom Menſchen und von den Thieren herge-
nommnen Vergleich, die Sonne zum Herzen oder
Mittelpunkt gab (71).

Nunmehr entwarfen die theologiſchen Philoſophen nach dem Reſultat dieſer Beobachtung folgende
Grundſätze: daſs nichts in der Welt untergeht; daſs
die Elemente unzerſtörbar find, daſs fich ihre Zu-
ſammenſetzung, nicht aber ihre Natur verändert;
daſs Leben und Tod nur veränderte Modifikationen
derſelben Atome find; daſs die Materie an fich ſelbſt
Eigenſchaften befizt, woraus alle ihre Arten zu ſeyn
entſtehen; daſs die Welt ewig (72), ohne Schranken
des Raums und der Zeit iſt. Die einen ſagten, daſs
das ganze Weltall Gott ſey, und nach ihnen war
Gott ein Weſen, das zugleich Wirkung und Urſach,
thätig und leidend, bewegender Urheber und be-
wegtes Ding war, und veränderliche Eigenſchaften,
welche das Verhängnis ausmachen, zu Geſetzen
hatte. Die Vertheidiger dieſer Meinung bezeichneten ihre Gedanken bald durch das Sinnbild des Pans
(das groſse Ganze), oder des Jupiters an der Spitze

                              der

der Sterne, in der Planeten-Reihe, zu den Füfsen der Thiere *) oder des orphifchen Eies, deffen Gelbes, in der Mitte einer von einem Gewölbe umgränzten Flüſligkeit hängend, die Sonnenkugel abbildete, mitten im Gewölbe der Himmel im Aether fchwimmend (73); bald unter dem Bilde einer grofsen runden Schlange, welche die Himmel vorftellte, wohin fie den neunten Himmel fezten, und die deswegen himmelblau, mit goldnen Flecken befprenkelt (die Sterne) gemalt wurde, wie fie ihren Schwanz verfchlang, das heifst, in fich felbft zurükgieng, und fich immer aufs neue wieder zufammenfügte, gleich dem Umlauf der Sphären; bald unter dem Bilde eines Mannes, mit zufammengebundnen Füſsen, um das unbewegliche Dafeyn auszudrücken, in einen Mantel von allen Farben gewikelt; wie der Schauplaz der Natur, und auf dem Kopfe einen goldnen Kreis tragend (74), das Sinnbild der Sphäre der Sterne; oder durch das Bild eines andern Menfchen, der zuweilen auf der Blume Lotus über der Tiefe der Gewäſſer fas, zuweilen auf einem Haufen von zwölf Viereks ruhte, welche die zwölf Himmelszeichen bedeuteten. Seht da, Indier, Japanefer, Bewohner von Siam, von Tibeth, Chinefen! die Gotteslehre, welche, von den Egyptiern gegründet, auf euch gekommen, und in den Gemälden, die ihr von Brama, von Beddou, von Sommanacodom,

von

*) S. Oedip. Aegypt. Band II. S. 205.

von Omito entwerft, bei euch aufbehalten ist; seht da auch ihr Hebräer und Christen die Meinung, von der ihr ein Theilchen in eurem Gott beibehalten habt; dem Hauch, der in die Gewässer blies, eine Anspielung auf den Wind (75), der bei der Entstehung der Welt, das heifst, bei der Trennung der Sphären vom Zeichen des Krebses, die Ueberschwemmung des Nils ankündigte, und die Schöpfung vorzubereiten schien.

VII.

Siebentes System. Verehrung der Seele der Welt, das heifst, des Feuerelements, der lebenden Urkraft des Universums.

Andre aber, denen diese Idee eines Wesens, das zugleich Wirkung und Ursache, thätig und leidend war, und in einer Natur entgegengesezte Naturen vereinigte, nicht einleuchten wollte, unterschieden die bewegende Ursache von dem Bewegten; sie sezten voraus, dafs die Materie an sich selbst bewegungslos sey und behaupteten, dafs ihre Eigenschaften ihr durch eine besondre Kraft mitgetheilt würden, wovon sie nur Hülle wäre. Diese Kraft war nach der Meinung einiger der feurige Urstoff, der für den Urheber aller Bewegung erkannt wird; und nach andern, die noch beweglichere und zartere Flüssigkeit, Aether genannt. Weil aber bei den Thieren der Lebens- und Bewegungskeim, Seele und Geist

P 3

hier,

hies, und weil man immer durch Vergleichung vorzüglich mit dem menschlichen Wesen schloſs, so gab man der bewegenden Urſache der ganzen Welt den Namen Seele, Verſtand, Geiſt; und Gott wurde der lebendige Geiſt, der in alle Wesen verbreitet, die groſse Maſſe der Welt beſeelte. Die Verbreiter dieſer Lehre bezeichneten ihre Gedanken bald durch Jupiter (You-piter), den Inbegrif der Bewegung und des Lebens, den Urſprung des Daſeyns oder vielmehr das Daſeyn ſelbſt (76); bald durch Vulkan oder Phtha, das urſprüngliche und elementariſche Feuer; oder durch den Altar der Veſta, der in dem Mittelpunkt ihres Tempels ſtand, wie die Sonne in den Sphären; und bald durch Kneph, ein menſchliches Wesen in Dunkelblau gekleidet, das einen Scepter und Gürtel (den Thierkreis) in der Hand hielt; eine Mütze von Federn auf dem Kopf trug, um die Flüchtigkeit ſeiner Gedanken auszudrücken, und das groſse Ei aus ſeinem Munde hervorbrachte (77).

Weil aber dieſem Syſtem zufolge jedes Weſen einen Theil feuriger oder ätheriſcher Flüſſigkeit, die allgemeine und gemeinſchaftliche Bewegungskraft in ſich enthielt, und weil dieſe flüſſige Kraft die Gottheit war, ſo muſsten die Seelen aller Weſen ein Theil Gottes ſelbſt ſeyn, der alle ſeine Eigenſchaften beſas, das heiſst, eine untheilbare, einfache, unſterbliche Subſtanz war; und daher das ganze Syſtem von der Unſterblichkeit der Seele, die anfangs Ewigkeit hies (78). Daher auch die unter dem Namen

men

men der Metempſychoſis bekannte Seelenwandrung, das heiſt, Uebergang der Lebenskraft aus einem Körper in den andern, eine aus dem wirklichen Uebergang der materiellen Elemente entſtandne Idee. Seht da, Indianer, Budſoiſten, Chriſten, Muſelmänner! woher alle eure Meinungen über die Geiſtigkeit der Seele entſtehn; ſeht da die Quelle der Träumereien des Pythagoras und Platos, eurer Lehrer, die ſelbſt nur der Wiederhall einer lezten Seete ſchwärmeriſcher Philoſophen waren, welche wir jezt näher betrachten wollen.

VIII.

Achtes Syſtem. Die Welt als Maſchine. Verehrung des Demi-Urgos, oder groſſen Werkmeiſters.

Bisher hatten die Theologen ihre Kräfte an den aufgelöſten, feinen Subſtanzen des Aethers oder Feuersſtofs geübt, und zugleich nicht aufgehört, von Weſen, die den Sinnen klar und vernehmlich waren, zu reden. Die Theologie war noch immer die Theorie der phyſiſchen Mächte, bald in die Sterne beſonders geſezt, bald über die ganze Welt verbreitet; jezt aber entſtelhten einige oberflächliche Geiſter, welche den Faden der Ideen, die dieſe tiefen Studien geleitet hatten, verloren, oder die Fakta nicht kannten, die ihnen zur Grundlage dienten, alle Reſultate durch Einführung einer fremden und neuen

Chi-

Chimäre. Sie behaupteten, daſs dieſes Weltall, dieſe Himmel, dieſe Sterne, dieſe Sonne nur eine Maſchine von gewöhnlicher Art wären, und auf dieſe erſte Hypotheſe gründeten ſie ein Gebäude der ſeltſamſten Sophiſmen. Eine Maſchine, ſagten ſie, macht ſich nicht ſelbſt: ihr Daſeyn zeugt davon. Die Welt iſt eine Maſchine, von welcher ein Urheber vorhanden iſt (79).

Daher der Demi-Urgos oder groſse Werkmeiſter, zur ſelbſthaltenden und höchſten Gottheit gemacht. Umſonſt wandte die alte Philoſophie ein, daſs der Werkmeiſter ſelbſt Eltern und Urheber bedürfte, und daſs man nur eine Sproſſe an der Leiter hinzufügte, wenn man der Welt die Ewigkeit raubte, um ſie ihm zu geben. Die Neuerer, nicht zufrieden mit dieſem erſten Paradoxon, giengen zu einem zweiten über; ſie erweiterten die Theorie vom menſchlichen Verſtande auf ihren Werkmeiſter, und behaupteten, daſs der Demi-Urgos ſeine Maſchine nach einem ſeinem Verſtande inwohnenden Plane oder Bilde gemacht hätte. Weil aber ihre Lehrmeiſter, die Phyſiker, das groſse, anordnende Triebrad unter dem Namen Verſtand und Vernunft, in die Sphäre der Fixſterne geſezt hatten, ſo bemächtigten ihre Nachbeter, die Spiritualiſten, ſich dieſes Weſens und eigneten es dem Demi-Urgos zu, indem ſie eine abgeſonderte, durch ſich ſelbſt exiſtirende Subſtanz daraus machten, die ſie mens oder logos (Wort und Verſtand) nannten. Da ſie einmal das Daſeyn

der

der Seele der Welt annahmen, so fanden sie sich genö-
thigt, drei Grade oder Stufen göttlicher Personen
zusammenzusetzen, welche 1) aus dem Demi-Urgos oder Gott Werkmeister, 2) dem Logos, Wort
und Verstand und 3) dem Geist, oder der Seele (der
Welt) bestanden (80). Seht da, Christen! den Roman, worauf ihr eure Dreieinigkeit gründetet; seht
da das System, das, ketzerisch in den egyptischen
Tempeln erzeugt, heydnisch in die Schulen von Ita-
lien und Griechenland übergetragen, jezt durch die
Bekehrung seiner Anhänger, der zu Christen gewordnen Schüler des Pythagoras und Plato, eine rechtgläubige Lehre geworden ist.

Und auf solche Art häuft die Gottheit, die in ihrem Ursprunge nur fühlbare Kraft war, Luftzeichen
und Elemente in sich.

Anfangs ist sie die zusammengenommne Macht
der Sterne, in ihren Beziehungen auf die irrdischen
Wesen betrachtet;

Dann durch Vermischung der Zeichen mit ihren
Urbildern dieser irrdischen Wesen selbst:

Dann die doppelte Macht der Natur in ihren beiden Hauptwirkungen des Schaffens und Zerstörens.

Dann die beseelte Welt ohne Unterschied von
Wirken und Leiden, Wirkung und Ursache.

Dann die Sonnenkraft oder das Element des
Feuers, als einziger Urheber erkannt.

So ist die Gottheit zulezt ein chimärisches, ab-
straktes Wesen geworden, eine scholastische Subtili-

tät

tät von Subſtanz ohne Form, von Körper ohne Geſtalt; eine wahre Verirrung des Geiſtes, wovon die
Vernunft nichts mehr begreifen konnte. Allein umſonſt wollte ſie bei dieſem lezten Uebergange ſich den
Sinnen entziehn; das Gepräge ihres Urſprungs bleibt
ihr unauslöſchlich aufgedrükt, und ihre Attribute,
die alle entweder nach den phyſiſchen Attributen des
Univerſums, Unermeslichkeit, Ewigkeit, Untheil-
barkeit, Unbegreiflichkeit, oder nach den moraliſchen Neigungen des Menſchen, Güte, Gerechtigkeit, Majeſtät, abgenommen ſind, ja ihre Namen
ſelbſt (81), insgeſammt von den phyſiſchen Weſen,
die ihr zum Bilde dienten, und vorzüglich von der
Sonne, von den Planeten und der Welt hergeleitet,
rufen unaufhörlich, troz ihrer Verfälſcher, die un-
auslöſchlichen Züge ihrer wahren Natur wieder
hervor.

Dieſe Kette von Ideen durchlief der Menſch in
einem Zeitpunkte, der allen poſitiven Erzählungen
der Geſchichte vorhergeht, und weil ihr Zuſammen-
hang beweiſt, daſs ſie die Frucht einer Reihe von
Studien und Arbeiten waren, ſo vereinigt ſich alles,
ihren Schauplaz in die Wiege ihrer erſten Beſtand-
theile in Egypten zu ſetzen. In dieſem Lande konnte ihr Gang ſchnell ſeyn, weil die müſſige Neugierde
der naturforſchenden Prieſter, in der Abgeſchieden-
heit ihrer Tempel, keine andre Nahrung fand, als
das ſtets gegenwärtige Räthſel der Welt; und weil
bei dem politiſchen Zwieſpalt, der lange Zeit dieſes

Land

Land trennte, jeder Staat. fein Kollegium von Prieſtern hatte, die abwechſelnd Gehülfen oder Nebenbuhler, durch ihre Streitigkeiten den Fortſchritt
der Wiſſenſchaften, und Entdeckungen beſchleunig-
ten (82).

Und ſchon war an den Ufern des Nils geſchehn,
was ſeitdem auf der ganzen Erde wiederholt iſt. So
wie ein Syſtem entſtand, erregte es in ſeiner Neuheit Streitigkeiten und Spaltungen; durch die Verfolgung ſelbſt emporgebracht, vernichtete es bald
die alten Begriffe, bald verleibte es ſich ſie ein, und
veränderte ſie nur. Als aber in der Folge politiſche
Revolutionen eintraten, verwirrte die Vergröſserung
der Staaten und die Miſchung der Völker alle Meinungen: der Faden der Ideen gieng verloren; die
Gotteslehre verſank in das Chaos und war nichts meh-
als ein Worträthſel alter nicht mehr verſtandner Traditionen. Die Religion, von ihrem Zwecke abge-
wichen, war nur noch ein politiſches Mittel, die
leichtgläubige Menge zu lenken, deſſen ſich bald
leichtgläubige Menſchen ſelbſt, von ihren eignen
Träumen betrogen, bald kühne Menſchen, von ſtar-
ker Seele, bedienten, die ſich groſse Zwecke des
Ehrgeitzes vorſezten.

IX.

Mosis Religion, oder Verehrung der Seele der Welt (You-piter).

Unter diese lezte Klasse gehörte der Gesezgeber der Hebräer. Um sein Volk von allen andern abzusondern und sich ein vereinzeltes und besondres Reich zu errichten, entwarf er den Plan, die Grundlagen desselben auf Religionsvorurtheile zu bauen, und eine Schuzwehr von geheiligten Meinungen und Gebräuchen rings um sich her zu errichten. Allein umsonst verboth er die Verehrung der Bilder, die im untern Egypten und in Phönicien herrschte (83). Sein Gott war darum nicht minder ein egyptischer Gott, von diesen Priestern erfunden, deren Schüler Moses war; und Yahouh (84), den sein Name selbst, die Essenz (der Wesen) und sein Bild der feurige Busch verräth, ist nichts anders, als die Seele der Welt, die belebende Urkraft, welche bald nachher Griechenland unter eben der Renennung in seinen You-piter, dem erzeugenden Wesen, so wie unter dem Namen des Ei, der Existenz annahm (85). Dasselbe Wesen, welches die Thebaner unter dem Namen Kneph heiligten; welches Sais unter dem Namen der verschleierten Isis anbethete, mit der Inschrift: ich bin alles, was gewesen ist, was ist und seyn wird, und kein Sterblicher hat meinen Schleier aufgehoben; welches Pythagoras unter dem Namen der Vesta verehrte, und welches die stoische Philoso-

phie

phie genau beſtimmte, indem ſie es den Urſtoff des
Feuers nannte. Umſonſt wollte Moſes aus ſeiner
Religion alles vertilgen, was an die Verehrung der
Geſtirne erinnerte; eine Menge Züge blieben ſeines
Bemühns ohngeachtet, zurük, um ſie aufzuſpüren;
und die ſieben Lichter oder Planeten des groſsen
Leuchters, die zwölf Steine, oder Zeichen des
Urims des Grosprieſters; das Feſt der zwei Aequi-
noctien, die damals jedes ein Jahr ausmachten, die
Ceremonie des Lamms, oder himmliſchen Widders,
damals im fünfzehnten Grade; und endlich der Na-
me Oſiris ſelbſt, in ſeinem Lobgeſange beibehal-
ten (86), und die Bundeslade, oder das nachgeahm-
te Gehäuſe des Grabes, worin dieſer Gott einge-
ſchloſſen war, blieben Zeugen der Kindheit ſeiner
Ideen und ihrer Ableitung aus der gemeinſchaftlichen
Quelle.

X.

Religion des Zoroaſters.

Dahin gehörte auch Zoroaſter, der, fünf Jahrhunderte nach Moſes, zur Zeit Davids, bey den Me-
dern und Bactriern das ganze egyptiſche Syſtem von
Oſiris und Typhon unter den Namen Ormuzd und
Ahriman wieder aufbrachte und verſittlichte; der das
Reich des Sommers, Tugend und Gutes, das Reich
des Winters, Sünde und Uebel; die Erneuerung
der Natur im Frühling, Schöpfung der Welt; die
der Sphären in den hundertjährigen Perioden der

Ver-

Vereinigung der Planeten, Auferſtehung; und den Tartarus und die elyſäiſchen Felder der Aſtrologen und Geographen, zukünftiges Leben, Hölle und Paradies nannte, mit einem Worte, die ſchon vorhandnen Träumereien des myſtiſchen Syſtems heiligte.

XI.

Budſoismus, oder Religion der Samanäer.

Dahin gehörten auch die Verbreiter der Grablehre der Samanäer, die auf die Grundlagen der Seelenwandrung das menſchenfeindliche Syſtem der Entſagung und Selbſtberaubung erbauten. Sie nahmen als Grundſaz an, daſs der Körper nur ein Gefängnis iſt, wo die Seele in unreinem Zwange lebt; daſs das Leben nur Täuſchung, Traum iſt, die Welt nur Uebergang zu einem höheren Vaterlande, zu einem Leben ohne Ende, und ſezten Tugend und Vollkommenheit in gänzliche Fühlloſigkeit, in Vertilgung aller Empfindung, in Verläugnung der phyſiſchen Werkzeuge, in Vernichtung alles Seyns; woraus die Faſten, Pönitenzen, Züchtigungen des Fleiſches, Abſondrung, Beſchauung und alle Gebräuche der traurigen Verirrung der Anachoreten entſtanden.

XII.

Bramismus, oder indianiſches Syſtem.

Dahin gehörten auch endlich die Stifter des indiſchen Syſtems, die nach Zoroaſter über die zwei Urkräfte

kräfte der Erzeugung und Zerſtörung nachdachten, und eine dazwiſchen liegende, die der Erhaltung, einführten. Sie häuften bei ihrer abgeſonderten Drei-einigkeit, die demohngeachtet mit Brama, Chiven und Vichenou eins war, die Allegorien der alten Tra-ditionen und die ſchwülſtigen Spizfindigkeiten ihrer Metaphyſik zuſammen.

Das ſind die Materialien, die ſeit vielen Jahr-hunderten in Aſien zerſtreut waren, als ein zufälliger Lauf von Begebenheiten und Umſtänden an den Ufern des Euphrats und des mittelländiſchen Meeres neue Zuſammenſetzungen aus ihnen bildete.

XIII.

Chriſtenthum, oder allegoriſche Verehrung der Sonne, unter den cabaliſtiſchen Na-men Chris-en oder Chriſt und Yés-us oder Jeſus.

Umſonſt hatte Moſes, indem er ein abgeſonder-tes Volk ſtiftete, es vor dem Eindringen aller frem-den Ideen zu ſchützen geſucht; ein unuberwindlicher Hang, auf die Verwandſchaft eines gleichen Ur-ſprungs gegründet, hatte die Hebräer ſtets zu dem Glauben der benachbarten Völker hingezogen; und die unvermeidlichen Verbindungen des Handels und der Politik, worin es mit ihnen ſtand, hatten dieſen Glauben von Tage zu Tage mehr befeſtigt. So lan-ge das Nationalreich ſich erhielt, hatte die Macht der

Re-

Regierung und der Gesetze, den Neuerungen entgegen gearbeitet und ihre Fortschritte aufgehalten. Demohngeachtet aber schmükte das Volk die Anhöhen
mit Bildern aus, und in den Pallästen der Könige,
bis in Ynhous Tempel selbst, fand man den Wagen
und die Pferde des Sonnengottes gemalt. Als aber
die Eroberungen der Könige von Ninive und Babylon
das Band der öffentlichen Macht aufgelöst hatten,
legte das sich selbst überlasne und von seinen Erobe-
rern angereizte Volk, seinem Hange für die profa-
nen Meinungen keinen Zwang mehr auf, und sie
wurden öffentlich in Judäa eingeführt. Zuerst erfüllten die assyrischen Colonien, welche die Stelle
der Stämme einnahmen, das Königreich Samarien
mit den Lehrsätzen der Magier, die bald bis ins Königreich Juda drangen; in der Folge, nach der Unterjochung Jerusalems, brachten die Egyptier, Syrier
und Araber, die in dies offne Land herbei liefen, von
allen Seiten die ihrigen mit, und Mosis Religion
wurde schon doppelt verändert. Von der andern
Seite sogen die nach Babylon versezten und in den
chaldäischen Wissenschaften erzognen Priester und
Grossen, in einem Zeitraum von 70 Jahren, ihre
ganze Theologie ein, und von diesem Augenblik an
wurden die Lehren vom feindlichen Genius (Satan),
vom Erzengel Michael (88), vom Aeltesten der Tage, Ormuzd, von den rebellischen Engeln, vom
Kampf der Himmel, von der unsterblichen Seele und
der Auferstehung, alles Moses unbekannte, oder

durch

durch das Stillſchweigen, was er darüber beobachtet
hatte, von ihm verworfne Dinge, bei den Juden
einheimiſch.

Bei der Rükkehr in ihr Vaterland nahmen die
Ausgewanderten dieſe Ideen mit dahin, und anfangs
erregte ihre Neuerung daſelbſt Streitigkeiten zwiſchen
ihren Anhängern, den Phariſäern und den Verthei-
digern des alten Nationalglaubens, den Sadducäern:
allein die erſtern, durch den Hang des Volks und
ſeine ſchon angenommnen Gewohnheiten unterſtüzt,
auf das Anſehn der Perſer, ihrer Befreier fuſsend,
behielten am Ende die Oberhand, und Moſis Kinder
heiligten Zoroaſters Religion (89).

Eine zufällige Analogie zwiſchen zwei Haupt-
ideen, begünſtigte vorzüglich dieſe Vereinigung, und
wurde die Grundlage eines lezten Syſtems, deſſen
Schikſal nicht minder verwunderuswürdig war, als
die Urſachen ſeiner Entſtehung.

Seit der Zerſtörung des Königreichs Samarien
durch die Aſſyrier, hatten helle Köpfe, welche daſ-
ſelbe Schikſal für Jeruſalem vorausſahn, nicht aufgehört es anzukündigen und voraus zu ſagen. Ihre
Vorausſagungen hatten alle das Eigenthümliche gehabt, mit Wünſchen für deſſen Wiederherſtellung
und Regeneration, unter der Form von Prophezeiun-
gen ausgeſprochen, zu endigen: die Hierophanten
hatten in ihrer Begeiſtrung einen befreienden König
gemalt, der die Nation in ihren alten Glanz wieder
einſezen ſollte: das hebräiſche Volk ſollte wieder

ein mächtiges, fiegreiches Volk, und Jerufalem die Hauptfladt eines über die ganze Welt verbreiteten Reichs werden.

Da der erfle Theil diefer Weiffagungen, der Untergang von Jerufalem, wirklich eingetroffen war, glaubte das Volk auch an die zweite, und das um fo mehr, weil es ins Unglük fiel: die betrübten Juden erwarteten mit der Ungeduld des Verlangens und des Bedürfniffes den fiegreichen und freimachenden König, der da kommen follte, um das Volk Mofis zu erlöfen und Davids Reich wieder aufzurichten.

Von der andern Seite hatten die heiligen und mythologifchen Traditionen der frühern Zeiten in ganz Afien eine vollkommen analoge Lehre verbreitet. Man fprach dafelbft nur von einem grofsen Mittler, von einem lezten Richter, von einem künftigen Erlöfer, der König, Gott, Eroberer und Gefezgeber, das goldne Zeitalter auf die Erde zurükführen (90), fie von dem Reiche des Böfen befreien, und den Menfchen das Reich des Guten, Frieden und Glük wieder verfchaffen follte. Diefe Ideen fanden um fo mehr Eingang bei den Völkern, weil fie darin einen Troft über den unglüklichen Zuftand und die wirklichen Uebel fanden, worein die auf einander folgenden Verheerungen der Siege und Sieger, und der barbarifche Defpotismus ihrer Regierungen fie geftürzt hatten. Diefe Gleichförmigkeit zwifchen den Orakeln der Nationen und der Propheten, erregte die Aufmerkfamkeit der Juden; und ohne Zweifel

be-

befafsen die Propheten die Kunft, ihre Gemälde nach dem Ton und Geift der bei den heydnifchen Myfterien gebrauchten heiligen Bücher zu formen. Es herrfchte alfo in Judäa eine allgemeine Erwartung des grofsen Abgefandten, des lezten Erlöfers, als ein fonderbarer Umftand den Zeitpunkt feiner Ankunft beftimmte.

In den heiligen Büchern der Perfer und Chaldäer war enthalten, dafs die Welt, die aus einem gänzlichen Umlauf von zwölf taufend beftände, in einen gedoppelten Umlauf getheilt fey, wovon der eine, das Zeitalter und Reich des Guten, nach Verlauf von fechs taufend, und der andre, das Zeitalter und Reich des Böfen, wiederum nach fechs taufend verfloffen feyn würde.

Die erften Schriftfteller hatten hierunter den jährlichen Umlauf des grofsen Himmelskreifes, die Welt genannt (ein Umlauf, der aus zwölf Monathen oder Zeichen beftand, wovon jedes in taufend Theile getheilt war), und die beiden regelmäfsigen Perioden des Winters und Sommers verftanden, die gleichfalls jede aus fechs taufend Theilen beftanden. Diefe ganz zweideutigen Ausdrücke waren unrecht verftanden worden, und hatten ftatt ihres phyfifchen und aftrologifchen Sinns, einen abfoluten und moralifchen bekommen, welches die Folge nach fich zog, dafs die jährliche Welt für eine hundertjährige; die taufend Zeiten für taufend Jahre gehalten wurden. Nun aber fchlos man aus den wirklichen Ereigniffen,

Q 2

dafs

daſs man im unglüklichen Zeitalter lebte, und zog
aus jenen Berechnungen die Folge, daſs nach Verlauf von vermeinten ſechs tauſend Jahren dieſes
Reich endigen müſste (91).

In den von den Juden angenommnen Berechnungen aber, näherte man ſich der Zahl von beinahe ſechs
tauſend Jahren nach der (erdachten) Schöpfung der
Welt (92).   Dieſes Zuſammentreffen brachte die
Köpfe in Gährung.   Alles beſchäftigte ſich mit einem nahen Ende; man befragte die Hierophanten und
ihre myſtiſchen Bücher, die verſchiedne Zeitpunkte
angaben; man erwartete den groſsen Mittler, den
lezten Richter; man wünſchte ihn herbei, um ſo
vielem Ungemach ein Ende zu machen.   Es wurde ſo viel von dieſem Weſen geredet, daſs endlich
einer es geſehn haben ſollte, und dies erſte Gerücht
war genug, um allgemeine Gewisheit zu gründen.
Das Volksgerücht wurde zur beglaubigten Thatſa-
che; das Weſen der Einbildungskraft wurde ver-
wirklicht; alle Umſtände der mythologiſchen Traditionen verſammelten ſich in dieſem Phantom, und es
entſtand eine authentiſche und vollſtändige Geſchichte, woran niemand länger zweifeln durfte.

Dieſe mythologiſchen Traditionen enthielten:
„daſs im Anfange ein Weib und ein Mann durch ih-
„ren Fall Uebel und Sünde in die Welt gebracht hät-
„ten.“ (Man ſehe Kupfer III.)

Sie ſpielten damit auf die aſtronomiſche Erſcheinung der himmliſchen Jungfrau und des Marines
Bären-

Bärenhüter (bouvier) an, die bei ihrem Untergang beim Sommer-Aequinoctium den Himmel den Wintergestirnen frei liefsen, und indem sie unter den Horizont sanken, den Genius des Bösen, Ahriman, unter dem Gestirn der Schlange vorgestellt, in die Welt einzuführen schienen (93).

Diese Traditionen enthielten: „dafs das Weib „den Mann mit sich fortgerissen, verführt hät-„te (94)."

Und die Jungfrau, die zuerst untergieng, schien auch in der That den Bärenhüter nach sich zu ziehn.

„Dafs das Weib ihn in Versuchung geführt und „ihm Früchte, schön anzusehn, und gut zu essen, „welche die Erkenntnis des Bösen und Guten verlie-„hen, dargereicht hätte."

Und die Jungfrau hält wirklich einen Zweig mit Früchten in der Hand, den sie nach dem Bären-hüter hinzureichen scheint; und der in Mithra's Gemälde (95) an der Gränze des Winters und Sommers angebrachte Zweig, das Sinnbild des Sommers, scheint die Thüre zu öffnen, und Erkenntnis, den Schlüssel des Guten und Bösen, zu geben.

Sie enthielten: „dafs dies Paar aus dem himmli-„schen Garten vertrieben, und dafs ein Cherubim, „mit flammendem Schwerdt, an die Thüre gestellt „worden sey, um ihn zu hüten."

Und wirklich, wenn die Jungfrau und der Bä-renhüter am Abend untergehn, steigt Perseus an der andern Seite empor (96) und dieser Genius scheint

Q 3

mit

mit dem Schwerdt in der Hand fie vom Sommer-
Himmel, dem Garten und Reich der Früchte und
Blumen zu verjagen.

Sie enthielten: „dafs ein Abkömmling, ein Kind
„aus diefer Jungfrau hervorgehn, der Schlange den
„Kopf zertreten und die Welt von der Sünde be-
„freien follte.“

Sie bezeichneten dadurch die Sonne, die am kürzeften Tage, genau in dem Augenblick, wo die Magier der Perfer die Nativität des neuen Jahrs ftellten,
im Schoofse der Jungfrau ftand, indem fie im Often
hervorgieng; fie wurde deswegen in ihren aftrologifchen Gemälden unter der Geftalt eines von einer
keufchen Jungfrau gefäugten Kindes (97) vorgeftellt,
und wurde nachher, beim Frühlings-Aequinoctium,
der Widder oder das Lamm, der Befieger des Schlan-
gen-Geftirns, das vom Himmel verfchwand.

Sie enthielten: „dafs in feiner Kindheit diefer
„Mittler von göttlicher oder himmlifcher Natur, nie-
„drig, demüthig, verborgen und dürftig lebte.“

Und dies, weil die Sonne des Winters niedrig
am Horizont fteht, und weil diefe erfte Periode ihrer vier Alter oder Jahrszeiten, eine Zeit der Dunkelheit, des Mangels, des Faftens, der Entbeh-
rung ift.

Sie enthielten: „dafs, durch die Gottlofen zum
„Tode geführt, er glorreich auferftanden, und von
„der Hölle zum Himmel geftiegen fey, wo er ewig
„regiere.“

Dies

Dies hies das Leben der Sonne erzählen, die, wenn sie ihren Lauf am kürzesten Tage endigte, wo Typhon und die bösen Engel regierten, von ihnen getödtet zu werden schien; bald nachher aber im Gewölke der Himmel wieder hervorgieng (98).

Endlich sagten diese Traditionen, die alles, bis auf ihre astrologischen und mystischen Namen anführten, daſs sie bald sich Chris, das heiſst, Erhalter, nennte (99), (und seht da, ihr Indianer, woraus ihr euern Gott Chris-en oder Chris-na, und ihr, griechische und occidentalische Christen, euern Chris-tos, Mariens Sohn gemacht habt) bald wiederum Yes durch Vereinigung dreier Buchstaben, die nach dem Zahlenwerthe die Zahl 608 ausmachen, eine der Sonnen-Perioden (100); und seht da Europäer! den Namen, woraus mit lateinischer Endigung euer Jes-us oder Jesus geworden ist; ein alter, cabalistischer Name, der dem jungen Bacchus, dem heimlichen (nächtlichen) Sohne der Jungfrau Minerva beigelegt wurde, welcher in der ganzen Geschichte seines Lebens und selbst seines Todes, die Geschichte des Gottes der Christen enthält, das heiſst, des Sterns des Tages, dessen Sinnbild sie beide sind.

Bei diesen Worten erhub sich ein groſses Gemurmel unter den christlichen Gruppen; die Muselmänner, die Lamas, die Indianer brachten sie wieder zur Ruhe, und der Redner vollendete seine Rede:

„Ihr wiſst nunmehr, sagte er, wie das übrige dieses Systems ein Chaos und in der Anarchie der

drei

drei erſten Jahrhunderte entſtand; wie eine Menge ſeltſamer Meinungen die Köpfe trennte, und zwar mit gegenſeitiger Begeiſtrung und Hartnäckigkeit ſie trennte, weil ſie, auf gleiche Weiſe auf alte Sagen gegründet, gleich heilig waren. Ihr wiſst, wie nach drei Jahrhunderten die Regierung, die ſich eine von dieſen Secten beigeſellt hatte, die rechtgläubige, das heiſst, mit Ausſchlieſsung aller andern Religionen, die wegen ihrer geringern Wichtigkeit zu Ketzereien wurden, herrſchende Religion daraus machte; wie, und durch welche Mittel der Gewalt und Verführung dieſe Religion ſich verbreitet hat, wie ſie gewachſen, und dann getrennt und geſchwächt worden iſt; wie, ſechs Jahrhunderte nach der Erneuerung des Chriſtenthums, ſich noch von ihren und den jüdiſchen Materialien ein andres Syſtem bildete, und wie Mahomet ſich auf Koſten der Reiche Moſes und der Stellvertreter Jeſu ein politiſches und theologiſches Reich zu errichten wuſste.

Jezt, wenn ihr die ganze Geſchichte des Geiſtes der Religion durchgeht, ſo werdet ihr finden, daſs bei ihrem Entſtehn nur die Empfindungen und Bedürfniſſe des Menſchen ihre Urheber waren; daſs der Begrif von Gott nur den Begrif der phyſiſchen Kräfte der materiellen Weſen, die gut oder übel auf das empfindende Weſen wirken, das heiſst, ihm Eindrücke des Vergnügens oder Schmerzens erregen, zum Bilde und Urbilde hatte; daſs bei der Bildung aller Syſteme, dieſer Religionsgeiſt ſtets denſelben

Weg

Weg gegangen ist, dieselben Fortschritte gemacht
hat; daß bei allen die Dogmatik stets die Wirkungen
der Natur, die Leidenschaften der Menschen und ihre Vorurtheile unter dem Namen von Göttern vorgestellt hat, und daß bei allen die Moral das Verlangen nach Wohlgenuß und Abneigung vor Schmerzen zum Zwek hatte; daß aber die Völker und die
meisten Gesezgeber die Wege, die dahin führten,
nicht kannten, sich falsche und eben darum wider-
sprechende Vorstellungen von Laster und Tugend,
von Guten und Bösen, das heißt, von dem, was
den Menschen glüklich oder unglüklich macht, bildeten; daß bei allen die Mittel und Ursachen der
Verbreitung und Gründung dieselben Auftritte der
Leidenschaften und Begebenheiten veranlaßten: stete
Wortstreitigkeiten, vorgeblichen Eifer, Revolutionen und Kriege, durch den Ehrgeiz der Oberhäupter,
durch die Betrügerei der Verbreiter, durch die Leichtgläubigkeit der Proselyten, durch die Unwissenheit
des gemeinen Haufens, durch die ausschliesende
Habsucht und den unduldsamen Stolz aller veran-
laßt: mit einem Worte, ihr werdet sehn, daß die
ganze Geschichte des Religionsgeistes nur die Geschichte der Ungewisheiten des menschlichen Geistes
ist, der in eine Welt gesezt, die er nicht ergründet,
dennoch ihr Räthsel enthüllen will; der mit immer
reger Verwundrung dieses geheimnisvolle und sicht-
bare Wunderwerk anstaunt, Ursachen ersinnt, Zwek-
ke vorausfezt, Systeme baut; und wenn er das eine

Q 5

fehler-

fehlerhaft findet, es gegen ein nicht minder fehlerhaftes vertaufcht; den Irrthum hafst, den er verläfst,
den, welchen er annimmt, miskennt, die Wahrheit, die er anruft, zurükftöfst, aus Gebilden der
Phantafie ungereimte Wefen zufammenfezt, und unaufhörlich Weisheit und Glük träumend, fich in einem Labyrinth von Schmerzen und Täufchungen
verliert.

Drei und zwanzigftes Kapitel.

Alle Religionen haben einerlei Zwek.

Alfo fprach der Redner der Menfchen, die nach
dem Urfprung und der Kindheit der Religionsbegriffe geforfcht hatten.

Und die Gottesgelehrten verfchiedner Syfteme
giengen über diefe Rede zu Rathe: es ift eine gottlofe Vorftellung, fagten die einen, die auf nichts anders abzwekt, als allen Glauben umzuftofsen, Un-
gehorfam in die Gemüther zu bringen und unfer
geiftliches Amt, unfre Macht zu vernichten. Es ift
ein Roman, fagten die andern, ein Gewebe von
Schlüffen, die mit Kunft entworfen, aber ohne
Grund find. Und die mäfsigen und vorfichtigen
Leute fezten hinzu: Lafst uns annehmen, dafs alles
wahr wäre, warum diefe Geheimniffe enthüllen?
Allerdings herrfchen viele Irrthümer in unfern Meinungen, allein diefe Irrthümer find ein nothwen-

diger

diger Zaum für die Menge. Die Welt geht feit taufend Jahren diefen Weg, warum follen wir ihn jezt
verändern?

Und fchon fchwoll der Tadel an, der fich gegen
alle Neuerung auflehnt, als eine zahlreiche Gruppe
von Menfchen aus dem Volk, und von Wilden aus
allen Ländern und allen Nationen, ohne Propheten,
ohne Lehrer, ohne Religionsbuch in den Kreis hervortrat und die Aufmerkfamkeit der ganzen Gefellfchaft auf fich zog. Einer nahm das Wort und fagte zu den Gefezgebern:

„Schiedsrichter und Mittler des Volks!. Von Anfang diefes Streits an haben wir feltfame Dinge gehört, die uns bis auf diefen Tag neu waren, und
unfer Geift, überrafcht, verwirrt durch fo viele,
theils gelehrte, theils ungereimte Dinge, die ihm
gleich unbegreiflich find, bleibt in Ungewisheit und
Zweifel. Eine einzige Betrachtung trift uns: indem
wir fo viele wunderbare Dinge, fo viele entgegengefezte Behauptungen durchgehn, fragen wir uns:
was kümmern uns alle diefe Unterfuchungen? Was
brauchen wir zu wiffen, was vor fünf oder fechs taufend Jahren in Ländern gefchehn ift, wovon wir
nichts wiffen, bei Menfchen, die uns unbekannt
bleiben werden? Wahr oder falfch, wozu nüzt es
uns zu wiffen, ob die Welt feit fechs, oder feit
zwanzig taufend Jahren fleht? ob fie aus nichts, oder
aus etwas gefchaffen ift; ob fie aus fich felbft, oder
durch einen Werkmeifter entftanden ift, der feiner

Seits

Seits wieder einen Urheber erfordert? Wie, wir wissen noch nichts zuverläßiges von dem, was in unsrer Nähe vorgeht, und wollen über das beslim- men, was in der Sonne, im Monde, oder in den eingebildeten Räumen geschehn kann? Wir haben unsre Kindheit vergessen, und wollen die Kindheit der Welt kennen? Und wer wird uns bezeugen, was keiner gesehn hat? wer uns bestätigen, was niemand begreift?"

„Was wird es überhaupt unsrer Exislenz zusetzen oder abnehmen, wenn wir zu allen diesen Chimären ja oder nein sagen. Bisher haben unsre Väter und wir nicht den mindesten Gedanken daran gehabt, und wir sehn nicht, daß wir darum mehr oder weniger Sonne, mehr oder weniger Nahrung, mehr oder weniger Böses und Gutes gehabt haben?"

„Wenn diese Kenntnis nothwendig ist, warum haben wir denn ohne sie eben so gut gelebt, als die, welche sich so sehr darüber beunruhigen? Wenn sie überflüssig ist, warum wollen wir uns denn jezt diese Bürde aufladen?" — Er wandte sich an die Gelehr- ten und Theologen: „Wie, sagte er, wir unwissen- den und armen Menschen, die mit allen Augenblik- ken ihres Lebens kaum zu der Sorge für unsern Un- terhalt, und für die Arbeiten, wovon ihr den Nuz- zen zieht, ausreichen, wir müssten so viele Ge- schichten lernen, die ihr uns erzählt, sie in den vie- len Büchern lesen, die ihr uns anführt, die vielen

Spra-

Sprachen lernen, worin sie geschrieben sind? Tausend Lebensjahre würden dazu nicht hinreichen." —

„Es ist gar nicht nöthig, antworteten die Gelehrten, daß ihr euch so viele Kenntnisse erwerbt: wir besitzen sie für euch." —

„Aber ihr selbst seyd mit aller eurer Weisheit nicht eines Sinnes, antworteten die einfältigen Menschen, wozu hilft es euch, sie zu besitzen?"

„Ueberdies, wie könnt ihr für uns antworten? Wenn der Glaube eines Menschen sich auf mehrere anwenden läßt, warum braucht ihr denn selbst zu glauben? Eure Väter werden für euch geglaubt haben, und das ist sehr vernünftig, weil sie für euch sahen."

„Und dann, was ist glauben, wenn glauben keinen Einflus aufs Handeln hat? und auf welche Handlung zum Beispiel hat es Einflus, ob wir die Welt für ewig halten oder nicht?"

„Es beleidigt Gott, sagten die Theologen. — Wo ist das bewiesen? sagten die einfältigen Menschen. — In unsern Büchern, antworteten die Theologen. — Wir verstehn sie nicht, antworteten die einfältigen Menschen."

„Wir verstehn sie für euch, sagten die Theologen."

„Da liegt die Schwierigkeit, antworteten die einfältigen Menschen. Vermöge welches Rechts werft ihr euch zu Mittlern zwischen Gott und uns auf?"

„Ver

„Vermöge feines Befehls, fagten die Gottesgelehrten.   Wo ift der Beweis diefer Befehle? fagten
die einfältigen Menfchen. — In unfern Büchern,
fagten die Gottesgelehrten. — Wir verftehn fie nicht,
fagten die einfältigen Menfchen, und wie könnte diefer gerechte Gott euch dies Vorrecht über uns geben?
Wie follte diefer gemeinfchaftliche Vater uns zwingen, an einen geringern Grad von Ueberzeugung zu
glauben als ihr? Er hat zu euch geredet: es fey! er
ift unfehlbar, und hintergeht euch nicht. Ihr redet
zu uns, ihr! Wer bürgt uns, dafs ihr nicht in Irrthum fteht, oder uns darein zu führen fucht? und
wenn wir betrogen werden, wie wird diefer gerechte Gott uns gegen das Gefez fchützen, oder uns nach
dem richten, welches wir nicht gekannt haben.“

„Er hat euch das natürliche Gefez gegeben, fagten die Theologen.“

„Was ift das natürliche Gefez? antworteten die
einfältigen Menfchen. Wenn diefes Gefez hinreicht,
warum hat er uns andre gegeben? Wenn es nicht
hinreicht, warum gab er es denn unvollkommen?“

„Seine Rathfchlüffe find Geheimniffe, antworteten die Theologen, und feine Gerechtigkeit ift nicht
wie die der Menfchen.“ —

„Wenn feine Gerechtigkeit nicht ift wie die
unfrige, antworteten die einfältigen Menfchen, wie
können wir denn darüber urtheilen? Und noch
mehr, wozu alle diefe Gefetze, und worauf zwek-
ken fie ab?“

„Euch

„Euch glüklicher zu machen, erwiederte ein Gottesgelehrter, indem sie euch beſſer und tugendhafter machen: um die Menſchen zu lehren, wie ſie ſeine Wohlthaten gebrauchen, und nicht ſich ſelbſt unter einander ſchaden ſollen, hat Gott durch ſo viele Zeichen und Wunder ſich offenbart.“

„In dieſem Fall, ſagten die einfältigen Menſchen, bedarf es nicht ſo vieles Forſchens und Grübelns; zeigt uns, welches die Religion iſt, die am beſten den Zwek erfüllt, den alle ſich vorſetzen.“

Alſobald pries jede Gruppe ihre Moral und gab ihr den Vorzug vor allen andern, woraus von Glauben zu Glauben ein neuer, weit heftigerer Streit entſtand. „Wir, ſagten die Muſelmänner, wir beſitzen vorzugsweiſe die Moral, welche alle Gott und den Menſchen nüzliche und angenehme Tugenden lehrt. Wir beſitzen Gerechtigkeit, Uneigennützigkeit, Ergebung gegen die Vorſehung, Barmherzigkeit gegen unſre Brüder, wir üben Wohlthätigkeit, Entſagung. Wir quälen die Seelen nicht mit abergläubiſcher Furcht, wir leben ohne Unruhe und ſterben ohne Gewiſſensbiſſe.“

„Wie könnt ihr, antworteten die chriſtlichen Prieſter, es wagen, von Moral zu reden? Ihr, deſſen Oberhaupt Ausſchweifung geübt, und Laſter gepredigt hat? Ihr, deren erſte Vorſchrift Mord und Krieg iſt? Wir rufen die Erfahrung zu Zeugen. Seit zwölf Jahrhunderten hat euer fanatiſcher Eifer nicht aufgehört, Unruhe und Blutvergieſsen unter den

Natio-

Nationen zu verbreiten; und wenn bis auf diesen Tag das ehmals blühende Asien in Barbarei und Vernichtung schmachtet, so ist eure Lehre daran schuld. Diese, aller Aufklärung feindliche Lehre, welche Unwissenheit einweiht, von einer Seite den unumschränktesten Despotismus in dem, welcher befiehlt, heiligt, während sie von der andern denen, die regiert werden, den blindesten und leidendsten Gehorsam auflegt, die alle Kräfte des Menschen verschlungen, und die Nationen zur Thierheit herabgewürdigt hat.

„Nicht so ist es mit unsrer erhabnen und himmlischen Moral; sie hat die Erde aus ihrer ersten Barbarei gerissen, sie von dem unsinnigen oder grausamen Glauben des Heydenthums, der Menschenopfer (101), der schändlichen Bachanalien, der heydnischen Mysterien befreit; sie hat die Sitten gereinigt, Blutschande, Ehebruch verbothen, die wilden Nationen verfeinert, Sklaverei vertrieben, neue und unbekannte Tugenden, Barmherzigkeit gegen Menschen, ihre Gleichheit vor Gott, Vergebung, Vergessung des Unrechts, Unterdrückung aller Leidenschaften, Verachtung weltlicher Größe, mit einem Worte, ein ganz heiliges und geistiges Leben eingeführt.“

„Wir bewundern, antworteten die Muselmänner, wie ihr diese Barmherzigkeit, diese evangelische Sanftmuth, wovon ihr so viel Gepränge macht, mit dem Unrecht und den Beleidigungen, womit

ihr

ihr unaufhörlich euren Nächſten kränkt, zu vereinigen wißt? Wenn ihr die Sitten des großen Mannes, den wir verehren, ſo ernſthaft richtet, ſo
könnten wir vielleicht im Betragen desjenigen, den
ihr anbethet, Stoff zur Wiedervergeltung finden.
Allein wir verachten ſolche Mittel und beſchränken
uns blos auf den eigentlichen Gegenſtand der Frage:
wir behaupten, daſs eure evangeliſche Moral nicht
die Vollkommenheit hat, die ihr hinein legen wollt;
es iſt nicht wahr, daſs ſie unbekannte, neue Tugenden in die Welt eingeführt hätte: dieſe Gleichheit
der Menſchen vor Gott, dieſe Bruderliebe und dieſ
Wohlwöllen, die ihre Folgen ſind, waren förmli-
che Lehrſätze der Sekte der Hermetiker oder Samanäer (102), von denen ihr abſtammt.   Vergebung der
Beleidigungen hatten ſchon die Heiden gelehrt, in
dem Falle aber, welchen ihr anführt, wird ſie, weit
entfernt, Tugend zu ſeyn, Unmoralität und Laſter.
Eure ſo geprieſne Vorſchrift, einen Backen nach
dem andern darzureichen, läuft nicht nur allen Empfindungen des Menſchen, ſondern auch allen Begriffen von Gerechtigkeit entgegen; ſie verhärtet
durch Strafloſigkeit die Böſen, und erniedrigt durch
Knechtſchaft die Guten; ſie überliefert die Welt der
Unordnung und Tyrannei, löſt die Geſellſchaft auf,
und dies iſt der wahre Geiſt eurer Lehre.   Eure
Evangelien ſtellen in ihren Vorſchriften und Gleich-
niſſen Gott nie anders dar, als einen Deſpoten ohne
Regeln der Billigkeit. Es iſt ein partheiiſcher Vater,

der ein verführtes, ausschweifendes Kind mit mehr Zärtlichkeit behandelt, als seine andern ehrerbiethigen Kinder von guten Sitten. Es ist ein eigensinniger Herr, der den Arbeitern, die nur eine Stunde arbeiteten, gleichen Lohn mit denen giebt, die sich den ganzen Tag gequält haben, und der die zulezt gekommnen den ersten vorzieht. Ueberall ist es eine menschenfeindliche, ungesellige Moral, welche den Menschen des Lebens, der Gesellschaft überdrüssig macht, und nur Einsiedler und Abgeschiedne hervorbringt.

Ueber die Art aber, wie ihr sie ausgeübt habt, berufen wir uns auf das Zeugnis von Thatsachen: wir fragen euch, ob es die evangelische Sanftmuth ist, welche eure unendlichen Kriege unter Sekten, eure barbarischen Verfolgungen vermeinter Ketzer, eure Kreuzzüge gegen den Arianismus, gegen den Manichäismus, gegen den Protestantismus erzeugt hat? Nicht zu gedenken der Kriege, die ihr gegen uns geführt habt; eurer schändlichen, noch jezt vorhandnen Verbindungen von Menschen, die beeidigt sind, um sie fortzusetzen *). Wir fragen euch, ob die evangelische Barmherzigkeit euch eingab, ganze Völker von Amerika zu vertilgen; die Reiche von Mexiko und Peru zu vernichten; noch jezt Afrika zu ver-

---

*) Der Malthefer-Orden zum Beispiel, dessen Gelübd darin besteht, die Mahometaner zur Ehre Gottes zu tödten oder gefangen zu nehmen.

verheeren, deſſen Einwohner ihr, ohngeachtet eurer Abſtellung der Sklaverei, wie Thiere verkauft;
Indien zu verwüſten, deſſen Beſitzungen ihr an euch
reiſst; mit einem Worte, ob ſie es iſt, die ſeit drei
Jahrhunderten euch lehrte, die Völker dreier Länder in ihrer Mitte zu beunruhigen, wovon die klüg-
ſten, die Chineſen und Japoneſen gezwungen worden ſind, euch zu vertreiben, um eure Ketten zu
vermeiden, und innern Frieden wieder zu erlangen.

Und augenbliklich überhäuften die Braminen,
die Rabbinen, die Bonzen, die Schamans, die Prieſter von den molukkiſchen Inſeln und von den Küſten von Guinea die chriſtlichen Gottesgelehrten
mit Vorwürfen. Ja, rieſen ſie, dieſe Menſchen ſind
Räuber, Heuchler, welche Einfalt predigen, um
Vertrauen zu erſchleichen; Demuth, um leichter zu
unterjochen; Armuth, um ſich alle Reichthümer
zuzueignen; ſie verheiſsen eine andre Welt, um deſto leichter dieſe zu verſchlingen und während ſie
euch Duldung und Barmherzigkeit predigen, verbrennen ſie im Namen Gottes die Menſchen, die ihn
nicht anbethen wie ſie.

Lügenhafte Prieſter, antworteten die Miſſionarien, ihr misbraucht die Leichtgläubigkeit unwiſſen-
der Nationen, um ſie zu unterjochen: ihr macht
euer geiſtliches Amt zu einer Kunſt der Betrügerei
und Liſt; ihr habt die Religion in einen Handel des
Geitzes und der Habſucht verwandelt. Ihr gebt vor,
in Gemeinſchaft mit Geiſtern zu ſtehn, und ſie geben

R 2

nur

nur euren Willen als Orakel; ihr behauptet in den Sternen zu lesen, und das Schikfal bestimmt nur nach euren Wünschen; ihr lafst Götzenbilder reden, und die Götter sind nur die Werkzeuge eurer Leiden= schaften; ihr habt Opfer erfunden, um die Milch der Heerden, das Fett und Fleisch der Opferthiere an euch zu bringen; und unter dem Deckmantel der Frömmigkeit verschlingt ihr die Opfer der Götter, die nicht essen, und den Unterhalt der Völker, die arbeiten.

Und ihr, erwiederten die Braminen, die Bon= zen, die Schamahs, ihr verkauft den leichtgläubigen Menschen leere Gebethe für die Seelen der Todten: durch euren Ablafs, eure Losfprechungen habt ihr euch die Macht und Verrichtungen Gottes selbst an= gemaafst; ihr habt mit seiner Gnade und Vergebung einen Handel gestiftet, habt den Himmel verkauft und durch euer System der Abbüfsungen einen Zoll von Verbrechen gestiftet, der alle Gewissen verderbt hat (103).

Fügt noch hinzu, sagten die Imams, dafs diese Menschen die schwärzeste aller Bosheiten erfunden haben: die ungereimte und gottlose Verpflichtung, ihnen die innersten Geheimnisse, Handlungen, Ge= danken, Wollen zu erzählen (die Beichte), ja ihre unverschämte Neugierde hat sogar ihr Forschen bis in das geweihte Heiligthum des ehelichen Bettes (104) und bis in die unverlezliche Freistätte des Herzens getrieben.

Nun-

Nunmehr giengen die Gottesgelehrten der verfchiednen Religionen von Vorwurf zu Vorwurf über, und enthüllten nach einander alle Vergehungen ihres geiftlichen Amts, alle verborgnen Lafter ihres Standes, und es fand fich, dafs bei allen Völkern der Geift der Priefter, ihr Verfahrungs-Syftem, ihre Handlungen, ihre Sitten durchaus gleich waren.

· Dafs fie allenthalben geheime Verbindungen, der übrigen Gefellfchaft feindliche Gefammtheiten gebildet hatten (105).

Dafs fie fich allenthalben Vorrechte, Freiheiten angemaafst hatten, vermöge welcher fie von allen Laften der andern Stände verfchont blieben.

Dafs fie allenthalben weder die harte Arbeit des Landmanns, noch die Gefahren des Kriegers, noch die Unfalle des Kaufmanns kannten.

Dafs fie allenthalben im Cölibat lebten, um von häuslichen Sorgen fogar verfchont zu bleiben.

Dafs fie allenthalben unter dem Mantel der Armuth das Geheimnis fanden, reich zu feyn und fich alle Arten von Genufs zu verfchaffen.

Dafs fie unter dem Namen der Bettelei ftärkere Abgaben auflegten, als die Fürften.

Dafs fie unter dem Namen von Gaben und Opfern fich fichre und von Gebühren freie Einkünfte verfchaften.

Dafs fie unter dem Namen von Sammlung und Andacht in Müffiggang und Ungebundenheit lebten.

Dafs

Daſs ſie aus Allmoſen eine Tugend gemacht hatten, um ruhig von der Arbeit andrer zu leben.

Daſs ſie die Ceremonien des Glaubens erfunden hatten, um ſich die Achtung des Volks zu erwerben, indem ſie die Rolle der Götter ſpielten, für deren Dollmetſcher und Mittler ſie ſich ausgaben, um ſich ihre ganze Macht anzumaaſsen; daſs ſie in dieſer Abſicht nach den Einſichten oder der Unwiſſenheit der Völker ſich wechſelsweiſe zu Sternkundigen, Nativitätenſtellern, Zauberern, Magikern (106), Nekromanten, Charlatans, Aerzten, Hofleuten, Beichtvätern der Fürſten gemacht hatten, ſtets nach dem Zwecke ſtrebend, zu ihrem eignen Vortheil zu regieren.

Daſs ſie einmal die Macht der Könige erhoben, und ihre Perſonen heiligten, um ihre Gunſt zu erwerben, oder an ihrer Macht Theil zu nehmen;

Und das andremal die Ermordung der Tyrannen predigten (mit Vorbehalt, die Tyrannei zu beſtimmen), um ſich wegen ihrer Verachtung oder wegen ihres Ungehorſams zu rächen.

Daſs ſie ſtets alles, was ihren Vortheilen ſchadete, Gottloſigkeit nannten; allen öffentlichen Unterricht zurük hielten, um im Alleinbeſiz der Weisheit zu bleiben; daſs ſie mit einem Worte, zu allen Zeiten, an allen Orten das Geheimnis ausfündig gemacht hatten, mitten in der Anarchie, die ſie veranlaſsten, in Frieden; unter dem Deſpotismus, den ſie begünſtigten, in Sicherheit; unter der Arbeit, die ſie predigten,

ten, in Ruhe; im Schoofse des Mangels in Ueberflus zu leben; und alles dies, indem sie den besondern Handel trieben, Worte und Bewegungen an leichtgläubige Menschen zu verkaufen, die sie wie Waaren vom höchsten Werthe bezahlen (107).

Die Völker, von Wuth überwältigt, wollten jezt die Menschen, welche so sie hintergangen hatten, in Stücken zerreifsen: allein die Gesezgeber hemmten diese heftige Bewegung und wandten sich an die Oberhäupter und Gottesgelehrten: „Wie, sagten sie zu ihnen, Lehrer der Völker! habt ihr so sie betrogen?"

Und die erschroknen Priester antworteten: „O Gesezgeber! wir sind Menschen, und die Völker sind so abergläubisch! sie selbst haben unsre Irrthümer hervorgerufen *). "

Und die Könige sagten: „O Gesezgeber, die Völker sind so knechtisch und unwissend! Sie haben sich freiwillig vor dem Joche niedergeworfen **), das wir ihnen kaum zu zeigen wagten. "

Nunmehr wandten sich die Gesezgeber zu den Völkern: „Völker, sagten sie zu ihnen, denkt daran, was ihr jezt gehört habt; es sind zwei wichtige Wahrheiten. Ja, ihr selbst verursacht die Uebel, worüber ihr euch beklagt; ihr ermuntert die Tyrannen durch feige Anbethung ihrer Macht, durch un-

R 4

weises

---

*) Man sehe die Brabanter.

**) Man sehe die Einwohner von Wien, die sich vor Leopolds Wagen spannten.

weiſes Verſchlingen ihrer falſchen Güte; durch Erniedrigung im Gehorchen, durch Ausſchweifung in der Freiheit, durch leichtgläubiges Annehmen alles Betrugs; an wem wollt ihr die Fehler eurer Unwiſſenheit und Gierigkeit ſtrafen?“

Und die beſchämten Völker blieben in trauriges Stillſchweigen verſenkt.

____

Vier und zwanzigſtes Kapitel.

Auflöſung des Problems der Widerſprüche.

Und die Geſezgeber nahmen wiederum das Wort.

O Nationen! ſagten ſie, wir haben eure Streitigkeiten über Meinungen vernommen; und die Widerſprüche, welche euch trennen, haben uns auf verſchiedne Betrachtungen und Fragen geleitet, die wir euch zur Berichtigung vorlegen wollen.

Erſtlich, wenn wir die Verſchiedenheit und Widerſprüche der Religionen betrachten, welchen ihr anhängt, fragen wir euch, auf welche Gründe ihr eure Ueberzeugung baut; folgt ihr aus überlegter Wahl der Fahne des einen Propheten lieber, als der des andern? Ehe ihr eine Lehre vor der andern annehmt, habt ihr zuvor beide verglichen? habt ihr ſie reiflich geprüft? oder habt ihr ſie nur vom Zufall der Geburt, von der Herrſchaft der Gewohnheit und Erziehung angenommen? Wurdet ihr nicht an den Ufern der Tiber zu Chriſten, zu Muſelmännern an

den

den Ufern des Euphrats, zu Götzendienern an den Ufern des Indus gebohren, so wie ihr blond in den kalten Regionen gebohren werdet, und verbrannt unter der afrikanischen Sonne? Und wenn eure Meinungen die Wirkung eurer zufälligen Lage auf der Erde, der Verwandtschaft, der Nachahmung sind, wie kann euch denn der Zufall ein Bewegungsgrund der Ueberzeugung, ein Beweis der Wahrheit werden?

Wenn wir zweitens über die Ausschliefsung und willkührliche Unduldsamkeit eurer Ansprüche nachdenken, so erschrecken wir vor den Folgen, die aus euern eignen Grundsätzen herfliefsen. Völker! die ihr einander gegenseitig allen Schlägen des himmlischen Zorns widmet, stellt euch einmal vor, dafs das ewige Wesen, welches ihr verehrt, in diesem Augenblick aus dem Himmel auf diese Menge herabstiege, und mit aller seiner Macht bekleidet, sich auf diesem Throne niederliefse, um euch alle zu richten. Denkt, dafs es zu euch spräche: „Sterbliche, ich will eure eigne Gerechtigkeit an euch üben. Ja, von so vielen Religionen, welche euch trennen; soll eine einzige den Vorzug erhalten; alle andern, diese ganze Menge von Fahnen, von Völkern, von Propheten sollen zu ewigem Verderben verdamnt seyn. — Ja, noch mehr, unter den Sekten des erwählten Glaubens kann nur eine einzige mir gefallen, und alle andern sollen verworfen seyn; aber auch das ist noch nicht genug; von diesem kleinen Haufen mufs ich noch alle ausschliefsen, welche die

R 5

durch

durch ihre Vorfchriften auferlegten Bedingungen nicht erfüllt haben. O Menfchen, auf welche kleine Anzahl Auserwählter habt ihr euer Gefchlecht befchränkt! auf welche Kargheit von Wohlthaten fchränkt ihr meine unermesliche Güte ein? Zu welcher kleinen Anzahl Bewunderer wollt ihr meine Gröfse und meinen Ruhm verdammen?"

Und die Gefezgeber ftanden auf: „Gut, ihr habt es gewollt, Völker! feht hier die Urne, worin eure Namen gefammlet find: ein einziger wird herauskommen. — Zieht! — Wagt es, aus diefer fchreklichen Lotterie zu ziehn. —"

Und die Völker, vom Schrecken ergriffen, riefen: „Nein, nein! wir find alle Brüder, alle gleich; wir können uns nicht verdammen."

Die Gefezgeber nahmen ihre Plätze wieder ein und fagten: „O Menfchen, die ihr über fo viele Gegenftände ftreitet! richtet ein aufmerkfames Ohr auf ein Räthfel, was ihr uns darbiethet, und was ihr felbft auflöfen follt." — Die Völker zeigten grofse Aufmerkfamkeit, die Gefezgeber huben einen Arm gen Himmel empor, und zeigten die Sonne: „Völker, fagten fie, fcheint diefe Sonne, die euch erleuchtet, euch viereckigt oder dreieckigt zu feyn? —" „Nein, antworteten alle einmüthig, fie ift rund. —"

Sie nahmen die goldne Waagfchaale, die auf dem Altar ftand: „ift diefes Gold, das ihr alle Tage in Händen führt, fchwerer, als ein eben fo grofses

Stük

Stük Kupfer?" — „Ja, antworteten einstimmig alle Völker, Gold ist schwerer als Kupfer."

Und die Gesezgeber nahmen das Schwerdt. „Ist dieser Stahl minder hart als Blei?" — „Nein, sagten die Völker."

„Ist Zucker süs, und Galle bitter?" — „Ja."

„Liebt ihr alle das Vergnügen und hafst den Schmerz?" — „Ja."

„Ihr seyd also über diese Dinge, so wie über viele andre, einstimmig."

„Sagt uns nun auch, ob es im Mittelpunkt der Erde einen Abgrund, und Bewohner im Monde giebt?"

Bei dieser Frage entstand ein allgemeiner Lärm. Jeder beantwortete sie verschieden; die einen sagten ja; die andern nein. Diese hier, es wäre wahrscheinlich; jene, die Frage wäre unnüz, lächerlich, und andre, dafs es gut seyn würde, es zu wissen. Kurz es entstand eine allgemeine Zwietracht.

Nach einiger Zeit, als die Gesezgeber das Stillschweigen wieder hergestellt hatten, sagten sie: „Völker! erklärt uns dieses Räthsel. Wir haben euch verschiedne Fragen vorgelegt, und ihr seyd alle, ohne Unterschied des Geschlechts oder der Sekte einstimmig gewesen. Weisse und schwarze Menschen! Anhänger Mahomets oder Moses, Anhänger Beddou's oder von Jesu, ihr habt alle dieselbe Antwort gegeben. Wir legen euch eine andre Frage vor, und ihr seyd alle uneins! Warum diese Einstimmig-

keit

keit in einem Falle, und diese Ungleichheit in einem andern?"

: Und die Gruppe einfältiger und wilder Menschen nahm das Wort und antwortete: „Die Ursache ist sehr einfach. In dem ersten Falle sehen wir, fühlen wir die Gegenstände, wir sprechen durch Empfindung davon: im zweiten sind sie außer dem Reich unsrer Sinne, wir können nur durch Vermuthung von ihnen reden." -

„Ihr habt das Räthsel gelöst, sagten die Gesezgeber: also bestimmt euer eignes Geständnis diese erste Wahrheit:"

Daß jedesmal, wo die Gegenstände euern Sinnen können unterworfen werden, ihr in euerm Ausspruch einstimmig seyd.

Und daß ihr nur dann in Meinung und Empfindung von einander abweicht, wenn die Gegenstände abwesend und außer euerm Kreise liegen.

Allein aus diesem ersten Satze entspringt ein zweiter, der eben so einleuchtend und bemerkenswerth ist. Weil ihr über das, was ihr mit Gewisheit kennt, einstimmig seyd, so folgt daraus, daß ihr nur über das von einander abweicht, was ihr nicht recht versteht, wovon ihr nicht versichert seyd: das heißt: daß ihr euch um das, was ungewis ist, woran ihr zweifelt, streitet, zankt und schlagt. O Menschen! ist das Weisheit!

Und wird nicht eben dadurch erwiesen, daß ihr nicht um die Wahrheit streitet; daß ihr nicht ihre Sache,

che, sondern eure Neigungen, eure Vorurtheile vertheidigt: daſs ihr den Gegenſtand nicht ſo wie er an ſich ſelbſt iſt, sondern ſo wie ihr ihn ſeht, beweiſen wollet; das heiſst, daſs ihr nicht den Augenſchein der Sache, ſondern die Meinung eurer Perſon, eure Art zu ſehn und zu urtheilen geltend machen wollt. Es iſt eine Macht, die ihr ausüben, ein Intereſſe, das ihr befriedigen, ein Vorurtheil, das ihr euch anmaaſsen wollt; es iſt der Kampf eurer Eitelkeit. Weil jeder von euch, wenn er ſich mit jedem andern vergleicht, ſich ihm gleich, ihm ähnlich findet, ſo ſträubt er ſich durch das Gefühl eines gleichen Rechts. Und eure Streitigkeiten, eure Kämpfe, eure Unduldſamkeit ſind Wirkung dieſes Rechtes, das ihr leügnet, des angeſtammten Bewuſstſeyns eurer Gleichheit.

Das einzige Mittel zur Uebereinſtimmung aber iſt — wieder zur Natur zurükzukehren, und die Ordnung der Dinge, welche ſie ſelbſt feſtgeſezt hat, zum Schiedsrichter, zur Richtſchnur zu nehmen — Ferner aber beweiſt eure Einſtimmigkeit noch dieſe andre Wahrheit.

Daſs die wirklichen Dinge in ſich ſelbſt auf identiſche, beſtändige, gleichförmige Art exiſtiren, ſo wie eure Organen auf gleiche Art davon getroffen werden.

Weil ihr aber dieſe Organe durch euern Willen bewegen könnt, ſo könnt ihr verſchiedne Neigungen faſſen, und mit denſelben Gegenſtänden in verſchied-

schiednen Verhältniſſen ſtehn, ſo daſs ihr, was ſie
betrift, einem zurükſtrahlenden Spiegel gleicht, der
ſie zwar, ſo wie ſie wirklich ſind, darſtellen, aber
auch ſie verändern und verunſtalten kann.

Daraus folgt, daſs jedesmal, wo ihr die Gegenſtände, ſo wie ſie ſind, wahrnehmt, ihr unter einander und mit euch ſelbſt eins ſeyd; und daſs ihre Wahrheit für euch, in dieſer Gleichheit zwiſchen euren
Eindrücken und der Art, wie die Dinge exiſtiren,
beſtehr.

Daſs hingegen jedesmal, wo ihr in euren Meinungen von einander abweicht, eure Uneinigkeit
ein Beweis iſt, daſs ihr ſie nicht ſo darſtellt, wie ſie
ſind, daſs ihr ſie verändert.

Und daraus folgt wiederum, daſs die Urſachen
eurer Uneinigkeit nicht in den Gegenſtänden ſelbſt,
ſondern in euerm Geiſt, in der Art, wie ihr wahrnehmt, wie ihr urtheilet, liegen.

Um Einſtimmigkeit der Meinungen herzuſtellen,
müſste man alſo vorher mit Gewisheit ausmachen
und erweiſen, daſs die Gemälde, welche der Geiſt
ſich malt, ihren Urbildern vollkommen gleichen;
daſs er die Gegenſtände genau ſo, als ſie wirklich
ſind, wieder zurük giebt. Dieſes aber kann nicht
erreicht werden, wofern nicht die Gegenſtände von
den Sinnen gefaſst, und ihrem Zeugnis, ihrer Unterſuchung unterworfen werden können. Alles was
nicht dieſe Probe aushalten kann, läſst ſich eben deswegen unmöglich beurtheilen: es findet hier keine

Re-

Regel, kein Punkt des Vergleichs, kein Mittel der Gewisheit ſtatt.

Woraus die Folge erhellt; daſs man, um in Frieden und Eintracht zu leben, ſichs gefallen laſſen muſs, über ſolche Gegenſtände nicht zu urtheilen, keine Wichtigkeit hineinzulegen; mit einem Worte, daſs man eine Gränzlinie zwiſchen den Gegenſtänden, welche vergewiſſert, und welche nicht vergewiſſert werden können, ziehn, und die Welt der phantaſtiſchen Weſen von der Welt der Wirklichkeiten durch eine unverlezliche Scheidewand trennen, das heiſst, den theologiſchen und religiöſen Meinungen allen Einfluſs auf die bürgerliche Verfaſſung rauben muſs.

Seht da, Völker, den Zwek, den eine groſse, von ihren Feſſeln und Vorurtheilen befreite Nation ſich vorgeſezt hat. Seht da das Werk, das wir unter ihren Augen und auf ihren Befehl unternommen hatten, als eure Könige und Prieſter es unterbrachen. — O Könige und Prieſter! ihr könnt die feierliche Bekanntmachnng der Geſetze der Natur noch eine Zeitlang aufſchieben, ſie aber zu vernichten oder umzuſtoſsen ſteht nicht mehr in eurer Macht.

Nunmehr erhub ſich ein gewaltiges Geſchrei in der ganzen Geſellſchaft, und alle Völker bezeugten durch einſtimmige Bewegung ihre Zufriedenheit mit den Worten der Geſezgeber: „nehmt, ſagten ſie zu ihnen, euer heiliges und erhabnes Werk wieder vor, und bringt es zur Vollkommenheit! Spürt den Geſetzen nach, welche die Natur in uns gelegt hat, um

uns

uns zu lenken, und faſst ſie in ein ächtes und unveränderliches Geſezbuch zuſammen.   Aber nicht nur
für eine einzige Nation, für eine einzige Familie,
nein es gelte für uns alle ohne Ausnahme! Seyd die
Geſezgeber des ganzen Menſchengeſchlechts, ſo wie
ihr die Ausleger derſelben Natur ſeyn werdet; zeigt
uns die Linie, welche die Welt der Chimären von
der Welt der Wirklichkeit trennt, und lehrt uns
nach ſo vielen Religionen der Täuſchungen und Irrthümer, die Religion der Ueberzeugung und der
Wahrheit!"

Die Geſezgeber ſchritten nun wieder zur Unterſuchung und Prüfung der phyſiſchen, ſein Weſen
ausmachenden Eigenſchaften des Menſchen, der Bewegungen und Neigungen, die im vereinzelten und
geſelligen Zuſtande ihn regieren, und entwickelten
in folgenden Worten die Geſetze, worauf die Natur
ſelbſt ſein Glük gegründet hat.

Noten.

Noten.

(11) Im eilften Regierungsjahre Abd-ul-Hamids, " dem 1784ten Jahr J. C. und dem 1198ten der Hegira. Die Auswandrung der Tartarn geschah im März, zu Folge eines Manifests der Rußischen Kaiserin, worin die Krimm Rusland für zugehörig erklärt wird. — „Ein Muselmännischer Prinz aus dem Geschlechte des Gengiz-Chan;" dies ist Schahin Guerai. — Gengiz-Chan ließ sich von den Königen, die er überwunden hatte, tragen und bedienen: Schahin nahm, nachdem er sein Land für eine Leibrente von 80,000 Rubel verkauft hatte, eine Kapitains-Stelle bei der Leibgarde der Kaiserin Katharina der zweiten an. Nachher gieng er wieder zu den Türken, die ihn (nach ihrer Gewohnheit) erdroffelt haben.

(a) Die köstliche Seide von Serika, " das heißt, die ursprüngliche Seide des bergichten Landes, wo sich die große Mauer endigt, und welches die Wiege des Chinesischen Reichs gewesen zu seyn scheint. „Die Gürtel von Kachemire." Dies sind die Gewebe, deren Ezechiel erwähnt. „Das Gold von Ophir." Man findet die Spur dieses so vielfältig und mit so wenig Erfolg gesuchten Landes, eines der zwölf arabifchen Cantons, in Ofor, im Lande Oman am Perfifchen Meerbufen, nahe bei den Sabbäern. Es ift reich an Gold, fagt Strabo, und liegt nahe bei Hevila, wo der Perlenfifchfang war. Man fehe das 27fte Kapitel des Propheten Ezechiel, das ein fehr merkwürdiges und ausführliches Gemälde von Afiens Handel in diefem Zeitpunkte liefert.

(b) Diefes Syrien zählte damals hundert mächtige Städte." Nach Jofephus und Strabos Berechnungen mufs Syrien zehn Millionen Einwohner enthalten haben; die Spuren von Ackerbau und Bewohnung beftätigen diefe Angabe.

(c) Ein blindes Verhängnis." Das allgemeine und faft eingewurzelte Vorurtheil der Orientaler. So ftand es gefchrieben, ift ihre Antwort auf alles. Daher entfteht eine Sorglofigkeit und Trägheit, welche das gröfefte Hindernis aller Aufklärung und Verfeinerung ift.

(d) Die zu berühmte Halbinfel Indien." Was für wahren Vortheil bringt der Indianifche Handel einer ganzen Nation? Und mit wie vielen Uebeln hat nicht der Aberglaube diefes Landes den allgemeinen Aberglauben vermehrt?

(e) Ueberrefte von Städten des alten Aethiopiens." In der nächften Lieferung der Encyclopädie wird ein Auffaz über die Zeitrechnung von zwölf Jahrhunderten vor Xerxes Uebergang nach Griechenland eingerükt werden, worin ich bewiefen zu haben glaube, dafs das obere Egypten vormals ein befondres, bei den Hebräern unter dem Namen Kous bekanntes Königreich ausmachte, worauf fich

der

der Name Aethiopien befonders bezieht. Diefes Königreich beftand bis auf Pfammitichs Zeit für fich allein, und
erft, als es mit dem untern Egypten vereinigt wurde, verlor es feinen Namen Aethiopien, den die Völker von Nu-
bien, und alle fchwarzen Völker, fo wie die Einwohner
feiner Hauptftadt Theben beibehielten.

(f) Theben mit hundert Palläften.“ Eine Stadt mit
hundert Thoren, in dem Sinne, wie man es nimmt, ift
eine fo ungereimte Idee, dafs es zu verwundern ift, wie
man diefe Zweideutigkeit nicht früher eingefehn hat.

Von jeher war es im Orient Gebrauch, die Palläfte
und Häufer der Grofsen, Thore zu nennen, weil die
hauptfächliche Pracht diefer Wohnungen in dem einzigen
Thore befteht, das von der Strafse in den Hof geht, in
deffen Hintergrunde die Gebäude liegen. Unter dem Vor-
hofe diefes Thores werden, die Gefpräche mit den Vorübergehenden geführt, und gleichfam Audienz und Gaftfreiheit gegeben. Homer wufste dies alles ohne Zweifel,
allein die Poeten machen keine Kommentare, und ihre
Lefer wollen das Wunderbare.

Diefes Theben, jezt unter dem Namen Luxon (Loug-
for) zu einem elenden Dorfe herabgefunken, hat erftau-
nenswürdige Spuren von Pracht zurükgelaffen. Man kann
das nähere davon in den Kupferftichen vom Norden, im
Pocock und im Bruce fehn. Diefe Monumente machen
alles glaublich, was Homer von ihrer Pracht gefagt und
was er daraus auf ihre politifche Macht und auf ihren
auswärtigen Handel gefchloffen hat.

Ihre

Ihre geographische Lage war diesem doppelten Zwecke
günstig: von einer Seite mußte das ausnehmend fruchtbare Thal am Nil sehr bald eine zahlreiche Volksmenge
herbeiziehn. Von der andern Seite verschafften das mit
Arabien und Indien zusammenhängende rothe Meer, und
der Nil, der bis Abyßinien und bis ins mittelländische
Meer gieng, Theben natürliche Verbindungen mit den
reichsten Ländern in der Welt; Verbindungen, die seine
Thätigkeit um so mehr vergröserten, da das anfangs
sumpfichte untere Egypten lange Zeit ganz unbewohnbar
oder doch wenig bewohnt war. Als aber nachher das
Land durch die Kanäle und Heerstrasen, welche Sesostris
anlegte, gangbarer wurde, und eine gröfere Volksmenge sich dahin zog, entstanden Kriege, welche Thebens
Macht nachtheilig waren. Der Handel nahm einen andern
Weg und wurde das rothe Meer hinab, bis zu dem Kanal, den Sesostris graben lies, geführt. Wohlstand und
Betriebsamkeit zogen sich nach Memphis. Diodor sagt
deutlich; seit Memphis verschönert und zu einem gesunden, angenehmen Wohnorte gemacht worden sey, hätten
die Könige Theben verlaßen, um ihren Siz dort aufzu-
schlagen. Auf solche Art habe Theben in dem Maafse
abgenommen, als Memphis gewachsen sey, bis auf Alexander, der Alexandrien am Rande des Meeres erbaute,
und Memphis wiederum in Verfall brachte. Nach der
Geschichte sind Macht und Wohlstand gleichsam stufen-
weise den Nil herabgestiegen, woraus sich physisch und
historisch erweisen läfst, daß Theben vor den andern
Städten hergegangen ist. Die Zeugnisse der Schriftsteller
über diesen Punkt sind bestimmt. „Die Thebaner, sagt
Diodor (Buch I. Abschn. 2.), halten sich für das älteste
„Volk

„Volk der Welt; fie fagen, dafs die Philofophie und
„Sternkunde ihren Urfprung bei ihnen genommen haben.
„Man mufs geftehn, dafs ihre Lage zur Beobachtung der
„Sterne aufferordentlich günftig ift; auch haben fie eine
„weit genauere Eintheilung der Monate und des Jahrs, als
„die andern Völker u. f. w. “

Was Diodor ausdrüklich von den Thebanern fagt,
wiederholen alle andern Schriftfteller und er felbft von
den Aethiopiern, woraus meine vorhin gemachte Behauptung, dafs beide eins find, neue Beweife erhält. „Die
„Aethiopier, fagt er, Buch 3., halten fich für das älte-
„fte Volk, und da fie unter dem Sonnenftriche gebohren
„find, fo ift es wahrfcheinlich, dafs fie unter diefer Hitze
„vor den andern Menfchen hervorwuchfen. Auch geben
„fie fich für die Erfinder des Gottesdienftes, der Fefte,
„der feierlichen Verfammlungen, der Opfer und aller
„Religionsgebräuche aus. Sie verfichern, dafs die Egypter
„nur eine Colonie von ihnen find, und dafs die Infel
„Delta anfangs mit Waffer bedekt, nur durch die Trüm-
„mern ihres Landes, welche der Nil dahin wirft, zu fe-
„ftem Lande geworden fey. Sie haben zweierlei Arten
„von Buchftaben, wie die Egyptier; Hieroglyphifche und
„Alphabetifche: bei den Egyptiern aber verftehn nur die
„Priefter die erftern und übertragen diefe Kunde vom
„Vater auf den Sohn, da bei den Aethiopiern hingegen
„beide Arten gemein find. “

„Die Aethiopier, fagt Lucian, haben die Sternkunde
„zuerft erfunden und den Geftirnen Namen ertheilt, die
„fie aus den Eigenfchaften herleiteten, welche fie daran

„wahr-

„wahrzunehmen glaubten; diese Kunst gieng, noch un-
„vollkommen, von ihnen zu ihren Nachbarn, den
„Egyptiern über."

Es wäre ein leichtes, die Citate über diesen Gegenstand
hier zu häufen; es erhellt daraus, daß man die stärksten
Gründe hat, die ersten Grundkeime der Wissenschaften
in diesem am Wendekreise gelegnen Lande, und bei einem Negern-Volke zu suchen. Es ist ebenfalls erwiesen,
daß die Alten durch den Namen Aethiopier Menschen mit
krausen Haaren, mit schwarzer Haut und aufgeworfnen
Lippen, bezeichnet haben, woraus ich geneigt bin zu
schliefsen, daß die Bewohner des untern Egyptens ein
fremdes, aus Syrien und Arabien gekommnes Geschlecht
waren; eine Mischung verschiedner wilder Stämme, anfangs Fischer und Hirten, die nach und nach eine Nation
bildeten, und durch die Verschiedenheit ihres Blutes und
Ursprunges selbst, Feinde der Thebaner waren, die sie
ohne Zweifel als Barbaren verachteten.

Ich habe bereits in meiner Reise nach Syrien diese
Idee geäussert, die ich auf das negernmäfsige Ansehn des
Sphinx gründete. Seit dem habe ich mich überzeugt, daß
die alten Figuren der Thebaner alle dasselbe Gepräge haben; und Herr Bruce unterstützt diese Behauptung mit einer Menge analoger Thatsachen: allein dieser Reisende,
von dem ich zu Cairo reden hörte, hat seine systemati-
schen Ideen dermaafsen mit seinen Thatsachen verwebt,
daß man nur mit äusserster Vorsicht von seinen Erzählungen Gebrauch machen darf.

Es ist sehr sonderbar, daß Afrika, welches uns vor der Thür liegt, unter allen Ländern am wenigsten bekannt ist! Die Engländer machen jezt Versuche, deren Erfolg uns zur Nacheifrung anreizen sollte.

(g) Hier waren diese Idumäischen Häfen.“ Ailah und Atsiom-Gaber. Der Name dieser ersten Stadt existirt noch in den Ruinen am Meerbusen des rothen Meeres auf dem Wege der Pilgrimme nach Mekka. Atsiom hat keine Spuren weiter hinterlassen, ausser Kolzum und Faran, ohngeachtet es der Hafen von Salomons Flotten war. Die von den Tyriern geführten Schiffe dieses Fürsten begaben sich um Arabien nach Ophir in den Persischen Meerbusen, wo sie mit den Schiffen von Indien und Ceylan Verkehr trieben. Diese Schiffarth war ganz Phönicianisch, wie die von den Juden gebrauchten Lootsen und Baumeister, und selbst der Name der Inseln Tyrus und Aradus, gegenwärtig Barhain beweisen. Die Schiffarth auf diesen Meeren wurde immer auf zweierlei Art geführt: erstlich auf Fahrzeugen (jonques) von Binsen und Waiden geflochten, die mit Häuten ausgeschlagen und inwendig verpicht waren; diese Barken konnten das rothe Meer nicht verlassen, noch sich vom Ufer entfernen. Das andre waren Schiffe mit Verdecken, von der Größe unsrer Jachten: Diese passirten die Meerenge und konnten die Wellen des Oceans aushaken. Allein das Holz dazu muste vom Berge Libanon und von Cilicien herbeigeschafft werden, wo es am schönsten und reichlichsten wächst. Dieses Holz wurde anfänglich auf Flößen zur See von Tarsus bis Phönicien geschifft; daher ist der Name Schiffe von Tarsis entstanden, woher man lächerlicher Weise

ge-

geglaubt hat, daß sie um Afrika nach Tarteſſus in Spanien giengen. Von Phönicien ſchaffte man es durch Kameele bis an's rothe Meer, wie noch heute zu Tage geſchieht, weil es an den Küſten dieſes Meeres durchaus an Holz, zum Einheitzen ſogar fehlt. Dieſe Schiffe brauchten ein ganzes Jahr zur Reiſe; das heiſt, ſie reiſten das eine Jahr ab, blieben das andre, und kamen im dritten wieder; weil ſie nur, wie auch jezt noch gebräuchlich iſt, am Lande hinſchifften, weil ſie durch die Paſſatwinde aufgehalten wurden, und weil, nach Plinius und Strabos Berechnungen, die alten Schiffer nur 1200 See-Meilen in Zeit von drei Jahren zurüklegten. Ein ſolcher Handel wurde ſehr koſtſpielig, vorzüglich weil die Schiffe allen Proviant, ſogar das Waſſer, ſelbſt führen muſsten. Aus dieſer Urſache bemächtigte ſich Salomon der Stadt Palmyra, die ſchon damals bewohnt und das Magazin der Handelsführer, und ihr Ruheort war, wohin ſie durch den Euphrat giengen. Durch dieſes Mittel kam Salomon dem Lande des Goldes und der Perlen weit näher; Dieſe Wahl des Wegs über das rothe Meer, oder über den Euphrat, war bei den Alten, was bei uns der Weg von Egypten und vom Cap iſt. Es ſcheint, daſs vor Moſes der Handel durch die Syriſche Wüſte und durch die Landſchaft Theben geführt wurde; daſs, nach ihm, die Phönicier ihn durch das rothe Meer führten und daſs die Könige von Babylon aus Eiferſucht Tyrus und Jeruſalem zerſtörten. Ich beziehe mich auf dieſe Facta, weil hisher beinahe noch nichts Vernünftiges darüber geſagt worden iſt.

(b) Babylon, das nur noch Schutthaufen aufzuweiſen hat." Babylon ſcheint am öſtlichen Ufer des Euphrats
einen

einen Raum von sechs Meilen in die Länge eingenommen
zu haben. Man findet in diesem ganzen Umkreise Mauer-
steine, wovon jezt die Stadt Hellé erbaut wird. Auf vielen dieser Steine findet man verwachsene Schrift, gleich
der von Persepolis. Ich habe diese Nachrichten von Herrn
Beauchamp Gros-Vicar zu Bagdad, ein Reisender, der
sich durch seine Kenntnisse in der Astronomie, und durch
seine Wahrheitsliebe auszeichnet.

(i) Diese Brunnen von Tyrus." Man sehe wegen dieses Monuments die Reise in Syrien. Band 2. p. 198.
„Diese Dämme des Euphrats." Von der Stadt oder dem
Dorfe Samaouat läuft ein doppelter Damm am Euphrat
hinab, der bis zu seiner Vereinigung mit dem Tigris
und von da bis zum Meer geht: das heifst, diese Dämme
erstrecken sich ohngefähr hundert französische Meilen in
die Länge. Ibre Höhe verändert sich und nimmt zu, so
wie man sich vom Meere entfernt; im Ganzen aber kann
man sie von zwölf bis funfzehn Fus schätzen. Ohne diese Dämme würde der Flus das sehr flache Land bis zwanzig oder fünf und zwanzig Meilen weit überschwemmen.
Doch ist er demohngeachtet in den leztern Zeiten durch-
gebrochen und hat das ganze Dreick bedekt, welches seine Vereinigung mit dem Tigris bildet: das heifst mehr
als 130 Quadratmeilen Land. Dieses stinkend gewordne
Wasser hat eine tödliche Epidemie verursacht; woraus erhellt: 1) dafs das zwischen beiden Flüssen eingeschlosne
Land anfänglich ein Morast war; 2) dafs dieser Morast ohne die vorhergegangne Bearbeitung dieser Dämme nicht
bewohnt werden konnte; 3) dafs diese Dämme nur die
Arbeit einer sehr zahlreichen Volksmenge seyn konnten;

so daß Babylons Steigen aus phyſiſchen Gründen vor Ninive hergehn mußte, welches ich in dem, Note e, erwähnten Auffatze chronologiſch dargethan zu haben glaube. Man ſehe in der Encyclopädie den 3ten Band der Antiquitäten.

(*) Dieſe unterirrdiſchen, mediſchen Kanäle.“ Das neuere Aderbidjan, welches ein Theil von Medien war, die Berge von Kourdestan und Diarbekr, ſind voll unterirrdiſcher Kanäle, wodurch die alten Bewohner das Waſſer in trokne Länder führten, um ſie fruchtbar zu machen. Sie hielten dieſes für ein verdienſtliches Werk, für eine von Zoroaſter vorgeſchriebne gottesdienſtliche Handlung: Statt Cölibat, Fleiſcheskreutzigung und Mönchstugenden zu predigen, ſagt er unaufhörlich in den Stellen, die im Sad-der und Zend-aveſta von ihm aufbewahrt ſind, daß es Gott die angenehmſte Handlung ſey, die Erde zu bebauen, flieſſendes Waſſer hinein zu leiten, die Pflanzen und lebendigen Geſchöpfe zu vervielfachen, zahlreiche Heerden, fruchtbare Jungfrauen, viele Kinder u. ſ. w. zu haben.

„Dieſe Waſſerleitungen von Palmyra.“ Auſſer denjenigen, welche das Waſſer aus den beiden Quellen des Orts in die Stadt und umliegende Gegend führten, ſcheint erwieſen, daß es noch eine andre gab, welche es bis von den Syriſchen Gebürgen herbei führte. Man behält die Spur davon lange Zeit in der Wüſte, wo ſie zulezt unter der Erde fortzugehn ſcheint.

(*) Und dieſe Ungleichheit (der Kräfte unter den Menſchen) ein Zufall der Natur, wurde für ihr Geſez

ge-

gehalten. " Beinahe alle alten Philofophen und Politiker haben als Grundfaz und Lehrfaz aufgeftellt: dafs die Men-fchen ungleich gebohren würden, dafs die Natur die ei-nen zur Freiheit, die andern zur Sklaverei gefchaffen ha-be. Ariftoteles in feiner Politik, und Plato, der göttlich genannt wird, ohne Zweifel um der mythologifchen Träumereien willen, die er erzählt hat, bedienen fich be-ftimmt diefer Ausdrücke. Das Recht des Stärkern ift das Völkerrecht aller alten Völker, der Gallier, der Römer, der Athenienfer gewefen, und gerade daher find die grof-fen politifchen Unordnungen und öffentlichen Verbrechen der Nationen entftanden.

(*m*) Und der häusliche Defpotismus legte den Grund zum politifchen Defpotismus. " Ueber diefe einzige Phrafe liefs fich ein fehr langes und wichtiges Kapitel fchreiben. Man würde ohne Widerrede darin erweifen können, dafs alle Misbräuche der Regierungen auf die des häuslichen Regiments gebaut find; diefer Regierung, welche unter dem Namen der Patriarchalifchen, feichte Köpfe fo oft rühmen, ohne fie zu analyfiren. Thatfachen ohne Zahl beweifen, dafs bei allen entftehenden Völkern, dafs im rohen und wilden Zuftande der Vater, das Oberhaupt der Familie, ein Defpot, und zwar ein graufamer, übermü-thiger Defpot ift. Die Frau ift feine Sklavin, die Kin-der feine Diener. Der König fchläft oder raucht feine Pfeife, indefs feine Frau und Töchter alle Arbeiten im Hausbalt und felbft im Felde verrichten. Kaum kommen die Knaben einigermaafsen zu Kräften, fo erlauben fie fich, die Mädgen zu fchlagen, und laffen fich bedienen wie ihre Väter. Man findet diefe Verfaffung bei unfern

uncivilifirten Bauern ganz und gar wieder. Nach dem
Maaſſe, wie die Verfeinerung zunimmt, werden die Sitten milder, und der Zuſtand der Weiber verbeſſert ſich,
bis er von der andern Seite ausartet, und die Herrſchaft
auf ſie kommt. Alsdann iſt eine Nation weichlich gemacht und verdorben. Es iſt merkwürdig, daß die vä-
terliche Autorität um ſo gröſſer iſt, je deſpotiſcher die
Regierung iſt. China, Indien, die Türkey geben auffallende Beiſpiele davon. Man ſollte ſagen, daß die Tyrannen ſich Mitſchuldige zu verſchaffen ſuchen und die
untergeordneten Deſpoten zur Aufrechthaltung ihrer Autorität anzureizen ſuchen. Vielleicht wird man die Römer als Beiſpiele des Gegentheils anführen, dann aber
muß erſt bewieſen werden, daß die Römer wirklich freie
Menſchen waren; und der ſo ſchnelle Uebergang von ihrem republikaniſchen Deſpotismus zu ihrer tiefen Unterjochung unter den Kaiſern ſezt dieſe Freiheit wenigſtens
ſehr in Zweifel.

(*) Zweitens, indem er (der Deſpotismus) unaufhörlich darauf hin arbeitete, die Macht in eine einzige Hand
zu bringen.“ Es iſt ſehr merkwürdig, daß alle Geſellſchaften von jeher dieſen Gang genommen haben. Sie
fiengen mit einer anarchiſchen, oder demokratiſchen Verfaſſung an, das heiſt, mit einer groſſen Theilung der
Macht, und giengen dann zur Ariſtokratie und von der
Ariſtokratie zur Monarchie über. Giebt dieſes nicht einen Beweis, daß diejenigen, welche Staaten unter einer
demokratiſchen Form errichten, ſie beſtimmen, alle den
Unruhen und Erſchütterungen unterworfen zu ſeyn, welche die Monarchie herbeiführen müſſen, und daß die
höchſte

höchfte Regierung durch ein einziges, gewiffen Vorfchriften unterworfenes Oberhaupt die natürlichfte, fo wie die
dem Frieden günftigfte Regierungsform ift? —

(o) Und in der Langeweile ihrer Ueberfättigung überliefsen fich die Könige allen ausgearteten Neigungen. „ Es
ift eben fo merkwürdig, dafs das Betragen und die Sitten
der Fürften und Könige in allen Ländern und zu allen
Zeiten in denfelben Epochen der Bildung oder der Auflöfung der Reiche daffelbe gewefen ift. Allenthalben ftellt
die Gefchichte diefelben Gemählde des Luxus und der
Thorheit dar: Thiergärten zur Jagd, Gärten, Seen, Felfen, Palläfte, Möbeln, Ausfchweifungen der Tafel, fo
wie im Wein, mit den Weibern und endlich gänzliches
Herabfinken zum Thier.

Der widerfinnige Felfen im Garten zu Verfailles hat
allein drey Millionen gekoftet. Ich habe verfchiedentlich
berechnet, was man mit dem Aufwände für die drey Pyramiden von Gizah hätte machen können, und fand, dafs
man füglich vom rothen Meere bis nach Alexandrien einen
Kanal von 150 Fus in die Breite, und 30 Fus in die Tiefe, ganz mit Quaderfteinen und einer Bruftwehre einge-
fafst, nebft einer Kriegs- und Handelsftadt von vierhun-
dert Häufern, mit Ziehbrunnen gefchmükt, dafür hätte
errichten können. Wie ganz andre Wirkung müfste ein
folcher Kanal hervorgebracht haben, als diefe Pyramiden!

(p) Ich erkenne an ihren gekoppelten Pferden u. f. w. „
Der Tartarifche Reuter macht feine Reifen immer mit
zwei Pferden, wovon er das eine an der Hand führt.

Der

Der Kalpak ist eine Mütze von Schaafsfell oder anderm Fell. Unter dieser Mütze ist der Kopf kahl geschoren, einen Büschel von der Größe eines Thalers ausgenommen, den man gerade auf der Stelle, wo unsre Priester die Tonsur haben, sieben bis acht Zoll lang, wachsen läßt. An diesem Büschel, den die meisten Muselmänner angenommen haben, soll der Engel des Grabes die Auserwählten davon führen, um sie ins Paradies zu tragen.

(q) Ungläubige nehmen ein geweihtes Land ein!" Es steht nicht in der Gewalt des Sultans, einer auswärtigen Macht ein von den wahren Gläubigen bewohntes Land abzutreten. Das Volk würde sich unfehlbar empören; dies ist einer von den Gründen, warum denjenigen, welche die Türken kennen, die von einigen europäischen Mächten beabsichteten Cessionen von Candia, Cypern und Egypten stets lächerlich gewesen sind.

(r) Und mystisch Aum auszusprechen." Dieses Wort ist in der indischen Religion ein heiliges Sinnbild der Gottheit: es darf nur insgeheim, und ohne daß jemand es hört, ausgesprochen werden. Es besteht aus drei Buchstaben, wovon der erste A den Urquell alles Geschaffenen, den Schöpfer Brama; der zweite U den Erhalter Vichenou, und der lezte M den Zerstörer, der alles vertilgt, Chiven, bedeutet. Man spricht es aus wie das einsylbige ôm, welches die Einheit dieser drei Götter bedeutet. Dies ist durchaus derselbe Begriff als das Alpha und Omega im Evangelio.

(s) Ob man beim Ellbogen anfangen mus." Dies ist einer der großen Streitpunkte unter den Anhängern

Omar's

Omar's und Ali's. Wenn beide Muselmänner sich auf einer Reise antreffen und sich brüderlich begrüssen und die Stunde des Gebets kommt, wo der eine die Reinigung bei den Fingerspitzen, der andre beim Ellbogen anfängt, so sind sie Todfeinde. O erhabne Wichtigkeit religiöser Meinungen! O tiefe Philosophie ihrer Urheber!

(t) Das Geschlecht der Oguzians." Ehe die Türken den Namen ihres Oberhaupts Othman I. angenommen hatten, hiessen sie Oguzians; unter diesem Namen wurden sie von Gengiz aus der Tartarei vertrieben und verliessen die Ufer des Gihun, um sich in Natolien niederzulassen.

(u) Eine allgemeine Anarchie, wie in Sophis Reiche entstand." In Persien hat nach Thomas Koultkans Tode jede Provinz ihr Oberhaupt gehabt, und seit vierzig Jahren haben diese Oberhäupter nicht aufgehört einander zu bekriegen. In dieser Rüksicht haben die Türken Ursache zu sagen: Zehn Jahre eines Tyrannen thun weniger Schaden als eine Nacht der Anarchie.

(x) Von Volk zu Volk herrschte ein unversöhnlicher Hass." Man lese die Geschichte der Kriege zwischen Rom und Karthago, Sparta und Messena, Athen und Syrakus, zwischen den Hebräern und Phöniziern und doch sind das die Staaten, welche das Alterthum als die verfeinertsten preist!

(y) Die Entscheidung ihrer Streitigkeiten." Was ist ein Volk? Ein einzelnes Glied einer grossen Gesellschaft. Was ist ein Krieg? Ein Zweikampf unter zwei einzelnen Völkern. Was soll die Gesellschaft thun, wenn zwei ihrer

rer

rer Glieder sich schlagen? Sich ins Mittel legen und sie ver-
söhnen, oder sie strafen. Zur Zeit des Abbé de Saint
Pierre schien dies ein Traum; allein zum Glücke des
Menschengeschlechts fängt er an, in Wirklichkeit über-
zugehn.

(z) Die Chinesen, durch übermütigen Despotismus
regiert.“ Der Kaiser von China nennt sich einen Sohn des
Himmels, (das heißt Gottes, denn nach der Meinung der
Chinesen, ist der materielle Himmel, der Schiedsrichter
des Verhängnisses, die Gottheit selbst.) Er zeigt sich nur
alle zehn Monathe, damit nicht das Volk sich daran gewöhnt, ihn zu sehn und die Ehrfurcht verliert: denn er
hat den Grundsatz, daß die Macht nur durch Gewalt besteht, daß die Völker keine Gerechtigkeit kennen, und
daß man sie nur durch Gewalt regieren kann. Erzählung
zweier reisender Muselmänner im Jahr 851 und 877 vom
Abbt Renaudot im Jahr 1718 übersezt.

Diese Verfassung hat sich nicht verändert, was auch
die Missionarien sagen mögen. Der Bambou regiert noch
immer in China und der Sohn des Himmels läßt für den
kleinsten Fehler den Mandarin prügeln, der seiner Seits
wiederum das Volk prügeln läßt. Immerhin mögen die
Jesuiten uns sagen, daß dieses Volk am besten regiert
würde, und seine Einwohner die glüklichsten auf der
Welt wären: ein einziger Brief von Amyot hat mir bewiesen, daß China unter einer ächt türkischen Regierung
steht und Sonnerats Bericht hat es mir bestätigt. Man
sehe den 2ten Band der Reise nach Indien in Quart.

„ Durch

„Durch den eingewurzelten Fehler einer fchlecht ein-
gerichteten Sprache in Feffeln gelegt." So lange die Chinefen mit ihren jetzigen Zeichen fchreiben werden, läfst
fich kein Fortfchritt in ihrer Verfeinerung hoffen. Der
erfte Schritt, um fie dahin zu führen, müfste darin be-
ftehn, ihnen ein Alphabeth wie die unfrigen zu geben,
oder die Tartarifche Sprache an die Stelle der ihrigen zu
fetzen. Der Verfuch, den Herr Lenglès mit diefer lezten
gemacht hat, könnte wohl diefe Veründrung zu Wege
bringen. Man fehe das Alphabeth Mantchou, das Werk
eines wirklich analytifchen Geiftes.

(1) Im Norden nur niedrige Leibeigne, mit denen die
grofsen Eigenthümer fpielen." Als dies gefchrieben wurde, war die Revolution in Polen noch nicht ausgebrochen.
Ich laffe hiemit den tugendhaften Adlichen und dem aufgeklärten Fürften, die fie bewirkt haben, Gerechtigkeit
wiederfahren,

(2) Regiert ihr euch felbft." Diefes Gefpräch zwifchen dem Volk und den müffigen Klaffen ift die genaue
Erklärung aller Gefellfchaft. Alle politifchen Lafter und
Unordnungen laffen fich darauf zurükführen: Menfchen,
die nichts thun und den Unterbalt andrer verfchlingen;
Menfchen, die fich befondre Rechte, ausfchliefsende Pri-
vilegien auf Reichthum und Müffiggang anmaafsen —
das ift die Definition aller Misbräuche, die bei allen Nationen exiftiren. Man vergleiche die Mamlucken in
Egypten, die Adlichen in Europa, die Nairs von Indien,
die Arabifchen Emirs, die Römifchen Patricier, die chriftlichen Priefter, die Imams, die Braminen, die Bonzen,

die Lamas u. f. w., und man wird allenthalben diefelben Refultate finden: „Müſſige Menſchen, die auf Koſten derer, die arbeiten, leben."

(3) Gleichheit und Freiheit ſind alſo die phyſiſchen Grundlagen." Die Erklärung der Rechte enthält in ihrem erſten Artikel eine Verſetzung der Ideen, indem ſie die Freiheit, welche aus der Gleichheit entſpringt, vor ihr hergehn läſst. Dieſes Verſehn darf nicht befremden. Die Wiſſenſchaft der Rechte des Menſchen iſt eine neue Wiſſenſchaft: die Amerikaner haben ſie geſtern erfunden, die Franzoſen vervollkommnen ſie heute: allein es bleibt noch vieles zu thun übrig: in den Begriffen, woraus ſie beſteht, herrſcht eine genealogiſche Ordnung, ſo daſs man von der phyſiſchen Gleichheit an, welche bis zu den entfernteſten Zweigen der Regierung ihre Baſis ausmacht, durch eine ununterbrochene Reihe von Folgen gehn mus. Dieſes wird im zweiten Theile dieſes Werkes dargethan werden.

(4) Mit dem groſsen Hute von Palmblättern." Das Laub dieſes Palmbaums, den man in den antilliſchen Inſeln findet, gleicht einem offnen Fächer, und hängt an einem Stiel, der unmittelbar aus der Erde hervorgeht. Man findet ihn in botaniſchen Gärten.

(5) Und der Anblik ſo vieler Verſchiedenheiten einer Gattung." Ein Saal für die Völkertrachten würde in jedem Betracht in einer Gallerie des Louvre eine ſehr intereſſante Einrichtung ſeyn: die Neugier des groſsen Haufens würde dadurch die anziehendſte Nahrung, die Künſt-

ler

ler trefliche Modelle, und vor allen würden der Arzt,
der Philofoph und Gefezgeber nüzlichen Stoff zum Nachdenken erhalten. Man denke fich eine Sammlung von Ge-
fichtern und Körpern aller Länder und aller Nationen, die
genau mit ihrer Farbe, ihren Zügen, der gewöhnlichften
Form ihrer Glieder gemalt find; welches Feld des Nachdenkens und Forfchens über den Einflus des Klimas, der
Sitten, der Nahrung! Dies würde die wahre Weisheit
des Menfchen feyn! Büffon hat ein Kapitel darüber ver-
fucht, allein dies Kapitel macht unfre wirkliche Unwiffenheit nur fuhlbarer. Man fagt, dafs zu Petersburg der
Anfang einer folchen Sammlung gemacht wäre, allein
man fagt zugleich, dafs fie eben fo unvollkommen ift, als
das Wörterbuch der 300 Sprachen. Dies wäre ein der
franzöfifchen Nation würdiges Unternehmen.

(6) So bis zur Zahl von 72 Partheien, " oder Sekten.
Die Mufelmänner zählen ihrer gewöhnlich 72, allein ich
habe bei ihnen ein Werk gelefen, worin mehr als 80,
die eine fo klug als die andre, angegeben werden.

(7) Und diefe Religion hat feit 1200 Jahren nicht
aufgehört. " Man lefe die Gefchichte der türkifchen Religion von ihren eignen Schriftftellern und man wird
überzeugt werden, dafs an allen Kriegen, die feit Mahomet Afien und Afrika verwüftet haben, hauptfächlich der
apoftolifche Fanatismus feiner Lehre Schuld war. Man
hat ausgerechnet, dafs durch Cäfar drei Millionen Menfchen umkamen, warum ftellt man nicht lieber diefe Berechnung bei jedem Religionsftifter an.

8) Die

(8) Die Neſtorianer, die Eutychianer und hundert andre desgleichen.“ Man kann über dieſen Gegenſtand das Lexicon der Ketzereien, vom Abbé Pluquet, in zwei dicken Quartbänden, zu Rathe ziehn. Es iſt eins der beſten Werke, um von der Philoſophie einen Begriff beizubringen, ſo wie die Lacedämonier ihren Kindern Mäſsigkeit beibrachten, indem ſie ihnen betrunkne Heloten zeigten.

(9) Kinder Zoroaſters.“ Dies ſind die Parſen, bekannter unter dem ſchimpflichen Namen der Gauren oder Gebern, welches Ungläubige bedeutet. Sie ſind in Aſien, was die Juden in Europa ſind. Mobed iſt der Name ihres Pabſtes oder Grosprieſters.

(10) Deſtours ſind ihre Prieſter.“ Man ſehe Henry Lord, Hyde und Zend-aveſta über die Gebräuche dieſer Religion. Ihre Tracht beſteht aus einem langen weiſsen Rocke mit einem viermal geknüpften Gürtel und einem Schleier auf dem Munde, weil ſie mit ihrem Othem das Feuer zu beflecken fürchten.

(11) Ueber die Auferſtehung mit dem Körper oder blos mit der Seele.“ Die Anhänger von Zoroaſter ſind bereits zwiſchen dieſen beiden Meinungen getheilt. Die einen denken, daſs man mit Körper und Seele, die andern, daſs man blos mit der Seele auferſtehn wird. Die Chriſten und Muſelmänner haben das ſolideſte erwählt.

(12) Sie tragen ein Nez über den Mund, um nicht in einer Fliege eine leidende Seele zu verſchlingen.“ Nach dem Syſtem der Seelenwandrung geht eine Seele, um gereinigt zu werden, in den Körper eines Thieres, eines

In-

Infekts u. f. w. — „Ein Paria." Dies ist der Name einer Caste oder Stamms, der als unrein berüchtigt ist, weil
er alles isst, was Leben gehabt hat.

(13) Brama — so weit herabgebracht, Lingam zum
Fusgestell zu dienen." Man sehe Sonnerat Reise in Indien, Band I. Quarto.

(14) Scheusliche Gestalten des Ebers, des Löwen."
Dies sind Vichenous Fleischwerdungen, oder die Verwandlungen der Sonne. Sie soll am Ende der Welt, das
heifst, des grofsen Zeitlaufs, unter der Gestalt eines Pferdes, gleich den vier Pferden der Apocalypse, erscheinen.

(15) In ihrer Andacht u. f. w." Wenn ein Anhänger von Chiven den Namen Vichenou aussprechen hört,
so flieht er, indem er sich die Ohren verstopft und eilt
sich zu reinigen.

(16) Der Chinese bethet ihn im Fôt an." Der ursprüngliche Name dieses Gottes ist Laits, welches im hebräischen einen Ochfen bedeutet. Die Araber sprechen ihn
Baidh aus, indem sie einen gewissen Nachdruk auf das
dh legen, so dafs es beinahe wie dz lautet. Kempfer, ein
sehr pünktlicher Reisender, schreibt ihn Budso, woher
der Name Budsoist und Bonze rührt, den feine Priester
erhalten haben. Clemens von Alexandrien schreibt in
feinen Stromaten ihn Bedou, wie ihn auch noch jezt die
Bewohner der Insel Ceylon aussprechen; und St. Hieronymus schreibt ihn Boudda und Bourta. Im Königreich Tibet
fagt man schlechtweg Budd, und daher kömmt der Name
des Landes Boud-tán und Ti-budd. Dieser Ort war das

b 3

Herz

Herz diefes Glaubens im obern Afien. Daher entfland
die Verfälfchung des Allah, Gottes Namen, in der Syrifchen Sprache, woher mehrere Mundarten des Orients
abftammen. Die Chinefen, die weder b noch d kennen,
haben diefe Buchftaben durch ihre Nachbarn f und t er-
fezt, und Fout gefagt; fo wie die Bewohner von Siam,
Pout u. f. w.

(17) Das Dafeyn (der Seelen) von den Sinnen abge-
fondert " Man fehe in Kempfer die Lehre der Sintoiften,
eine Mifchung der Lehre des Epikurs und der Stoiker.

(18) Der Feuerfchirm Talipat. " Dies ift das Laub
eines Palmbaums in den Antillifchen Infeln (latanier)
und daher haben die Bonzen von Siam den Namen Ta-
lapoin erhalten. Der Gebrauch diefes Feuerfchirms ift ein
ausfchliefsendes Vorrecht.

(19) In der Bewegung der Himmelskörper. " Die
Anhänger des Confucius find der Aftrologie nicht minder
ergeben, als die Bonzen. Sie ift die moralifche Krankheit des ganzen Orients.

(20) Der Lama, den der Bewohner von Tibet anbe-
tet. " Der Dalay-Lama oder der unermesliche Priefter
des La, ift was in unfern alten Berichten der Priefter Jo-
han genannt wird, eine Verfälfchung des perfifchen Wortes Djehan, die Welt. Auf folche Art läfst fich der Priefter Welt und der Gott Welt vollkommen vereinigen.

(21) Die Excremente ihres Pabftes. " Auf einer
neuerlichen Reife haben die Engländer Götzenbilder des
Lama gefunden, welche geweihte Paftillen aus der Gar-
derobe

derobe des Grospriefters enthielten. Herr Haftings und
der Obrifte Pollier, der fich jezt zu Laufanne befindet,
find lebende und glaubwürdige Zeugen. Man wird erftaunen zu hören, daß diefer fo empörende Gedanke fich
auf einen tiefen Gedanken, den der Seelenwandrung, welche die Lama's zulaffen, gründet. Wenn die Tartarn die
Reliquien des Pabftes verfchlucken (wie es wirklich der
Fall ift), fo ahmen fie das Spiel des Univerfums nach,
deffen Theile fich abfondern und unaufhörlich aus den
einen in die andern übergehn. Es ift die Schlange, die
ihren Schwanz verfchlingt, und diefe Schlange ift Boudd
und die Welt.

(22) Der Gott von Juida." Es gefchieht oft, daß die
Schweine Schlangen von der Art, wie die Negern anbethen, verfchlingen und dann geräth das Land in grofse
Verzweiflung. Der Präfident de Broffes hat in feiner
Gefchichte des Fetifch ein fonderbares Gemälde aller diefer Thorheiten zufammengeftellt. „Man fehe den Teleuten." Die Teleuten, eine tartarifche Nation, malen fich
Gott in einem Kleide von allen Farben, und vorzüglich
von roth und grün, und weil fie diefe Farben in der ruffifchen Dragonertracht finden, fo vergleichen fie ihn mit
diefer Soldatenart. Auch die Egyptier kleiden den Gott
der Welt in ein Gewand von allen Farben. Eufeb. Praep.
Evang. p. 115. lib. 3. Die Teleuten nennen Gott Bou,
eine blofse Veründrung von Boudd dem Gott Ey oder
Welt.

(23) Der Kamtfchadale ftellt fich ihn als einen mürrifchen Alten vor." Man ziehe hierüber ein Werk zu

Rathe,

Rathe, betitelt: Beſchreibung der Rusland unterworfnen Völker, und man wird finden, daſs das Gemälde in keinem Stük überladen iſt.

(24) Sein Schwiegerſohn Ali, oder ſein Stellvertreter Aboubekr " Dieſe zwei groſsen Partheien theilen die Muſelmänner. Die Türken haben die zweite, die Perſer die erſte ergriffen.

(25) Gegen die Ungläubigen Krieg führen. " Was auch die Verfechter der Philoſophie und Aufklärung der Türken ſagen mögen — die Ungläubigen bekriegen iſt bei ihnen eine Religionshandlung — eine Obliegenheit. Man ſehe Reland, von der Mahometaniſchen Religion.

(26) Grundlagen von myſtiſchem Sinn. " Wenn man die Kirchenväter lieſt, und ſieht, auf welche Gründe ſie das Gebäude der Religion errichtet haben, ſo kann man einen ſolchen Grad von Leichtgläubigkeit oder Unredlichkeit kaum begreifen. Allein damals herrſchte noch die Wuth der Allegorien; die Heyden bedienten ſich ihrer, um die Handlungen der Götter zu erläutern; und die Chriſten folgten nur dem Geiſt ihres Jahrhunderts, den ſie auf eine andre Seite lenkten.

(27) Zoroaſter vier Jahrhunderte nach Moſe. " Man ſehe die Chronologie der zwölf Jahrhunderte, wo ich gründlich dargethan zu haben glaube, daſs Moſes etwan 1400 Jahr, und Zoroaſter etwan 1000 Jahr vor Chriſto lebte.

(28) In der Umſchmelzung ihrer Bücher. " In den erſten Zeiten der chriſtlichen Kirche glaubten nicht nur

die

die gelehrteſten von denjenigen, die man nachher Ketzer
genannt hat, ſondern auch viele Rechtgläubige, daſs Moſes weder das Geſez noch die Geneſis geſchrieben hätte,
ſondern daſs dies Werk eine Compilation der Aelteſten des
Volks, und der 72 Alten wäre, die nach Moſes’ Tode ſeine zerſtreuten Vorſchriften ſammleten und mit Dingen
vermiſchten, die nicht von ihm waren; beinahe ſo wie
es mit Mahomets Koran geſchehn iſt. Man ſehe die Cle-
mentinae: Homel. 2. § 51. ynd Homel. 3. §. 42. „Denn eure Geneſis vorzüglich war niemals Moſes Werk.“ Die neuern
Kritiker, die noch aufgeklärter, oder aufmerkſamer waren als die Alten, haben in der Geneſis beſonders Spuren
ihrer Verfertigung bei der Rükkehr aus der Gefangenſchaft gefunden, die Hauptbeweiſe aber ſind ihnen ent-
wiſcht. Ich nehme mir vor, ſie in einer Analyſe der Geneſis zuſammen zu ſtellen, worin ich unter andern darthun werde: daſs das zehnte Kapitel, welches von den angeblichen Geſchlechtern des ſogenannten Menſchen Noah
handelt, ein wahres geographiſches Gemälde der Welt iſt,
wie die Hebräer ſie zur Zeit der Gefangenſchaft kannten.
Ihre Gränzen im Oſten ſind Griechenland oder Hellas; im
Norden der Kaukaſus; im Orient Perſien; gegen Mittag
Arabien und das obere Egypten. Alle angeblichen Perſonen von Adam bis auf Abraham oder ſeinen Vater Tha-
rah ſind mythologiſche Weſen, Sterne, Himmelskörper,
Länder, Adam iſt der Bootes; Noah iſt Oſyris, Xiſuthrus
Janus, Saturn; das heiſt das Einhorn, oder der himmli-
ſche Genius, der das Jahr eröffnet. Nach dem eignen
Geſtändniſs der Chronik von Alexandrien, Seit. 85, hiel-
ten die Perſer Nimrod für ihren erſten König, weil er die
Kunſt der Jagd erfunden hatte; und er war in die Him-

mel

mel verſezt worden, wo man ihn unter dem Namen Orion
kannte. Eben ſo ſind die zehn Geſchlechter dieſelben als
die der Chaldäer im Beroſus und Syncellus.

(29) Die Schöpfung der Welt in ſechs Gâhans oder
Zeiten, oder in ſechs Gahan-bars, das heiſt in ſechs
Zeitpunkten.“ Dieſe Zeitpunkte ſind, was Zoroaſter die
Tauſende Gottes oder des Lichts nennt, das heiſt, die
ſechs Sommermonathe. Im erſten, ſagen die Perſer, ſchuf
(ordnete) Gott den Himmel; im zweiten ſchuf er die
Gewäſſer; im dritten die Erde; im vierten die Bäume;
im fünften die Thiere; und im ſechsten den Menſchen,
gerade wie in der Geneſis. Man ſehe wegen des Nähern
Hyde, c. 9, und Henry Lord, c. 2, über die Religion
der alten Perſer. Es iſt merkwürdig, daſs dieſelbe Tra-
dition ſich in den heiligen Büchern der Hetruſcier findet,
welche berichten, daſs der groſse Werkmeiſter die Dauer
ſeines Werks auf einen Zeitraum von zwölf tauſend Jahren beſchränkt hatte. „Im erſten tauſend ſchuf Gott Himmel und Erde; im zweiten das Firmament; im dritten das
Meer und die Fluſſe; im vierten Sonne, Mond und Planeten; im fünften die Seele der Vögel, der Thiere, des
Gewürms; im ſechsten den Menſchen. Man ſehe Suidas
unter dem Wort Tyrrhena; woſelbſt bewieſen wird:
1) die Identität der theologiſchen und aſtrologiſchen Meinungen; 2) die Identität oder vielmehr die Vermiſchung
der Begriffe von der abſoluten und der ſyſtematiſchen Schöpfung; das heiſt, von der Erneurung der Natur in Zeitpunkten, welche anfangs die jährliche Periode, dann die
Perioden von 60, von 600, von 25,000, von 36,000
und von 432,000 Jahren ausmachten.

(30)

(30) Das Geständnis ihrer Sünden u. f. w." Die neuern Parfen und die alten Mithriaquen, welche eins find, haben alle Sakramente der Chriften, felbft die Ohrfeige bei der Firmelung. Der Priefter des Mithra, fagt Tertullian de praefcriptione, c. 40, verfpricht Verzeihung der Sünden durch ihr Bekenntnis und durch die Taufe; und wenn ich mich recht erinnre, fo bezeichnet Mithra feine Soldaten auf der Stirn (mit dem geweihten Oel, dem egyptifchen Kouphi). Er feiert das Opfer des Brods, das Bild der Auferftehung und reicht die Krone dar, indem er mit dem Degen droht.

In diefen Myfterien prüfte man den Geweihten durch taufend Schrecken; durch die Drohung mit dem Feuer, mit dem Schwerdt u. f. w. Man überreichte ihm eine Krone, die er mit den Worten ausfchlug: Gott ift meine Krone. Man fehe diefe Krone in der Himmelsfphäre zu Bootes Seite. Die Theilnehmer diefer Geheimniffe führten alle den Namen Sternthiere. Die Meffe ift nichts anders als das Feiern diefer Myfterien und der zu Eleufis. Das Dominus vobiscum ift buchftäblich die Formel der Aufnahme chon-h, am, p-ak. Man fehe Beaufobre hift. du manichéisme, tom. 2.

(31) Die Vedams, die Chaftres, die Pourans." Dies find die geweihten Bücher der Indier. Viele diefer Bücher find überfezt worden, dank fey es der Sorge des Herrn Haftings, der zu Calcutta eine litterarifche Gefellfchaft und eine Druckerei geftiftet hat. Nur können wir nicht umhin, indem wir diefer Gefellfchaft für ihre Bemühungen danken, uns zu beklagen, dafs fie einen folchen

Geift

Geist der Ausschliefsung in dem was sie herausgiebt, beweist: es werden so wenig Exemplare von jedem Werk
gedrukt, dafs man kaum in England sie sich verschaffen
kann: alles beschränkt sich auf die Indischen Associirten.
Kaum kennt man in Europa die Asiatic Miscellanies, und
man mufs in dem orientalischen Fach sehr bewandert
seyn, um von Jones, Wilkins, Holhed u. s. w. gehört
zu haben. Von theologischen indischen Büchern beschränkt sich alles was wir bis auf diesen Tag besitzen,
auf den Bhagouet guita, den Ezour Vedam, den Bagava-
dam und auf Bruchstücke aus einigen mit dem Bhagouet
guita herausgekommnen Chastres. Diese Bücher sind
für die Indier, was das Alte und Neue Testament für die
Christen, der Koran für die Muselmänner, der Sad-der
und Zend-avesta für die Parsen u. s. w. Wenn ich über
ihren gesammten Inhalt nachdachte, fragte ich mich oft,
welche Wahrheit das Menschengeschlecht verlieren würde, wenn ein neuer Omar sie verbrennte? und ich habe
keine einzige entdecken können. Ich nenne den Kasten,
wo ich sie einschliefse, die Büchse der Pandora.

(32) Brama, Bichen oder Vichenou, Chib oder Chiven. "
Diese Namen werden nach den verschiednen Mundarten
auf verschiedne Art ausgesprochen. Man sagt Birmah,
Bremma, Brouma. Aus Bichen ist Vichen geworden
durch die leichte Verwechslung des b und v und Vichenou durch die grammatikalische Endigung. Eben so ver-
hält sichs mit Chib, welches Feind (wie Satan) bedeutet, Chib-a und Chiv-en. Man nennt ihn auch Rouder
und Routr-en, das heifst, Zerstörer.

(33)

(33) Unter der Gestalt einer Schildkröte. " Das ist das Gestirn Testudo oder die Leyer, das anfangs eine Schildkröte war, weil es sich langsam um den Pol dreht. Nachher wurde es zur Leyer, weil die Schaale dieses Thiers dem ersten Trommelschläger zum Aufziehn der Saiten diente. Man sehe das trefliche Memoire des Hrn. Dupuis über den Ursprung der Constellationen in 4to.

(34) Die Braminen, Stifter des Heydenthums im Occident. " Man findet die Meinungen der egyptischen und griechischen Theologen in Indien wieder, wohin sie durch den arabischen Handel, und durch die Nachbarschaft von Persien in den entferntesten Zeiten gedrungen zu seyn scheinen.

(35) Er blies in die Gewässer u. s. w. " Dieses Weltsystem der Lamas, der Bonzen und selbst der Braminen kommt, wie Henry Lord versichert, mit dem System der alten Egyptier buchstäblich überein. „Die Egyptier, sagt Porphyr, nennen die Seele oder die bewegende Ursache (der Welt) Kneph. Sie erzählen, daß dieser Gott ein Ey ausspie, aus welchem ein andrer Gott, namens Phta, oder Vulkan entstand (der Urstof des Feuers, die Sonne) und setzen hinzu, daß dies Ey die Welt ist. " Euseb. Praep. Evang. p. 115. „Sie stellen, sagt er anderswo, den Gott Kneph, oder die wirkende Ursache unter der Gestalt eines Menschen von dunkelblauer Farbe vor (die Farbe des Himmels), der in der Hand einen Scepter hält, einen Gürtel, und auf dem Kopf eine kleine Königsmütze von leichten Federn trägt, um zu bezeichnen, wie fein und zart der Begrif dieses Wesens ist. " Ich muß hiebei bemer-

bemerken, daſs Kneph im hebräiſchen einen Fittich, eine Feder bedeutet, und daſs dieſe blaue Farbe ſich bei
den meiſten indiſchen Göttern findet und unter dem
Namen Narayan, eine ihrer berühmteſten Benennun-
gen iſt.

(36) Daſs die Lamas nur Neſtorianer, oder ausgear-
tete Manichäer waren.“ Dies behaupten unſre Miſſionarien und unter andern Georgi in ſeinem unverdauten
Werk de l'alphabet Tibetan; allein wenn es erwieſen iſt,
daſs die Manichäer nur die Zuſammenträger und unwiſ-
ſenden Echos einer Lehre geweſen ſind, die über funfzehn
Jahrhunderte älter war als ſie, was wird dann aus Georgi's Declamationen? Man ſehe hierüber Beauſobre gelehrte Geſchichte des Manichäismus. 2 Bände Quart.

„Allein der Lama bewies u. ſ. w.“ Die orientaliſchen
Schriftſteller kommen allgemein überein, Bedou's Geburt
1000 und 27 Jahr vor Chriſto zu ſetzen. Auf ſolche Art
würde er ein Zeitgenoſſe von Zoroaſter ſeyn, mit dem ſie
ihn wahrſcheinlich verwechſeln. So viel iſt gewis, daſs
ſeine Lehre genau um dieſe Zeit exiſtirte. Man findet ſie
gänzlich in der Lehre des Orpheus, des Pythagoras und
der indiſchen Gymnoſophiſten wieder. Allein der Gymnoſophiſten wird ſchon zu Alexanders Zeiten als einer alten,
bereits in Braminen und Samanäer getheilten Secte erwähnt. Pythagoras lebte im 9ten Jahrhundert vor Chriſto (Man ſehe die Chronologie der 12 Jahrhunderte), und
Orpheus iſt noch älter. Wenn Pythagoras und Orpheus
Lehre, wie es erwieſen iſt, rein egyptiſch waren, ſo ſteigt
Bedou's Lehre zu dieſer gemeinſchaftlichen Quelle herab,

und

und wirklich erzählen die egyptifchen Priefter, dafs Hermes fterbend gefagt hatte · „bis jezt lebte ich aus meinem wahren Vaterlande vertrieben; ich kehre dahin zurük; beweinet mich nicht; ich gehe in das himmlifche Vaterland zurük, wohin jeder fich begiebt, wenn die Reihe ihn trift; Dort ift Gott; diefes Leben ift nur ein Tod.“ Man fehe Chalcidius in Timaeum ·So lautete das Glaubensbekenntnis der Samanäer, der Schüler des Orpheus und des Pythagoras. Noch mehr, Hermes ift kein andrer als Bedou felbft: denn bei den Indiern, Chinefen, Lamas u. f. w. führen der Planet Merkurius und der Tag der Woche, der damit zufammen trift (Mittewoch), den Namen Bedou, welches ihn wiederum in den Rang der phyfifchen Wefen fezt, und den Irrthum feiner angeblichen Exiftenz als Menfch erweift, weil es ausgemacht ift, dafs Merkur kein menfchliches Wefen, fondern der Genius ift, der auf den längften Tag geftellt, das Jahr der Egyptier öfnete: daher feine aus der Stellung des Syrius genommnen Attribute und fein Name Anubis oder Aesculap, oder der Hundsmenfch, weil er einen Hundekopf hatte; daher feine Schlange, die Wafferfchlange, das Sinnbild des Nils (Hydor, Feuchtigkeit): und diefe Schlange felbft fcheint mir die Urfache feines Namens Hermes zu feyn, denn Remes bedeutet in der orientalifchen Sprache Schlange. Da aber Bedou mit Hermes eins ift, fo fühlt man, wie alt das Syftem feyn mufs, das man ihm beimifst. Der Name Samanäer ift fichtlich eins mit dem in der Tartarey, in China und Indien beibehaltnen Namen Schamans. Man deutet ihn Mann von Holz, Eremit, der feine Leidenfchaften kreutzigt, weil dies die charakteriftifchen Eigenfchaften diefer Secte waren. Buchftäblich aber heifst es

himm-

himmlisch (Samaoui) und erläutert das Syftem derer, die
fich fo nennen.   Dies Syftem ift durchaus eins mit dem
des Orpheus, der Effenäer und der alten Anachoreten in
Perfien und im ganzen Orient (Man fehe Porphyr de ab-
ftin. annual.).   Diefe himmlifchen und büfsenden Menfchen hatten den Unfinn in Indien fo weit getrieben,
dafs fie die Erde nicht mehr berühren wollten; fie lebten
in Käfigten, die an Bäumen hiengen, und das Volk, das
fie eben fo unfinnig verehrt, brachte ihnen zu effen dahin.   In der Nacht gefchahen Diebftähle, Nothzucht,
Mord, und man entdekte, dafs diefe Ueberirrdifchen aus
ihren Käfigten ftiegen und fich für den Zwang des Tages
fchadlos hielten.   Die Braminen, ihre Nebenbuhler, machten fich diefe Umftände zu Nutze, um fie auszutilgen, und
feit diefer Zeit ift ihr Name in Indien mit Heuchler gleich-
bedeutend.   Man fehe hift. de la Chine, tom. 5. in 4to.
Note pag. 50; hift. des Huns, tom. 2. und Vorrede des
Ezour Vedam.

(37) Beweifet uns fein Dafeyn u. f w. " Es find durchaus keine andern hiftorifchen Denkmähler vom Dafeyn Jefus, als menfchliches Wefen, vorhanden, auffer einer
Stelle im Jofephus (Antiq. Jud. libr. 18. c. 3) eine Stelle
aus dem Tacitus (Annal. libr. 15. c. 44) und die Evan-
geliften.   Allein die Stelle aus dem Jofephus wird allgemein für apocryphifch und für untergefchoben gegen das
Ende des 3ten Jahrhunderts erkannt.   Man fehe die Ueber-
fetzung des Jofephus von Herrn Gillet.   Und die aus dem
Tacitus ift fo flüchtig, und fo fichtlich aus der Ausfage
der Chriften vor den Tribunälen hergenommen, dafs er
in die Klaffe der evangelifchen Denkmähler gerechnet
werden

werden muſs. Die Autorität dieſer Monumente bleibt nun allein noch zu prüfen übrig. „Alle Welt weis, ſagt Fauſtlin, der, obgleich Manichäer, einer der aufgeklär-teſten Menſchen des dritten Jahrhunderts war, alle Welt weis, daſs die Evangelien weder von Jeſu Chriſto, noch von ſeinen Apoſteln, ſondern lange nachher von Unbe-kannten geſchrieben ſind, die, weil ſie wohl vermuthe-ten, daſs man ihnen Dinge nicht glauben würde, die ſie nicht geſehn hatten, die Namen der Apoſtel oder apoſto-liſcher, gleichzeitiger Menſchen darüber ſezten.“ Man ſe-he Beauſobre erſten Theil; und Hiſt. des Apologiſtes de la relig. chret. par Burigny de l'Academie des inſcript.; ein aufgeklärter Kopf, der die gänzliche Ungewisheit die-ſer Grundſäulen der chriſtlichen Religion erwieſen hat; ſo daſs Jeſus Dàſeyn nicht beſſer erwieſen iſt, als das Da-ſeyn des Oſiris oder Herkules, des Fôt oder Beddou, mit dem die Chineſen ihn ohne Unterlaſs verwechſeln, wie Herr de Guignes ſagt: denn ſie nennen Jeſus Chriſtus nie anders als Fôt. Hiſt. des Huns tom. 2.

(38) Die Evangelien ſind nur die Bücher der Mithria-ques.“ Das heiſst, gottſelige Romane, nach heiligen Legenden von den Myſterien des Mithra, der Ceres, der Iſis u. ſ. w. zuſammengeſezt, und aus derſelben Quelle ſchreiben die Bücher der Indier und der Bonzen ſich her. Unſre Miſſionarien haben ſeit langer Zeit eine auffallende Aehnlichkeit zwiſchen dieſen und den Evangelienbüchern bemerkt. Herr Wilkins bemerkt dies ausdrüklich in ei-ner Note des Bhagouet guita p. 117 der franz. Ueberſ. Alle kommen überein, daſs Krisna, Fôt und Jeſus durch-aus dieſelben Züge haben, allein Religionsvorurtheile ha-

ben über die daraus herzuleitende Folge irre geführt. Der Zeit und der Vernunft gebührt es, dies zu verbessern.

(39) Die innre Lehre. " Die Anhänger des Butso haben zwei Lehren. Die eine ist öffentlich und sichtbar, die andre innerlich und geheim, ganz wie die egyptischen Priester. Warum diese Verschiedenheit? wird man fragen. Weil die öffentliche Lehre, welche Opfer, Büsungen, Stiftungen u. s. w. vorschreibt, dem Volke zu predigen nüzlich ist; statt dass die andre, welche nichts lehrt, und sich auf nichts bezieht, nur den Geweihten bekannt gemacht werden darf. Kann man offenbarer die Menschen in Betrüger und Betrogne abtheilen?

(40) Dass das Glük Unglük ist u. s. w. " Dies sind die eignen Worte des la Loubere in seiner Beschreibung des Königreichs Siam und der Theologie der Bonzen. Ihre Lehrsätze, verglichen mit denen der alten Philosophen Griechenlands und Italiens, führen auf das ganze System der Stoiker und der Epikuräer, mit astrologischem Aberglauben und einigen Zügen der Lehre des Pythagoras vermischt.

(41) Die ursprüngliche Barbarei des Menschengeschlechts. " Es ist das einstimmige Zeugnis aller Geschichten und selbst der Legenden, dass die ersten Menschen durchaus Wilde waren, und dass, um sie zu verfeinern, und sie Brod machen zu lehren, die Götter sich offenbarten.

(42) Weil der Mensch nur durch die Sinne Begriffe erlangt. " Seht da buchstäblich, woran die Alten gescheitert

tert find, und woher ihre Irrthümer entſtanden; ſie haben die Begriffe von Gott für angebohren, mit der Seele
zugleich geſchaffen, gehalten, und daher alle im Plato und
Jamblichus entwickelten Träumereien: Man ſehe den Ti-
mäus, den Phädon und de myſteriis Aegyptiorum. Erſter
Abſchn. c. 3.

(43) Zeugnis aller alten Monumente u. ſ. w. [a] Es erhellt deutlich, ſagt Plutarch, aus Orpheus Verſen, ſo wie
aus den heiligen Büchern der Egyptier und der Phrygier,
daſs die alte Theologie der Griechen nicht nur, ſondern
im Allgemeinen aller Völker, nichts anders war, als ein
phyſiſches Syſtem, ein Gemälde der Wirkungen der Natur, in myſtiſche Allegorien und räthſelhafte Symbole gehüllt; ſo daſs die unwiſſende Menge ſich mehr an den
ſichtbaren als an den verborgnen Sinn hielt; und wenn
ſie ſelbſt von dem leztern etwas begriff, vermuthete ſie
ſtets noch einen tiefern verborgnen Sinn. Plutarch,
Fragment eines verloren gegangnen, im Euſebius angeführten Werks, Praepar. Evang. libr. 3. c. 1.

Die meiſten Philoſophen, ſagt Porphyr, und unter
andern Chäremon (der im erſten Jahrhundert der chriſtlichen Zeitrechnung in Egypten lebte) glauben, daſs es nie
eine andre als die uns ſichtbare Welt gegeben hat, und erkennen von allen Göttern der Egyptier keine andern, als
die man gewöhnlich die Planeten, die Zeichen des Wendekreiſes, die Sternbilder nennt; wozu ſie noch ihre Eintheilungen von Zeichen in Decans, oder Herren der Zel-
ten hinzufügen, die ſie ſtarke und mächtige Oberhäupter
nennen, deren Namen, Heilkräfte, Untergang, Auf-

gang,

gang, Anzeichen von dem was geschehn soll, den Inn-
halt der Kalender ausmachen: denn wenn die Priester sagten, daß die Sonne der Werkmeister der Welt wäre, so
fühlte Chäremon, daß alle ihre Erzählungen von Isis und
Osiris; alle ihre heiligen Fabeln sich zum Theil auf die
Planeten, auf die Mondswandelungen, auf den Lauf der
Sonne; zum Theil (auf die Gestirne der) Hemisphäre
des Tags oder der Nacht und auf den Flus des Nils; mit
einem Wort auf physische, natürliche und keineswegs auf
unkörperliche, Wesen bezogen.   Alle diese Philosophen
glauben, daß die Bewegungen unsers Willens und unsrer
Handlungen von denen der Sterne abhängen und davon
geleitet werden; sie unterwerfen alles den Gesetzen einer
(physischen) Nothwendigkeit, die sie Schiksal oder Fatum
nennen, indem sie eine Kette (von Ursachen und Wirkungen) annehmen, welche durch ein, ich weis nicht
welches, Band alle Wesen unter einander, von dem Sonnenstäubchen an, bis auf die höchste Macht und bis auf
den ersten Einflus dieser Götter verbindet; so daß sie, in
den Tempeln wie in den Götzenbildern oder Götzen nur
die Macht des Schiksals anbethen (Porphyr. epist. ad Iane-
bonem).

(44) Allein der Ackerbau erfoderte die Beobachtung
des Himmels u. s. w." Bis auf diesen Tag hat man auf
indirecte Autorität der Genesis wiederholt; daß Noaks
Kinder die Astronomie erfunden hätten.   Man hat ernst-
haft erzählt, daß sie, als irrende Hirten in den Ebnen
von Sennaar ihre müssigen Stunden damit ausfüllten, ein
System der Himmelskörper zu entwerfen — als wenn
Hirten mehr als den Polarstern zu kennen brauchten, und
als

als wenn nicht das Bedürfnis die einzige Triebfeder aller
Erfindung wäre! Wenn die alten Hirten so wisbegierig
und so geschikt waren, wie kommt es denn, dafs die
Neuern so unwiffend und nachläffig find? Allein es ift ausgemacht, dafs die Araber in der Wüfte keine sechs Geftirne kannten und kein Wort von der Aftronomie verftanden.

(45) Genien, Götter, Urheber des Guten und Böfen. "
Es fcheint, dafs die Alten unter dem Wort Genius eigentlich eine Eigenfchaft, eine erzeugende Kraft verftanden:
denn alle Worte diefes Gefchlechts kommen auf diefen
Sinn zurük: generare, gonos, genefis, genus, gens.

Die alten und neuen Sabäer, fagt Maimonides, erkann-
ten einen oberften Gott, Werkmeifter der Welt und Befitzer des Himmels; wegen feiner zu grofsen Entfernung
aber hielten fie ihn für unzugänglich, und indem fie das
Verfahren des Volks gegen die Könige nachahmten, bedienten fie fich der Planeten und ihrer Engel, denen fie
den Titel Fürften und Könige gaben und ihnen glänzende
Körper gleich Palläften oder Stiftshütten u. f. w. einräum-
ten, zu Mittlern bei ihm (More-Nebuchim, pars 2. c. 29).

(46) Endlich wird ihm fogar nach der Gattung feiner
Benennung ein Gefchlecht ertheilt. "   Nachdem ein Gegenftand nach der Sprache des Volks männlich oder weiblich war, wurde der Gott, der feinen Namen führte, bei
diefem Volke weiblich oder männlich. So fagten die Ca-
padocier der Gott Mond und die Göttin Sonne, weswegen
unaufhörlich in der Mythologie der Alten diefelben Wefen unter verfchiednen Geftalten erfcheinen.

(47)

(47) Die Moral war eine finnreiche Ausübung von dem, was zur Erhaltung des Dafeyns beiträgt." Lafst uns hinzufügen, fagt Plutarch, dafs diefe (egyptifchen) Prie-fter ftets den gröfsten Werth auf die Erhaltung der Ge-fundheit gefezt haben, — und dafs fie diefelbe als ein nothwendiges Erfordernis zum Dienft der Götter, und der Gottfeligkeit betrachteten (Man fehe Ifis und Ofiris).

(48) Dafs feine Grundfätze (der Aftronomie) auf 17000 Jahre zurükzugehn fcheinen." Der biftorifche Redner folgt hier der Meinung des Herrn Dupuis, der, in feinem gelehrten Memoire über den Urfprung der Sternbilder, viele fehr glaubhafte Gründe zufammengeftellt hat, um zu beweifen, dafs vormals die Waage beim Aequinoctium des Frühlings und der Widder bei dem des Sommers ficht-bar war; das heifst, dafs feit der Entftehung des aftronomi-fchen Syftems, die Vorrückung des Aequinoctiums die ur-fprüngliche Ordnung des Wendekreifes um fieben Zeichen verrükt hat. Da aber die Vorrückung um einen Grad auf etwan 70 und ein halbes Jahr gefchäzt wird, das heifst auf 2115 Jahr zu jedem Zeichen, und der Widder im Jahr 1447 (Aftr. Anc. p. 172) vor Chrifto fich in fei-nem funfzehnten Grade befand, fo folgt, dafs der erfte Grad der Waage im Aequinoctium des Frühlings auf 15,194 Jahr vor Chrifto gefchäzt werden mus, welches mit 1790 Jahren feit Chrifto zufammengenommen, 16,984 Jahre feit der Entftehung des Wendekreifes ausmacht. Das Aequinoctium des Frühlings traf 2504 Jahre vor Chri-fto mit dem erften Grade des Widders, und 4619 Jahre vor Chrifto mit dem des Stiers zufammen. Doch ift es merkwürdig, dafs die Verehrung des Stiers die Hauptrolle

in

in der Theologie der Egyptier, Perſer, Japoneſer u. ſ. w.
ſpielt, welches um dieſe Zeit eine gemeinſchaftliche Bewegung bei dieſen verſchiednen Völkern anzeigt. Die
fünf oder ſechs tauſend Jahre der Geneſis kommen nicht
wohl mit dieſer Ordnung der Dinge überein; da aber die
Geneſis über Abraham hinaus, nichts hiſtoriſches mehr
enthält, ſo kann man ſich allen nothwendigen Raum in
der vorhergehenden Ewigkeit nehmen.

(49) Wenn (die Vernunft) eine Himmelszone daſelbſt findet.“ Herr Bailly, der die erſten Aſtronomen in
Selinginsk, nahe am See Bajkal ſezt, hat nicht auf dieſe
doppelte Bedingung geachtet: aus gleicher Urſache, wegen des Regens, und der Mücke Zimb, wovon Herr
Bruce redet, kann man ſie nicht in Axum annehmen.

(50) Der Menſch gab den Sternen u. ſ. w.“ Die Alten, ſagt Maimonides, die ihre ganze Aufmerkſamkeit auf
den Ackerbau richteten, gaben den Sternen Namen, die
ſie aus ihren Beſchäftigungen während des Jahrs herleiteten (More-Neb. pars 3.).

(51) Er nannte die bezeichnete Spur der Sterne und
Planetenkreiſe Schlange.“ Die Alten ſagten: krebſen
(crabiſer), wie der Steinbok hüpfen, ſteinbockſen (ca-
priſer), ſo wie wir krümmen (ſerpenter), ſpringen (coc-
quetter) ſagen. Die ganze Sprache hat ſich nach dieſem
Mechanismus gebildet.

(52) In welche die Kraft der Sterne eingegraben war.“
Die alten Aſtrologen, ſagt‘ der gelehrteſte der Juden
(Maimonides), hatten jedem Planeten eine Farbe, ein

Thier,

Thier, ein Holz, ein Metall, eine Frucht, eine Pflanze
gewidmet, und bildeten aus allen diesen Dingen eine Figur oder Vorstellung des Gestirns; sie bemerkten zu diesem Zwek einen glüklichen Tag, die Vereinigung zweier
Planeten, oder jeden andern günstigen Stand der Gestirne; durch ihre (magischen) Ceremonien glaubten sie in
diese Figuren oder Bilder die Kraft der höhern Wesen
(ihrer Urbilder) übertragen zu können.   Diese Götzenbilder betheten die Chaldäischen Sabäer an; bei dem Gottesdienst, den man ihnen leistete, mufste man in die bestimmte Farbe gekleidet seyn. — Auf solche Art führten die Astrologen durch ihre Gebräuche die Abgötterei
ein, wobei sie den Zwek hatten, sich als Austheiler der
Gnade des Himmels betrachten zu lassen; und weil die alten Völker sich dem Ackerbau gänzlich gewidmet hatten,
überredeten sie sie, dafs sie die Macht besäfsen, über den
Regen und andre Wohlthaten der Jahrszeit zu verfügen.
Auf solche Art wurde aller Ackerbau nach astrologischen
Regeln betrieben und die Priester verfertigten Talismans,
um die Heuschrecken, Fliegen u. s. w. zu vertreiben.
Man sehe Maimonides, More-Nebuchim, pars 3. c. 29.

Die egyptischen, indischen, persischen Priester gaben
vor, die Götter mit ihren Bildern zu verbinden, sie nach
Willkühr vom Himmel herabsteigen zu lassen; sie drohten
der Sonne und dem Monde die Geheimnisse der Mysterien
aufzudecken, den Himmel zu erschüttern u. s. w. Euseb.
Praep. Evang. p. 198. und Jamblichus de mysteriis Aegypt.

(53) Die Sonne sollte die Gestalten der zwölf Thiere
annehmen.“ — Dies sind die eignen Worte des Jamblichus;

chus: de Symbolis Aegyptiorum c. 2. sect. 7.   Er war der grofse Proteus, der allgemeine Verwandler.

(54) Eure Tonsur ist die Scheibe der Sonne. "   Die Araber, sagt Herodot, Buch 3. scheeren sich den Kopf rund und rings um die Schläfe, so wie Bacchus (die Sonne) sich, wie sie sagen, ihn schor. Jeremias 25, v. 23. redet von dieser Gewohnheit.   Der Büschel, den die Mahometaner behalten, ist ebenfalls von der Sonne genommen, die bei den Egyptiern am kürzesten Tage nur mit einem Haar auf dem Kopf gemalt wurde. — Eure Stola ist ihr Thierkreis.   Auf den Stolen der Göttin von Syrien und der Diana von Ephesus, woher die der Priester entstanden, sind die zwölf Sternbilder enthalten.   Die Rosenkränze findet man bei allen indianischen Götzenbildern, die vor mehr als 4000 Jahren verfertigt wurden; und ihr Gebrauch in Asien ist allgemein und von undenklichen Zeiten her eingeführt.   Das Kreuz ist genau der Stok des Bootes oder Osiris.   Man sehe Kupfer 3.   Alle Lamas tragen die Bischofsmütze oder konische Mütze, welche das Bild der Sonne war.   Man sehe Note 56. Abfaz 8.

(55) Der Eintritt eines Planeten in ein Zeichen war eine Heirath, ein Ehebruch u. s. w. "   Dies sind Plutarchs Worte in Isis und Osiris.   Die Hebräer sagen von den Geschlechtern der Patriarchen: et ingressus est in eam. Alle Misverständnisse sind aus dieser steten Zweideutigkeit der alten Sprache entstanden.

(56) Die Vereinigung dieser Bilder. "   Der Leser wird gewis mit Vergnügen mehrere Beispiele von den Hieroglyphen der Alten lesen.

„Die

„Die Egyptier, ſagt Hor-appolo, bezeichnen die Ewigkeit durch die Bilder der Sonne und des Mondes. Sie bildeten die Welt durch eine blaue Schlange mit gelben Schuppen ab (die Sterne, das heiſst der chineſiſche Drache). Wenn ſie das Jahr ausdrücken wollen, ſo ſtellen ſie Iſis vor, die in ihrer Sprache auch Sothis, oder der Hundsſtern, das erſte der Sternbilder heiſst, mit deſſen Aufgang das Jahr anfieng. Seine Inſchrift zu Sais war: Ich ſteige im Sternbilde des Hundes auf. “

„Auch ſtellen ſie das Jahr durch einen Palmbaum, und den Monath durch einen Zweig vor, weil der Palmbaum jeden Monath einen Zweig ausſchlägt. “

„Ferner ſtellen ſie es durch einen Viertel-Morgen vor; der ganze Morgen Land, in vier Theile getheilt, bezeichnete die Zeit eines Schaltjahrs. Die Abkürzung dieſer Figur des viertelligten Feldes iſt augenſcheinlich der Buchſtabe h, der ſiebente des ſamaritaniſchen Alphabets; ſo wie im Ganzen alle Buchſtaben nur Abkürzungen aſtronomiſcher Hieroglyphen ſind: aus dieſer Urſache ſchrieb man nach dem Laufe der Sterne von der Rechten zur Linken. „Sie bezeichnen einen Propheten durch das Bild eines Hundes, weil der Hundsſtern (Anubis) durch ſeinen Aufgang die Ueberſchwemmung ankündigt. “ Nubi bedeutet im Hebräiſchen Prophet. “

„Sie malen die Ueberſchwemmung unter dem Bilde eines Löwen, weil ſie unter dieſem Zeichen eintritt; und daher, ſagt Plutarch, der Gebrauch, waſſerſpeyende Löwen vor die Thüren der Tempel zu ſetzen. “

„Sie

„Sie bezeichnen Gott und das Schikfal durch einen Stern. Auch ſtellen ſie Gott, ſagt Porphyr, unter einem ſchwarzen Stein vor, weil er von düſtrer, finſtrer Natur iſt. Alles weiſſe, bedeutet die himmliſchen, hellen Götter; alles zirkelförmige bezeichnet die Welt, den Mond, die Sonne, die Planeten; alles bogen- und halbenmondsförmige den Mond. — Das Feuer und die Götter des Olymps ſtellen ſie durch Pyramiden und Obelisken vor; (der Name der Sonne Baal findet ſich im lezten Wort) die Sonne durch einen Kegel (die Mütze Oſiris); die Erde durch eine Walze (die ſich rollt); die erzeugende Kraft (der Luft) durch das Bild des Priapus und die der Erde durch einen Triangel, das Sinnbild des weiblichen Gliedes. Euſeb. Praepar. Evang. p. 98.“

„Der Schlamm, ſagt Jamblichus de ſymbolis, ſect. 7. c. 2., bedeutet die Materie, die erzeugende und ernährende Kraft, alles was Wärme und Lebensgährung empfängt.“

„Ein auf dem Lotus oder Nenuphar ſitzender Menſch, bedeutet den bewegenden Geiſt (die Sonne), der gleich dieſer Pflanze im Waſſer lebt, ohne den Schlamm zu berühren; der ebenfalls von der Materie abgeſondert lebt, im Raume ſchwimmt, auf ſich ſelbſt ruht; allenthalben rund iſt, wie die Frucht, das Laub und die Blumen des Lotus (Brama hat Augen des Lotos, ſagt Chaſter Neadirſen, um ſeinen Verſtand zu bezeichnen; ſein Auge, das auf allem ſchwimmt, wie die Blume des Lotos auf dem Waſſer). Ein Menſch am Steuerruder eines Schiffs, fährt Jamblichus fort, bedeutet die Sonne, die alles regiert. Und Porphyr ſagt uns, daß ſie eben-

falls

falls unter einem Menſchen in einem Schiff auf einem Krokodill (ein Amphybion) vorgeſtellt wird, ein Sinnbild der Luft und des Waſſers. "

„Zu Elephantina bethete man einen ſitzenden, blau-farbigten Menſchen, mit einem Stierskopf und Bokshör-nern, an, die eine Scheibe umfaſsten; alles um die Ver-einigung der Sonne im Stier mit dem Monde anzudeuten: die blaue Farbe bedeutet die Wellen, welche der Mond bei dieſer Vereinigung auf dem Waſſer erzeugt (apud Euſeb. Praepar. Evang. p. 116). "

„Der Sperber iſt das Bild der Sonne und des Lichts, wegen ſeines ſchnellen und erhabnen Flugs in der höch-ſten Luft, wo das Licht ſchwimmt. "

„Der Fiſch iſt das Bild des Haſſes, und der Meerochs das Bild der Gewaltthätigkeit, weil er, wie man ſagt, ſeinen Vater tödtet und ſeine Mutter nothzüchtigt. Da-her, ſagt Plutarch, die hieroglyphiſche Inſchrift im Tem-pel zu Sais, wo man auf dem Veſtibüle 1) ein Kind; 2) einen Alten; 3) einen Sperber; 4) einen Fiſch und 5) einen Meerochſen malt; welches bedeutet: 1) An-kömmlinge ins Leben; 2) Abſcheidende; 3) Gott; 4) Haſs; 5) Ungerechtigkeit (Man ſehe Iſis und Oſiris). "

„Die Egyptier, ſezt er hinzu, malen die Welt durch einen Käfer, weil dieſes Inſekt rükwärts auf ſeinem Wege eine Kugel, die ſeine Eyer enthält, vor ſich hinſtöſst, ſo wie der Himmel der Fixſterne die Sonne (das Ey Gott) gegen ihren Lauf treibt. "

„Sie malen die Welt durch die Zahl fünf, das iſt die der Elemente, nämlich, ſagt Diodor, Erde, Luft, Waſ-ſer,

fer, Feuer, und Aether oder Spiritus (bei den India-
nern find es diefelben): und nach der Myftik in Macrobius, machen fie den höchften Gott, oder die erfte Grund-
urfache, den Verftand oder den aus fich felbft gefchaffnen
Geift; die Seele der Welt, die daraus hervorgeht, die
himmlifchen Sphären und irrdifchen Dinge. Daher, fezt
Plutarch hinzu, die Analogie zwifchen pente, fünf (im
Griechifchen) mit Pan, dem Ganzen."

„Der Efel, fagt er ferner, bedeutet Typhon, weil er
foth von Farbe ift; wie diefer; allein Typhon heifst alles
fchlammigte, leimartigte. (Ich bemerke hier, dafs im Hebräifchen Leim, rothe Farbe und Efel Worte aus demfel-
ben Stammworte hamr find. Noch mehr, Jamblichus hat
uns gefagt, dafs Leimen die Materie bedeute, und fezt
an einem andern Orte hinzu, dafs alles Uebel, alles Verderben von der Materie herrühre, welches mit dem Worte
des Macrobius, alles ift vergänglich, der Veründrung in der
Himmelsfphäre unterworfen, verglichen, uns die Theorie des anfänglich phyfifchen, nachher moralifirten Syftems des Guten und Böfen der Alten darlegt.")

(57) Eine unfinnige Urfache des Aberglaubens." Dies
find Plutarchs eigne Worte. Er erzählt, dafs diefe verfchiednen Arten des Glaubens von einem egyptifchen Könige den verfchiednen Städten beigebracht worden, um
fie zu entzweien und zu unterjochen (und diefe Könige
waren in den Stand der Priefter aufgenommen). Man fehe Ifis und Ofiris.

(58) In der Vorftellung der Himmelsfphäre." Die
alten Priefter hatten drei Arten von Vorftellung, welche
dem Lefer zu wiffen nüzlich find,

„Wir

„Wir lesen in Eubulus, sagt Porphyr, daß Zoroaster der erste war, der, nachdem er in den benachbarten
Bergen von Persien eine anmuthig gelegne Höhle gewählt
hatte, sie dem Mithra (der Sonne) dem Schöpfer und Vater aller Dinge widmete: das heißt, er theilte diese Höhle in geometrische Abtheilungen, welche die Himmels-
striche und Elemente vorstellten, und ahmte im Kleinen
die Ordnung und Verfügung der Welt durch Mithra nach.
Nach Zoroaster wurde es Gebrauch, die unterirrdischen
Höhlen der Feier der Mysterien zu widmen, und so
wie die Tempel den himmlischen Göttern, die ländlichen
Altäre den Heroen und irrdischen Göttern, die unterirrdischen Gewölbe den Höllengöttern gewidmet waren, so
wurden gleichfalls die Höhlen und Grotten der Welt,
dem Weltall, den Nymphen vorzüglich geweiht. Daher
sind Plato und Pythagoras auf den Einfall gekommen, die
Welt eine Höhle, un antre, de antro Nympharum, zu nennen.

Das wäre also die erste Vorstellung en relief, und
ohngeachtet die Perser dem Zoroaster die Ehre ihrer Erfindung zugeschrieben haben, kann man versichern, daß sie
bei den Egyptiern ihren Ursprung nahm, und daß sie sogar, als die einfachste, die älteste, dort entstanden seyn
mußte: die mit Gemälden angefüllten Höhlen um Theben bekräftigen diese Meinung.

Man sehe hier eine zweite: „Die Propheten der Egyptier, sagt der Bischof Synnesius, der in den Mysterien ein-
geweiht war, verstatten den gewöhnlichen Arbeitern nicht,
Götzen, oder Bilder der Götter zu verfertigen; allein sie
steigen selbst in die geweihten Höhlen hinab, wo sie in
ver-

verborgnen Behältniſſen gewiſſe Sphären haben, nach welchen ſie dieſe Bilder insgeheim und ohne Vorwiſſen des Volks verfertigen, das einfache und natürliche Dinge verachtet, und Wunder und Fabeln verlangt; (Syn. in Calvit.) das heiſt, daſs die Prieſter Erdkugeln hatten wie die unſrigen; und dieſe mit Chäremon ſo übereinſtimmende Stelle giebt uns den Schlüſſel zu ihrer ganzen aſtrologiſchen Theologie.“

„Endlich hatten ſie flache Plane nach Art des Kupfers III., nur mit dem Unterſchied, daſs ihre Plane ſehr zuſammengeſezt wären, und alle ihre erdichteten Abtheilungen von Decanen und Unter-Decanen, nebſt den hieroglyphiſchen Zeichen ihres Einfluſſes enthielten. Kircher hat in ſeinem egyptiſchen Oedip eine Kopie davon gegeben, und Gybelin ein mit Figuren verſehnes Fragment in ſeinem Buche du calendrier (unter dem Namen des egyptiſchen Thierkreiſes). Die alten Egyptier, ſagt der Aſtrolog Julius Firmicus, aſtron. lib. II. c. 4. und lib. IV. c. 16. theilen jedes Zeichen des Thierkreiſes in drei Abſchnitte; und jeder Abſchnitt ſtand unter der Lenkung eines erdichteten Weſens, das ſie Decan, oder Oberhaupt der Zehne nannten, ſo daſs ſie monathlich drei und jährlich ſechs und dreiſſig Decane hatten. Dieſe Decane aber, die auch Götter (Ѳεοι) genannt wurden, regierten die Schikſale der Menſchen — und wurden beſonders in gewiſſe Sterne geſezt. In der Folge erſann man ſich bei jedem Zehne noch drei Götter, welche man die Austheiler nannte, ſo daſs man alle Monath neune hatte, die wiederum in eine unendliche Zahl von Mächten getheilt wurden. (Die Perſer und Indier entwarfen ihre Sphären nach ihr-

ähnlichen Planen, und wenn man ein Gemälde nach der
Beschreibung verfertigte, die Scaliger am Ende des Mani-
lius davon giebt, so würde man deutlich die Erklärung
ihrer Hieroglyphen darauf sehn, denn jedes Stük ist eine
davon.)

(59) Die verkehrten Genien." Gerade deswegen
wurde Ahrimans Name bei den Persern stets verkehrt
geschrieben, αεωιμηε.

(60) Typhon," das heifst Sündfluth. Typhon, von
den Griechen tuphon ausgesprochen, ist genau das arabi-
sche touphon, welches Sündfluth bedeutet, und alle diese
Sündfluthen in den Mythologien sind nichts anders als der
Winter und Regen und das Uebertreten des Nils, so wie
die angeblichen Feuersbrünste, welche die Welt vernichten sollten, nichts anders sind, als die Sommerzeit. Deswegen sagt Aristoteles, de meteoris lib. I. c. 14. dafs der
Winter des grofsen cyclischen Jahrs eine Sündfluth und
sein Sommer eine Feuersbrunst ist. Die Egyptier, sagt
Porphyr, bedienen sich alle Jahre eines Talismans zum
Gedächtnis der Welt; am längsten Tage bezeichnen sie
die Häuser, die Heerden, die Bäume mit roth, und sagen, dafs an diesem Tage die ganze Welt in Brand gesezt sey. An diesem Tage feierte man ebenfalls den pyr-
thischen oder den Feuertanz. (Dies erklärt ebenfalls den
Ursprung der Reinigungen durch Feuer und Wasser;
denn da man den Wendekreis des Krebses Pforte des Himmels und der Wärme oder des himmlischen Feuers, und
den des Steinboks Pforte der Sündfluth oder des Wassers
genannt hatte, glaubte man, dafs die Geister und Seelen,

welche

welche durch diese Pforte giengen, um in den Himmel
zu gelangen, gebraten oder gebadet würden; daher die
Taufe des Mithra, und der Durchgang durch die Flammen, die lange vor Mose im ganzen Orient gebräuchlich
waren.)

(61) In einer spätern Zeit." Das heist, als der Widder das Aequinoctialzeichen wurde, oder vielmehr als die
verrükte Ordnung des Himmels wahrnehmen liefs, dafs
es nicht mehr der Stier war. Man sehe Note 48.

(62) Religionshandlungen von fröhlicher Art." Alle
alten Feste, die sich auf die Zurükkunft oder Erhöhung
der Sonne beziehn, haben dieses Gepräge: daher die Hi-
laria des römischen Kalenders beim Eintritt des Frühlings-
Aequinoctiums. Die Tänze waren Nachahmungen des
Ganges der Planeten. Der Tanz der Derwische bildet ihn
noch jezt ab.

(63) Religionshandlungen von trauriger Art." Man
biethet, sagt Porphyr, den Dämonen und den boshaften
Genien nur blutige Opfer dar, um ihren Zorn abzukeh-
ren. — Die Dämonen lieben das Blut, die Feuchtigkeit, den Schweis. Apud Euseb. Praep. Ev. p. 173.

„Die Egyptier, sagt Plutarch, biethen dem Typhon
nur blutige Opfer dar. Man opfert ihm einen rothen
Ochsen und das Opferthier ist verflucht, mit allen Sünden des Volkes beladen (der Bok Mosis)." Man sehe
de Iside et Osiride.

„ Die Eintheilung der Thiere in reine und unreine. “ Strabo fagt bei Gelegenheit Mofes und der Juden, „ aus dem Aberglauben ift das Verboth gewiffer Fleifchfpeifen und die Befchneidung entftanden. “ — Bei diefer lezten Gewohnheit muß ich anmerken, dafs fie zum Zwek hatte, dem Bilde des Ofiris (Phallus) das angebliche Hindernis der Fruchtbarkeit zu nehmen; ein Hindernis, welches Typhons Siegel trug: deffen Natur, fagt Plutarch, alles ift, was verhindert, aufhält und hemmt.

(64) Die elyfäifchen Felder. “ Aliz bedeutet im Phönizifchen oder Hebräifchen Tanz und Freude.

(65) Die Milchftrafse. “ Man fehe Macrobius Somn. Scip. c. 12 und Note 78.

(66) Werden dort keinen Schatten werfen. “ Plutarch hat hiervon eine fo intereffante, und das ganze Syftem fo deutlich erklärende Stelle, dafs der Lefer es uns Dank wiffen wird, wenn wir fie ganz herfetzen. Nachdem er gefagt hat, dafs die Theorie des Guten und Böfen zu allen Zeiten die Theologen und Naturforfcher befchäftigt hätte, fezt er hinzu: „ Viele glauben, dafs es zwei Götter von fo entgegengefezter Neigung gäbe, dafs der eine am Guten, und der andere am Böfen Gefchmak fände. Sie nennen zum Unterfchiede den erften Gott und den zweiten Genius oder Dämon. Zoroafter hat fie Oromazes und Ahriman genannt, und fagt, dafs unter allen Gegenftänden, die uns in die Sinne fallen, das Licht den einen, und Finfternis und Unwiffenheit den andern am beften bezeichnen. Er fezt hinzu, dafs Mithra ihre Mit-

tels-

telsperfon ift, und daher nennen die Perfer den Mithra
Mittler. — Jedem diefer Götter find gewiffe Pflanzen
und Thiere befonders gewidmet; die Hunde, Vögel,
Igel z. B. find dem guten, und alle Wafferthiere dem böfen Genius gewidmet."

„Die Perfer fagen ferner, dafs Oromazes aus dem
reinften Licht entftand oder gebildet ward; Ahriman hingegen aus der fchwärzeften Finfternis: dafs Oromazes
fechs Götter fchuf, eben fo gut als er, und dafs Ahriman ihnen fechs böfe entgegen fezte. Dafs nachher
Oromazes fich verdreifachte (der dreifache Hermes) und
fich um eben fo viel von der Sonne entferute, als die
Sonne von der Erde entfernt ift; und dafs er die Sterne
und unter andern den Sirius fchuf, den er als Wächter an
den Himmel ftellte. Allein er fchuf noch vier und zwanzig andre Götter, die er in ein Ey fezte; Ahriman aber
fchuf vier und zwanzig andre, die das Ey zerbrachen und
nunmehr vermifchten fich gute und böfe (in der Welt).
Doch follte endlich eines Tags Ahriman überwunden
und die Erde gleich und geebnet werden, damit alle Menfchen glücklich würden."

„Theopompus fezt nach den Büchern der Magier hinzu, dafs alle drei taufend Jahre wechfelsweife einer von
diefen Göttern regiert, während der andre unterliegt;
dafs fie alsdann wiederum drei taufend Jahre mit gleichen
Waffen kämpfen; worauf der böfe Genius (ohne Wiederkehr) unterliegen foll. Alsdann werden die Menfchen glüklich feyn, und keinen Schatten geben. Allein
der Gott, der diefe Dinge ausdenkt, ruht fich in Erwar-

                    tung

tung bis es ihm gefällt, sie auszuführen." De Iside et
Osiride.

Man sieht deutlich in dieser ganzen Stelle die Allegorie. Das Ey ist die Sphäre der Fixsterne, die Welt; die
sechs Götter des Oromazes sind die sechs Sommerzeichen;
die sechse des Ahrimans, die sechs Winterzeichen. Die
48 sind die 48 Himmelszeichen der alten Sphäre, die
unter Ahriman und Oromazes gleich getheilt ist. Die
Rolle des Sirius, des Wächters, verräth den egyptischen
Ursprung dieser Ideen; und endlich zeigt der Ausdruk,
daß die Erde gleich und geebnet werden und die glüklichen Menschen keinen Schatten geben werden, daß das
wahre Paradies der Aequator war.

(67) Die Höhle des Mithra." Man sehe die No-
te 58. In künstlichen Höhlen, deren sich die Priester allenthalben bedienten, feierte man auch Mysterien, sagt
Origines gegen Celsus, die darin bestanden, die Bewegungen der Sterne, der Planeten und aller Himmelskörper nachzuahmen. Die Eingeweihten führten Namen der
Gestirne und nahmen Gestalten der Thiere an. Der eine
verkleidete sich in einen Löwen, der andre in einen Ra-
ben, jener in einen Widder. Daher die Masken der ersten Komödie. Man sehe Ant. devoilée. T. II. p. 244.
„Bei den Mysterien der Ceres nannte sich der Anführer
des Zugs den Schöpfer; der Flammenträger, die Sonne;
derjenige, der dem Altar am nächsten war, den Mond;
der Herold, Merkur. In Egypten hatte man ein Fest, bei
welchem Männer und Weiber das Jahr, das Jahrhundert,
die Jahrszeiten, die Tagszeiten vorstellten, und dem
Bac-

Bacchus folgten. Athenaeus lib. V. c. 7. In der Höhle des Mithra befand sich eine Leiter mit sieben Sproffen oder Stufen, welche die sieben Sphären der Planeten vorstellten, durch welche die Seelen hinauf und hinab stiegen. Das ist gerade die Leiter in Jakobs Traum, welches anzeigt, dafs um diese Zeit das ganze Syftem schon ausgebildet war. In der königlichen Bibliothek findet man einen prächtigen Band mit Gemälden der indifchen Götter, wo die Leiter mit den Seelen, die hinaufsteigen, abgebildet ist.

(68) Der Genauigkeit der Berechnung. " Man fehe l'aftronomie ancienne des Hrn. Bailly, wo unfre Behauptungen über die Kenntniffe der Priefter vollftändig bewiefen find.

(69) Eine genaue Verbindung. " Dies find Jamblichus eigne Worte. De myft. Aegypt.

(70) Oder gar elektrifch. " Jemehr ich bedenke, was die Alten unter Aether und Spiritus verftanden, und was die Indier akache nannten, jemehr Analogie finde ich darin mit der elektrifchen Flüffigkeit. Eine helle Flüffigkeit, welche die Welt erfüllt, die Materie der Sterne ausmacht, der Urftoff der Bewegung und Wärme; deren kleine runde Theilchen in einen Körper eindringen und ihn erfüllen, indem fie fich darin ausdehnen, welchen Umfang er auch hat — was kann wohl der Elektricität ähnlicher feyn?

(71) Das Herz oder Kern. " Die Naturforfcher, fagt Macrobius, nennen die Sonne das Herz der Welt, c. 20.

 Somn.

Somn. Scip. Die Egyptier, fagt Plutarch, nennen den Orient das Geficht, den Norden die rechte, den Mittag die linke Seite der Welt (weil dort das Herz liegt); un- aufhörlich vergleichen fie die Welt mit einem Menfchen, und daher die berühmte kleine Welt (Microcosmus) der Alchymiften. Lafst uns hier beiläufig bemerken, dafs die Alchymiften, Cabaliften, Freimaurer, Magnetifeurs, Mar- tiniften und alle Schwärmer diefer Art nichts anders find, als verirrte Schüler diefer alten Schule; wir fagen verirr- te — weil ohngeachtet ihrer Anfprüche der Faden der verborgnen Weisheit zerriffen ift.

(72) Die ewige Welt. " Man fehe den Pythagoräer Ocellus Lucanus.

(73) Das orphifche Ey. " Diefe Vergleichung mit ei- nem Eydotter bezieht fich 1) auf die Analogie der run- den und gelben Figur; 2) auf die Lage in der Mitte; 3) auf den Keim oder den Lebensfunken im Eygelb. Soll- te fich die ovale Figur auf die Ellipfis der Planetenkreife beziehn? Ich bin geneigt es zu glauben. Das Wort or- phifch giebt noch eine neue Bemerkung an die Hand. Macrobius fagt (Somn. Scip. c. 14 et c. 20), dafs die Son- ne das Gehirn der Welt ift, und dafs der Analogie zufol- ge der Hirnfchädel im Menfchen rund ift, wie dies Geftirn, der Siz der Weisheit; allein das Wort oerph bedeutet im Hebräifchen das Gehirn und feinen Siz; alsdann ift Orpheus eins mit Redou oder Baits, und die Bonzen find diefelben Orphiker, die Plutarch uns als Charlatans malt, welche kein Fleifch afsen, Talismans, Steine u. f. w. ver- kauften, und Privatperfonen, ja die Regierungen felbft

betro-

betrogen. Man sehe ein gelehrtes Memoire de Freret, sur les orphiques. Acad. des Inscript. tom. 23 in 4to.

(74) Eine goldne Kugel tragend. " Man sehe Porphyr in Euseb. Praep. Ev. lib. 3. p. 115.

(75) Durch Anspielung auf den Wind. " Der Wind von Norden oder der kühlende Wind (etesiae), der regelmäßig mit dem längsten Tage mit der Ueberschwemmung anfängt.

(76) You-piter " — wahre Aussprache des Ju-piters der Lateiner. Das Daseyn selbst, ist der Sinn des Worts you. Man sehe Note 84.

(77) Hervorbringend " — das große Ey. S. Note 35.

(78) Die Unsterblichkeit der Seele, welche anfangs Ewigkeit war. " — Nach dem ersten System der Spiritualisten war die Seele nicht mit dem Körper oder zu gleicher Zeit mit ihm geschaffen, um ihm einverleibt zu werden; sie war vorher, und von aller Ewigkeit her vorhanden. Man sehe in wenig Worten die Lehre, welche Macrobius hierüber aufstellt. Somn. Scip. passim.

„Es giebt eine helle, feurige, sehr zarte Flüssigkeit, " die unter dem Namen Aether oder Spiritus die Welt erfüllt: sie macht die Substanz der Sonne und Sterne aus; sie ist das Princip und die wesentliche Kraft aller Bewegung, alles Lebens — die Gottheit selbst. Wenn ein

Körper

Körper auf der Erde belebt werden soll , so senkt sich ein rundes Theilchen dieser Flüſſigkeit durch die Milchſtraſſe nach der Mondskugel; und dort verbindet sie sich mit einer dickern Luft, die geschikt ist, sich mit der Materie zu verbinden. Alsdann dringt sie in den Körper, der sich bildet, beseelt ihn, wächſt, leidet, vergröſsert und verkleinert sich mit ihm. Wenn er in der Folge vergeht und diese groben Theilchen sich auflöſen , so sondert dieses unverfälschbare Theilchen sich davon ab, und würde sich wieder mit dem groſsen Ocean des Aethers vermischen, wenn seine Vermischung mit der irrdischen Luft es nicht aufhielte. Diese Luft oder Flüſſigkeit, welche die Formen des Körpers beibehält , bleibt ein Schatten oder Fantom, unvollſtändiges Bild des Verblichnen. Die Griechen nannten diesen Schatten das Bild, oder den Abgott der Seele; die Pythagoräer nannten ihn ihren Wagen, ihre Hülle; und die rabbinische Schule ihr Schiff, ihren Nachen. Wenn der Mensch gut gelebt hatte, so kehrte diese ganze Seele, das heiſt, sein Wagen und sein Aether kehrten in den Mond zurük, wo sie von einander gesondert wurden. Der Wagen lebte im Elyſium des Mondes und der Aether kehrte in die Fixſterne, das heiſt zu Gott zurük. Denn, sagt Macrobius, viele nennen Gott den Himmel der Fixſterne. c. 14. Wenn der Mensch nicht gut gelebt hatte, so blieb seine Seele auf der Erde, um sich zu reinigen, und irrte umher, wie die Schatten des Homers, der diese ganze Lehre gekannt hat, weil er nach Pherecydes und Pythagoras, ihren Verbreitern in Griechenland, geschrieben hat. Herodot sagt bei dieser Gelegenheit, daſs der ganze Roman von der Seele und ihren Wanderungen von den Egyptiern erfunden, und

von

von Menschen, die sich für die Erfinder ausgaben, in
Griechenland ausgebreitet worden. Ich weiß ihre Namen, sagt er, allein ich verschweige sie (lib. 2.). Cicero
ergänzt dies und sagt uns bestimmt, daß es Pherecydes,
Pythagoras Lehrer war (Tuscul. lib. 1. §. 16.). Wenn
man aber zugiebt, daß dies System um diese Zeit in der
Hitze seiner Neuheit war, so läßt sich sehr wohl erklären, warum Salomo, der 130 Jahr vor Pherecydes lebte,
es als eine Fabel behandelte, und davon sagte: „wer weis,
ob der Geist des Menschen in die höhern Regionen steigt?
Was mich betrift, wenn ich über den Zustand der Menschen nachdenke, so finde ich, daß er dem der Thiere
gleich ist. Ihr Ende ist dasselbe; der Mensch kommt um
wie das Thier; von dem einen bleibt nicht mehr übrig
als von dem andern; alles ist nichtig." Eccles. c. 3, v. 11.

Dies war auch Moses Meinung gewesen, wie der
Uebersetzer des Herodots sehr richtig bemerket (M. l'Ar-
cher, de l'Academie des Inscript.); er sagt ebenfalls, daß
die Unsterblichkeit erst durch die Assyrer bei den Hebräern
eingeführt wurde. Uebrigens ist das ganze pythagoräische System nichts weiter, als ein bloßes, unrecht ver-
standnes System der Physik.

(79) Von der ein Werkmeister vorhanden ist." Alle
Gründe der Spiritualisten gründen sich auf diesen. Man
sehe Macrobius, am Ende des 2ten Buchs, und Plato.

(80) Der Demi-Urgos, Logos, Geist." Dies sind
wirklich die Abbildungen der drei Personen der christlichen Dreieinigkeit. Man sehe Note 99.

(81) *Diefe Namen felbft.* " Bei der lezten Unterfuchung kommen alle Namen der Gottheit auf den Namen
eines materiellen Gegenftandes zurük, der für ihren Siz
gehalten ward. Wir haben eine Menge Beifpiele davon
gefehn, wir wollen noch eins in unferm eignen Worte
Gott geben. Dies Wort ift wie man weis das *deus* der
Lateiner, der felbft der Θεος der Griechen ift. Allein
nach Plato (in Cratylo), nach Macrobius (Saturn. lib. I.)
und Plutarch (Ifis und Ofiris) heifst das Stammwort Θεος,
welches umherwandern wie ein Planet bedeutet, das
heißt, mit Planet eins ift, weil, fetzen diefe Schriftfteller hinzu, die alten Griechen fowohl als die Barbaren die
Planeten befonders anbetheten. Ich weis, dafs man diefe
etymologifchen Unterfuchungen fehr verfchrieen hat: allein wenn Worte wirklich Zeichen der Ideen find, fo ift
die Genealogie der einen mit den andern eins, und ein
gutes etymologifches Lexikon würde die vollftändigfte Gefchichte des menfchlichen Verftandes feyn. Nur mufs
man fich bei diefer Unterfuchung einer Vorficht bedienen,
die man bisher noch nicht gebraucht hat, und müfs unter
andern eine genaue Vergleichung des Werths der Buchftaben der verfchiednen Alphabete angeftellt haben. Um
aber diefen Gegenftand fortzufetzen, müffen wir hinzu-
fetzen, dafs im Phönicifchen das Wort thah (durch aïn)
auch effer (umherwandeln) bedeutet, und der Urfprung
von Θεος gewefen zu feyn fcheint. Wenn man will, dafs
Dens von dem griechifchen Zeus, der eigenthümliche Name Jupiters, deffen Wurzelwort Zaw (Ich fah) ift, her-
rührt, fo wird man genau den Sinn des Ju finden, welches Seele der Welt, den Urftoff des Feuers bedeutet.
Man fehe Note 84. Div-us, das nur Genius, Gott der

zwei-

zweiten Klasse, bedeutet, scheint mir von dem orientalischen div — für dib Wolf und Chacal, eines der Sinnbilder der Sonne, abzustammen. Zu Theben, sagt Macrobius, wurde die Sonne unter der Gestalt eines Wolfs
oder Chacals gemalt; denn es giebt keine Wölfe in Egypten. Die Urfache dieses Bildes ist wahrscheinlich, weil
der Chacal durch sein Geschrei, so wie der Hahn, den
Aufgang der Sonne ankündigt; und diese Ursache wird
durch die Analogie des Wortes lykos, Wolf, und lykê,
Licht des Morgens, woraus lux geworden ist, bestätigt.

Dius, welches auch von der Sonne verstanden wird,
soll von dih, Sperber, kommen. Die Egyptier, sagt
Porphyr (Euseb. Praep. Evang. p. 92), malen die Sonne
unter dem Bilde eines Sperbers, weil dieser Vogel in den
höchsten Lufthimmel fliegt, wo das Licht strömt. Wirklich sieht man zu Cairo unaufhörlich tausende dieser Vögel in der Luft schweben, aus der sie nur herabkommen,
um durch ihr Geschrei, das der Silbe dih gleichkommt, zu
beunruhigen; und hier, wie im vorhergehenden Beispiel,
findet man die Analogie der Worte dies, Tag, Licht,
und dius, Gott, Sonne.

(82) Wissenschaften und Entdeckungen. " Einer der
Beweise, daß alle diese Systeme in Egypten erfunden wurden, gründet sich vorzüglich darauf, daß dies Land das
einzige ist, wo man ein vollständiges System der Gelehr-
samkeit vom höchsten Alterthume her gegründet, er-
blikt.

Clemens von Alexandrien hat uns eine merkwürdige Nachricht von 42 Büchern gegeben (Stromat. lib. 6.), die man bei der Prozeſſion der Iſis trug. „Der Anführer oder Sänger, ſagt er, trägt ein lyriſches Inſtrument, und zwei Bücher des Merkurs, deren eines Lobgeſänge der Götter und das andre ein Verzeichnis der Könige enthält. Nach ihm trägt der Sternſeher (der Beobachter der Zeit) eine Palme und Stundenglas, Zeichen der Aſtrologie; er mus die 4 Bücher des Merkurs, die von der Aſtrologie handeln, nämlich das erſte von der Ordnung der Planeten; das zweite vom Aufgang der Sonne und des Mondes, und die beiden lezten vom Aufgang und der Stellung der Geſtirne, auswendig können. Der heilige Schriftſteller kommt alsdann, mit Blumen auf dem Kopfe (wie Kneph) und ein Buch, nebſt Tinte und einem Rohr zum Schreiben in der Hand (ſo wie es noch heut zu Tage bei den Arabern Gebrauch iſt); er mus die Hieroglyphen, die Beſchreibung der Welt, den Lauf der Sonne, des Monds, der Planeten, die Eintheilung von Egypten (in 36 Diſtrikte), den Lauf des Nils, die heiligen Geräthſchaften und Kleider, die heiligen Orte, Maaſe u. ſ. w. wiſſen. Dann kommt der Stolenträger, der den Cubitus der Gerechtigkeit und einen Becher zum Ausgieſsen des Opferweins trägt: Ferner trägt er noch zehn Bücher, welche die Opfer, die Hymnen, die Gebethe, die Opfergaben, die Ceremonien, die Feſte betreffen. Zulezt kommt der Prophet, der auf ſeiner entblöſsten Bruſt einen Krug trägt; ihm folgen die Träger des Brodes (wie auf der Hochzeit zu Kana). Dieſer Prophet, als Präſident der Myſterien, lernt noch zehn heilige Bücher auswendig, die von den Geſetzen, den Göttern, und der

ganzen

ganzen Disciplin der Priester handeln. Ueberhaupt giebt es 42 Bücher, wovon diese Personen 36 lernen müssen. Die 6 andern gehören für die Pastophoren: sie handeln von der Arzneiwissenschaft, vom Bau des menschlichen Körpers (Anatomie), von Krankheiten, Heilmitteln, Instrumenten u. s. w."

Wir überlassen es dem Leser, alle Folgen aus einer solchen Encyclopädie zu ziehn. Man schrieb sie dem Merkur zu; allein Jamblichus sagt uns, daß alle von den Priestern verfertigten Bücher diesem Gotte gewidmet waren, der unter dem Titel eines Genius oder Decans, der den Thierkreis eröffnete, beim Anfange jedes Unternehmens oben an sas. Dies ist der Janus der Römer, der Guianes der Indier, und es ist merkwürdig, das Janus und Guianes homonym sind. Uebrigens scheinen diese Bücher die Quelle von allem zu seyn, was uns die Lateiner und Griechen in allen Wissenschaften, selbst in der Alchymie und Necromanie u. s. w. hinterlassen haben. Am meisten mus man den Theil bedauern, der von der Gesundheitslehre und Diätetik handelt, worin die Egyptier wirklich grosse Fortschritte und nüzliche Bemerkungen gemacht hatten.

(83) Der im untern Egypten regierte. " Zu einer gewissen Zeit, sagt Plutarch (de Iside), lassen alle Egyptier ihre Thiergötter malen. Die Thebaner sind die einzigen, die keinen Maler bezahlen, weil sie einen Gott anbethen, dessen Formen nicht in die Sinne fallen, und sich nicht abbilden. Seht da den Gott, den Moses, zu Heliopolis erzogen, vorzugsweise annahm, aber nicht erfand.

(84)

(84) Und Jàhuh. " — Dies ist die wahre Aussprache des Jehovah unsrer Neuern; die hierin gegen alle
Regeln der Kritik anstofsen, weil es erwiesen ist, dafs die
Alten, und vorzüglich die orientalischen Syrier und Phö-
nicier weder das Je noch v kannten, das sich von den
Tartarn herschreibt. Der noch vorhandne Gebrauch bei
den Arabern, dessen wir hier erwähnen, wird durch Dio-
dor bestätigt, der den Gott Moñs Jaw nennt (lib. I.).
Man sieht, dafs jaw und Jahuh dasselbe Wort sind. Die
Identität erhält sich in dem Wort Yu-piter; um sie aber
noch vollkommner zu machen, wollen wir sie in dem
Sinne selbst zeigen.

Im Hebräischen, das heifst in einer der in untern
Asien gewöhnlichen Mundarten, ist Jahuh das Partici-
pium des Verbums hih, existiren, seyn, und bedeutet
den Seyenden; das heifst den Urquell des Lebens, den
Beweger, oder die Bewegung selbst (die allgemeine Seele
der Wesen). Was ist aber Jupiter? Wir wollen die Lateiner und Griechen ihre Theologie erklären hören: Die
Egyptier, sagt Diodor, nach Manetho, Priester zu Memphis; die Egyptier, welche fünf Elementen Namen geben, haben den Geist (oder Aether) Yu-piter genannt,
wegen des eigenthümlichen Sinnes dieses Worts: denn der
Geist ist die Quelle des Lebens, der Urheber des Lebens-
keims in den Thieren, und aus dieser Ursache betrachten
sie ihn als den Vater, den Erzeuger der Wesen. Aus dieser Ursache, sagt Homer, der Vater und König der Menschen und Götter (Diod. lib. I. sect. I.).

„Bei den Theologen, sagt Macrobius, ist Jupiter die
Seele der Welt: daher Virgils Wort Muses, wir wollen

mit

mit Jupiter anfangen: alles ist voll von Jupiter (Scipions Traum), c. 17, und in den Saturnalien sagt er, Jupiter ist die Sonne selbst. Deswegen hat Virgil wiederum gesagt: der Geist nährt das Leben (der Wesen) und die in den grofsen Gliedern verbreitete Seele (der Welt) belebt die Masse und bildet nur einen unermeßlichen Körper."

„Jupiter, sagen die sehr alten Verse der orphischen Secte, die in Egypten entstanden ist; Verse, welche Onomacritus zur Zeit des Pisistratus sammlete, Jupiter, den man mit dem Donner in der Hand malt, ist Anfang, Ursprung, Ende und Mitte aller Dinge; er ist einzige und allgemeine Macht; regiert alles, Himmel, Erde, Feuer, Wasser, Elemente, Tag, Nacht. Dieses macht seinen unermeßlichen Körper aus: seine Augen sind Sonne und Mond; er ist Ewigkeit und Raum; mit einem Worte, sezt Porphyr hinzu, Jupiter ist die Welt, das Universum, welches das Daseyn und Leben aller Wesen in sich fasst. Weil aber die Philosophen über die Natur und wesentlichen Theile dieses Gottes gestritten haben, und keine Figur ausfinnen konnten, die alle seine Attribute darstellte, so malten sie ihn unter der Gestalt eines Menschen. — Er sizt, in Anspielung auf sein unbewegliches Wesen: der obere Theil seines Körpers ist unbedekt, weil er in den obern Theilen des Universums (den Gestirnen), sich am sichtbarsten zeigt. Vom Gürtel an ist er bedekt, weil er in irrdischen Dingen verschleierter ist. Er hält einen Scepter in der linken Hand, weil auf dieser Seite das Herz liegt, und das Herz der Siz des Verstandes ist, der (bei den Menschen) alle Handlungen regiert." (Man sehe Euseb. Praepar. Evang.)

End-

Endlich wollen wir hier eine Stelle aus dem philoso-
phischen Geographen Strabo anführen, der alle Zweifel
über die Uebereinstimmung der Ideen zwischen Moses und
den heidnischen Gottesgelehrten hebt.

„Moses, der ein egyptischer Priester war, lehrte, daß
es ein abscheulicher Irrthum sey, die Gottheiten unter
thierischen Gestalten vorzustellen, wie die Egyptier, oder
unter menschlichen Zügen, wie die Griechen und Afrikaner: nur das ist die Gottheit, sagt er, was Himmel,
Erde und alle Wesen ausmacht, was wir Welt, den Inbe-
griff der Dinge, die Natur nennen: kein Vernünftiger
aber wird sich einfallen lassen, ihr Bild durch irgend ein Bild
der Dinge, die uns umgeben, vorzustellen: deswegen
wollte Moses, der alle Arten von Gleichnissen (Götzenbildern) verwarf, daß man diese Gottheit ohne Sinnbild,
und unter ihrer eignen Natur anbethete: er befahl, daß
man ihr einen würdigen Tempel errichtete u. s. w." Geo-
graph. lib. 16.

Moses Theologie ist also von der Lehre der Anhänger
der Seele der Welt, das heißt, von den Stoikern und
selbst von den Epikuräern nicht verschieden gewesen. Es
scheint, daß diese Philosophie entstand, oder sich ausbrei-
tete, als Abraham nach Egypten kam (200 Jahre vor Moses), weil er seine Götzenlehre für die des Gottes Jahuh
aufgab, so daß man ihre Verbreitung gegen das 17te
oder 18te Jahrhundert vor Christo annehmen kann, welches mit dem, was wir Note 78 gesagt haben, überein-
stimmt.

Diodor

Diodor stellt Mofes Gefchichte in einem natürlichen Lichte dar, wenn er fagt (lib. 34 et 40): daſs die Juden bei einer Hungersnoth, wo das Land mit Fremden überladen war, aus Egypten vertrieben wurden, und daſs Mofes, der fich durch feine Klugheit und Muth auszeichnete, diefe Gelegenheit ergriff, um feine Nation in den Gebürgen von Judäa zu begründen. Es fcheint widerfinnig, daſs die 600,000 Bewafnete, die er dahin führte, auf 6000 fchmelzen, allein ich werde diefen anfcheinenden Widerfpruch durch fo viele, aus den Schriften felbſt genommene Beweife rechtfertigen, daſs man einen Irrthum der Abfchreiber wird verbeffern müffen.

(85) Es, Dafeyn.“ Diefes einfyibige Wort war über die Thüre des Tempels zu Delphi gefchrieben. Plutarch hat eine Abhandlung darüber verfaſt.

(86) Der Name des Ofiris im Lobliede Mofes.“ Er iſt in eignen Worten darin enthalten, c. 32. des fünften Buches Mofe. Die Werke des Tfour find vollſtändig. Man hat Tfour durch Schöpfer überfezt: in der That bedeutet es, Formen geben; und dies iſt eine der Definitionen von Ofiris im Plutarch.

(88) Vom Erzengel Michael.“ Die Namen der Engel und Monathe, fo wie Gabriel, Michael, Yâr, Nifan u. f. w., kamen mit den Juden von Babylon — wie der Telmud von Jerufalem ausdrüklich fagt. Man fehe Beaufobre hiſt. du Manich. tom. 2. p. 624, wo er beweiſt, daſs die Heiligen des Kalenders den 365 Engeln der Perfer nachgemacht find; und Jamblichus in feinen egypti-

fchen Myfterien, fect. 2, c, 3 , redet von Engeln, Erzen-
geln, Seraphim u. f. w. als ein wahrer Chrift.

(89) Theologie des Zoroafters." Die ganze Philofophie der Gymnofophiften, fagt Diogenes Laertius auf die
Autorität eines Alten, ift aus der der Magier entfprungen,
und viele verfichern, daſs die jüdifche ebenfalls ihren
Urfprung daher genommen hat (lib. 1. c. 9.). Megafthe-
nes, ein vorzüglicher Gefchichtfchreiber aus der Zeit des
Seleucus Nicanor, der befonders über Indien gefchrieben
hatte, begreift, als er von der Philofophie der Alten über
Naturdinge redet, die Bräminen und Juden in einem Sinn
zufammen.

(90) Das goldne Zeitalter auf die Erde zurükführen."
Das ift der Grund aller heydnifchen Orakelfprüche, die
man auf Chriftus angewandt hat, und unter andern des
vierten Hirtengedichts Virgils und der bei den Alten fo
berühmten fybillinifchen Verfe.

(91) Am Ende von angeblichen fechs taufend Jahren." Wir haben fchon, Note 29, diefe bei den
Toscanern gangbare Sage gefehn. Sie verbreitete fich
bei den meiften Völkern, und enthüllt uns, was man von
allen diefen angeblichen Schöpfungen und Ende der Welt
denken muſs, die im Grunde nichts als Anfang und Ende
aftronomifcher, von den Aftrologen erfonnener Perioden
find. Die des Sonnenjahrs oder Umlaufs, als die einfach-
fte und merklichfte, hat allen andern zum Mufter gedient,
und ihre Vergleichung hat zu fehr feltfamen Ideen Anlas
gegeben. Dahin gehören zum Beifpiel die vier Zeitalter

der

der Welt bei den Indiern; im Anfang waren diese vier
Zeitalter nichts weiter, als die vier Jahrszeiten; und so
wie jede unter dem Einflus eines Planeten stand, führte
sie den Namen des diesem Planeten zugeeigneten Metalls.
So war der Frühling das Alter der Sonne oder des Goldes;
der Sommer das Alter des Mondes oder des Silbers; der
Herbst das Alter der Venus oder des Kupfers; und der
Winter das Alter des Mars oder des Eisens. Als nachher
die Astrologen ihre grofsen Jahre von 25 und 36 tausend
Jahren erfunden hatten, welche alle Gestirne zugleich auf
ihren Standpunkt, auf eine allgemeine Vereinigung führen sollten, führte die Zweideutigkeit des Ausdruks
Zweideutigkeit der Begriffe herbei, und es war leicht für
tausende von Sonnenjahren zu halten, was eigentlich nur
tausende von Himmelszeichen waren. Auf solche Art lassen sich alle diese Begriffe von der Schöpfung, womit
man sich so sehr gequält hat, auf hypothetische Berechnungen astronomischer Perioden zurükführen, und weil
man den Anfang dieser Perioden und den eingebildeten
Augenblik der Vereinigungen der Gestirne beim Eintritt
der verschiednen Jahrszeiten angenommen hat, so hat
man die Schöpfung der Welt bald im Frühling, bald auf
die Sonnenwende gesezt, nach dem Zeitpunkt, wo jedes
Volk sein Jahr anfieng. Bei den Egyptiern war es der
längste Tag. Bei den Persern war es anfangs der Frühling, oder das erste Zeichen des Widders; und daher die
Meinung der ersten Christen, dafs die Welt im Frühling
geschaffen sey. Dieses mufste nothwendig auch die Meinung der Genesis seyn, und es ist merkwürdig, dafs die
Welt darin nicht durch den Gott Mosis (Jahuh), sondern
durch die Elohim, oder Götter in der vielfachen Zahl, das

heifst

heifst durch die Engel oder Genien nach dem gewöhnlichen Sinn der hebräischen Bücher geschaffen ift. Wenn man bemerkt, dafs das Grundwort von Elohim ftark und mächtig bedeutet, und dafs die Egyptier ihre Decans ftarke und mächtige Oberhäupter nannten, indem fie ihnen die Schöpfung zufchrieben; fo wird man finden, dafs die Genefis Wort für Wort fagt: die Welt fey von den Decans gefchaffen. Vermöge eben diefer Genien, empörte fich Merkur gegen Saturn, fagt Sanchuniaton, und fie wurden Elohim genannt. Man wird fragen, warum die vielfache Zahl Elohim die einfache Zahl Bara (créa) regiert? Weil die Einheit der herrfchende Lehrfaz der Hebräer nach der Zurükkunft von Babylon geblieben war, mufste man einen frommen Barbarismus begehen. Vor Mofes aber fand diefer Barbarismus nicht ftatt; der Beweis davon ift in den Namen der Kinder Jakobs enthalten, wovon mehrere aus einem vielfachen Verbum gemacht find, das von Elohim, damals in der vielfachen Zahl, regiert wird: So z. B. der Name Raouben (Ruben), fie haben ihr Auge auf mich geworfen (die Götter) und Samaouni (Simeon) fie haben mich verflucht (die Götter) und diefes ftets, weil diefe Götter der Weiber Jakobs die Teraphim des Laban, das heifst, die Engel der Perfer und die Decans der Egypter, waren.

(92) Sechs taufend Jahr nach der Schöpfung." Die Berechnung der Siebenzig zählte fünf taufend und beinahe fechs hundert Jahre; und diefe Berechnung war die gewöhnlichfte. Man weis, wie fehr in den erften Zeiten der Kirche, diefe Meinung vom Ende der Welt die Gemüther befchäftigte. Als in der Folge die heiligen Concilien

mehr

nehr Zuverficht gewonnen hatten, verurtheilten fie diefe Meinung als Ketzerei in der Secte der Millenarier, welches zu einem fehr fonderbaren Fall Anlas giebt: denn aus den Evangelienbüchern, denen wir folgen, erhellt offenbar, daſs Jefus ein Millenarier, das heiſt, ein Ketzer gewefen iſt.

(93) Durch das **Sternbild der Schlange.** " Die Perfer, fagt Chardin, nennen das Schlangengeftirn Ophiucus, Evens Schlange; und diefe Schlange ophiucus oder ophioneus fpielte diefelbe Rolle in der Theologie der Phönicier: denn Pherecydes, ihr Schüler und Pythagoras Lehrer fagt: daſs ophioneus ferpentinus das Oberhaupt der Rebellen gegen Jupiter gewefen fey. V. Marf. Ficin. apol. Socrat. p. m. 797 col. 2.   Und ich füge hinzu, daſs oephah (durch aïn) im hebräifchen vipera, Schlange heiſt.

(94) Verführte den Menfchen. " Im phyfifchen Sinn heiſt verführen, feducere, weiter nichts, als zu fich ziehn, mit fich führen.

(95) Mithras Gemälde. " Man fehe dies Gemälde im Hyde p. 111.

(96) Perfeus von der andern Seite. " Noch mehr, diefer Medufenkopf, diefer einſt fo fchöne Weiberkopf, den Perfeus abhieb und in der Hand hält, iſt nichts anders als der Kopf der Jungfrau, der gerade, wenn Perfeus auffteigt, unter den Horizont finkt; und die Schlangen, die ihn umgeben, find ophiucus und der Polar-Drache, die alsdann den Scheitelpunkt (Zenith) einnehmen.

   Wir

Wir fehn hieraus, auf welche Art die alten Aftrologen alle ihre Zeichen und Fabeln verfertigt haben. Sie nahmen die Sternbilder, die fich zu gleicher Zeit am Streif des Horizonts befanden, verfammleten ihre Theile und bildeten Gruppen davon, die ihnen zum Kalender in hieroglyphifchen Charakteren dienten. Das ift das Geheimnis aller ihrer Gemälde und die Auflöfung aller mythologifchen Ungeheuer. Die Jungfrau ift wiederum die durch Perfeus von dem Wallfifch, der fie verfolgt, befreite Andromeda.

(97) Durch eine keufche Jungfrau." Dies war das Gemälde der von Aben-Ezra im coelum poeticum des Blaeu angefuhrten perfifchen Sphäre; die Figur des erften Decans der Jungfrau, fagt diefer Schriftfteller, ftellt eine fchöne Jungfrau mit langem Haar vor, die in einem Lehnftuhl fizt, zwei Aehren in einer Hand hält, und ein Kind fäugt, welches von einigen Nationen Jefus und im Griechifchen Chriftus genannt wird.

In der Bibliothek des Königs ift ein arabifches Mfct. vorhanden, No. 1165, worin die 12 Zeichen gemalt find. Das der Jungfrau ftellt ein junges Mädgen vor, das ein Kind neben fich hat; aufferdem ift die ganze Scene der Geburt Jefus im nächften Himmel gefammlet. Der Stall ift das Sternbild des Fuhrmanns und der Ziege, vormals der Bok; ein Sternbild, das praefepe Jovis Heniochi, Stall des Jou genannt wird, und dies Wort Jou findet man in dem Namen Jou-feph (Jofeph) wieder. Nicht weit davon ift der Efel des Typhon (der grofse Bär)

Bär) und der Ochs oder Stier, die alten Gefährten der Krippe. Der Thürsteher ist Janus mit seinen Schlüsseln und Kahlkopf: die zwölf Apostel sind die Genien der zwölf Monathe u. s. w. Diese Jungfrau hat die mannigfaltigsten Rollen in allen Mythologien gespielt: sie ist die Isis der Egyptier, die in der von Julian angeführten Inschrift sagte: die Frucht, die ich gebohren habe, ist die Sonne. Die meisten von Plutarch angeführten Abhandlungen beziehn sich darauf, so wie die von Osiris auf Bootes passen. Auch die sieben Hauptsterne des Bären, Davids Wagen genannt, hiefsen ebenfalls Osiris Wagen. (Man sehe Kircher.) Die Krone, die er hinter sich trägt, war von Epheu geflochten, und hies das Chen - Osiris, der Baum des Osiris. Auch Ceres war die Jungfrau, deren Mysterien mit denen der Isis und des Mithra gleich waren. Sie war die Diana von Ephesus, die grofse Göttin von Syrien, die von Löwen gezogne Cybele; Minerva, die Mutter des Bacchus; Aſträa, die reine Jungfrau, die dem Himmel am Ende des goldnen Zeitalters entrissen wurde. Themis, zu deren Füfsen die Wage liegt, die man ihr in die Hand giebt; Virgils Sybille, die mit ihrem Zweig in der Hand zur Hölle, oder unter die Hemiſphäre hinabsteigt u. s. w.

(98) Im Himmel wieder auferstand. Resurgere, zum zweitenmal empor steigen, hat nur durch eine kühne Metapher, ins Leben zurükkehren, bedeuten können, und man sieht den beständigen Einflus des zweideutigen Sinns aller in den Traditionen gebrauchten Worte.

(99)

(99) Chris, das heißt, der Erhalter." Nach ihrer Gewohnheit haben die Griechen das aspirirte ha der Orientaler, die Haris sagen, durch X oder das spanische Jota ausgedrükt. Im Hebräischen wird Herés von der Sonne gebraucht, im Arabischen aber bedeutet das Grundwort bewachen, hüten, und Haris heißt Wächter, Hüter. Dies ist der eigenthümliche Beiname des Vichenou, und dieses erweist auf einmal die Identität der indischen und christlichen Dreieinigkeit, und ihren gemeinschaftlichen Ursprung. Es ist offenbar dasselbe System, welches, in zwei Zweige getheilt, den einen im Orient, den andern im Occident, zwei verschiedne Formen angenommen hat: sein Hauptstamm ist das pythagoräische System von der Seele der Welt, oder Jupiter. Dieser Beiname piter oder Vater war auf den Demiurgos der Platoniker übertragen, und es entstand daraus eine Zweideutigkeit, welche Schuld war, daß man den Sohn suchte. Den Philosophen war es der Verstand, *νους* und logos, woraus die Lateiner ihr Verbum zusammensezten. Man trift hier genau auf den Ursprung des ewigen Vaters, und des Sohns, der aus ihm hervorging, mens ex Deo nata, sagt Macrobius. Die anima oder spiritus mundi war der heilige Geist, und deswegen sagten Manes, Basilides, Valentinus und andre angebliche Ketzer der ersten Jahrhunderte, die bis auf die Quellen zurükgiengen, daß Gott der Vater das unzugängliche, höchste Licht sey (des Himmels erstes Triebrad, aplanes), daß der Sohn das zweite, in der Sonne wohnende Licht sey; und der heilige Geist die Luft, welche die Erde umgiebt. (Man sehe Beausobre, Band II. S. 586.) Daher bei den Syriern sein Sinnbild der Taube, der Vogel

der

der Venus Urania, das heifst, der Luft. Die Syrier (fagt Nigidius in Germanico) fagen, dafs eine Taube zu verfchiednen Zeiten im Euphrat ein Fifchei ausbrütete, woraus Venus entſtand. Auch effen fie keine Tauben, fagt Sextus Empyricus, inft. Pyrrh. lib. 3. c. 23.; und dies zeigt uns eine Periode an, die im Zeichen der Fifche anfängt (am kürzeften Tage). Wenn überdies Chris von Harifch durch ein chin herkömmt, fo bedeutet es Verfertiger, ein fchiklicher Beiname der Sonne. Diefe Varianten, welche die Alten in Verwirrung fetzen mufsten, beweifen gleichfalls insgefammt, welches das wahre Abbild Jefus ift, welches man fchon zu Tertullians Zeiten wahrgenommen hatte. „Viele, fagt diefer Schriftfteller, denken mit mehr Wahrfcheinlichkeit, dafs die Sonne unfer Gott ift, und verweifen uns auf die Religion der Perfer. "

(100) 608 Sonnenperiode." (Man fehe Martianus Capella merkwürdige Ode an die Sonne.)

(101) Menfchenopfer." Man lefe die kalte Deklamation des Eufebius, Praep. Ev. libr. 1. Er behauptet, dafs, feit Chriftus gekommen fey, es keine Kriege, keine Tyrannen, keine Menfchenfreffer, keine Pederaften, keine Blutfchänder, keine Menfchen, die ihre Eltern fräfsen, mehr gäbe. Wenn man diefe erften Lehrer der Kirche lieft, kann man fich nicht genug über ihre Unredlichkeit oder Verblendung wundern.

(102) Die Samanäer." Die Gleichheit aller Menfchen vor Gott und im Stande der Natur war einer der

Haupt-

Hauptſätze der Samanäer, und ſie ſcheinen die einzige Secte des Alterthums geweſen zu ſeyn, welche ſie aner⸗ kannt hat.

(103) Verderbte alle Gewiſſen. " So lange es Mittel geben wird, ſich von allen Verbrechen zu reinigen; ſich mit Geld oder nichtswürdigen Uebungen von aller Züch⸗ tigung loszukaufen; ſo lange die Könige und Groſsen ſich von ihren begangnen Unterdrückungen und Menſchen⸗ mordungen durch Erbauung von Tempeln und durch Stif⸗ tungen loszuſprechen glauben; ſo lange die Privatperſo⸗ nen ungeſtört betrügen und rauben zu können denken, wenn ſie nur die Faſten halten, zur Beichte gehn und die lezte Oelung empfangen — kann unmöglich eine Moral, eine Tugend in der Geſellſchaft ſtatt finden, und mit tie⸗ fem Sinn der Wahrheit hat ein neuerer Philoſoph die Lehre von den Abbüſsungen die Peſt der Geſellſchaft ge⸗ nannt.

(104) Das Heiligthum des Ehebetts verlezt. " Wie? ſagen die Muſelmänner, die den Weibern keine Morali⸗ tät zutrauen und die Beichte vorzüglich anſtöſsig fin⸗ den — wie? ein rechtſchaffner Mann ſollte die Erzählung der Handlungen oder geheimen Gedanken eines Weibes anhören? Könnte man nicht umgekehrt ſagen — wie? ei⸗ ne rechtſchaffne Frau ſollte ſich dazu verſtehn, ſie zu of⸗ fenbaren?

(105) Aus geheimen Verbindungen, den Feinden der übrigen Geſellſchaft, zuſammengeſezt. " Will man

die

die allgemeine Gesinnung der Priester gegen die übrigen
Menschen, die sie stets mit dem Namen Volk bezeichnen,
kennen lernen? So höre man die Häupter der Kirche selbst:
„Das Volk, sagt der Bischof Synnesius, in Calvit. p. 315,
will durchaus betrogen seyn; man kann nicht anders
mit ihm verfahren. — Die alten egyptischen Priester
haben es eben so gemacht; deswegen schlossen sie sich
in ihren Tempeln ein, und verfertigten daselbst, ihm
unbewußt, ihre Mysterien: wenn das Volk das Geheimnis gewußt hätte (hier vergißt er, was er eben gesagt
hat), so würde es sich ereifert haben, daß man es betrog. Allein wie soll man anders mit dem Volk um-
gehn, da es einmal Volk ist? Ich für mein Theil
werde stets Philosoph für mich, aber Priester für das
Volk seyn."

„Es braucht nur etwas Geschwätz, um dem Volke Ehrfurcht aufzulegen, schrieb Gregor von Nazianz
an Hieronymus (Hieron. ad. Nep.). Je weniger es begreift, je mehr bewundert es. — Unsre Väter und Lehrer haben oft gesagt, nicht was sie dachten, sondern was
Noth und Umstände ihnen zu sagen eingaben."

„Man suchte, sagt Sanchuniaton, durch das Wunderbare Bewundrung zu erregen." (Praep. Ev. libr. 3.)
Man sehe die Stelle aus Plutarch, Note 48.

So war das Reich des ganzen Alterthums. So ist
noch jezt das Reich der Braminen und Lamas, welches
genau das der egyptischen Priester zurük ruft. So war
auch

auch das Reich der Jefuiten, die mit grofsen Schritten diefelbe Laufbahn verfolgten. Es ift nicht nöthig, auf die ganze Verkehrtheit einer folchen Lehre aufmerkfam zu machen. Im Allgemeinen ift jede Verbindung, die ein Geheimnis zur Grundlage hat, oder ein Geheimnis befchwört, eine Verbindung von Räubern gegen die Ge-fellfchaft, eine in ihrem eignen Schoofse in Betrüger und Betrogne, das heifst, in Triebfedern und Werkzeuge ge-theilte Verbindung. Nach diefem Grundfatz mufs man diefe neuen Vergefellfchaftungen beurtheilen, die unter dem Namen Illuminaten, Martiniften, Kaglioftriften, ja felbft der Freimaurer und Mesmeriften Europa über-fchwemmen. Sie äffen nur die Narrheiten und Betrü-gereien der alten Cabaliften, Magiker, Orphiker u. f. w. nach, die, wie Plutarch fagt, nicht nur Privatperfo-nen, fondern Könige und Völker in fchwere Irrthü-mer ftürzten.

(106) Sie (die Priefter) hatten fich wechfelsweife zu Aftrologen, Magikern, Zauberern u. f. w. gemacht." Was ift ein Magiker in dem Sinn, den das Volk mit diefem Worte verbindet? Ein Menfch, der durch Wor-te und Zeichen, auf übernatürliche Wefen zu wirken, und fie zu zwingen vorgiebt, auf feine Stimme her-abzufteigen und feinen Befehlen zu gehorchen. Dies haben alle alten Priefter gethan; alle Götzendiener thun es noch jezt und verdienen deswegen den Namen Ma-giker. Wenn aber ein chriftlicher Priefter vorgiebt, Gott vom Himmel hernieder zu rufen, ihn auf ein Stük Brod zu heften, und mit diefem Talisman die

Seelen

Seelen rein zu machen, und in den Stand der Gnade zu verſetzen, was begeht er anders, als eine Handlung der Magie? Und was für ein Unterſchied iſt zwiſchen ihm und einem tartariſchen Schaman, der Geiſter beſchwört, oder einem indiſchen Braminen, der in einem Waſſergefäs Vichenou herabſteigen läſst, um die böſen Geiſter zu vertreiben? — Ueberall iſt der Geiſt der Kirche ſich gleich; überall Anmaaſsung eines ausſchlieſsenden Vorrechts; der Fähigkeit, nach Willkühr die Kräfte der Natur zu bewegen, und dieſe Anmaaſsung iſt ein ſo offenbarer Eingrif in das Recht der Gleichheit aller Menſchen, daſs mit dem Tage, wo die Nationen conſequent werden, ſie auf immer dieſes Geſchlecht des geiſtlichen Adels abſchaffen werden, das der Stammvater und Vorbild des weltlichen Adels gewesen iſt.

(107) Als Handelswaaren vom gröſsten Werth." Die mit den Paſtillen des groſsen Lama verglichne Geſchichte der agnus des Pabſtes, würde in der That ſehr merkwürdig ſeyn. Aus der Erweiterung dieſer Idee auf alle Religionsgebräuche lieſse ſich ein nüzliches Buch verfaſſen: man müſste reihenweiſe die analogen oder widerſprechenden Züge des Glaubens und Aberglaubens aller Nationen zuſammenziehn. Eine andre Art des Aberglaubens, deſſen Heilung eben ſo nüzlich ſeyn würde, iſt die übertriebene Ehrfurcht für die Groſsen, und zu dieſem Zwek wäre es hinlänglich, das Privatleben der Könige und Fürſten zu beſchreiben. Es kann keine mehr philoſophiſche Arbeit geben; auch haben wir geſehn, welches Geſchrei ſie und ihre Diener erhuben, als man die Anckdoten

doten des Hofs von Berlin heraus gab. Wie, wenn wir eine Fortſetzung davon hätten? Wenn das Volk alle Schande, alle Erbärmlichkeit dieſer Götzen aufgedekt ſähe, ſo würde es nicht mehr in Verſuchung gerathen, nach ihrem falſchen Genuſs zu verlangen, deſſen täuſchender Anblik es quält und verhindert, das wahre Glük ſeiner Lage zu genieſsen.

www.ingramcontent.com/pod-product-compliance
Lightning Source LLC
Chambersburg PA
CBHW051213120726
47905CB00004B/1105